实的想象与价值的重塑
——《沧浪诗话》今译

编著

北京理工大学出版社
BEIJING INSTITUTE OF TECHNOLOGY PRESS

版权专有　侵权必究

图书在版编目（CIP）数据

事实的想象与价值的重塑：《沧浪诗话》今译 / 戴琛编著. — 北京：北京理工大学出版社，2022.5

ISBN 978-7-5763-0927-0

Ⅰ.①事… Ⅱ.①戴… Ⅲ.①诗话—诗歌研究—中国—南宋 Ⅳ.①I207.22

中国版本图书馆CIP数据核字（2022）第023972号

出版发行 /	北京理工大学出版社有限责任公司
社　　址 /	北京市海淀区中关村南大街5号
邮　　编 /	100081
电　　话 /	（010）68914775（总编室）
	（010）82562903（教材售后服务热线）
	（010）68944723（其他图书服务热线）
网　　址 /	http：//www.bitpress.com.cn
经　　销 /	全国各地新华书店
印　　刷 /	三河市华骏印务包装有限公司
开　　本 /	710毫米×1000毫米　1/16
印　　张 /	17.5
字　　数 /	298千字
版　　次 /	2022年5月第1版　2022年5月第1次印刷
定　　价 /	68.00元

责任编辑 /	李慧智
文案编辑 /	李慧智
责任校对 /	刘亚男
责任印制 /	李志强

图书出现印装质量问题，请拨打售后服务热线，本社负责调换

自 序

诗话是古代文人对诗歌的评论，集中于宋、元、明、清四朝，大多数诗话类似于随笔札记，行文比较松散，学术逻辑也不是很强，常有前后矛盾之处，个人的情感色彩也十分显著，经常出现"喜欢的捧上天、讨厌的踩几脚"这种感性评价。《沧浪诗话》略有不同，其行文比较接近当代学术范式。

（1）动笔之前即拟好纲领，目的性极强；

（2）有明确的关键词，以此引出文章亟须阐明的意义；

（3）行文结构清晰严谨，先立论点，再列论据，进而写出具体的推论过程；

（4）全文由一种非常明显的学术理论贯穿而成，且全文的议论都基于此学术理论而发，自相矛盾处较少。

因此，《沧浪诗话》在一众宋、元、明、清诗话中显得格格不入，读者于书店或图书馆随意找一本诗话阅读，便可知"格格不入"并非译者夸大其词。周振甫于《钱锺书〈谈艺录〉读本》中精准概括：《沧浪诗话》由南宋严羽所著，是一部系统的以禅喻诗、偏重于论诗的艺术性专门著作。正因如此，读者初次翻阅《沧浪诗话》会有生涩之感，大概率会疑惑："这写的是啥玩意儿啊？"

《沧浪诗话》共有六个章节：诗辨、诗体、诗法、诗评、考证、答书（"答出继叔临安吴景仙书"的简称），全文近一万字，问世之后并未单独刊行，多附于其文集之后。魏庆之是与严羽同时代的诗论者，他辑录的《诗人玉屑》（现行版本共20卷，编录了大量两宋诸家诗话，堪称宋人论诗资料库）开篇便引用了《沧浪诗话》的"诗辨"一章，而后又引用"诗法""诗评""诗体""考证"四章，"答书"未录。现行沧浪一书多采用清代《四库全书》版本，六个章节依次是"诗辨""诗体""诗法""诗评""考证""答书"，各章节内容大致归纳如下。

（1）"诗辨"：提出沧浪诗学的理论体系、评判标准；

（2）"诗体"：整理分类历代诗人诗作，归纳总结历代诗歌知识，展现诗歌发展时代脉络；

（3）"诗法"：以沧浪诗学为理论基础，提出好诗创作的要点；

（4）"诗评"：评判历代诗人诗作，以此构建诗歌优劣的评判体系；

（5）"考证"：依据沧浪诗学，对某些存在争议的问题提出看法；

（6）"答书"：以书信的形式，为沧浪诗学的理论体系、批判标准做补充说明。

本次译文并未严格按照《四库全书》版本的既定章节顺序，略做修改，将章节顺序调整为："诗体""诗评""考证""诗辨""答书""诗法"，原因如下：

《诗人玉屑》与《四库全书》面向的群体是文人而非大众，自科举取士后，文人大多自幼读书学诗，对偏向基础知识的"诗体"章节并不陌生，将偏向理论分析的"诗辨"章节置于首位则可先声夺人。今日读者从小接受的是现代通识教育，从数学、物理到化学、生物，从母语、外语到历史、地理，知识面虽比古人宽广，但具体到古典诗歌这一专项，则远不如古人，因此将"诗体"置于"诗辨"之前，以期言之有物。另，"诗辨"一词按《四库全书》版本当记作"诗辩"，但《诗人玉屑》及《答出继叔临安吴景仙书》中都记作"诗辨"，二字皆可，语气略有轻重之别，本文统一录用"诗辨"，兹不赘述。

读书如先入为主，则不如不读。按当下市面上流行的诗歌鉴赏书，开篇即是："李白是浪漫主义、杜甫是现实主义""李商隐是朦胧诗的代表""边塞诗是什么样的风格、田园诗又该怎么样鉴赏"，读者还没开始阅读，便被铺天盖地的评价信息给框住了，完全接受了他人的转述，读不读诗歌原作，反而不重要了。至于那些"最美古诗词""最打动人心的诗词""读懂这些诗，读懂生活"这类纯粹商业性的表述，不过是为了满足读者购书后的精神升华，书读不读另说，反正感动自己就行了。《沧浪诗话》营销亦是如此，只要提及，便是"诗有别才""以禅喻诗"，仿佛初中生做语文期末试卷填空题一般流利。更有甚者，于前人的精妙论述中提取几个看起来很高大的名词概念，如"顿悟与渐悟""神韵说""唐诗尚意，宋诗尚理"等，便能在众人面前高谈阔论一番，充作文化大师了。然而，上述名词概念缘何被提出、提出时的具体语境是什么，作者所举其意旨在何处、后人注解的内容与作者的原意又相差多少，看似激烈的言辞背后批判的力度到底有几分，最终落脚点又在哪里，这些细节明明至关重要，却常被忽略。

本书试想从这些被隐去的细节入手，希望接近那座幽暗的城堡，为此，标注四条原则。

1. 诗歌的审美体系不止一种，不要有门户之见。

诗好比花，有人喜欢牡丹，有人喜欢梅花，可以坐下来互相交流欣赏。但有些人喜欢梅花，便抨击喜欢牡丹的人认为"梅花才是真正的花"，更有甚者，放言只有喜欢梅花的人才是真正懂花的人。这些行为不可取，诗歌本就百花齐放，论诗的人要有包容和开明的精神，不分场合、不分轻重的门户之见，乃至攻讦，万万不可有。（论诗的门户之见必然存在，毕竟无异议则无理论，但要限制在学术层面，不能越界。）

2. 要明确表述出名词的概念，避免产生歧义和误解。

不同时代下，词语存在不同的理解，这句话有两层解读，第一，"古今异义"，古代的"文言文"与当下的"白话文"存在大量的同词不同义。第二，"古古更有异义"，如"格物"一词，为先秦《礼记》所载，其后两千余年，共识各不相同，甚至具体到北宋元祐年间，各家学派对"格物"的理解也不尽相同。宋人注唐诗是一种说法，明人注唐诗是一种说法，清人注唐诗又是另一种说法，即便同为清代，乾隆时期的文人注唐诗是这般风气，同光时期的文人注唐诗又是一般风气，这些听起来虽然烦琐但如果不能探明这个词语在具体的时间段所涵盖的大体含义，则极易出现"转译"与"替换"效应，将翻译变成"托古自重"与"挟古专断"。

3. 翻译要立足于诗歌创作，不宜完全以近代文学批评为思路。

相较于《沧浪诗话》的显赫声望，严羽的诗名并不出彩，但不论出彩与否，严羽首先是一位诗人，一位观察世界提笔写诗的人，沧浪诗学的最终目的不是建起一座宏伟壮观却悄无声息的宫殿，而是建起一座充满人气、充满活力的城市。诗论者总是以不同的标准解读诗歌，可问题在于如何写出符合其理论标准的诗歌。如果将古典诗歌仅仅当作一项学术专论来做，只从文献学、训诂学、音韵学、历史学的角度做文章，甚至用20世纪的各种方法论去批评宋代以前的古典诗歌，如语义学理论、结构主义、符号学、解构主义等，以此时的现实困境去质疑彼时的庄严理想，进而消解一切伟大和美，浸淫其中，如此反复，做到最后，必然陷入无尽的虚无。

4. 翻译要立足于《沧浪诗话》，不宜随意引用后世解读。

互联网普及之前，纸质文献特别是那些古籍刻本，普通人几乎无缘阅读，所得信息太少，在那种环境下，旁征博引显得尤其珍贵。互联网时代带来了信息爆炸，只要用心，从古至今流传下来的古籍文献基本能够查阅一览，可如果缺乏文献甄别能力，不能从某个角度或某一尺度理解文学史，不能在浩瀚古籍中判断出某一条议论的价值，那么所谓的旁征博引容易异变成毫无内在逻辑的文献堆砌。自唐以后，宋、元、明、清四代对古典诗歌的评论可谓不计其数，如果放弃对文献的审视，不假思索，那么可能会出现这样一种情况：晚清某位致仕回乡的朝堂政要，札记中有几句对陶渊明相对新奇的评议，于近日整理发现，然后就堂而皇之成为研究对象，从这位大佬的家世开始上溯，引用师友圈子的互相吹捧，各种上帝视角的批评，再来几篇陶渊明诗歌翻案的文章，热闹非凡。诗话不是菜市场，谁家摊位上的菜更新鲜，谁的菜就更好。诗话是多宝格，古典诗歌好比一件件珍宝，每一位论诗者都会根据自身审美摆放自家多宝格内的物品，由此构建区别于他者的理论框架：如陶渊明诗，宋人严羽推崇至极，便将其摆放在第一层正中间；南朝钟嵘所写《诗品》，陶渊明的诗便被其置于第二层旁阁；金人元好问所写《论诗三十首》，陶渊明诗又被其置于顶层高阁；近人木心所写《文学回忆录》，陶渊明诗犹在塔外。后人如翻译《沧浪诗话》，不辨明信息的来源，不审视文献的价值，明明要表述严羽对陶渊明诗的评价，却大量参照他人多宝格的摆放，这不是严谨的翻译。

四条原则讲完，说点别的事。在翻译过程中，有朋友建议写成科普方向的文章，可我总觉得"科普"这个词存在单方面上对下的表述，用在自然科学领域倒还行，可用在人文领域，总有种难以挑明的优越感，而且"科普"后面最容易出现"常识"一词，人文领域，那些百分百确定的知识并没有想象中的那么多，所谓"常识"，大多情况下不过是"存在于某种思想下，令我深信不疑的观点"而已。苏轼所言：江山风月，本无常主，闲者便是主人。古典诗歌，宋人可评，明人可注，清人可考，今人自然也可据时发微。我希望以此将译文写成一篇会议纪要，由诗人（继承与创作）、论者（解读与重构）、读者（评价与反馈）共同讨论的三方会议纪要，虽然这个会从来没有真正开过。既然是会议纪要，那就再提四个小细节。

（1）古文多以注解为主，通过解释字词的具体含义进而推及全文，读者由此可以精准掌握某些细节，但容易陷入"只见树叶不见森林"的困境。将古文用长句形式直接译成白话文，则有助于把握古文的整体脉络，但可能因某些重要细节的缺失导致译者自我发挥补充，反而造成全局层面的理解偏差。鱼和熊掌不可兼得，译稿根据文章所论偏重适度取舍："诗体"一节，以字词式注解为主、长句式直译为辅；"诗辨"一节，以长句式直译为主，字词式注解为辅。

（2）本书出现的诗人一律以姓名敬称，李白称作李白，杜甫称作杜甫，不必此处写成太白别处又写成青莲，此处写成杜少陵别处写成杜工部。李杜名气大，混用字号尚且可以理解，可如果行文时论及清诗，上文用王士禛、下文又用渔洋、中间杂用阮亭，上文用朱彝尊、下文用锡鬯、中间杂用竹垞，对读者而言，极易造成不必要的困惑。另外，文中引用前辈先贤的名讳，如闻一多先生、钱锺书先生、王力先生、郭绍虞先生等，当缀先生二字，文中为表述流畅，且省去后缀，肃然敬意，未有减少。

（3）某些考据问题，如果仅是姓名誊写错误，就不再标明，直接修改；如果涉及争议问题，则另有论述。某些基本形成公论的概念，如近体律诗格律、对仗各类规则等，严羽大多一笔略过，只因在他们语境下，这些概念已然清楚，无须解释。而本文翻译时则需详加解读，不免有些啰唆，还望读者谅解。

（4）本书选取诗人、诗作相对较多，所用文本以清人编撰的《全唐诗》为主，如果版本存在较大争议，则另有论述。诗人生卒年份、诗作数量，本文力不能及，多有臆测，意不在考据校对，而在诗人身处年代与诗作数量两者间的关联。在诗体和考证两个章节，所引用的诗人诗作，不做注解及评议，如"唐诗尚意，宋诗尚理"这一论述，读者可以通过阅读原作来判断这一论述是否妥帖。而到了"诗评"和"诗辨"两个章节，严羽的尖锐评议较多，译文如实翻译，并未为尊者讳，还望读者理解。

目 录

上编 《沧浪诗话》原文及注解
    诗　体 …………………………………………………… 1
    诗　评 …………………………………………………… 112
    考　证 …………………………………………………… 145
    诗　辨 …………………………………………………… 175
    答出继叔临安吴景仙书 ………………………………… 190
    诗　法 …………………………………………………… 200

下编 难以回避的问题及思考
    书　信 …………………………………………………… 204
    故　事 …………………………………………………… 224
    案　例 …………………………………………………… 233
    附　录 …………………………………………………… 242

上编　『沧浪诗话』原文及注解

诗 体

原文 一、《风》《雅》《颂》既亡，一变而为《离骚》，再变而为西汉五言，三变而为歌行杂体，四变而为沈、宋律诗。五言起于李陵、苏武（或云枚乘），七言起于汉武《柏梁》，四言起于汉楚王傅韦孟，六言起于汉司农谷永，三言起于晋夏侯湛，九言起于高贵乡公。

译文 《风》《雅》《颂》已然消亡，但后世诗体大多脱胎其中，战国后期楚地惊现《离骚》，此为诗体首次嬗变，其次变为西汉五言古诗，而后出现歌行与杂体，最后变为沈佺期、宋之问的格律诗。五言诗起源于李陵、苏武（又或是枚乘首创）；七言诗起源于西汉，汉武帝君臣共咏柏梁台诗；四言诗起源于西汉楚王的太傅韦孟；六言诗起源于西汉的大司农谷永；三言诗起源于西晋的夏侯湛；九言诗起源于高贵乡公曹髦。

简评 在13世纪上半叶（南宋后期）这一时间节点，身为诗坛殿军的严羽，根据自身所学所思，将诗歌源流归纳为：《风》《雅》《颂》—离骚—五言古诗—歌行与杂体—近体律诗。又按字数，将诗歌形式划分为：五言诗、七言诗、四言诗、六言诗、三言诗、九言诗。

注解 一、《风》《雅》《颂》，先秦时期先民唱咏的诗歌合集，现存305篇，又称"诗三百"。此处严羽并未直接采用《诗经》之名，而以"《风》《雅》《颂》"指代《诗经》，将《诗经》从政治学的范畴拉到文学的范畴。《诗经》经孔子删订之后，便被奉为儒学经典，地位崇高无比。后经历代大儒释义，传至南宋时，其官方学术阐述是以《毛诗序》为基础，朱熹为了宣扬自己的儒学思想，针对《毛诗序》重新注解了一遍《诗经》，即为《诗集传》。《诗集传》刊行的时间比严羽著书早三四十年，以彼时的思想环境而论，严羽不可能脱离时代，改变《诗经》作为儒学经典的社会共识，只能说在《沧浪诗话》这本书中，严羽将《诗经》的文学意义置于经学意义之前，特意采用"《风》《雅》《颂》"这一相对中性的词汇。

1.《风》，指《诗经》中以"风"为篇目的诗歌，春秋时期中原大地上散布着不少诸侯小国，先民将所见所闻编排为诗，传唱歌咏，这类诗歌统称"风"，而具体到哪个诸侯国时，便称为"国风"，有周南、召南、邶风、鄘风、卫风、王风、郑风、齐风、魏风、唐风、秦风、陈风、桧风、曹风、豳风，共计15国国风，现存160篇，以《周南》和《黍离》为诗例。

诗经·国风·周南

关关雎鸠，在河之洲。
窈窕淑女，君子好逑。
参差荇菜，左右流之。
窈窕淑女，寤寐求之。
求之不得，寤寐思服。
悠哉悠哉，辗转反侧。
参差荇菜，左右采之。
窈窕淑女，琴瑟友之。
参差荇菜，左右芼之。
窈窕淑女，钟鼓乐之。

诗经·王风·黍离

彼黍离离，彼稷之苗。行迈靡靡，中心摇摇。
知我者，谓我心忧；不知我者，谓我何求。
悠悠苍天，此何人哉？
彼黍离离，彼稷之穗。行迈靡靡，中心如醉。
知我者，谓我心忧；不知我者，谓我何求。
悠悠苍天，此何人哉？
彼黍离离，彼稷之实。行迈靡靡，中心如噎。
知我者，谓我心忧；不知我者，谓我何求。
悠悠苍天，此何人哉？

2.《雅》，指《诗经》中以"雅"为篇目的诗歌，多是歌颂祖德的礼乐和贵族宴会的乐歌。雅又分大雅和小雅，《大雅》现存31篇，《小雅》现存74篇，合计105篇，以《文王》和《常棣》为诗例。

诗经·大雅·文王

文王在上，於昭于天。周虽旧邦，其命维新。
有周不显，帝命不时。文王陟降，在帝左右。
亹亹文王，令闻不已。陈锡哉周，侯文王孙子。
文王孙子，本支百世，凡周之士，不显亦世。
世之不显，厥犹翼翼。思皇多士，生此王国。
王国克生，维周之桢；济济多士，文王以宁。

穆穆文王，于缉熙敬止。假哉天命，有商孙子。
商之孙子，其丽不亿。上帝既命，侯于周服。
侯服于周，天命靡常。殷士肤敏，祼将于京。
厥作祼将，常服黼冔。王之荩臣，无念尔祖。
无念尔祖，聿修厥德。永言配命，自求多福。
殷之未丧师，克配上帝。宜鉴于殷，骏命不易。
命之不易，无遏尔躬。宣昭义问，有虞殷自天。
上天之载，无声无臭。仪刑文王，万邦作孚。

诗经·小雅·常棣

常棣之华，鄂不韡韡。凡今之人，莫如兄弟。
死丧之威，兄弟孔怀。原隰裒矣，兄弟求矣。
脊令在原，兄弟急难。每有良朋，况也永叹。
兄弟阋于墙，外御其务。每有良朋，烝也无戎。
丧乱既平，既安且宁。虽有兄弟，不如友生。
傧尔笾豆，饮酒之饫。兄弟既具，和乐且孺。
妻子好合，如鼓瑟琴。兄弟既翕，和乐且湛。
宜尔室家，乐尔妻帑。是究是图，亶其然乎？

3.《颂》，指《诗经》中以"颂"为篇目的诗歌，多是用以祭祀宗庙的礼乐。《颂》包括《周颂》《商颂》《鲁颂》《周颂》现存31篇，《商颂》现存5篇，《鲁颂》现存4篇，以《清庙》和《玄鸟》为诗例。

诗经·周颂·清庙

於穆清庙，肃雝显相。济济多士，秉文之德。
对越在天，骏奔走在庙。不显不承，无射于人斯。

诗经·商颂·玄鸟

天命玄鸟，降而生商，宅殷土芒芒。古帝命武汤，正域彼四方。
方命厥后，奄有九有。商之先后，受命不殆，在武丁孙子。
武丁孙子，武王靡不胜。龙旂十乘，大糦是承。
邦畿千里，维民所止，肇域彼四海。四海来假，来假祁祁。

景员维河。殷受命咸宜,百禄是何。

二、《离骚》,战国楚人屈原创作的诗篇。

《离骚》节选
楚·屈原

帝高阳之苗裔兮,朕皇考曰伯庸。摄提贞于孟陬兮,惟庚寅吾以降。

皇览揆余于初度兮,肇锡余以嘉名。名余曰正则兮,字余曰灵均。

纷吾既有此内美兮,又重之以脩能。扈江离与辟芷兮,纫秋兰以为佩。

汩余若将不及兮,恐年岁之不吾与。朝搴阰之木兰兮,夕揽洲之宿莽。

日月忽其不淹兮,春与秋其代序。惟草木之零落兮,恐美人之迟暮。

三、西汉五言,即西汉五言诗,大多为后人托名所作,并无确切史料可证,以《古诗十九首》为诗例。

古诗十九首·青青陵上柏

青青陵上柏,磊磊涧中石。人生天地间,忽如远行客。

斗酒相娱乐,聊厚不为薄。驱车策驽马,游戏宛与洛。

洛中何郁郁,冠带自相索。长衢罗夹巷,王侯多第宅。

两宫遥相望,双阙百余尺。极宴娱心意,戚戚何所迫。

四、歌行杂体,即两汉乐府,以乐府题中带有"歌""行""歌行"各一首为诗例。

前 缓 声 歌
汉乐府

水中之马。必有陆地之船。但有意气不能自前。

心非木石。荆根株数得覆盖天。当复思东流之水。

必有西上之鱼。不在大小。但有朝于复来。

长笛续短笛。欲今皇帝陛下三千万。

东 门 行
汉乐府

出东门,不顾归。来入门,怅欲悲。

盎中无斗米储,还视架上无悬衣。

拔剑东门去,舍中儿母牵衣啼:

"他家但愿富贵，贱妾与君共哺糜。

上用仓浪天故，下当用此黄口儿。今非！"

"咄！行！吾去为迟！白发时下难久居。"

艳 歌 行

汉乐府

翩翩堂前燕，冬藏夏来见。兄弟两三人，流宕在他县。

故衣谁当补，新衣谁当绽？赖得贤主人，览取为我绐。

夫婿从门来，斜柯西北眄。语卿且勿眄，水清石自见。

石见何累累，远行不如归。

五、沈宋律诗，即近体律诗，详见后文"近体"条目。

六、五言诗，即主体内容为五个字的诗歌。五言诗或说起源于李陵苏武诗，或说起源于枚乘。详见下文苏李诗。

与苏武诗·其一

良时不再至，离别在须臾。屏营衢路侧，执手野踟蹰。

仰视浮云驰，奄忽互相逾。风波一失所，各在天一隅。

长当从此别，且复立斯须。欲因晨风发，送子以贱躯。

七、七言诗，即主体内容为七个字的诗歌。七言诗起源于汉武帝《柏梁台诗》。

柏 梁 台 诗

序：汉武帝元封三年，作柏梁台，诏群臣二千石有能为七言诗，乃得上坐。

日月星辰和四时，——汉武帝　骖驾驷马从梁来。——梁孝王武

郡国士马羽林材，——大司马　总领天下诚难治。——丞相石庆

和抚四夷不易哉，——大将军卫青　刀笔之吏臣执之。——御史大夫倪宽

撞钟伐鼓声中诗，——太常周建德　宗室广大日益滋。——宗正刘安国

周卫交戟禁不时，——卫尉路博德　总领从官柏梁台。——光禄勋徐自为

平理请谳决嫌疑，——廷尉杜周　修饰舆马待驾来。——太仆公孙贺

郡国吏功差次之，——大鸿胪壶充国　乘舆御物主治之。——少府王温舒

陈粟万石扬以箕，——大司农张成　徼道宫下随讨治。——执金吾尉豹

三辅盗贼天下危，——左冯翊盛宣　盗阻南山为民灾。——右扶风李成信

外家公主不可治，——京兆尹　椒房率更领其材。——詹事陈当

蛮夷朝贺常会期，——典属国　柱枅欂栌相扶持。——大匠
枇杷橘栗桃李梅，——太官令　走狗逐兔张罘罳。——上林令
齧妃女唇甘如饴，——郭舍人　迫窘诘屈几穷哉。——东方朔

八、四言诗，即主体内容为四个字的诗歌。四言诗起源于西汉楚王师傅韦孟。（严羽此处明显是将《诗经》看作一个整体，定义《诗经》为整个诗歌的源头，而非某一类型诗的源头。在通常的习惯表述中，四言诗可追溯到《诗经》，此处暂且记下，后文有详细论述。）

在　邹　诗
西汉·韦孟

微微小子，既奇且陋。岂不牵位，秽我王朝。
王朝肃清，惟俊之庭。顾瞻余躬，惧秽此征。
我之退征，请于天子。天子我恤，矜我发齿。
赫赫天子，明悊且仁。县车之义，以洎小臣。
嗟我小子，岂不怀土。庶我王寤，越迁于鲁。
既去祢祖，惟怀惟顾。祈祈我徒，戴负盈路。
爰戾于邹，鬋茅作堂。我徒我环，筑室于墙。
我既迁逝，心存我旧。梦我渍上，立于王朝。
其梦如何，梦争王室。其争如何，梦王我弼。
寤其外邦，欢其喟然。念我祖考，泣涕其涟。
微微老夫，咨既迁绝。洋洋仲尼，视我遗烈。
济济邹鲁，礼义唯恭。诵习弦歌，于异他邦。
我虽鄙耇，心其好而。我徒侃尔，乐亦在而。

九、六言诗，即主体内容为六个字的诗歌。六言诗起源于西汉司农谷永。（谷永六言诗今已散佚，现选王维六言诗以做参考。）

田　园　乐
唐·王维

桃红复含宿雨，柳绿更带朝烟。花落家童未归，莺啼山客犹眠。

十、三言诗，即主体内容为三个字的诗歌。三言诗起源于西晋夏侯湛。（夏侯湛

的三言诗今已散佚，现选鲍照三言诗以做参考。)

代春日行

南朝·鲍照

献岁发，吾将行。春山茂，春日明。园中鸟，多嘉声。梅始发，桃始荣。
泛舟舻，齐棹惊。奏采菱，歌鹿鸣。风微起，波微生。弦亦发，酒亦倾。
入莲池，折桂枝。芳袖动，芬叶披。两相思，两不知。

十一、九言诗，即主体内容为九个字的诗歌。九言诗起源于高贵乡公曹髦。(曹髦的九言诗今已散佚，现选谢庄九言诗以做参考。)

谢 白 帝

南朝·谢庄

百川如镜天地爽且明，云冲气举德盛在素精。
木叶初下洞庭始扬波，夜光彻地翻霜照悬河。
庶类收成岁功行欲宁，浃地奉渥馨宇承秋灵。

原文 二、以时而论，则有建安体（汉末年号，曹子建父子及邺中七子之诗）、黄初体（魏年号，与建安相接，其体一也）、正始体（魏年号，嵇、阮诸公之诗）、太康体（晋年号，左思、潘岳、二张、二陆诸公之诗）、元嘉体（宋年号，颜、鲍、谢诸公之诗）、永明体（齐年号，齐诸公之诗）、齐梁体（通两朝而言之）、南北朝体（通魏、周而言之，与齐、梁体一也）、唐初体（唐初犹袭陈、隋之体）、盛唐体（景云以后，开元、天宝诸公之诗）、大历体（大历十才子之诗）、元和体（元、白诸公）、晚唐体、本朝体（通前后而言之）、元祐体（苏、黄、陈诸公）、江西宗派体（山谷为之宗）。

译文 以时间年代而论，则有建安体、黄初体、正始体、太康体、元嘉体、永明体、齐梁体、南北朝体、唐初体、盛唐体、大历体、元和体、晚唐体、本朝体、元祐体、江西宗派体。

简评 严羽根据自身认知判断，将魏晋至两宋创作的诗歌，划分为十六个具有鲜明时代特色的流派：建安体、黄初体、正始体、太康体、元嘉体、永明体、齐梁体、南北朝体、唐初体、盛唐体、大历体、元和体、晚唐体、本朝体、元祐体、江西宗派体。文学史上的时间概念并不精确，不可能如历史那样具有明确的时间节点，这里只是大概描述。

注解 一、建安体。建安是东汉末年汉献帝的年号，大致时间段为196—220年，跨度约25年。这一时期的诗人有曹操、曹丕、曹植和建安七子。建安七子指孔融、王粲、陈琳、徐干、阮瑀、应玚、刘桢七人，因他们曾共同居住在魏国邺城，又称邺中七子。

1. 曹操（155—220年），字孟德，魏武帝。有《魏武帝集》传世，现存诗文34篇。

2. 曹丕（187—226年），字子桓，曹操之子，魏文帝。有《魏文帝集》传世，现存诗文70篇。

3. 曹植，详见下文曹刘体。

4. 孔融（153—208年），字文举，孔子二十世孙，曾任北海相，世称孔北海，有《孔北海集》传世，现存诗文13篇。

5. 王粲（177—217年），字仲宣，现有诗文34篇。

6. 陈琳（？—217年），字孔璋，现存诗文8篇。

7. 徐干（171—217年），字伟长，现存诗文10篇。

8. 阮瑀（165—212年），字符瑜，现存诗文15篇。

9. 应玚（？—217年），字德琏，现存诗文约7篇。

10. 刘桢，详见下文曹刘体。

二、黄初体。黄初是魏文帝曹丕年号，大致时间段为220—226年，跨度约7年。黄初和建安相接，两者并无本质上差别，可以看作一体，这一时期的诗人主要有曹叡、左延年。

1. 曹睿（204—239年），字符仲，曹丕之子，魏明帝，现存诗文约20篇。

2. 左延年，生卒年不详，魏国宫廷乐师，现存诗文约3篇。

三、正始体。正始是魏国第三位君主曹芳的年号，大致时间段为240—249年，跨度约10年。这一时期的诗人主要有嵇康、阮籍。

1. 嵇康（223—262年），字叔夜，拜中散大夫，世称嵇中散，竹林七贤之一。有《嵇康集》传世，现存诗文约60篇。

2. 阮籍（210—263年），字嗣宗，阮瑀之子，曾任步兵校尉，世称阮步兵，竹林七贤之一。有《阮步兵集》传世，现存诗文约 100 篇。

四、太康体。太康是晋武帝司马炎的年号，大致时间段为 280—289 年，跨度约 10 年。这一时期诗人主要有左思、潘岳、张载、张协、张亢、陆机、陆云、张华。二张：张载、张协、张亢为一家兄弟，并称"三张"，但此处只取"二张"，不太符合。另有一说，主张将"二张"解释为诗歌成就相对较高的张协和张华，但张协与张华二人并无血缘关系，也没有形成约定成俗的并称，似乎也不符合。

1. 左思（约 250—305 年），字太冲，因《三都赋》名重于世，现存诗文约 17 篇。

2. 潘岳（247—300 年），字安仁，古代著名美男子，现存诗文约 21 篇。

3. 张载，生卒年不可考，字孟阳，现存诗文约 20 篇。

4. 张协，生卒年不可考，字景阳，张载之弟，现存诗文约 16 篇。

5. 张亢，生卒年不可考，字季阳，张载之弟，现存诗文 1 篇。

6. 陆机（261—303 年），字士衡，陆逊之孙，陆抗之子，陆云之兄，曾任平原内史，世称陆平原，现存诗文约 137 篇。

7. 陆云（262—303 年），字士龙，陆逊之孙，陆抗之子，陆机之弟，曾任清河内史，世称陆清河，现存诗文约 90 篇。

8. 张华（232—300 年），字茂先，有《博物志》传世，现存诗文约 50 篇。

五、元嘉体。元嘉是南朝宋文帝刘义隆的年号，大致时间段为 424—453 年，跨度约 30 年。这一时期的诗人主要有颜延之、鲍照、谢灵运，后世又称"元嘉三大家"。

1. 颜延之（384—456 年），字延年，官至金紫光禄大夫，有《颜光禄集》传世，现存诗文约 42 篇。

2. 鲍照（约 415—466 年），字明远，曾任前军参军，世称鲍参军，有《鲍参军集》传世，现存诗文约 300 篇。

3. 谢灵运，详见下文谢体。

六、永明体。永明是南朝齐武帝萧赜的年号，大致时间段 483—493 年，跨度约 11 年。这一时期的诗人主要有谢朓、沈约、王融，上述三人及萧衍、萧琛、范云、任昉、陆倕五人，后世并称"竟陵八友"，又名"西邸八友"。

1. 谢朓（464—499 年），字玄晖，与谢灵运同族，世称小谢，曾任宣城太守，又称谢宣城，有《谢宣城集》传世，现存诗文约 300 篇。

2. 沈约（441—513年），字休文，拥梁武帝萧衍开国有功，任尚书令，谥号隐，有《沈隐侯集》传世，现存诗文约430篇。

3. 王融（467—493年），字符长，曾任宁朔将军，有《王宁朔集》传世，现存诗文约90篇。

七、齐梁体。南朝齐梁两代几乎为一体，大致时间段479—557年，跨度约79年。

八、南北朝体。北朝（西魏北周、东魏北齐）与南朝齐梁几乎为一体，大致时间段439—581年，跨度约143年。

九、唐初体。唐初依旧沿袭陈、隋的诗歌理论。陈朝与隋朝的大致时间段557—618年，跨度约62年；唐初的大致时间段618—712年，跨度约95年。初唐诗歌与六朝诗歌一脉相承，直至盛唐诸公横空出世。

十、盛唐体。严羽将盛唐的起点设置在景云三年，即712年，这年秋，唐睿宗李旦将皇位传给其子李隆基，即唐玄宗。然而，巧合的是杜甫也出生于712年，从文学史的角度来说，将杜甫生年作为盛唐发端，再合适不过了。唐玄宗即位后改年号为开元，742年又改年号为天宝，后多用开元、天宝两个年号指代盛唐。756年是李隆基退位的时间，其子李亨自立为帝，盛唐落幕。盛唐体大致时间段712—756年，跨度约44年。开元天宝诸公如王维、李白、杜甫、孟浩然、高适、王昌龄等，皆名重一时，后文另有论述。

十一、大历体。大历是唐代宗李豫的年号，大致时间段766—779年，跨度约14年。这段时期最具名望的诗人被后世称为"大历十才子"，按姚合所著《极玄集》中记载为：李端、卢纶、吉中孚、韩翃、钱起、司空曙、苗发、崔峒、耿湋、夏侯审。

1. 李端（743—782年），字正己，唐代宗大历五年登进士第，晚年隐居湖南衡山，自号衡岳幽人，有《李端诗集》传世，现存诗文约250篇。

2. 卢纶（739—799年），字允言，曾任检校户部郎中，有《卢户部诗集》传世，现存诗文约330篇。

3. 吉中孚，生平不详，字号不详，唐德宗兴元元年（784年）为翰林学士，诗多散佚，现存诗文2篇。

4. 韩翃，生卒年不详，字君平，唐玄宗天宝十三载（754年）登进士第，官至中书舍人，有《韩君平诗集》传世，现存诗文约176篇。

5. 钱起（约 722—780 年），字仲文，唐玄宗天宝十载（751 年）登进士第，曾任考功郎中，世称钱考功，有《钱考功集》传世，现存诗文约 450 篇。

6. 司空曙（720—790 年），字文明，卢纶表兄，曾任检校水部郎中，有《司空文明诗集》传世，现存诗文约 173 篇。

7. 苗发，生卒年不详，字号不详，曾任兵部员外郎，诗多散佚，现存诗文仅 3 篇。

8. 崔峒，生卒年不详，字号不详，唐代宗时登进士第，曾任左拾遗，现存诗文约 47 篇。

9. 耿湋，生卒年不详，字洪源，唐代宗宝应二年（763 年）登进士第，有《耿湋集》传世，现存诗文约 180 篇。

10. 夏侯审，生卒年不详，字号不详，曾任侍御史，诗多散佚，现存诗文仅 1 篇。

十二、元和体。元和是唐宪宗李纯的年号，大致时间段 804—820 年，跨度约 17 年，这一时期的诗人主要有白居易、元稹、韩愈、孟郊、李贺、刘禹锡、柳宗元等，亦名重一时，后文另有论述。

十三、晚唐体。按历史学的划分，晚唐大致以 875 年王仙芝、黄巢起义时间节点为发端，不过文学的嗅觉通常与时代不同步，诗歌中的"晚唐风流"，提前了三四十年。如将杜甫、岑参的逝世看作盛唐的结束，那刘禹锡（逝于 842 年）和白居易（逝于 846 年）的离去，则宣告了元和体的落幕，而后的残唐和乱世的五代，百年岁月，可统称晚唐体。

十四、本朝体。严羽宋人，故称宋为本朝，大致时间段 960—1279 年，跨度约 320 年。按当前文学史主流看法，宋朝诗歌可分为四个阶段：①宋初转变期，从西昆体到梅尧臣；②元祐全盛期，欧阳修、王安石与苏轼、黄庭坚争辉；③南渡剧变期，陆游与杨万里的中兴；④宋末消沉期，从永嘉四灵到江湖诗派到最终消散。

十五、元祐体。元祐是宋哲宗赵煦的年号，大致时间段为 1086—1094 年，跨度约 9 年，这一时期的诗人有苏轼、黄庭坚、陈师道等。严羽此处将元祐体单独列出，自是符合他所要论述的沧浪诗学体系，千万不要画蛇添足，引用他人文章中的理念来解释这里的元祐体，后文有详细商讨，此处不论。

十六、江西宗派体。宋徽宗时期，诗人吕本中作《江西诗社宗派图》，收录25位奉黄庭坚诗学为圭臬的诗人，因黄庭坚是江西人，且这些诗人中11人为江西籍贯，故称"江西诗派"。宗派图原作后来散佚，按王应麟所编《小学绀珠》中的记载，这25位诗人是陈师道、潘大临、谢逸、洪朋、洪刍、饶节、僧祖可、徐俯、林敏修、洪炎、汪革、李錞、韩驹、李彭、晁冲之、江端本、杨符、谢薖、夏倪、林敏功、潘大观、王直方、僧善权、高荷、何觊。胡仔的《苕溪渔隐丛话》记载的名单略有不同，无伤大雅，此处不论。江西诗派虽因地域而成名，但其影响早已超出一地一域，南渡之后，杨万里所著《江西宗派诗序》中特别点明："诗江西也，非人皆江西。"关于江西诗派更多的商讨，详见后文。

原文 三、以人而论，则有苏李体（李陵、苏武也）、曹刘体（子建、公干也）、陶体（渊明也）、谢体（灵运也）、徐庾体（徐陵、庾信也）、沈宋体（佺期、之问也）、陈拾遗体（陈子昂也）、王杨卢骆体（王勃、杨炯、卢照邻、骆宾王也）、张曲江体（始兴文献公九龄也）、少陵体、太白体、高达夫体（高常侍适也）、孟浩然体、岑嘉州体（岑参也）、王右丞体（王维也）、韦苏州体（韦应物也）、韩昌黎体、柳子厚体、韦柳体（苏州与仪曹合言之）、李长吉体、李商隐体（即西昆体也）、卢仝体、白乐天体、元白体（微之、乐天，其体一也）、杜牧之体、张籍王建体（谓乐府之体同也）、贾浪仙体、孟东野体、杜荀鹤体、东坡体、山谷体、后山体（后山本学杜，其语似之者但数篇，他或似而不全，又其他则本其自体耳）、王荆公体（公绝句最高，其得意处，高出苏、黄、陈之上，而与唐人尚隔一关）、邵康节体、陈简斋体（陈去非与义也。亦江西之派而小异）、杨诚斋体（其初学半山、后山，最后亦学绝句于唐人。已而尽弃诸家之体，而别出机杼，盖其自序如此也）。

译文 以具体诗人而论，则有苏李体、曹刘体、陶体、谢体、徐庾体、沈宋体、陈拾遗体、王杨卢骆体、张曲江体、少陵体、太白体、高达夫体、孟浩然体、岑嘉州体、王右丞体、韦苏州体、韩昌黎体、柳子厚体、韦柳体、李长吉体、李商隐体、卢仝体、白乐天体、元白体、杜牧之体、张籍王建体、贾浪仙体、孟东野体、杜荀鹤体、东坡体、山谷体、后山体、王荆公体、邵康节体、陈简斋体、杨诚斋体。

简评 严羽构建的诗歌美学评价体系，从魏晋至两宋近千年历史中，选取了

36种（包括合称）具有显著个人特色的诗风，其中汉2人、魏2人、南朝4人、唐28人、宋7人。

注解 一、苏李体。相传李陵（汉武帝时将军，李广之孙）投降匈奴后，与苏武（汉朝使者）在极寒之地相见，二人作诗相互述怀。历代皆有怀疑，苏李赠答诗并非苏武、李陵所作，而是后人托名伪造。

二、曹刘体。曹植与刘桢诗歌的合称。

1. 曹植（192—232年），字子建，曹操之子，陈思王。有《曹子建集》传世，现存诗文约197篇。

2. 刘桢（？—217年），字公干，有《刘公干集》传世，现存诗文约29篇。

三、陶体。陶渊明（约365—427年），字符亮，又名潜，南朝人，宦海沉浮多年，后辞官归隐，逝后友人私谥"靖节"，世称靖节先生，有《陶渊明集》传世，现存诗文约130篇。

四、谢体。谢公义（385—433年），字灵运，以字行于世，东晋名将谢玄之孙，因袭封康乐公，世称谢康乐，有《谢康乐集》传世，现存诗文约150篇。

五、徐庾体。徐陵和庾信诗歌的合称。

1. 徐陵（507—583年），字孝穆，南朝人，有《徐孝穆集》传世，现存诗文约50篇。

2. 庾信（513—581年），字子山，小字兰成，南朝梁人，42岁时奉命出使西魏，遭国难，羁留北方，累官开府仪同三司，世称庾开府，有《庾子山集》传世，现存诗文约500篇。

六、沈宋体。沈佺期与宋之问合称"沈宋"，二人以示范诗作为格律诗的创作指明了方向。

1. 沈佺期（约656—715年），字云卿，现存诗文约170篇。

2. 宋之问（约656—713年），字延清，唐高宗上元二年（675年）进士及第，现存诗文约220篇。

七、陈拾遗体。陈子昂（659—700年），字伯玉，曾任右拾遗，世称陈拾遗，有《陈伯玉文集》传世，现存诗文167篇。

八、王杨卢骆体。王指王勃，杨指杨炯，卢指卢照邻，骆指骆宾王，后世合称

"初唐四杰"。

1. 王勃（约649—676年），字子安，有《王子安集》传世，现存诗文约90篇。

2. 杨炯（650—692年），曾任盈川县令，故称杨盈川，有《杨盈川集》传世，现存诗文约40篇。

3. 卢照邻（约635—689年），字升之，号幽忧子，有《卢照邻集》传世，现存诗文约130篇。

4. 骆宾王（约662—684年），曾随徐敬业反武则天，作《代李敬业传檄天下文》，有《骆宾王集》传世，现存诗文约130篇。

九、张曲江体。张九龄（约648—740年），字子寿，谥文献，韶州曲江人，世称张曲江、张文献公，开元年间名相，有《曲江集》传世，现存诗文约220篇。

十、少陵体。杜甫（712—770年），字子美，自称杜陵布衣、少陵野老，曾任检校工部员外郎，世称杜工部，有《杜工部集》传世，现存诗文约1 370篇。

十一、太白体。李白（701—762年），字太白，号青莲居士，有《李太白集》传世，现存诗文约1 180篇。

十二、高达夫体。高适（704—765年），字达夫，曾任散骑常侍，世称高常侍，有《高常侍集》传世，现存诗文约250篇。

十三、孟浩然体。孟浩然（689—740年），襄阳人，世称孟襄阳，有《孟浩然集》传世，现存诗文约330篇。

十四、岑嘉州体。岑参（约717—769年），唐玄宗天宝三年（744年）进士及第，曾任嘉州刺史，世称岑嘉州，有《岑嘉州集》传世，现存诗文约450篇。

十五、王右丞体。王维（约701—761年），字摩诘，唐玄宗开元十九年（731年）状元及第，累官尚书右丞，世称王右丞，有《王右丞集》传世，现存诗文约440篇。

十六、韦苏州体。韦应物（约737—792年），京兆韦氏，曾任苏州刺史，世称韦苏州，有《韦苏州集》传世，现存诗文约590篇。

十七、韩昌黎体。韩愈（768—824年），字退之，唐德宗贞元八年（792年）进士及第。韩姓为昌黎郡名望大姓，自称昌黎先生，世称韩昌黎，谥号文，又称韩文公，有《昌黎先生集》传世，现存诗文约430篇。

十八、柳子厚体。柳宗元（773—819年），字子厚，河东人，世称柳河东，唐德宗贞元九年进士及第。曾任礼部员外郎，因礼部员外郎古称仪曹，又称柳仪曹；曾任柳州刺史，又称柳柳州，有《柳河东集》传世，现存诗文约600篇。

十九、韦柳体。韦应物与柳宗元诗歌的合称。

二十、李长吉体。李贺（790—817年），字长吉，家居昌谷，世称李昌谷，英年早逝，有《昌谷集》传世，现存诗文约240篇。

二十一、李商隐体。李商隐（约813—858年），字义山，号樊南生，又号玉溪生，唐文宗开成二年（837年）进士，有《樊南文集》传世，现存诗文约600篇。

二十二、卢仝体。卢仝（约795—835年），自号玉川子，有《玉川子诗集》传世，现存诗文约110篇。

二十三、白乐天体。白居易（772—846年），字乐天，号香山居士，唐德宗贞元十六年（800年）进士，有《白香山集》传世，现存诗文约3 070篇。

二十四、元白体。元稹与白居易诗歌的合称。元稹（约779—831年），字微之，唐德宗贞元九年（793年）明经及第，有《元稹集》传世，现存诗文约720篇。

二十五、杜牧之体。杜牧（803—852年），字牧之，号樊川居士，唐文宗大和二年（828年）进士，有《杜樊川集》传世，现存诗文约530篇。

二十六、张籍王建体。张籍与王建诗歌的合称。

1. 张籍（约767—830年），字文昌，唐德宗贞元十五年（799年）进士，曾任水部员外郎、国子司业等职，世称张水部、张司业，有《张司业集》传世，现存诗文约460篇。

2. 王建（768—835年），字仲初，有《王建集》传世，现存诗文约410篇。

二十七、贾浪仙体。贾岛（779—843年），字浪仙（阆仙），自号碣石山人，早年出家为僧，法号无本，曾任长江县主簿，世称贾长江，有《长江集》传世，现存诗文约410篇。

二十八、孟东野体。孟郊（751—814年），字东野，唐德宗贞元十二年（796年）进士及第，私谥"贞曜先生"，有《孟东野诗集》传世，现存诗文约430篇。

二十九、杜荀鹤体。杜荀鹤（约846—904年），字彦之，号九华山人，唐昭宗大顺二年（891年）进士及第，有《杜荀鹤文集》传世，现存诗文约320篇。

三十、东坡体。苏轼（1037—1101年），字子瞻，号东坡居士，宋仁宗嘉祐二年（1035年）进士及第，谥号文忠，有《东坡集》传世，现存诗文约3 350篇。

三十一、山谷体。黄庭坚（1045—1105年），字鲁直，号山谷道人，宋英宗治平四年（1067年）进士及第，谥号文节，有《山谷集》传世，现存诗文约2 640篇。

三十二、后山体。陈师道（1053—1101年），字履常，又字无己，号后山居士，有《后山先生集》传世，现存诗文约830篇。（严羽评议：陈师道标榜学杜甫，但真正学杜甫的诗歌只是很少一部分，选择杜甫某一方面学习并融入了自己创作想法的诗才是后山本色。）

三十三、王荆公体。王安石（1021—1086年），字介甫，号半山，宋仁宗庆历二年（1042年）进士及第，中国古代著名政治家，谥号文，世称王文公，因封荆国公，又称王荆公，有《王文公文集》传世，现存诗文约1 900篇。（严羽评议：王安石诗词中绝句成就最高，其精妙处，高出苏轼、黄庭坚和陈师道，但与诸唐圣手相比，尚隔一层。）

三十四、邵康节体。邵雍（1011—1077年），字尧夫，自号安乐先生。中国古代著名理学家，谥号康节，世称邵康节，有大量著作传世，因其安居于洛阳伊川，故诗文集名为《伊川击壤集》，现存诗文约3 000篇。

三十五、陈简斋体。陈与义（1090—1139年），字去非，号简斋，宋徽宗政和三年（1113年）进士及第，有《简斋集》传世，现存诗文约710篇。（严羽评议：陈与义也属于江西诗派，但其诗并非江西诗派标榜的正统路数。）

三十六、杨诚斋体。杨万里（1127—1206年），字延秀，号诚斋，宋高宗绍兴二十四年（1154年）进士及第，谥号文节，有《诚斋集》传世，现存诗文约5 000篇。（严羽评议：杨万里最初以陈师道为师，学五言律诗，又以王安石为师，学七言绝句，后转学唐人绝句。越写越不得法，最后不再学谁，将先贤之诗尽数遗忘，返璞归真，终于明悟，一如其诗集自序所述。杨万里《荆溪集自序》：予之诗，始学江西诸君子，既又学后山五字律，既又学半山老人七字绝句，晚乃学绝句于唐人。学之愈力，作之愈寡。……于是辞谢唐人及王、陈、江西诸君子，皆不敢学，而后欣如也。……盖诗人之病，去体将有日矣，方是时，不惟未觉作诗之难，亦未责作州之难也。）

原文 四、又有所谓选体（选诗时代不同，体制随异，今人例谓五言古诗为选体，非也）、柏梁体（汉武帝与群臣共赋七言，每句用韵，后人谓此体为柏梁体）、玉台体（《玉台集》乃徐陵所序，汉、魏、六朝之诗皆有之，或者但谓纤艳者为玉台体，其实则不然）、西昆体（即李商隐体，然兼温庭筠及本朝杨、刘诸公而名之也）、香奁体（韩偓之诗，皆裾裙脂粉之语，有《香奁集》）、宫体（梁简文伤于轻靡，时号宫体）。（其他体制尚或不一，然大概不出此耳。）

译文 又有选体、柏梁体、玉台体、西昆体、香奁体、宫体。或许还有其他诗体，但大致超脱不出上述范围。

简评 严羽根据自身所见所闻，选取6种具有较高影响力的诗集：《文选》《玉台新咏》《柏梁台诗》《西昆酬唱集》《香奁集》和宫体诗集。

注解 一、选体。选体是指南朝萧统编纂《文选》一书中收录诗歌的风格体例，《文选》收录诗文上溯西周下至萧梁时间跨度约800年。严羽精准指出《文选》因时间跨度过大，所以每一朝所选诗歌的风格也大相径庭，据此反驳"选体就是五言古诗"这一判断。《文选》因其总编撰萧统谥号昭明，又称《昭明文选》，收录130余位诗人和700余篇诗文，堪称唐朝之前的文学精华合集。

二、柏梁体。汉武帝元封三年（前108年），营造数年的柏梁台落成，武帝宴请群臣，先题一句诗，群臣按官职大小依次承接，每句都必须用韵，后世将此类诗体称为柏梁体。（《柏梁台诗》上文已有叙述，此处收录唐人所作柏梁体诗例。）

十月诞辰内殿宴群臣效柏梁体联句

润色鸿业寄贤才，——李显　叨居右弼愧盐梅。——李峤

运筹帷幄荷时来，——宗楚客　职掌图籍滥蓬莱。——刘宪

两司谬忝谢钟裴，——崔湜　礼乐铨管效涓埃。——郑愔

陈师振旅清九垓，——赵彦昭　欣承顾问侍天杯。——李适

衔恩献寿柏梁台，——苏颋　黄缣青简奉康哉。——卢藏用

鲰生侍从忝王枚，——李乂　右掖司言实不才。——马怀素

宗伯秋礼天地开，——薛稷　帝歌难续仰昭回。——宋之问

微臣捧日变寒灰，——陆景初　远惭班左愧游陪。——上官婕妤

注：李显即为唐中宗，李峤、宗楚客等人皆是当朝高官。

三、玉台体。徐陵作序《玉台新咏》一书中收录诗歌的风格体例，汉、魏、南北朝的诗作尽在其中，有人将纤巧绮艳的诗歌定义为玉台体，严羽认为这一判断并不准确。

《玉台新咏》收录诗歌上至先秦下至萧梁，所录诗人约130人，所录诗歌约850篇。《玉台新咏》由谁编纂，这个问题一直有争论，之前主流看法认为由徐陵主编，近年来有学者提出并非徐陵主编，徐陵只是托名作序，实际编纂人是南朝深宫某位妃子，存疑不论。

四、西昆体。杨亿、刘筠是宋朝初期著名文臣，与王钦若、钱惟演等人一同被宋真宗召集在皇家藏书阁编纂《册府元龟》，这些编者具有较高的文化素养和一定的社会地位，在工作之余作诗酬唱，最终得诗248首，收录成集，名为《西昆酬唱集》。西昆是指西方昆仑群玉之山，有帝王藏书的寓意，诗集顺势取名为《西昆酬唱集》，可谓典雅得体，集中绝大多数诗作效法李商隐和温庭筠，据其集名，称为西昆体，李商隐上文单独列出，此处不赘述。

1. 温庭筠（约812—866年），字飞卿，有《温飞卿集》传世，现存诗文约420篇。

2. 杨亿（974—1020年），字大年，宋太宗淳化三年（992年）赐进士及第，谥号文，有《武夷新集》传世，现存诗文约600篇。

3. 刘筠（约971—1031年），字子仪，宋真宗咸平元年（998年）进士，谥号文恭，有《玉堂集》传世，现存诗文约140篇。

五、香奁体。唐人韩偓（wò），诗作大多与女性相关，多脂粉之气，有《香奁集》传世。后世将类似韩偓诗风的创作统称香奁（lián）体。

韩偓（约844—923年），字致尧，自号玉山樵人，唐昭宗龙纪元年（889年）进士及第，有《玉山樵人集》（附《香奁集》）传世，现存诗文约340篇。

六、宫体。南朝萧梁简文帝萧纲为太子时，常与贵族世家子弟作诗唱和，所写内容多为宫廷生活以及男女情爱，诗风流于轻艳柔靡，影响一时，称为宫体。

宫体诗在文学史上也存在不少争议，刘师培在《中国中古文学史》中指出："宫体诗这一概念被提出是在萧梁时期，但宫体诗起源于更早的晋宋乐府；宫体诗不仅高度重视乐府创作，还深深影响了五言古诗的创作。"闻一多在《宫体诗的自赎》中东宫及陈后主、对宫体诗所做的定义为："宫体诗就是宫廷的，或以宫廷为中心的艳情诗，它是个有历史性的名词，所以严格地讲，宫体诗又当指以梁简文帝为太子时的东宫及陈后主、隋炀帝、唐太宗等几个宫廷为中心的艳情诗。"

原文 五、又有古诗，有近体（即律诗也），有绝句，有杂言，有三五七言（自三言而终以七言，隋郑世翼有此诗："秋风清，秋月明。落叶聚还散，寒鸦栖复惊。相思相见知何日，此日此夜难为情。"），有半五六言（晋傅玄《鸿雁生塞北》之篇是也），有一字至七字（唐张南史《雪》《月》《花》《草》等篇是也。又隋人应诏有三十字诗，凡三句七言，一句九言，不足为法故，不列于此也），有三句之歌（高祖《大风歌》是也。古《华山畿》二十五首，多三句之词，其他古诗多如此者），有两句之歌（荆卿《易水歌》是也。又古诗有《青骢白马》《共戏乐》《女儿子》之类，皆两句之词也），有一句之歌（《汉书》"枹鼓不鸣董少年"，一句之歌也。又汉童谣"千乘万骑上北邙"，梁童谣"青丝白马寿阳来"，皆一句也）。有口号（或四句，或八句），有歌行（古有鞠歌行、放歌行、长歌行、短歌行。又有单以歌名者，单行名者，不可枚述），有乐府（汉成帝定郊祀立乐府，采齐、楚、赵、魏之声以入乐府，以其音词可被于弦歌也。乐府俱备诸体，兼统众名也），有楚词（屈原以下仿楚词者，皆谓之楚词），有琴操（古有《水仙操》，辛德源所作；《别鹤操》高陵牧子所作），有谣（沈炯有《独酌谣》，王昌龄有《箜篌谣》，穆天子之传有《白云谣》也），曰吟（古词有《陇头吟》，孔明有《梁父吟》，相如有《白头吟》），曰词（《选》有汉武《秋风词》，乐府有《木兰词》），曰引（古曲有《霹雳引》《走马引》《飞龙引》），曰咏（《选》有《五君咏》，唐储光羲有《群鸱咏》），曰曲（古有《大堤曲》，梁简文有《乌栖曲》），曰篇（《选》有《名都篇》《京洛篇》《白马篇》），曰唱（魏武帝有《气出唱》），曰弄（古乐府有《江南弄》），曰长调，曰短调。有四声，有八病（四声设于周颙，八病严于沈约。八病谓平头、上尾、蜂腰、鹤膝、大韵、小韵、旁纽、正纽之辨。作诗正不必拘此，弊法不足据也）。又有以叹名者（古词有《楚妃叹》《明君叹》），以愁名者（《文选》有《四愁》，乐府有《独处愁》），以哀名者（《选》有《七哀》，少陵有《八哀》），以怨名者（古词有《寒夜怨》《玉阶怨》），以思名者（太白有《静夜思》），以乐名者（齐武帝有《估客乐》，宋臧质有《石城乐》），以别名者（子美有《无家别》《垂老别》《新婚别》）。有全篇双声叠韵者（东坡"经字韵诗"是也），有全篇字皆平声者（天随子《夏日诗》四十字皆是平。又有一句全平一句全仄者），有全篇字皆仄声者（梅圣俞《酌酒与妇饮》之诗是也），有律诗上下句双用韵者（第一句，第三五七句，押一仄韵；第二句，第四六八句，押一平韵。唐章碣有此体，不足为法，漫列于此，以备其体耳。又有四句平入之体，四句仄入之体，无关诗道，今皆不取），有辘轳韵者（双出双入），有进退韵者（一进一退），有古诗一韵两用者（《文选》曹子建《美女篇》有两"难"字，谢康乐《述祖德诗》有两"人"字，后多有之），有古诗一韵三用者（《文选》任彦升《哭范仆射》诗三用"情"字也），有古诗三韵六七用者（古《焦仲卿妻诗》是也），有古诗重用二十许韵者（《焦仲卿妻诗》是也），有古诗旁取六七许韵者（韩退之"此日足可惜"篇是也。凡杂用东、冬、江、阳、庚、青六韵。欧阳公谓：退之遇宽韵则故旁入他韵。非也，此乃用古韵耳，于《集韵》自见之），有古诗全不押韵者（古《采莲曲》是也），有律诗至百五十韵者（少陵有古韵律诗，白乐天亦有之，而本朝王黄州有百五十韵五言律），有律诗止三韵者（唐人有六句五言律，如李益诗"汉家今上郡，秦塞古长城。有日云常惨，无风沙自惊。当今天子圣，不战四方平"是也）。有律诗彻首尾对者（少陵多此体，不可概举），有律诗彻首尾不对者（盛唐诸公有此体，如孟浩然诗："挂席东南望，青山水国遥。舳舻争利涉，来往接风潮。问我今何适，天台访石桥。坐看霞色晚，疑是赤城标。"又"水国无边际"之篇，又太白"牛渚西江夜"之篇。皆文从字顺，音韵铿锵，八句皆无对偶）。有后章字接前章者（曹子建《赠白马王彪》之诗是也），有四句通义者（如少陵"神女峰娟妙，昭君宅有无，曲留明怨惜，梦尽失欢娱"是也），有绝句折腰者，有八句折腰者。有拟古，有连句，有集句，有分题（古人分题，或各赋一物，如云送某人分题得某物也。或曰探题），有分韵，有用韵，有和韵，有借韵（如押七之韵，可借八微或十二齐韵是也），有协韵（《楚词》及《选》诗多用协韵），有今韵，有古韵（如退之《此日足可惜》诗用古韵也，盖《选》诗多如此），有古律（陈子昂及盛唐诸公多此体），有今律。有颔联，有颈联，有发端，有落句（结句也）。有十字对（刘眘虚"沧浪千万里，日夜一孤舟"），有十字句（常建"曲径通幽处，禅房花木深"等是也），有十四字对（刘长卿"江客不堪频北望，塞鸿何事又南飞"是也），有十四字句（崔颢"黄鹤一去不复返，白云千载空悠悠"，又太白"鹦鹉西飞陇山去，芳洲之树何青青"是也），有扇对（又谓之隔句对。如郑都官"昔年共照松溪影，松折碑荒僧已无，今日还思锦城事，雪消花谢梦何如"是也。盖以第一句对第三句，第二句对第四句），有借对（孟浩然"厨人具鸡黍，稚子摘杨梅"，太白"水春云母碓，风扫石楠花"，少陵"竹叶于人既无分，菊花从此不须开"是也），有就句对（又曰当句有对。如少陵"小院回廊春寂寂，浴凫飞鹭晚悠悠"，李嘉祐"孤云独鸟川光暮，万里千山海气秋"是也。前辈于文亦多此体，如王勃"龙光射斗牛之墟，徐孺下陈蕃之榻"，乃就句对也）。

译文　又有如下概念：古诗、近体、绝句、杂言、三五七言、半五六言、一字至七字、三句之歌、两句之歌、一句之歌、口号、歌行、乐府、楚辞、琴操、谣、吟、词、引、咏、曲、篇、唱、弄、长调、短调、四声、八病、以叹名者、以愁名者、以哀名者、以怨名者、以思名者、以乐命者、以别名者、全篇双声叠韵、全篇平声、全篇仄声、上下句双用韵律诗、辘轳韵、进退韵、一韵两用古诗、一韵三用古诗、三韵六七用古诗、重押二十许韵古诗、旁取六七许韵古诗、全不押韵古诗、百五十韵律诗、止三韵律诗、首尾彻对律诗、首尾不彻对律诗、后章字接前章、四句通义、折腰绝句、折腰八句、拟古、连句、集句、分题、分韵、用韵、和韵、借韵、协韵、今韵、古韵、古律、今律、领联、颈联、发端、落句、十字对、十字句、十四字对、十四字句、扇对、借对、就句对。

简评　严羽总结了流传于南宋诗坛的重要知识点，共计79条，大致可分为四类。

一、诸如"古诗""近体"这样宏观层面的概念。

二、诸如"篇""唱""吟"这样具体形式的诗例。

三、诸如"双声叠韵""四声八病"这些集中于训诂音韵领域的名词解释。

四、诸如"借对""就句对"这些集中于诗律技巧领域的名词解释。

注解　一、古诗。常有人将古诗解释为唐以前的诗歌，这并不妥帖，"古"是指诗的体例古而非时间古。运用排除法，古诗与近体相对，未按近体格律规则创作的诗歌都算古诗，包括但不限于五言古诗、七言古诗、四言古诗、离骚、乐府、歌行等。

二、近体。近体即律诗，区别于古诗，因其创作需严格遵守一定的格律规则，不可随意违例，又称格律诗。

近体是非常重要的概念，需详细讲解，分四点表述。

1. 近体的定义和概念的变迁。

这个"近"字在当下容易产生误解，格律诗大体在唐朝成熟成型，宋朝上接唐朝，时间离得近，所以宋人将格律诗称为近体（朱翌《猗觉寮杂记》卷上："李峤、沈、宋之流，方为律诗，谓之近体。"）。与之相对，先秦的楚辞、两汉的乐府、魏晋的五言和歌行，这些诗年代久远，也并未按照格律规则创作，宋人便将这类诗歌统称古诗。"近体诗"与"古诗"的根本性区别在于是否严格遵守格律规则。因此，即便唐朝离宋朝很近，但唐朝创作的乐府、歌行、五古等，不能称为近体。

明朝文人根据宋人习惯，将格律诗统称近体，将非格律诗统称古诗（胡震亨《唐音癸签·体凡》："其所变诗体，则声律之叶者，不论长句、绝句，概名为律诗、为近体。"）。明清两朝，近体和古诗的称谓就一直保留下来，今日有很多人也习惯将律诗称作近体。

但让一个生活在互联网时代的人，称一千多年前的格律诗为近体，这似乎有点不通情理。现代人依据自身对历史认识的划分，习惯将汉魏隋唐宋元明清统称古代，也就顺着习惯，将近体和古诗统称古诗。网络诗词圈里经常能看到这样一种回帖："你看那人都不懂诗，把律诗说成了古诗，真没文化。"我觉得这种说法非常无聊，纠结是否应该保持近体这一概念的纯洁性和专有性，有点莫名其妙。近体只是一个名词代号而已，关键在于把握近体与古诗的根本性区别。

2. 近体的标准格式。

近体有别于古诗的根本性差异：近体是按照既定的格律规则进行创作的诗歌，句数、字数、平仄、句法等都有严格的规则。

首先看句数，古诗句数不定，但近体的句数，有例可循，综合史料，可分为三大类。

（1）总共四句即为律绝；

（2）总共八句即为律诗；

（3）超过八句则为排律。

其次看诗句中的字数：每一句诗又可以包含不同字数，根据现存资料统计，以每句包含五个字和七个字为主。根据句数和字数，可将律诗划分如下格式。

律诗的标准格式

句数	字数	
	标准 5 字	标准 7 字
标准 4 句	五言律绝	七言律绝
标准 8 句	五言律诗	七言律诗
超过 8 句	五言排律	七言排律

以下为每项格式的具体诗例：

①五言律绝，简称五绝。

绝句来源含糊不清，有人认为是由五言古诗演化而成，有人认为是由五言律诗截断而成，此处不必去管，只要明确一点：四句诗可以按格律来写，也可以不按格律来写，按格律写成的诗句诗称为律绝，不按格律写成的四句诗称为古诗。详见后文绝句。

绝 句

唐·杜甫

迟日江山丽，春风花草香。泥融飞燕子，沙暖睡鸳鸯。

②七言律绝，简称七绝。

按现存资料分析，四句五言诗中五言律绝和五言古诗的数量比例相差不大，而四句七言诗中七言律绝占了绝大多数。如果说四句五言诗还保留了一部分古诗写法，那四句七言诗则是律绝写法占据了主流。

漫 成

唐·杜甫

江月去人只数尺，风灯照夜欲三更。沙头宿鹭联拳静，船尾跳鱼拨刺鸣。

③五言律诗，简称五律。

春 夜 喜 雨

唐·杜甫

好雨知时节，当春乃发生。随风潜入夜，润物细无声。

野径云俱黑，江船火独明。晓看红湿处，花重锦官城。

④七言律诗，简称七律。

闻官军收河南河北

唐·杜甫

剑外忽传收蓟北，初闻涕泪满衣裳。却看妻子愁何在，漫卷诗书喜欲狂。

白日放歌须纵酒，青春作伴好还乡。即从巴峡穿巫峡，便下襄阳向洛阳。

⑤五言排律，简称五排。

五言律诗继续按规则写下去即为五言排律，五排大气雍容，典雅严正，七言排律因字数较多，费力费心，且七言近于歌行，多摇曳烂漫，不适宜排律风格，故后世七言排律不显，五言排律为主流体例。

投赠哥舒开府二十韵

唐·杜甫

今代麒麟阁，何人第一功。君王自神武，驾驭必英雄。
开府当朝杰，论兵迈古风。先锋百胜在，略地两隅空。
青海无传箭，天山早挂弓。廉颇仍走敌，魏绛已和戎。
每惜河湟弃，新兼节制通。智谋垂睿想，出入冠诸公。
日月低秦树，乾坤绕汉宫。胡人愁逐北，宛马又从东。
受命边沙远，归来御席同。轩墀曾宠鹤，畋猎旧非熊。
茅土加名数，山河誓始终。策行遗战伐，契合动昭融。
勋业青冥上，交亲气概中。未为珠履客，已见白头翁。
壮节初题柱，生涯独转蓬。几年春草歇，今日暮途穷。
军事留孙楚，行间识吕蒙。防身一长剑，将欲倚崆峒。

3. 格律的定义。

首先要说明，格律是真实存在的规则，并不是后人瞎编出来吓唬人的伪作。它像数学公式一样，可以通过归纳法整理出来，与事实比对后，验证成功。并且，掌握了格律的规则之后，读者还可以根据规则正向推导出格律的各类形式。

不过要想推导出格律，需要训练一段时间，跟做数学题一样，多做多练习，熟练掌握之后就简单了。讲格律之前要先弄清楚平仄。

如杜甫的这首五言律绝，表面来看是这样：

迟日江山丽，春风花草香。

泥融飞燕子，沙暖睡鸳鸯。

但将其还原成平仄格式之后，便成了这样：

平仄平平仄，平平平仄平。

平平平仄仄，平仄仄平平。

这里的平仄是什么意思呢？简单来说，就是指这个字的音调。根据音调，可以将汉字分为平声字与仄声字。（此处为了便于理解，不讲广韵、平水韵等概念，只是做个粗略的表述，后文有详细论述。）

平声：现代汉语拼音中的第一声、第二声。

仄声：现代汉语拼音中的第三声、第四声。

以"迟日江山丽"为例：

"迟"字读第二声，即平声；

"日"字读第四声，即仄声；

"江"字读第一声，即平声；

"山"字读第一声，即平声；

"丽"字读第四声，即仄声。

于是，"迟日江山丽"的平仄格式便可写作"平仄平平仄"。

知晓平声与仄声的定义之后，再看格律的平仄句式写法：

如"仄仄平平仄"这样的句式，就是说写诗的时候，前两个字要选用仄声字，第三个字和第四个字要选用平声字，第五个字要选用仄声字。

如"平平仄仄平"这样的句式，就是说写诗的时候，前两个字要选用平声字，第三个字和第四个字要选用仄声字，第五个字要选用平声字。

又如"中平中仄平平仄"这样的句式，即写诗时，第二个字要用平声字，第四个字要用仄声字，第五个字和第六个字要用平声字，第七个字要用仄声字。

那这个"中"字是什么意思呢，"中"的定义更为简单，即可平可仄，只要是汉字就行。唐朝的科举考试中，诗赋属于必考科目，考生写诗必须严格按照规定格式写作，不得出律，以下是律诗的八种基本格式。

五言律诗的四种基本格式如下：

①仄起首句入韵式。

中仄仄平平，平平仄仄平。中平平仄仄，中仄仄平平。
中仄平平仄，平平仄仄平。中平平仄仄，中仄仄平平。
②仄起首句不入韵式。
中仄平平仄，平平仄仄平。中平平仄仄，中仄仄平平。
中仄平平仄，平平仄仄平。中平平仄仄，中仄仄平平。
③平起首句入韵式。
平平仄仄平，中仄仄平平。中仄平平仄，平平仄仄平。
中平平仄仄，中仄仄平平。中仄平平仄，平平仄仄平。
④平起首句不入韵式。
中平平仄仄，中仄仄平平。中仄平平仄，平平仄仄平。
中平平仄仄，中仄仄平平。中仄平平仄，平平仄仄平。
七言律诗的四种基本格式为：
①仄起首句入韵式。
中仄平平仄仄平，中平中仄仄平平。中平中仄平平仄，中仄平平仄仄平。
中仄中平平仄仄，中平中仄仄平平。中平中仄平平仄，中仄平平仄仄平。
②仄起首句不入韵式
中仄中平平仄仄，中平中仄仄平平。中平中仄平平仄，中仄平平仄仄平。
中仄中平平仄仄，中平中仄仄平平。中平中仄平平仄，中仄平平仄仄平。
③平起首句入韵式。
中平中仄仄平平，中仄平平仄仄平。中仄中平平仄仄，中平中仄仄平平。
中平中仄平平仄，中仄平平仄仄平。中仄中平平仄仄，中平中仄仄平平。
④平起首句不入韵式。
中平中仄平平仄，中仄平平仄仄平。中仄中平平仄仄，中平中仄仄平平。
中平中仄平平仄，中仄平平仄仄平。中仄中平平仄仄，中平中仄仄平平。

4. 格律的推演。

当下网络上教人写诗的课不少，只是大多课程就是让学生硬背八种基本格式，并不着重讲解这八种格式如何成型，颇为遗憾。授人以鱼不如授人以渔，且看这八种基本格式如何推演而成。

首先要明确格律诗显而易见的美感在于对称，对称，不仅是人文之美，更是自然之美。在物理和数学等自然学科领域，那些影响深远的经典公式体现出"神秘的对称"和"简洁的和谐"，也正是中国古典诗歌的至高追求。在汉语方块字这一绝对大前提下，古典诗歌驾驭文字恰似排兵布阵，对称美感不可谓不极致，甚至有时可以为形式上的对称美感，放弃内容上的部分表达，近乎走火入魔。而格律，正是对称美感这一绝对原则指导下的产物，根据现存资料整理归纳，可总结为两个前提、五条规则和两点细节。

前提1：汉字根据音韵可以分成平声与仄声两类声调。

前提2：两字词组的节奏感通常在第二个字，所以诗句中的偶数位音韵要求严格，诗句中的奇数位相对宽松（尾字除外）。

规则1：为保证对称，诗句中相邻偶数位的平仄要相反。

规则2：为保证对称，一联两句，前一句与后一句的偶数位平仄要相反。

规则3：为保证对称，上一联后一句与下一联前一句的偶数位平仄要相同。

规则4：为保证对称，偶数句尾字一律押平声韵。

规则5：为保证对称，奇数句尾字一律为仄声。但如果第一句尾字也押韵，可为例外。

细节1：尽量避免诗句中出现平声三连（句尾是绝对不允许出现三连平，出现于其他位置的三连平可以商榷）。

细节2：尽量避免诗句中出现孤平（奇数句避免孤平，句中至少要保证有两个连在一起的平声字；偶数句尾字肯定平声，所以偶数句只要保证尾字的前一字是平声即可，如果不能保证，则必须与奇数句一样，句中至少要保证有两个连在一起的平声字）。

以上是规则释义，下面用问答的形式详细解读。

问题1：根据以上信息，只要确定一首五言律诗的第二字声调，便可以推导出该诗的格律格式，这个说法靠谱吗？

回答：可以。

推演过程：

为方便理解，将平声记作数字"1"、将仄声记作数字"9"，将可平可仄记作数字"0"。"1"按普通话读作平声，"9"按普通话读作仄声，助于记忆。

步骤一，假设该五言律诗第一句第二个字是平声字，在第二空格处填入1。

| | 1 | | | | , | | | | | |

步骤二，根据规则1：诗句中相邻偶数位的平仄要相反，即第一句第四个字的平仄与第二个字的平仄相反，在第四空格处填入9。

| | 1 | | 9 | | | | | | | |

步骤三，根据前提2：两字词组的节奏感通常在第二个字，所以诗句中的偶数位音韵要求严格，诗句中的奇数位（尾字除外）相对宽松，在一、三空格处填入0，第五空格暂且不论。

| 0 | 1 | 0 | 9 | | | | | | | |

步骤四，根据规则2：一联两句，前一句与后一句的偶数位平仄要相反。则第二句的第二个字、第四个字与第一句相反，填入9、1。奇数位仍然是可平可仄，填入0，尾字暂且不论。

| 0 | 1 | 0 | 9 | | , | 0 | 9 | 0 | 1 | |

步骤五，根据规则3：上一联尾句与下一联首句的偶数位平仄要相同，即第三句的第二个字、第四个字与第二句相同，填入9、1。奇数位仍然是可平可仄，填入0，尾字暂且不论。

| 0 | 1 | 0 | 9 | | , | 0 | 9 | 0 | 1 | |
| 0 | 9 | 0 | 1 | | | | | | | |

步骤六，根据规则2：一联两句，前一句与后一句的偶数位平仄要相反，即第四句的第二个字、第四个字与第三句相反，填入1、9。奇数位仍然是可平可仄，填入0，尾字暂且不论。

| 0 | 1 | 0 | 9 | | , | 0 | 9 | 0 | 1 | |
| 0 | 9 | 0 | 1 | | , | 0 | 1 | 0 | 9 | |

步骤七，再根据规则3，得到如下：

0	1	0	9		0	9	0	1	
0	9	0	1		0	1	0	9	
0	1	0	9						

步骤八，再根据规则2，得到如下：

0	1	0	9		,	0	9	0	1
0	9	0	1		,	0	1	0	9
0	1	0	9		,	0	9	0	1

步骤九，再根据规则3，得到如下：

0	1	0	9		0	9	0	1
0	9	0	1	,	0	1	0	9
0	1	0	9		0	9	0	1
0	9	0	1	,				

步骤十，再根据规则2，得到如下：

0	1	0	9		,	0	9	0	1
0	9	0	1		,	0	1	0	9
0	1	0	9		,	0	9	0	1
0	9	0	1		,	0	1	0	9

步骤十一，根据规则4：偶数句尾字一律押平声韵，即第二句、第四句、第六句、第八句的尾字全部填入1。

0	1	0	9		,	0	9	0	1	1
0	9	0	1		,	0	1	0	9	1
0	1	0	9		,	0	9	0	1	1
0	9	0	1		,	0	1	0	9	1

步骤十二，根据规则5：奇数句尾字一律为仄声，即第一句、第三句、第五句、第七句的尾字全部填入9。

0	1	0	9	9	,	0	9	0	1	1
0	9	0	1	9	,	0	1	0	9	1
0	1	0	9	9	,	0	9	0	1	1
0	9	0	1	9	,	0	1	0	9	1

完成以上步骤后，得到格律的初步格式，还需进一步品控。

步骤十三，根据细节1：尽量避免诗句出现平声三连。找出两个1连在一起的诗句，避免三连平，将可仄可平的0改成仄声9。

改前

0	1	0	9	9	,	0	9	0	1	1
0	9	0	1	9	,	0	1	0	9	1
0	1	0	9	9	,	0	9	0	1	1
0	9	0	1	9	,	0	1	0	9	1

改后

0	1	0	9	9	,	0	9	9	1	1
0	9	0	1	9	,	0	1	0	9	1
0	1	0	9	9	,	0	9	9	1	1
0	9	0	1	9	,	0	1	0	9	1

步骤十四，根据细节2：尽量避免诗句中出现孤平（平声字不要相距过远）。找出前四字只有一个1的诗句，避免孤平，将可仄可平的0改成平声1，共计4种改法。

改前

0	1	0	9	9	,	0	9	9	1	1
0	9	0	1	9	,	0	1	0	9	1
0	1	0	9	9	,	0	9	9	1	1
0	9	0	1	9	,	0	1	0	9	1

改后1

0	1	1	9	9	,	0	9	9	1	1
0	9	1	1	9	,	1	1	0	9	1
0	1	1	9	9	,	0	9	9	1	1
0	9	1	1	9	,	1	1	0	9	1

改后 2

0	1	1	9	9	,	0	9	9	1	1
0	9	1	1	9	,	0	1	1	9	1
0	1	1	9	9	,	0	9	9	1	1
0	9	1	1	9	,	0	1	1	9	1

改后 3

1	1	0	9	9	,	0	9	9	1	1
0	9	1	1	9	,	1	1	0	9	1
1	1	0	9	9	,	0	9	9	1	1
0	9	1	1	9	,	1	1	0	9	1

改后 4

1	1	0	9	9	,	0	9	9	1	1
0	9	1	1	9	,	0	1	1	9	1
0	1	1	9	9	,	0	9	9	1	1
0	9	1	1	9	,	1	1	0	9	1

这里是难点，前四个字只有一个 1 的诗句改成有两个 1 的诗句，这样的改法有很多种，除了第三句、第七句的 1，只能将前面的 0 改成 1。剩下的第一句、第四句、第五句、第八句既可以将 1 前面的 0 改成 1，也可以将 1 后面的 0 改成 1，如果用数学知识来计算，则存在很多种组合方式。如将第一句 1 前面的 0 改成 1，第四句 1 后面的 0 改成 1，再将第五句 1 后面的 0 改成 1，第八句 1 前面的 0 改成 1，这虽然也是一种改法，但实在太琐屑，有悖格律的"简洁""对称"两大美学原则。

可将上述内容归纳为：三七句只存在一种改法；一五句为一组、四八句为一组；

一五句的改法保持一致，要么都改前，要么都改后，不要两句分开，第一句改前，第五句改后，四八句同理。于是先提出一种修改方案：三七句改前、一五句改前、四八句改后。如下：

改前

0	1	0	9	9	,	0	9	9	1	1
0	9	0	1	9	,	0	1	0	9	1
0	1	0	9	9	,	0	9	9	1	1
0	9	0	1	9	,	0	1	0	9	1

改后

1	1	0	9	9	,	0	9	9	1	1
0	9	1	1	9	,	0	1	1	9	1
1	1	0	9	9	,	0	9	9	1	1
0	9	1	1	9	,	0	1	1	9	1

不考虑其他，暂且以改后的格式继续推演。

步骤十五，诗句中奇数位的平仄虽说相对宽松，但也不是没有要求，既然全诗的格律基本确定，奇数位的平仄则需要符合规则1和规则2。在对称美学的指导下，同一句中，第三字的平仄与第五字的平仄最好相反；同一联中，前一句第三字、第五字与后一句第三字、第五字的平仄最好相反。如第二句第三字为仄声，则第一句第三字最好为平声，以此类推。（格律不可能限制得那么死，得留有空间，五言律诗中对奇数位的第一个字放宽要求，对第三个字严格要求；七言律诗中对奇数位的第一个字、第三个字放宽要求，对第五个字严格要求。）

改前

1	1	0	9	9	,	0	9	9	1	1
0	9	1	1	9	,	0	1	1	9	1
1	1	0	9	9	,	0	9	9	1	1
0	9	1	1	9	,	0	1	1	9	1

改后

1	1	1	9	9	,	0	9	9	1	1
0	9	1	1	9	,	0	1	9	9	1
1	1	1	9	9	,	0	9	9	1	1
0	9	1	1	9	,	0	1	9	9	1

由上图可知，在引入诗句第三个字平仄严格要求之后，局面逐渐清晰，最后做两次品控。

首先，二六句的尾字不能三连平，导致二六句的第三字必然是9，由此可推导一五句的第三字必然是1，既然一五句的第三字必然是1，且一五句的第二字必然是1，则一五句便不存在孤平，即一五句的第一字不必固定平仄。

其次，奇数句的第三字是1、偶数句的第三字是9，两者互为犄角，不可变动，由此可推导：四八句的孤平，只能修改第二字的前字，不能修改后字。

改前

1	1	1	9	9	,	0	9	9	1	1
0	9	1	1	9	,	0	1	9	9	1
1	1	1	9	9	,	0	9	9	1	1
0	9	1	1	9	,	0	1	9	9	1

改后

0	1	1	9	9	,	0	9	9	1	1
0	9	1	1	9	,	1	1	9	9	1
0	1	1	9	9	,	0	9	9	1	1
0	9	1	1	9	,	1	1	9	9	1

至此，十五个步骤、两次品控，完成推演。将推演结果与范本比对，分毫不差。

推演结果

01199，09911

09119，11991

01199，09911

09119，11991

中平平仄仄，中仄仄平平

中仄平平仄，平平仄仄平

中平平仄仄，中仄仄平平

中仄平平仄，平平仄仄平

以上便是五言平起首句尾字不押韵的格式，如果首句尾字押韵，又该如何推演？

回溯到步骤十二，根据规则 5：奇数句尾字一律为仄声，如果第一句尾字也押韵，可为例外。格律押韵则必然是平声，所以第一句尾字填入 1，第三句、第五句、第七句尾字填入 9。

0	1	0	9	1	,	0	9	0	1	1
0	9	0	1	9	,	0	1	0	9	1
0	1	0	9	9	,	0	9	0	1	1
0	9	0	1	9	,	0	1	0	9	1

回溯到步骤十三，根据细节 1：尽量避免诗句出现平声三连。找出两个 1 连在一起的诗句，避免三连平，将可仄可平的 0 改成仄声 9。

改前

0	1	0	9	1	,	0	9	0	1	1
0	9	0	1	9	,	0	1	0	9	1
0	1	0	9	9	,	0	9	0	1	1
0	9	0	1	9	,	0	1	0	9	1

改后

0	1	0	9	1	,	0	9	9	1	1
0	9	0	1	9	,	0	1	0	9	1
0	1	0	9	9	,	0	9	9	1	1
0	9	0	1	9	,	0	1	0	9	1

回溯到步骤十四，根据细节 2：尽量避免诗句中出现孤平（平声字不要相距过远）。

找出前四字只有一个1的诗句，避免孤平，将可仄可平的0改成平声1。由上文推演可知，孤平的修改规则是三七句改前一位、一五句改后一位、四八句改前一位。

改前

0	1	0	9	1	,	0	9	9	1	1
0	9	0	1	9	,	0	1	0	9	1
0	1	0	9	9	,	0	9	9	1	1
0	9	0	1	9	,	0	1	0	9	1

改后

0	1	0	9	1	,	0	9	9	1	1
0	9	1	1	9	,	1	1	0	9	1
0	1	0	9	9	,	0	9	9	1	1
0	9	1	1	9	,	1	1	0	9	1

回溯到步骤十五，诗句中奇数位的平仄虽说相对宽松，但也不是没有要求，既然全诗的格律基本确定，奇数位的平仄即触发规则1和规则2，在对称美学的指导下，同一句中，第三字的平仄与第五字的平仄最好相反；同一联中，前一句第三字、第五字与后一句第三字、第五字的平仄最好相反。

改前

0	1	0	9	1	,	0	9	9	1	1
0	9	1	1	9	,	1	1	0	9	1
0	1	0	9	9	,	0	9	9	1	1
0	9	1	1	9	,	1	1	0	9	1

改后

0	1	9	9	1	,	0	9	9	1	1
0	9	1	1	9	,	1	1	9	9	1
0	1	1	9	9	,	0	9	9	1	1
0	9	1	1	9	,	1	1	9	9	1

由上图可知，第一句的第五字既然押韵，则固定为 1，不可变动，则相应地第一句的第三字需要随之调整，变为 9。而调整过后的第一句出现了孤平，由此，需将第一句第一字调整为 1。最终推演如下：

1	1	9	9	1	,	0	9	9	1	1
0	9	1	1	9	,	1	1	9	9	1
0	1	1	9	9	,	0	9	9	1	1
0	9	1	1	9	,	1	1	9	9	1

至此，仍是十五个步骤，推演出五言律诗首句入韵的格律，与范本比照，分毫不差。

推演结果	平起首句入韵
11991，09911	平平仄仄平，中仄仄平平
09119，11991	中仄平平仄，平平仄仄平
01199，09911	中平平仄仄，中仄仄平平
09119，11991	中仄平平仄，平平仄仄平

问题 2：根据以上信息，只要确定一首七言律诗的第二字声调，便可以推导出该诗的格律格式，这个说法靠谱吗？

回答：可以。

推演过程：

此次推演步骤从简，首先假设第一句的第二个字是仄声，记作 9。

①根据前提 2、规则 1，偶数位平仄固定、依次相反，得：

| 0 | 9 | 0 | 1 | 0 | 9 | , | | | | | | |

②根据规则 2，同一联中，上句与下句平仄相反，得：

| 0 | 9 | 0 | 1 | 0 | 9 | , | 0 | 1 | 0 | 9 | 0 | 1 |

③根据规则 3，上一联的后一句与下一联的前一句，平仄保持一致，得：

0	9	0	1	0	9	,	0	1	0	9	0	1
0	1	0	9	0	1	,						

④根据规则 2 和规则 3，依次类推，得：

0	9	0	1	0	9	,	0	1	0	9	0	1
0	1	0	9	0	1	,	0	9	0	1	0	9
0	9	0	1	0	9	,	0	1	0	9	0	1
0	1	0	9	0	1	,	0	9	0	1	0	9

⑤根据规则 4 和规则 5，奇数句句尾全部加 9、偶数位句尾全部加 1，得：

0	9	0	1	0	9	9	,	0	1	0	9	0	1	1
0	1	0	9	0	1	9	,	0	9	0	1	0	9	1
0	9	0	1	0	9	9	,	0	1	0	9	0	1	1
0	1	0	9	0	1	9	,	0	9	0	1	0	9	1

⑥根据细节 1，避免尾字三连平，得：

0	9	0	1	0	9	9	,	0	1	0	9	9	1	1
0	1	0	9	0	1	9	,	0	9	0	1	0	9	1
0	9	0	1	0	9	9	,	0	1	0	9	9	1	1
0	1	0	9	0	1	9	,	0	9	0	1	0	9	1

⑦根据细节 2，避免孤平，句中至少要保证有两个连在一起的平声字。如前文所说，五言律诗对第一个字放宽要求、对第三个字严格要求；七言律诗对第一个字和第三个字放宽要求、对第五个字严格要求。同理，七言律诗的避免孤平也集中在后，三七句固定修改前字，一五句、四八句选择修改后字，得：

0	9	0	1	1	9	9	,	0	1	0	9	9	1	1
0	1	0	9	1	1	9	,	0	9	0	1	1	9	1
0	9	0	1	1	9	9	,	0	1	0	9	9	1	1
0	1	0	9	1	1	9	,	0	9	0	1	1	9	1

⑧将规则 1 和规则 2 扩展到每句的第五个字，同一联中，前一句与后一句的第

五字平仄相反，得：

0	9	0	1	1	9	9	,	0	1	0	9	9	1	1
0	1	0	9	1	1	9	,	0	9	0	1	9	9	1
0	9	0	1	1	9	9	,	0	1	0	9	9	1	1
0	1	0	9	1	1	9	,	0	9	0	1	9	9	1

⑨因第五字平仄变动，四八句出现孤平，继续修改，得：

0	9	0	1	1	9	9	,	0	1	0	9	9	1	1
0	1	0	9	1	1	9	,	0	9	1	1	9	9	1
0	9	0	1	1	9	9	,	0	1	0	9	9	1	1
0	1	0	9	1	1	9	,	0	9	1	1	9	9	1

推演结果	仄起首句不入韵
0901199，0109911	中仄中平平仄仄，中平中仄仄平平。
0109119，0911991	中平中仄平平仄，中仄平平仄仄平。
0901199，0109911	中仄中平平仄仄，中平中仄仄平平。
0109119，0911991	中平中仄平平仄，中仄平平仄仄平。

推演结果与范本对比，分毫不差。如果首句尾字押韵，则回溯到步骤⑤，将首句尾字改成平声，进而推演，避免三连平和孤平，得：

0	9	1	1	9	9	1	,	0	1	0	9	9	1	1
0	1	0	9	1	1	9	,	0	9	1	1	9	9	1
0	9	0	1	1	9	9	,	0	1	0	9	9	1	1
0	1	0	9	1	1	9	,	0	9	1	1	9	9	1

推演结果	仄起首句不入韵
0911991，0109911	中仄平平仄仄平，中平中仄仄平平。
0109119，0911991	中平中仄平平仄，中仄平平仄仄平。
0901199，0109911	中仄中平平仄仄，中平中仄仄平平。
0109119，0911991	中平中仄平平仄，中仄平平仄仄平。

五言仄起两种格式、七言平起两种格式的推演过程，还望读者自己推演解决。

格律并不难懂，只要认真学习，用心钻研，掌握各类格式，肯定可以写出合乎规范的格律诗，这也是前辈先贤的本意初衷：创立一套行之有效的规则，让新手学诗有理可依、有例可循。遵守格律规则，哪怕遣词再差，对仗再差，也是一首格律诗。简言之，在格律的光环下，诗歌得以"标准化生产"，只要戳破格律这层窗户纸，就算入了古典诗歌的门。真要感谢前辈先贤的无私奉献。

入门之后，别有洞天，作诗不能光照着格律一个字一个字填，理解了格律为何如此，进而理解律诗的各种变体，尝试离开格律，依据自身美学修养，独立创作歌行、乐府、拟古等诗。

三、绝句。绝句分为古体绝句与近体绝句，古体绝句并不按照格律规则创作，多为五言；近体绝句与近体律诗一样，严格遵从格律规则创作，多为七言，即上文所述律绝。近体绝句的格律与律诗格律基本相同，有兴趣的读者可以自己做一次推演。

近体七言绝句四种基本格律

①仄起首句入韵式	②仄起首句不入韵式
中仄平平仄仄平，中平中仄仄平平。 中平中仄平平仄，中仄平平仄仄平。	中仄中平平仄仄，中平中仄仄平平。 中平中仄平平仄，中仄平平仄仄平。
③平起首句入韵式	④平起首句不入韵式
中平中仄仄平平，中仄平平仄仄平。 中仄中平平仄仄，中平中仄仄平平。	中平中仄平平仄，中仄平平仄仄平。 中仄中平平仄仄，中平中仄仄平平。

四、杂言。杂言针对的是句式字数，五言律诗是标准的五言八句，七言律诗是标准的七言八句，五言绝句是标准的五言四句，七言绝句是标准的七言四句，五言古诗是标准的五言多句，与之相对的、句式字数参差不齐，如下文的三五七言诗、半五六言诗等，都属于杂言诗。

五、三五七言诗。三言句式开头，五言句式过渡，七言句式结尾的诗，称为三五七言诗。

三五七言诗

秋风清，秋月明。

落叶聚还散，寒鸦栖复惊。

相思相见知何日，此日此夜难为情。

此诗作者存疑，严羽认为作者是隋代郑世翼。明人胡震亨在《李杜诗通》中认为三五七言诗由隋代郑世翼开创，李白仿效。清人王琦在《李太白诗集》中引用南宋杨齐贤的观点，认为这首诗由李白所写。刘长卿也有此类作品：

新安送陆澧归江阴

唐·刘长卿

新安路，人来去。

早潮复晚潮，明日知何处。

潮水无情亦解归，自怜长在新安住。

六、半五六言诗。诗作一部分是五言句式，一部分是六言句式，晋朝人傅玄写的《鸿雁生塞北》即是如此。

鸿雁生塞北行

魏晋·傅玄

凤凰远生海西。及时昆山冈。五德存羽仪。和鸣定宫商。

百鸟并侍左右。鼓翼腾华光。上熙游云日间。千岁时来翔。

孰若彼龙与龟。曳尾泥中藏。非云雨则不升。冬伏春乃骧。

退衰此秋兰草。根绝随化扬。灵气一何忧美。万里驰芬芳。

常恐物微易歇。一朝见弃忘。

七、一字至七字的诗。首句只有一个字，逐渐增加一个字，最终以七言句式结尾，称为一字至七字诗。唐人张南史写的《雪月花草》正是如此。隋朝还有一种三十字的应诏诗,每句由三个七言和一个九言组成,不足为法,省去不录。

雪

唐·张南史

雪,雪。

花片,玉屑。

结阴风,凝暮节。

高岭虚晶,平原广洁。

初从云外飘,还向空中噎。

千门万户皆静,兽炭皮裘自热。

此时双舞洛阳人,谁悟郢中歌断绝。

月

唐·张南史

月,月。

暂盈,还缺。

上虚空,生溟渤。

散彩无际,移轮不歇。

桂殿入西秦,菱歌映南越。

正看云雾秋卷,莫待关山晓没。

天涯地角不可寻,清光永夜何超忽。

花

唐·张南史

花,花。

深浅,芬葩。

凝为雪,错为霞。

莺和蝶到,苑占宫遮。

已迷金谷路,频驻玉人车。

芳草欲陵芳树,东家半落西家。

愿得春风相伴去,一攀一折向天涯。

草

唐·张南史

草，草。

折宜，看好。

满地生，催人老。

金殿玉砌，荒城古道。

青青千里遥，怅怅三春早。

每逢南北离别，乍逐东西倾倒。

一身本是山中人，聊与王孙慰怀抱。

八、只有三句的诗。汉高祖刘邦写的《大风歌》就是这样，古诗《华山畿》二十五首，就有不少三句诗，其他古诗也有不少类似。

大 风 歌

汉·刘邦

大风起兮云飞扬。威加海内兮归故乡。安得猛士兮守四方！

华 山 畿

一、开门枕水渚，三刀治一鱼，历乱伤杀汝。

二、未敢便相许，夜闻侬家论，不持侬与汝。

三、懊恼不堪止，上床解要绳，自经屏风里。

四、将懊恼，石阙昼夜题，碑泪常不燥。

五、隔津欢，牵牛语织女，离泪溢河汉。

九、只有两句的诗。古诗《共戏乐》《女儿子》，都是两句之诗。

《共戏乐》四曲

一、齐世方昌书轨同。万宇献乐列国风。

二、时泰民康人物盛。腰鼓铃柈各相竞。

三、长袖翩翩若鸿惊。纤腰袅袅会人情。

四、观风采乐德化昌。圣皇万寿乐未央。

《女儿子》两曲

一、巴东三峡猿鸣悲。夜鸣三声泪沾衣。

二、我欲上蜀蜀水难。蹋跞珂头腰环环。

十、只有一句的诗。《汉书》中"枹鼓不鸣董少年"就是一句之诗。汉代童谣"千乘万骑上北邙"、南朝萧梁童谣"青丝白马寿阳来"都是一句之诗。

十一、口号体。即兴而成，并未雕琢，近似民歌的诗，称为口号诗。

崔九弟欲往南山马上口号与别
唐·王维

城隅一分手，几日还相见。山中有桂花，莫待花如霰。

承闻河北诸道节度入朝欢喜口号
唐·杜甫

社稷苍生计必安，蛮夷杂种错相干。周宣汉武今王是，孝子忠臣后代看。

旅宿淮阳亭口号
唐·张九龄

日暮荒亭上，悠悠旅思多。故乡临桂水，今夜渺星河。
暗草霜华发，空亭雁影过。兴来谁与晤，劳者自为歌。

口号赠征君鸿
唐·李白

陶令辞彭泽，梁鸿入会稽。我寻高士传，君与古人齐。
云卧留丹壑，天书降紫泥。不知杨伯起，早晚向关西。

十二、歌行诗。早在汉朝就有《鞠歌行》《放歌行》《长歌行》《短歌行》，还有单以歌命名的诗，单以行命名的诗，因为歌行诗实在太多，便不逐一叙述了。

鞠 歌 行
魏晋·陆机

朝云升。应龙攀。乘风远游腾云端。鼓钟歌。岂自欢。急弦高张思和弹。
时希值。年凤怨。循己虽易人知难。王阳登。贡公欢。罕生既没国子叹。
嗟千载。岂虚言。邈矣远念情忾然。

放 歌 行
魏晋·傅玄

灵龟有枯甲，神龙有腐鳞。人无千岁寿，存质空相因。

朝露尚移景，促哉水上尘。丘冢如履綦，不识故与新。
高树来悲风，松柏垂威神。旷野何萧条，顾望无生人。
但见狐狸迹，虎豹自成群。孤雉攀树鸣，离鸟何缤纷。
愁子多哀心，塞耳不忍闻。长啸泪雨下，太息气成云。

艳 歌

两汉乐府

今日乐上乐，相从步云衢。天公出美酒，河伯出鲤鱼。
青龙前铺席，白虎持榼壶。南斗工鼓瑟，北斗吹笙竽。
姮娥垂明珰，织女奉瑛琚。苍霞扬东讴，清风流西歈。
垂露成帷幄，奔星扶轮舆。

蜨 蝶 行

两汉乐府

蜨蝶之遨游东园，奈何卒逢三月养子燕，接我首蘅间。

持之我入紫深宫中，行缠之傅榰栌间。雀来燕。

燕子见衔哺来，摇头鼓翼何轩奴轩。

十三、乐府诗。汉武帝为了祭祀，创建了乐府这一行政机构，管理音乐。乐府收录齐、楚、赵、魏各地民歌，谱写曲调，规范歌词，授予乐师，歌舞咏唱。如今已无乐府这一行政机构，但乐府这一名称却被保留下来。那些不好细分的诗作类型，都可以归为乐府；那些不好命名的诗作类型，也都可以统称乐府。

按《汉书·礼乐志》记录：至武帝定郊祀之礼……乃立乐府，采诗夜诵，有赵、代、秦、楚之讴。以李延年为协律都尉，多举司马相如等数十人造为诗赋，略论律吕，以合八音之调，作十九章之歌。以正月上辛用事甘泉圜丘，使童男女七十人俱歌，昏祠至明。严羽说汉成帝创立乐府，《汉书》记录为汉武帝，以《汉书》为准。

十四、楚辞诗。屈原之后，再有诗人仿写楚辞，都可称为楚辞诗。

山中楚辞·其一

南朝·江淹

青春素景兮白日出之蔼蔼。吾将弭节于江夏。见杜若之如大。
结珊鳞以成车。悬杂羽而为盖。草色绿而马声虑。歇沿油以流带。

山中楚辞·其二
南朝·江淹

予将礼于太一，乃雄剑兮玉钩。日华粲于芳阁，月金披于翠楼。

舞燕赵之上色，激河淇之名讴。荐西海之异品，倾东岳之庶羞。

乘鱼文兮锦质，要灵人兮中州。

山中楚辞·其五
宋·高似孙

桂树兮团栾，篱菊兮可采。石磊磊兮沿荔，雁嗷嗷兮离嗳。

人心悽兮易凉，时令迁兮谁缣。揽古昔兮自怅，视彭殇兮何待。

吁嗟秋兮，不以悲而能轻，不以愁而为怠。若得意兮骚者，酒淋骚兮如海。

十五、琴操诗。古有辛德源《水仙操》，《别鹤操》为商陵牧子所作。

辛德源《水仙操》今已不可考，选汉魏民歌参照。晋人崔豹《古今注》："《别鹤操》，商陵牧子所作也。娶妻五年而无子，父兄将为之改娶。妻闻之，中夜起，倚户而悲啸。牧子闻之，怆然而悲，乃歌曰：'将乖比翼隔天端，山川悠远路漫漫，揽衣不寝食忘餐。'后人因为乐章焉。"

水 仙 操
汉魏民歌

翳洞渭兮流渐濩，舟楫逝兮仙不还。移形素兮蓬莱山，欹钦伤宫仙石还。

十六、以谣命名的诗。沈炯写有《独酌谣》，李白写有《箜篌谣》，《穆天子传》中记录了《白云谣》。

1.南朝诗人多写《独酌谣》，陈后主另有四首《独酌谣》。

独 酌 谣
南朝·沈炯

独酌谣，独酌独长谣。

智者不我顾，愚夫余未要。不愚复不智，谁当余见招。

所以成独酌，一酌倾一瓢。生涯本漫漫，神理暂超超。

再酌矜许史，三酌傲松乔。频烦四五酌，不觉凌丹霄。

倏尔厌五鼎，俄然贱九韶。鼓殇无异葬，夷跖可同朝。

龙蠖非不屈，鹏鹢但逍遥。寄语号呶侣，无乃太尘嚣。

2.《箜篌谣》是李白创作的一首乐府诗。

箜 篌 谣
唐·李白

攀天莫登龙，走山莫骑虎。

贵贱结交心不移，唯有严陵及光武。

周公称大圣，管蔡宁相容。

汉谣一斗粟，不与淮南舂。

兄弟尚路人，吾心安所从。

他人方寸间，山海几千重。

轻言托朋友，对面九疑峰。

开花必早落，桃李不如松。

管鲍久已死，何人继其踪。

3.《穆天子传》：乙丑，天子觞西王母于瑶池之上。西王母为天子谣曰云云。天子答之。

白 云 谣

白云在天，丘陵自出。道里悠远，山川间之。将子无死，尚能复来。

十七、以吟命名的诗。古诗有《陇头吟》，诸葛亮写有《梁父吟》，司马相如写有《白头吟》。

1.《陇头吟》为乐府古题。原作今已散佚，《陇头吟》又注为《陇头水》，南朝多此诗题。唐人多乐府古题新写，试取王维《陇头吟》为参照。

陇 头 水
南朝·刘孝威

从军戍陇头，陇水带沙流。时观胡骑饮，常为汉国羞。

衅妻成两剑，杀子祀双钩。顿取楼兰颈，就解郅支裘。

勿令如李广，功多遂不酬。

陇 头 吟

唐·王维

长安少年游侠客，夜上戍楼看太白。陇头明月迥临关，陇上行人夜吹笛。

关西老将不胜愁，驻马听之双泪流。身经大小百余战，麾下偏裨万户侯。

苏武才为典属国，节旄落尽海西头。

2.《梁父吟》又名《梁甫吟》，相传为诸葛亮所作，但存在争议。

梁 父 吟

汉乐府

步出齐城门，遥望荡阴里。里中有三坟，累累正相似。

问是谁家墓，田疆古冶氏。力能排南山，又能绝地纪。

一朝被谗言，二桃杀三士。谁能为此谋，相国齐晏子。

3.《白头吟》按现存史料推论，或非司马相如所作。

白 头 吟

汉乐府

皑如山上雪，皎如云间月。闻君有两意，故来相决绝。

平生共城中，何尝斗酒会。今日斗酒会，明旦沟水头。

蹀躞御沟上，沟水东西流。郭东亦有樵，郭西亦有樵。

两樵相推与，无亲为谁骄。凄凄重凄凄，嫁娶亦不啼。

愿得一心人，白头不相离。竹竿何袅袅，鱼尾何簁簁。

男儿欲相知，何用钱刀为。蹿如马嚼箕，川上高士嬉。

今日相对乐，延年万岁期。

十八、以词命名的诗，《文选》收录了汉武帝的《秋风辞》，《乐府诗集》收录了《木兰词》。此处辞与词互通，《木兰词》详见后文。

秋 风 辞

西汉·刘彻

秋风起兮白云飞，草木黄落兮雁南归。兰有秀兮菊有芳，怀佳人兮不能忘。

泛楼船兮济汾河，横中流兮扬素波。箫鼓鸣兮发棹歌，欢乐极兮哀情多。

少壮几时兮奈老何！

十九、以引命名的诗，古曲有《霹雳引》《走马引》《飞龙引》。

霹 雳 引

南朝·萧纲

来从东海上，发自南山阳。时闻连鼓响，乍散投壶光。
飞车走四瑞，绕电发时祥。令去于斯表，杀来永传芳。

走 马 引

南朝·张率

良马龙为友，玉珂金作羁。驰骛宛与洛，半骤复半驰。
倏忽而千里，光景不及移。九方惜未见，薛公宁所知。
敛辔且归去，吾畏路傍儿。

飞 龙 引

南朝·萧悫

河曲衔图出，江上负舟归。欲因作雨去，还逐景云飞。
引商吹细管，下征泛长徽。持此凄清此，春夜舞罗衣。

二十、以咏命名的诗。《文选》收录了颜延之的《五君咏》，储光羲写有《群鸦咏》。

1.《文选》收录的《五君咏》是南朝颜延之的组诗，歌咏的五位君子是阮籍、嵇康、刘伶、阮咸、向秀。

五君咏·阮始平

南朝·颜延之

仲容青云器，实禀生民秀。达音何用深，识微在金奏。
郭奕已心醉，山公非虚觏。屡荐不入官，一麾乃出守。

五君咏·向常侍

南朝·颜延之

向秀甘淡薄，深心托豪素。探道好渊玄，观书鄙章句。
交吕既鸿轩，攀嵇亦凤举。流连河里游，恻怆山阳赋。

2.按《储光羲集》记载，《群鸥咏》应是《群鸦咏》。

群 鸦 咏

唐·储光羲

新宫骊山阴，龙衮时出豫。朝阳照羽仪，清吹肃远路。

群鸦随天车，夜满新丰树。所思在腐余，不复忧霜露。

河低宫阁深，灯影鼓钟曙。缤纷集寒枝，矫翼时相顾。

冢宰收琳琅，侍臣尽鸳鹭。高举摩太清，永绝矰缴惧。

兹禽亦翱翔，不以微小故。

二十一、以曲命名的诗。古有《大堤曲》，南朝梁简文帝有《乌栖曲》。

1.古《大堤曲》今已散佚，选唐人张柬之诗为参考。

大 堤 曲
唐·张柬之

南国多佳人，莫若大堤女。玉床翠羽帐，宝袜莲花炬。

魂处自目成，色授开心许。迢迢不可见，日暮空愁予。

2.《乌栖曲》为乐府古题，南朝多以此题作诗，相传贺知章读李白《乌栖曲》，叹曰"此诗可以泣鬼神矣"。

乌 栖 曲
南朝·萧纲

芙蓉作船丝作䋲，北斗横天月将落。采桑渡头碍黄河，郎今欲渡畏风波。

乌 栖 曲
唐·李白

姑苏台上乌栖时，吴王宫里醉西施。吴歌楚舞欢未毕，青山犹衔半边日。

银箭金壶漏水多，起看秋月坠江波。东方渐高奈乐何！

二十二、以篇命名的诗。有《京洛篇》《名都篇》《白马篇》。

京 洛 篇
南朝·萧纲

南游偃师县，斜上霸陵东。回瞻龙首堞，遥望德阳宫。

重门远照耀，天阁复穹隆。城旁疑复道，树里识松风。

黄河入洛水，丹泉绕射熊。夜轮悬素魄，朝光荡碧空。

秋霜晓驱雁，春雨暮成虹。曲阳造甲第，高安还禁中。

刘苍归作相，窦宪出临戎。此时车马合，兹晨冠盖通。

谁知两京盛，欢宴遂无穷。

名 都 篇
汉魏·曹植

名都多妖女，京洛出少年。宝剑值千金，被服丽且鲜。
斗鸡东郊道，走马长楸间。驰骋未能半，双兔过我前。
揽弓捷鸣镝，长驱上南山。左挽因右发，一纵两禽连。
余巧未及展，仰手接飞鸢。观者咸称善，众工归我妍。
归来宴平乐，美酒斗十千。脍鲤臇胎虾，炮鳖炙熊蹯。
鸣俦啸匹侣，列坐竟长筵。连翩击鞠壤，巧捷惟万端。
白日西南驰，光景不可攀。云散还城邑，清晨复来还。

白 马 篇
汉魏·曹植

白马饰金羁，连翩西北驰。借问谁家子，幽并游侠儿。
少小去乡邑，扬声沙漠垂。宿昔秉良弓，楛矢何参差。
控弦破左的，右发摧月支。仰手接飞猱，俯身散马蹄。
狡捷过猴猿，勇剽若豹螭。边城多警急，虏骑数迁移。
羽檄从北来，厉马登高堤。长驱蹈匈奴，左顾凌鲜卑。
弃身锋刃端，性命安可怀？父母且不顾，何言子与妻。
名编壮士籍，不得中顾私。捐躯赴国难，视死忽如归！

二十三、以唱命名的诗。曹操写有《气出唱》。

气 出 唱
东汉·曹操

游君山，甚为真。崔嵬砟硌，尔自为神。
乃到王母台，金阶玉为堂，芝草生殿旁。
东西厢，客满堂。主人当行觞，坐者长寿遽何央。
长乐甫始宜孙子。常愿主人增年，与天相守。

气 出 唱
东汉·曹操

驾六龙，乘风而行。行四海，路下之八邦。

历登高山临溪谷，乘云而行。行四海外，东到泰山。

仙人玉女，下来翱游。骖驾六龙饮玉浆。

河水尽，不东流。解愁腹，饮玉浆。

奉持行，东到蓬莱山，上至天之门。

玉阙下，引见得入，赤松相对，四面顾望，视正焜煌。

开玉心正兴，其气百道至。传告无穷闭其口，但当爱气寿万年。

东到海，与天连。神仙之道，出窈入冥，常当专之。

心恬澹，无所愒。欲闭门坐自守，天与期气。

愿得神之人，乘驾云车，骖驾白鹿，上到天之门，来赐神之药。

跪受之，敬神齐。当如此，道自来。

二十四、以弄命名的诗。

江南弄（其一）

南朝·沈约

邯郸奇弄出文梓。萦弦急调切流征。玄鹤徘徊白云起。

白云起。郁披香。离复合。曲未央。

江南弄（其二）

南朝·沈约

罗袖飘缅拂雕桐。促柱高张散轻宫。迎歌度舞遏归风。

遏归风。止流月。寿万春。欢无歇。

江南弄（其一）

南朝·萧衍

众花杂色满上林。舒芳耀绿垂轻阴。连手蹀躞舞春心。

舞春心。临岁腴。中人望。独踟蹰。

二十五、长调。长调约是可配音乐歌唱的七言诗。

二十六、短调。短调约是可配音乐歌唱的五言诗。

长调、短调，于此不当以词调体式而论。参考史料记载，唐宋时期长调、短调即是可配乐歌唱的诗，明清沿用此类概念。

李贺《申胡子觱篥（bì lì）歌》序：申胡子，朔客之苍头也。朔客李氏，本亦世家子，得祀江夏王庙，当年践履失序，遂奉官北郡。自称学长调短调，久未知名。今年四月，吾与对舍于长安崇义里，遂将衣质酒，命予合饮。气热杯阑，因谓吾曰："李长吉，尔徒能长调，不能作五字歌诗，直强回笔端，与陶、谢诗势相远几里！"吾对后，请撰《申胡子觱篥歌》，以五字断句。歌成，左右人合噪相唱。朔客大喜，擎觞起立，命花娘出幕，徘徊拜客。吾问所宜，称善平弄，于是以弊辞配声，与予为寿。

   颜热感君酒，含嚼芦中声。花娘篸绥妥，休睡芙蓉屏。
   谁截太平管，列点排空星。直贯开花风，天上驱云行。
   今夕岁华落，令人惜平生。心事如波涛，中坐时时惊。
   朔客骑白马，剑弛悬兰缨。俊健如生猱，肯拾蓬中萤。

汲古斋（节选）
宋·谢薖（kē）

人言曲误周郎顾，岂谓周郎真好古。长歌短调各风流，说尽心招及眉语。

五 鼓
宋·陆游

梦断华胥夜艾时，绕廊萧散曳筇枝。长空渐见明河落，短调犹残画角吹。
世事又随朝日出，钓船莫负早秋期。南湖五亩新菰熟，此味惟应老子知。

送 陈 则
明·高启

挟策去谁亲，侯门不礼宾。愁边长夜雨，梦里少年春。
树引离乡路，花骄失意人。一杯歌短调，相送欲沾巾。

扬州（其一）
清·缪公恩

自古扬州明月多，我来风雨锁嫦娥。桥边阁子谁家笛，短调偏吹折柳歌。

二十七、四声。见下文条目。

二十八、八病。四声是指平、上、去、入四个声调，由周颙最先提出；八病是指平头、上尾、蜂腰、鹤膝、大韵、小韵、旁纽、正纽，由沈约进一步完善。作诗不必被以上概念束缚，总体来说，四声八病不足为据。

四声八病是南朝文人在创作中，通过对汉字音律的理解，提炼总结出了一套诗歌创作法则。此套法则意义深远，对后世诗歌创作影响极大，尤其在唐朝科举考试的试帖律诗中，四声八病俨然金科玉律。令人遗憾的是，现存有关四声八病的原始史料大多失传，如周颙《四声切韵》、沈约《四声谱》均已亡佚。这就导致"四声八病"没有一个相对明确的解释，后人擅自发挥，定义十分混乱。此处需详细考证。

四声相对好理解，指平上去入这四个声调，按《梁书·沈约传》记载——"天子圣哲"这四个字的发音恰好对应了平上去入，称为四声。

平声：大致为现在普通话中的第一声和第二声，第一声又称阴平，取"阴"字的发音，第二声又称阳平，取"阳"的发音。

上（shǎng）声：大致为现在普通话的第三声，类似于现在"场""爽"的发音。

去声：大致为现在普通话的第四声，类似于现在"去""矿"的发音。

入声：目前不少方言还保留着入声的发音，比如笔者老家安徽省南陵县，"屋"字普通话发音为"wū"，但是南陵方言发音大致为"wè"，非常简短急促，入声即类似于此种简短急促的发音。上声、去声、入声统称仄声，与平声相对。

四声勉强还能达成共识，八病可就众说纷纭了。后世文人因时代不同、理念各异，各自发挥，详见：宋人魏庆之《诗人玉屑》、明人王世贞《艺苑卮言》、清人仇兆鳌《杜诗详注》、近人罗庸《鸭池十讲》、近人王力《汉语诗律学》。另有日本僧人空海，曾于唐德宗贞元二十年（804年）来到唐朝长安求法，回国后编撰《文镜秘府论》，记载了不少有关唐朝诗歌的第一手资料和细节，其中就有四声八病的解释，这本书后世于国内一直不显，直到清末经杨守敬传播，大放光彩。近人罗泽根钩辑《文镜秘府论》功力深厚，郭绍虞声病系列论文考据翔实，推论精妙。下文所述，多参照上述著作。

平头和上尾

平头、上尾历代解释都不统一，先列举出历代影响较大的看法。

（一）清人仇兆鳌《杜诗详注》中的记载。

1. 平头有三种解释。

①所谓平头者，前句上二字与后句上二字同声。

如古诗"今日良宴会，欢乐难具陈"，前句第一个字"今"与后句第一个字"欢"同声，前句第二个字"日"与后句第二个字"乐"同声，这就是平头。

又如古诗"朝云晦初景，丹池晚飞雪；飘披聚还散，吹扬凝其威"，这四句的前两个字朝云、丹池、飘披、吹扬都是平声，这也是平头。

②又如王褒的诗"高箱照云母，壮马饰当颅。单衣火浣布，利剑水精珠"，这四句叠用四物，每一物又都用一实一虚字面，这也是平头。

③又如杜挚的诗"伊挚为媵臣，吕望身操竿。夷吾困商贩，宁戚对牛叹。食其处监门，淮阴饥不餐"，这六句叠用古人，皆在句首，这也是平头。

2. 上尾有三种解释。

①所谓上尾者，上句尾字和下句尾字俱用平声，虽韵异而声同，这就叫犯了上尾。

如古诗"西北有高楼，上与浮云齐"，"楼"与"齐"都是平声，犯了上尾。

如古诗"庭陬有若榴，绿叶含丹荣"，"榴"与"荣"都是平声，犯了上尾。

②第一句的尾字与第三句的尾字连用同声，也是犯了上尾。

如古诗"客从远方来，遗我一书札。上言长相思，下言久离别"，第一句尾字"来"和第三句尾字"思"都是平声，犯了上尾。

又如古诗"新制齐纨素，皎洁如霜雪。裁为合欢扇，团圆似秋月"，第一句尾字"素"和第三句尾字"扇"都是去声，也犯了上尾。

③又如杜甫的诗"西望瑶池降王母，东来紫气满函关。云移雉尾开宫扇，日绕龙鳞识圣颜"，这四句中王母、函关、宫扇、圣颜都在句尾，未免叠足，也犯了上尾。

（二）近人罗庸引用空海的《文镜秘府论》。

（1）平头：五言诗第一字不得与第六字同声，第二字不得与第七字同声。

如"芳时淑气清，提壶台上倾"，第一个字"芳"与第六个字"提"同声，第二个字"时"与第七个字"壶"同声，这就是平头。

（2）上尾：五言诗的第五字不得与第十字同声。

如"西北有高楼，上与浮云齐"，"楼"字与"齐"字同声，这就是上尾。

综上论述，总结如下：

《杜诗详注》与《文镜秘府论》对平头、上尾的解释差别相当大，需要仔细辨别。《杜诗详注》的解释看起来非常详细，不但给出了定义，还列举出了诗例，但仇兆鳌在释义时引入明清诗学流行的"合掌"概念，忽略了具体的时代背景。王力评论仇兆鳌对平头、上尾的解释：四句叠物、六句叠古，这些很明显属于后世格律诗的"合掌"范畴。提出四声八病这些概念的周颙、沈约是南朝时期人物，他们距离沈佺期、宋之问创作出符合格律规则的近体律诗都尚有数百年，怎么可能会把"合掌"这类明清才出现的概念包含进去？（合掌：格律诗中的概念，大约由元人提出，明清发扬光大，即一联两句，出句与对句遣词构境运用的是同一件事物。明清作诗，忌讳合掌，出句如用麒麟，对句则不用任何陆上走兽，以凤凰等飞禽与之对仗。明人谢榛《四溟诗话》卷一：耿湋《赠田家翁》诗：蚕屋朝寒闭，田家昼雨闲。此写出村居景象。但上句语拙，朝、昼二字合掌。若作"田家闲昼雨，蚕屋闭春寒"，亦是王孟手段。）因此，仇兆鳌的释义不可全盘接受。

《文镜秘府论》的优势在于保存了唐朝的第一手资料，可信度相对较高。罗庸评论《文镜秘府论》：（该书）一部分是原文，后迭有增加，故内容甚杂，八病之说，互有异说，今但摄举其要耳，前四病属于诗之平仄问题。罗庸目光如炬，将平头上尾、鹤膝蜂腰的定义限定在平仄范围内，符合概念产生时的具体时代背景。界定了平头、上尾属于平仄问题之后，需要思考：平头、上尾为什么会被称作平头上尾，平头还好理解，上尾的上字是什么意思呢？

四声是"平上去入"，平头、上尾跟四声有关，那平头的"平"会不会就是平声的意思？上尾的"上"会不会就是上声的意思？要是按照"第一句的尾字与第三句的尾字不能连用平声"这一定义，应该称为平尾，怎么叫作上尾呢？

根据平头的定义推论，笔者推测上尾最初的定义如下：上尾，五言古诗中前句和后句的句尾两字不能都是上声。只不过随着时代变迁，上尾这一概念也被历代文人不断修改，最终变成这般混乱不清的局面。而平头在撇开了合掌的干扰后，也可推测为：平头，五言古诗中前句和后句的句首两字不能都是平声。

总结如下：

平头，五言古诗中前句和后句的句首两字不可都是平声。

上尾，五言古诗中前句和后句的句尾两字不可都是上声。

将上述定义代入《杜诗详注》和《文镜秘府论》中的具体各项诗例验证，发现并无逻辑上的冲突，可见此次猜测为有效定义。

最后吐槽，某些诗论者常有在上文做出定义，下文遇到诗例与定义不吻合，便做出各种解释，甚至再做一次定义，以契合这次意外，搞到最后，逻辑混乱，杂乱无章，让人根本弄不懂他在表述什么。这类诗论者的问题在于他想到什么就说什么，不去总结，不去归纳，不去验证，不尊重学问。

另外，如果对某一概念下定义，一定要限定范围，比如平头、上尾最初的范围只能是古诗，而非律诗。读者可以自行验证，如果按照仇兆鳌的定义：上句尾字和下句尾字都是平声即犯上尾，那么所有仄起平收首句押韵的格律诗全部都犯了上尾，这就是不假思索乱下定义的恶果。八病严格意义上来说，只限定五言古诗范畴，下文的蜂腰、鹤膝也是如此。

蜂腰和鹤膝

蜂腰、鹤膝历代解释都不统一，还是先列举出历代影响较大的看法。

（一）清人仇兆鳌《杜诗详注》引用宋人蔡居厚的《诗话》。

若一句诗五字，首尾二字都是浊音，中间一字独是清音，则两头大中间小，即为蜂腰。张衡的诗句"邂逅承际会"，"邂"字和"会"字都是仄声，浊音；"承"字是平声，清音。这种类型的诗句就是蜂腰。

若一句诗五字，首尾二字都是清音，中间一字独是浊音，则两头细中间粗，即为鹤膝。傅玄的诗句"徽音冠青云"，"徽"字和"云"字都是平声，清音；"冠"字是仄声，浊音。这种类型的诗句就是鹤膝。

（二）近人罗庸引用空海的《文镜秘府论》。

蜂腰：五言诗第二字不得与第五个同声。

诗句"闻君爱我甘"，第二字"君"与第五字"甘"同声，这种类型的诗句就是蜂腰。

鹤膝：五言诗四句中第五字不得与第十五字同声。

古诗"新制齐纨素，皎洁如霜雪。裁为合欢扇，团圆似秋月"，第五个字"素"与第十五个字"扇"同声，这种类型的诗句就是鹤膝。

暂且不理会上述论述，先看蜂腰与鹤膝的字面意思，蜂的头尾相对较大，腰部却很细，两头大中间小，称为蜂腰。鹤的腿细长，膝关节处却相对结实，两头小中间大，称为鹤膝。

根据字面意思，再结合上文的两种解释，发现罗庸对鹤膝的定义有些偏离题意，且与仇兆鳌在上尾中的第二个定义重合。因此，笔者认为仇兆鳌引用蔡居厚《诗话》中的解释相对合理一些。

王力在《汉语诗律学》中认为，仇兆鳌以仄声为浊音，平声为清音，恐怕不一定准确。然而正如前文所述，罗庸推断八病中的前四病"平头上尾、蜂腰鹤膝"都是平仄问题，恰好回答了王力的质问。

蜂腰：若一句诗五字，首尾二字都是仄声，中间一字独是平声，则两头大中间小。

鹤膝：若一句诗五字，首尾二字都是平声，中间一字独是仄声，则两头细中间粗。

蜂腰与鹤膝的规则限定范围有且只能是五言古诗，否则按上述定义，五言律诗的对句肯定犯了这两种诗病。

大韵和小韵

大韵，如"微"和"晖"同韵，上句第一字不得与下句第五字相犯。

诗例：阮籍诗"微风吹罗袂，明月耀清晖"，微和晖同韵，犯了大韵。

小韵，如"清"和"明"同韵，上句第四字不得与下句第一字相犯。

诗例：阮籍诗"薄帷鉴明月，清风吹我襟"，明和清同韵，犯了小韵。

上文是仇兆鳌对大韵和小韵下的定义，具体到上句第几个字不能和下句第几个字同韵，这一定义有待商榷，且看下文诗例：

"紫翩拂花树，黄鹂闹绿枝。"这句也是大韵诗例，鹂和枝韵部相犯，但鹂是下句第二字，很明显与仇兆鳌的定义相冲突。

"寒帘出户望，霜衣朝漾日。"这句也是小韵诗例，望和漾韵部相犯，但望是上句第五字，漾是下句第四字，很明显与仇兆鳌的定义相冲突。

所以上文所言"上句第四字不得与下句第一字相犯"等定义毫无逻辑，实不可取。大韵、小韵主要是韵脚问题，按上文总结，提炼如下：

大韵，诗句中不宜有字与韵脚同韵。

小韵，诗句中不宜有字与其他字同韵。

正纽和旁纽

正纽，如"溪、起、憩"三字为一纽，上句有"溪"，下句不可再用"憩"。

诗例：庾阐诗"朝济清溪岸，夕憩五龙泉"，便是犯了正纽。

旁纽，如"长、梁"同韵，"长"上声为"丈"，上句首字用了"丈"，下句首字便不能用"梁"。

诗例：古诗"丈夫且安坐，梁尘将欲起"，便是犯了旁纽。

正纽旁纽对古人来说挺难理解，但对现代人来说就比较容易理解了，因为20世纪二三十年代的新文化运动中，前辈先贤总结了一套汉语拼音方案，利用西方字母将汉语发音通俗简易化。如八病中的这个"纽"的定义，古代没有汉语拼音，需要借助反切来解释，如今则不必，"纽"相当于汉语拼音中的字母，正纽指声母，旁纽指韵母。结合上文释义，正纽旁纽解释如下：

正纽：上下诗句中不宜使用相同声母的字。

旁纽：上下诗句中不宜使用相同韵母的字。

总结

综上所述，八病（限定范围：五言古诗）总结如下：

平头：前句和后句的句首两字不可都是平声。

上尾：前句和后句的句尾两字不可都是上声。

蜂腰：首尾二字都是仄声，中间一字不可独是平声。

鹤膝：首尾二字都是平声，中间一字不可独是仄声。

大韵：诗句中不宜有字与韵脚同韵。

小韵：诗句中不宜有字与其他字同韵。

正纽：上下诗句中不宜使用相同声母的字。

旁纽：上下诗句中不宜使用相同韵母的字。

延伸

1.律诗中的上尾。

如今网络古诗创作圈比较追求律诗的纯正性，经常强调不可犯上尾，这里上尾的定义已经不是古诗中的定义了，而演变成律诗中的定义，即相邻出句的尾字不可为同一声调，如下：

××××A，×××××

××××B，×××××

××××C，×××××

××××D，×××××

A与B不得同为上声、去声、入声。

B与C不得同为上声、去声、入声。

C与D不得同为上声、去声、入声。

2. 小韵与旁纽的区别。

如有一句诗：×××梁×，××庄××。

则梁和庄在一个韵部中，犯了小韵。

如有一句诗：××梁××，×杖×××。

梁和杖虽然不是一个韵部，但二者的韵母相同，犯了旁纽。旁纽的限定范围扩大到只要是相同韵母，无论平声、仄声都不可。

四声八病是容易引起争议的话题，笔者结合前辈先贤的看法，加入了自己的想法，肯定还有很多不足之处，望读者见谅。最后笔者认为从诗歌创作角度出发，完全没必要过于深究南朝周颙、沈约他们那个时代到底如何准确发音，那是语言学家考虑的事，在此只需要知道此时的文学创作者开始着力构建汉字的音韵美学体系，并且逐步将汉字的文辞之美和音韵之美融会贯通，这一点对后世诗歌创作影响极大。

二十九、以叹命名的诗。古诗中有《楚妃叹》和《明君叹》，《明君叹》已经散佚。

楚 妃 叹

魏晋·石崇

荡荡大楚，跨土万里。北据方城，南接交趾。

西抚巴汉，东被海涘。五侯九伯，是疆是理。

矫矫庄王，渊渟岳峙。冕旒垂精，充纩塞耳。

韬光戢曜，潜默恭己。内委樊姬，外任孙子。

猗猗樊姬，体道履信。既绌虞丘，九女是进。

杜绝邪佞，广启令胤。割欢抑宠，居之不吝。

不吝实难，可谓知几。化自近始，着于闺闱。

光佐霸业，迈德扬威。群后列辟，式瞻洪规。

譬彼江海，百川咸归。万邦作歌，身没名飞。

三十、以愁命名的诗。《文选》收录了《四愁诗》，乐府中记载了《独处愁》，《独处愁》或为《独处怨》。

四 愁 诗

东汉·张衡

一思曰：我所思兮在太山。

欲往从之梁父艰，侧身东望涕沾翰。美人赠我金错刀，何以报之英琼瑶。
路远莫致倚逍遥，何为怀忧心烦劳。

二思曰：我所思兮在桂林。

欲往从之湘水深，侧身南望涕沾襟。美人赠我琴琅玕，何以报之双玉盘。
路远莫致倚惆怅，何为怀忧心烦伤。

三思曰：我所思兮在汉阳。

欲往从之陇阪长，侧身西望涕沾裳。美人赠我貂襜褕，何以报之明月珠。
路远莫致倚踟蹰，何为怀忧心烦纡。

四思曰：我所思兮在雁门。

欲往从之雪雰雰，侧身北望涕沾巾。美人赠我锦绣段，何以报之青玉案。
路远莫致倚增叹，何为怀忧心烦惋。

独 处 愁

南朝·萧纲

独处恒多怨，开幕试临风。弹棋镜奁上，傅粉高楼中。

自从征马去，音信不曾通。只恐金屏掩，明年已复空。

三十一、以哀命名的诗。《文选》中有《七哀诗》，杜甫写有《八哀诗》。

七哀诗（其三）

汉魏·王粲

边城使心悲，昔吾亲更之。冰雪截肌肤，风飘无止期。

百里不见人，草木谁当迟。登城望亭燧，翩翩飞戍旗。

行者不顾反，出门与家辞。子弟多俘虏，哭泣无已时。

天下尽乐土，何为久留兹。蓼虫不知辛，去来勿与谘。

八哀诗·故右仆射相国张九龄

唐·杜甫

相国生南纪，金璞无留矿。仙鹤下人间，独立霜毛整。

矫然江海思，复与云路永。寂寞想土阶，未遑等箕颍。

上君白玉堂，倚君金华省。碣石岁峥嵘，天地日蛙黾。

退食吟大庭，何心记榛梗。骨惊畏曩哲，冀变负人境。

虽蒙换蝉冠，右地忝多幸。敢忘二疏归，痛迫苏耽井。
紫绶映暮年，荆州谢所领。庾公兴不浅，黄霸镇每静。
宾客引调同，讽咏在务屏。诗罢地有余，篇终语清省。
一阳发阴管，淑气含公鼎。乃知君子心，用才文章境。
散帙起翠螭，倚薄巫庐并。绮丽玄晖拥，笺诔任昉骋。
自我一家则，未缺只字警。千秋沧海南，名系朱鸟影。
归老守故林，恋阙悄延颈。波涛良史笔，芜绝大庾岭。
向时礼数隔，制作难上请。再读徐孺碑，犹思理烟艇。

三十二、以怨命名的诗。古诗中有《寒夜怨》和《玉阶怨》。

寒 夜 怨
南朝·陶弘景

夜云生，夜鸿惊，凄切嘹唳伤夜情。空山霜满高烟平，铅华沉照帐孤明。
寒月微，寒风紧，愁心绝，愁泪尽。情人不胜怨，思来谁能忍。

玉 阶 怨
南朝·谢朓

夕殿下珠帘，流萤飞复息。长夜缝罗衣，思君此何极。

三十三、以思命名的诗。李白写有《静夜思》。

静 夜 思
唐·李白

床前明月光，疑是地上霜。举头望明月，低头思故乡。

三十四、以乐命名的诗。南朝齐武帝萧赜写有《估客乐》，南朝刘宋大将臧质写有《石城乐》。

估 客 乐
南朝·萧赜

昔经樊邓役，阻潮梅根渚。感忆追往事，意满辞不叙。

石 城 乐
南朝·臧质

生长石城下，开窗对城楼。城中诸少年，出入见依投。

三十五、以别命名的诗。杜甫写有《无家别》《垂老别》《新婚别》。

无 家 别

唐·杜甫

寂寞天宝后，园庐但蒿藜。我里百余家，世乱各东西。
存者无消息，死者为尘泥。贱子因阵败，归来寻旧蹊。
久行见空巷，日瘦气惨凄。但对狐与狸，竖毛怒我啼。
四邻何所有，一二老寡妻。宿鸟恋本枝，安辞且穷栖。
方春独荷锄，日暮还灌畦。县吏知我至，召令习鼓鞞。
虽从本州役，内顾无所携。近行止一身，远去终转迷。
家乡既荡尽，远近理亦齐。永痛长病母，五年委沟溪。
生我不得力，终身两酸嘶。人生无家别，何以为烝黎。

垂 老 别

唐·杜甫

四郊未宁静，垂老不得安。子孙阵亡尽，焉用身独完。
投杖出门去，同行为辛酸。幸有牙齿存，所悲骨髓干。
男儿既介胄，长揖别上官。老妻卧路啼，岁暮衣裳单。
孰知是死别，且复伤其寒。此去必不归，还闻劝加餐。
土门壁甚坚，杏园度亦难。势异邺城下，纵死时犹宽。
人生有离合，岂择衰老端。忆昔少壮日，迟回竟长叹。
万国尽征戍，烽火被冈峦。积尸草木腥，流血川原丹。
何乡为乐土，安敢尚盘桓。弃绝蓬室居，塌然摧肺肝。

新 婚 别

唐·杜甫

兔丝附蓬麻，引蔓故不长。嫁女与征夫，不如弃路旁。
结发为君妻，席不暖君床。暮婚晨告别，无乃太匆忙。
君行虽不远，守边赴河阳。妾身未分明，何以拜姑嫜？
父母养我时，日夜令我藏。生女有所归，鸡狗亦得将。
君今往死地，沉痛迫中肠。誓欲随君去，形势反苍黄。

勿为新婚念，努力事戎行。妇人在军中，兵气恐不扬。

自嗟贫家女，久致罗襦裳。罗襦不复施，对君洗红妆。

仰视百鸟飞，大小必双翔。人事多错迕，与君永相望。

三十六、全篇双声叠韵的诗。即利用汉字双声和叠韵的特性而写成的诗。

1.双声，双声按现代汉语拼音解释：两字词语，两字的声母相同。如"踟蹰"一词，汉语拼音是 chí chú，声母都是 ch，踟蹰即是双声词。双声诗，便是指该诗所用的字，都是一个声母。苏轼的"经字韵诗"即是诗例，经字韵诗是指《西山戏题武昌王居士，并引》。

西山戏题武昌王居士，并引
宋·苏轼

序：予往在武昌，西山九曲亭上有题一句云："玄鸿横号黄槲岘。"九曲亭，即吴王岘山，一山皆槲叶，其旁即元结陂湖也，荷花极盛。因为对云："皓鹤下浴红荷湖。"座客皆笑，同请赋此诗。

江干高居坚关扃，犍耕躬稼角挂经。篙竿系舸菇茭隔，笳鼓过军鸡狗惊。

解襟顾景各箕踞，击剑赓歌几举觥。荆笄供脍愧搅铪，干锅更戛甘瓜羹。

苏轼诗序翻译如下：我住在武昌的时候，西山九曲亭上面有人题了一句："玄鸿横号黄槲岘"。九曲亭，位于吴王岘山，满山都是槲叶，山边即是元结陂湖，荷花开得非常美，因此我就对了一个与上联声母都一样的下联："皓鹤下浴红荷湖。"（因为我这个对得好），在座的朋友都笑了。我决定（再对一个）写一首声母都一样的诗。

根据上文可知，西山九曲亭上的对联的现代汉语拼音是：

玄	鸿	横	号	黄	槲	岘
Xuan	Hong	Heng	Hao	Huang	Hu	Xian
皓	鹤	下	浴	红	荷	湖
Hao	He	Xia	Yu	Hong	He	Hu

按现代汉语拼音上文发音不太整齐，但根据苏轼这篇序文来看，这十四个字在宋朝的声母应该都是一样的，大概就是现代汉语拼音中的"h"。且看《西山戏题武昌王居士，并引》一诗的现代汉语拼音：

江	干	高	居	坚	关	扃
Jiang	Gan	Gao	Ju	Jian	Guan	Jiong
犍	耕	躬	稼	角	挂	经
Jian	Geng	Gong	Jia	Jiao	Gua	Jing
篙	竿	系	舸	菰	茭	隔
Gao	Gan	Ji	Ge	Gu	Jiao	Ge
笳	鼓	过	军	鸡	狗	惊
Jia	Gu	Guo	Jun	Ji	Gou	Jing
解	襟	顾	景	各	箕	踞
Jie	Jin	Gu	Jing	Ge	Ji	Ju
击	剑	赓	歌	几	举	觥
Ji	Jian	Geng	Ge	Ji	Ju	Gong
荆	笄	供	脍	愧	搅	聒
Jing	Ji	Gong	Kuai	Kui	Jiao	Guo
干	锅	更	夏	甘	瓜	羹
Gan	Guo	Geng	Ga	Gan	Gua	Geng

以现代汉语拼音来看，上文发音有不符合双声定义的地方，不过按苏轼的说法，这些字的声母应该都是一个发音，大概就是现代汉语拼音中的"g"，现在已经无法完全准确还原出宋代的声母发音，姑且就按苏轼的说法来吧。这首文字游戏般的戏作，作者如果不是苏轼，必定会被一大群人喷得无地自容。

2. 叠韵，叠韵按现代汉语拼音解释：两字词语，两字的韵母相同。如"荡漾"一词，汉语拼音是 dàng yàng，韵母都是 ang，荡漾即是叠韵词。

奉和鲁望叠韵山中吟
唐·皮日休

穿	烟	泉	潺	湲
Chuan	Yan	Quan	Chan	Yuan
触	竹	犊	觳	觫
Chu	Zhu	Du	Hu	Su
荒	篁	香	墙	匡
Huang	Huang	Xiang	Qiang	Kuang
熟	鹿	伏	屋	曲
Shu	Lu	Fu	Wu	Qu

奉和鲁望叠韵吴宫词
唐·皮日休

枍	指	替	制	曳
Yi	Zhi	Ti	Zhi	Ye

康	庄	伤	荒	凉
Kang	Zhuang	Shang	Huang	Liang
主	虏	部	伍	苦
Zhu	Lu	Bu	Wu	Ku
嫱	亡	房	廊	香
Qiang	Wang	Fang	Lang	Xiang

以上除了曳字按现代汉语拼音读作"ye"之外，剩下的都符合叠韵的规则。按平水韵，曳属八霁去声部，便完全符合叠韵的规则了。再列出两首诗例以供参考，读者可自行标注拼音，朗读体验。

叠韵吴宫词（其一）

唐·陆龟蒙

肤愉吴都姝，眷恋便殿宴。逡巡新春人，转面见战箭。

叠韵吴宫词（其二）

唐·陆龟蒙

红栊通东风，翠珥醉易坠。平明兵盈城，弃置遂至地。

三十七、有全篇都用平声写成的诗。如陆龟蒙的《夏日诗》。

夏日闲居作四声诗寄袭美平声

唐·陆龟蒙

荒池菰蒲深，闲阶莓苔平。江边松篁多，人家帘栊清。

为书凌遗编，调弦夸新声。求欢虽殊途，探幽聊怡情。

三十八、有全篇都用仄声写成的诗。如梅尧臣的《酌酒与妇饮》，按现存梅尧臣《宛陵集》中记载，诗名应是《舟中夜与家人饮》。

舟中夜与家人饮

宋·梅尧臣

月出断岸口，影照别舸背。且独与妇饮，颇胜俗客对。

月渐上我席，暝色亦稍退。岂必在秉烛，此景已可爱。

三十九、上下句双用韵的律诗。诗中一、三、五、七句押一仄声韵，二、四、六、八句押一平声韵，称为上下句双用韵，唐人章碣便写有此类诗作。（严羽评议：之所以在本书中列举此类诗体，是为了让大众知晓此类诗例早就有人创作了，以免看到这类诗便惊觉神奇，误入歧途。还有那些出句押平声韵、对句押仄声韵的诗例，与诗道更加无关，一概不选。）

变 体 诗
唐·章碣

> 东南路尽吴江畔（十五翰韵），正是穷愁暮雨天（一先韵）。
> 鸥鹭不嫌斜两岸（十五翰韵），波涛欺得逆风船（一先韵）。
> 偶逢岛寺停帆看（十五翰韵），深羡渔翁下钓眠（一先韵）。
> 今古若论英达算（十五翰韵），鸱夷高兴固无边（一先韵）。

四十、辘轳韵。前四句一韵，后四句一韵，双入双出，类似古代打水用的辘轳，故称辘轳韵。

谢送宣城笔
宋·黄庭坚

> 宣城变样蹲鸡距，诸葛名将捋鼠须（七虞韵）。
> 一束喜从公处得，千金求买市中无（七虞韵）。
> 漫投墨客摹科斗，胜与朱门饱蠹鱼（六鱼韵）。
> 愧我初无草玄手，不将闲写吏文书（六鱼韵）。

四十一、进退韵。全诗韵脚有进有退，故称进退韵。

重九日雨仍菊花未开
宋·杨万里

> 良辰巧与赏心违，四者能并自古稀（五微韵）。
> 恰则今年重九日，也无黄菊两三枝（四枝韵）。
> 闭门幸免吹乌帽，有酒何须望白衣（五微韵）。
> 政坐满城风雨句，平生不喜老潘诗（四枝韵）。

第二句押的是五微韵，第四句押的是四枝韵，如同往后退了一格。
第四句押的是四枝韵，第六句押的是五微韵，又如向前进了一格。
第六句押的是五微韵，第八句押的是四枝韵，又如往后退了一格。

辘轳韵、进退韵的运用范围不限于七言律诗，只要创作的诗歌符合上述定义，便可以称为辘轳韵或进退韵。理解此类概念最重要的是构建起"归纳—总结—定义—检验"这套逻辑思维，不能在古书上看到只言片语就信了古书，听名家大师说了几句就信名家大师，一定要实事求是，能够动手收集资料，并整理资料，然后分析推理，做出自己的判断。

与辘轳韵、进退韵类似的押韵方法还有葫芦韵。其定义为"前两句押一韵，后四句押另一韵"，前小后大，形似葫芦，故称葫芦韵。因五七言律诗只有四句，不符合葫芦韵的运用方法，所以葫芦韵多用于杂言杂体诗。

四十二、一韵两用的古诗。《文选》记载的曹植诗作《美女篇》中有两个"难"字，谢灵运《述祖德诗》中也有两个"人"字（应是两个"民"字，勘误），后世这样类型的诗作很多。

美 女 篇
汉魏·曹植

美女妖且闲，采桑歧路间。柔条纷冉冉，落叶何翩翩。
攘袖见素手，皓腕约金环。头上金爵钗，腰佩翠琅玕。
明珠交玉体，珊瑚间木难。罗衣何飘飘，轻裾随风还。
顾盼遗光彩，长啸气若兰。行徒用息驾，休者以忘餐。
借问女安居，乃在城南端。青楼临大路，高门结重关。
容华耀朝日，谁不希令颜。媒氏何所营，玉帛不时安。
佳人慕高义，求贤良独难。众人徒嗷嗷，安知彼所观。
盛年处房室，中夜起长叹。

述 祖 德 诗
南朝·谢灵运

达人贵自我，高情属天云。兼抱济物性，而不缨垢氛。
段生藩魏国，展季救鲁民。弦高犒晋师，仲连却秦军。
临组乍不绁，对珪宁肯分。惠物辞所赏，励志故绝人。
苕苕历千载，遥遥播清尘。清尘竟谁嗣，明哲垂经纶。
委讲辍道论，改服康世屯。屯难既云康，尊主隆斯民。

四十三、一韵三用的古诗。《哭范仆射》一诗便用了三个"情"字。

哭范仆射
南朝·任昉

平生礼数绝，式瞻在国桢。一朝万化尽，犹我故人情。
待时属兴运，王佐俟民英。结欢三十载，生死一交情。
携手遁衰孽，接景事休明。运阻衡言革，时泰玉阶平。
浚冲得茂彦，夫子值狂生。伊人有泾渭，非余扬浊清。
将乖不忍别，欲以遣离情。不忍一辰意，千龄万恨生。

四十四、三韵六七用的古诗。《孔雀东南飞》一诗中韵字押了六七次。

《孔雀东南飞》是汉末作品，全诗共 2 143 个字，不限平声韵和仄声韵，单以句尾重字统计，"归"字重押了 5 次，"女"字押了 6 次，"之"字押了 8 次。古诗重押一事后文有详细商讨。

四十五、有古诗重用二十许韵者。有古诗借用旁韵押了二十多次，《孔雀东南飞》便是诗例。

孔雀东南飞（节选）

孔雀东南飞，五里一徘徊。十三能织素，十四学裁衣。
十五弹箜篌，十六诵诗书。十七为君妇，心中常苦悲。
君既为府吏，守节情不移。贱妾留空房，相见常日稀。
鸡鸣入机织，夜夜不得息。三日断五匹，大人故嫌迟。
非为织作迟，君家妇难为。妾不堪驱使，徒留无所施。
便可白公姥，及时相遣归。

如上文诗句，以平水韵为标准，则：

徊属于十灰韵；

飞、衣、稀、归属于五微韵；

悲、移、迟、为、施属于四支韵。

孔雀东南飞（节选）

新妇谓府吏：勿复重纷纭。往昔初阳岁，谢家来贵门。
奉事循公姥，进止敢自专。昼夜勤作息，伶俜萦苦辛。

谓言无罪过，供养卒大恩。仍更被驱遣，何言复来还。

……

人贱物亦鄙，不足迎后人。留待作遗施，于今无会因。

如上述诗句，以平水韵为标准，则：

纭、属于十二文韵；

门、恩属于十三元韵；

辛、人、因属于十一真韵。

如严羽所言，《孔雀东南飞》以平水韵为标准，则借用旁韵多达二十多次，不过按时代而言，《孔雀东南飞》并非以平水韵为韵书，而是以两汉音韵为韵书，所以《孔雀东南飞》借用旁韵实是伪命题，后文另有详细商讨。

四十六、有古诗旁取六七许韵者。韩愈的《此日足可惜赠张籍》即如此，混用东和冬、江和阳、庚和青等韵部。欧阳修说：韩愈写诗如果遇到宽韵，则喜欢借用其他韵部。欧阳修理解错了，韩愈并非借用其他韵部，而是以古韵作诗，参考《集韵》便可知。（旁韵的大致意思是韵书中有一两个韵部发音接近，写诗时混用押韵。详见下文音韵总结。）

欧阳修于《六一诗话》中引梅尧臣戏言：史书上说韩愈为人木强，写诗如果遇到宽韵，明明韵部字数足够，他却要借助其他韵部，泛入旁韵；如果遇到窄韵，能用的韵部字数很少，他却一丝不苟，坚决不借用其他韵部。这就是因为个性拗强才会做出这种事啊。（欧阳修《六一诗话》：圣俞戏曰："前史言退之为人木强，若宽韵可自足而辄傍出，窄韵难独用而反不出，岂非其拗强而然与？"）

严羽认为欧阳修没能理解古韵，误以古韵为旁韵，其理论依据是《集韵》，但按现存《集韵》文本，与古韵似乎并无太多关联。有关旁韵、古韵、集韵的释义详见下文音韵总结。

此日足可惜赠张籍

唐·韩愈

此日足可惜，此酒不足尝。舍酒去相语，共分一日光。

念昔未知子，孟君自南方。自矜有所得，言子有文章。

我名属相府，欲往不得行。思之不可见，百端在中肠。

维时月魄死，冬日朝在房。驱驰公事退，闻子适及城。
命车载之至，引坐于中堂。开怀听其说，往往副所望。
孔丘殁已远，仁义路久荒。纷纷百家起，诡怪相披猖。
长老守所闻，后生习为常。少知诚难得，纯粹古已亡。
譬彼植园木，有根易为长。留之不遣去，馆置城西旁。
岁时未云几，浩浩观湖江。众夫指之笑，谓我知不明。
儿童畏雷电，鱼鳖惊夜光。州家举进士，选试缪所当。
驰辞对我策，章句何炜煌。相公朝服立，工席歌鹿鸣。
礼终乐亦阕，相拜送于庭。之子去须臾，赫赫流盛名。
窃喜复窃叹，谅知有所成。人事安可恒，奄忽令我伤。
闻子高第日，正从相公丧。哀情逢吉语，惝恍难为双。
暮宿偃师西，徒展转在床。夜闻汴州乱，绕壁行彷徨。
我时留妻子，仓卒不及将。相见不复期，零落甘所丁。
骄儿未绝乳，念之不能忘。忽如在我所，耳若闻啼声。
中途安得返，一日不可更。俄有东来说，我家免罹殃。
乘船下汴水，东去趋彭城。从丧朝至洛，还走不及停。
假道经盟津，出入行涧冈。日西入军门，羸马颠且僵。
主人愿少留，延入陈壶觞。卑贱不敢辞，忽忽心如狂。
饮食岂知味，丝竹徒轰轰。平明脱身去，决若惊凫翔。
黄昏次汜水，欲过无舟航。号呼久乃至，夜济十里黄。
中流上滩潭，沙水不可详。惊波暗合沓，星宿争翻芒。
辕马蹢躅鸣，左右泣仆童。甲午憩时门，临泉窥斗龙。
东南出陈许，陂泽平茫茫。道边草木花，红紫相低昂。
百里不逢人，角角雄雉鸣。行行二月暮，乃及徐南疆。
下马步堤岸，上船拜吾兄。谁云经艰难，百口无夭殇。
仆射南阳公，宅我睢水阳。箧中有余衣，盎中有余粮。
闭门读书史，窗户忽已凉。日念子来游，子岂知我情。
别离未为久，辛苦多所经。对食每不饱，共言无倦听。

> 连延三十日,晨坐达五更。我友二三子,宦游在西京。
> 东野窥禹穴,李翱观涛江。萧条千万里,会合安可逢。
> 淮之水舒舒,楚山直丛丛。子又舍我去,我怀焉所穷。
> 男儿不再壮,百岁如风狂。高爵尚可求,无为守一乡。

以平水韵标准来看,上述诗例确实用了旁韵:

龙属于二冬韵;童、穷、丛等属于一东韵。

江、双属于三江韵;光、长、方等属于七阳韵。

听、丁属于九青韵;城、更、轰等属于八庚韵。

四十七、全不押韵的古诗。《采莲曲》即是如此,四句韵脚分别是花、歌、芰、思,通篇不押韵。

采 莲 曲
魏晋民歌

> 泛舟采菱叶,过摘芙蓉花。扣楫命童侣,齐声采莲歌。
> 东湖扶菰童,西湖采菱芰。不持歌作乐,为持解愁思。

四十八、百五十韵者律诗。杜甫写过五十韵的律诗,白居易也写过五十韵的律诗,宋朝王禹偁则写过一百五十韵的律诗,因这类排律字数太多,仅录诗名:杜甫《寄岳州贾司马六丈巴州严八使君两阁老五十韵》、白居易《江州赴忠州至江陵已来舟中示舍弟》、王禹偁《谪居感事一百六十韵》。另有刘禹锡《武陵书怀五十韵》、元稹《献荥阳公诗五十韵》、李商隐《送千牛李将军赴阙五十韵》、温庭筠《感旧陈情五十韵献淮南李仆射》、皮日休《吴中苦雨因书一百韵寄鲁望》等诗。

四十九、止三韵的律诗。唐人写过六句三韵的五言律诗,如李益的《登长城》。

登 长 城
唐·李益

> 汉家今上郡,秦塞古长城。
> 有日云长惨,无风沙自惊。
> 当今天子圣,不战四夷平。

五十、首尾彻对律诗,杜甫写过不少从首联到尾联8句都对仗的律诗,此处列举 4 首诗例。

玉 台 观
唐·杜甫

中天积翠玉台遥，上帝高居绛节朝。遂有冯夷来击鼓，始知嬴女善吹箫。
江光隐见鼋鼍窟，石势参差乌鹊桥。更肯红颜生羽翼，便应黄发老渔樵。

宿 府
唐·杜甫

清秋幕府井梧寒，独宿江城蜡炬残。永夜角声悲自语，中天月色好谁看。
风尘荏苒音书绝，关塞萧条行路难。已忍伶俜十年事，强移栖息一枝安。

冬 至
唐·杜甫

年年至日长为客，忽忽穷愁泥杀人。江上形容吾独老，天边风俗自相亲。
杖藜雪后临丹壑，鸣玉朝来散紫宸。心折此时无一寸，路迷何处见三秦。

七月一日题终明府水楼（其二）
唐·杜甫

宓子弹琴邑宰日，终军弃䋲英妙时。承家节操尚不泯，为政风流今在兹。
可怜宾客尽倾盖，何处老翁来赋诗。楚江巫峡半云雨，清簟疏帘看弈棋。

五十一、首尾不彻对律诗。盛唐诸公有不少首尾联八句都不对仗的律诗，如孟浩然的《舟中晓望》《洛中送奚三还扬州》，李白的《夜泊牛渚怀古》，都文从字顺，音韵铿锵，全无对仗。

舟 中 晓 望
唐·孟浩然

挂席东南望，青山水国遥。舳舻争利涉，来往接风潮。
问我今何适？天台访石桥。坐看霞色晚，疑是赤城标。

洛中送奚三还扬州
唐·孟浩然

水国无边际，舟行共使风。羡君从此去，朝夕见乡中。
予亦离家久，南归恨不同。音书若有问，江上会相逢。

夜泊牛渚怀古

唐·李白

牛渚西江夜，青天无片云。登舟望秋月，空忆谢将军。

余亦能高咏，斯人不可闻。明朝挂帆席，枫叶落纷纷。

五十二、后文文字跟前文文字相连的诗。曹植《赠白马王彪》即为诗例。

赠白马王彪（节选）

汉魏·曹植

太谷何寥廓，山树郁苍苍。霖雨泥我涂，流潦浩纵横。

中逵绝无轨，改辙登高冈。修坂造云日，我马玄以黄。

玄黄犹能进，我思郁以纡。郁纡将何念，亲爱在离居。

本图相与偕，中更不克俱。鸱枭鸣衡轭，豺狼当路衢。

苍蝇间白黑，谗巧反亲疏。欲还绝无蹊，揽辔止踟蹰。

踟蹰亦何留，相思无终极。秋风发微凉，寒蝉鸣我侧。

原野何萧条，白日忽西匿。归鸟赴乔林，翩翩厉羽翼。

孤兽走索群，衔草不遑食。感物伤我怀，抚心长太息。

五十三、有四句通义者。杜甫的诗句"神女峰娟妙，昭君宅有无。曲留明怨惜，梦尽失欢娱"便是诗例，上述四句所写只为一事：愁。

五十四、折腰体绝句，折腰体，堪比四声八病的头疼问题，同样因原始史料的遗失而导致各家注解争论纷纷。

严羽在书中只提了"折腰体"这一概念，并未做出释义，目前可查阅到的古籍史料中，最早对"折腰体"做出释义的是南宋魏庆之的《诗人玉屑》，书中记载：折腰体，谓中失粘而意不断。并以王维《渭城曲》为诗例。

"中失粘而意不断"又做何解释呢？且看诗例《渭城曲》：

渭 城 曲

唐·王维

渭城朝雨浥轻尘，客舍青青柳色新。

劝君更尽一杯酒，西出阳关无故人。

平仄按规则应该是这样	现在却变成了这样
中平中仄仄平平，中仄平平仄仄平。	仄平平仄仄平平，仄仄平平仄仄平。
中仄中平平仄仄，中平中仄仄平平。	仄平仄仄平仄仄，平仄平平平仄平。

可以看出前两句符合规则，后两句完全不符合规则。

唐人高仲武编录的《中兴间气集》记载了崔峒一诗，并于诗题后特意标明这是"折腰体"。

清江曲内一绝（折腰体）

唐·崔峒

八月江水去浪平，片帆一道带风轻。极目不分天水色，南山南是岳阳城。

平仄按规则应该是这样	现在却变成了这样
中仄平平仄仄平，中平中仄仄平平。	平仄平仄仄仄平，仄平仄仄平仄平。
中平中仄平平仄，中仄平仄仄仄平。	平仄仄平仄平仄，平平平仄仄平平。

可以看出前两句基本符合规则，后两句完全不符合规则。有诗论者将折腰体定义为：绝句中的第三句，律诗中的第三句、第五句为诗腰，诗腰不按平仄规则、其他诗句仍按平仄规则，叫作折腰体。

根据上述定义，去验证《渭城曲》和《清江曲内一绝》，甚至是他们自己所举的诗例，却发现并不相符。所下定义与所举诗例不符，难以令人信服。

正如上文四声八病中所说，诗学研究不是想当然，看到古人一句话符合自己的想法，就顺着古人说的话发挥，完全不顾"下完定义还要验证"的逻辑，更何况古人很多解释也是想当然，以讹传讹，错上加错。要对"折腰体"彻底分析，还是那套死办法：收集资料—整理资料—找出规律—总结提炼—进行验证。

但因缺乏明确的诗例样本，想通过归纳提炼出规律这个方法行不通，既然这条路不通，那就换个方向——该如何理解"中失粘而意不断"这句话。

"中失粘"不少人想当然理解成诗中不合格律,但不合格律这一定义范围实在太宽泛了,并不具备独一性。此处的"中失粘"很大概率是唐宋时期诗坛某种约定俗成的概念,只不过今日已经失传。查找各类古籍,于《诗人玉屑·卷二》中发现一段话:第三句失粘,七言律诗至第三句便失粘,落平侧,亦别是一体。唐人用此甚多,但今人少用耳。如老杜云:"摇落深知宋玉悲,风流儒雅亦吾师。怅望千秋一洒泪,萧条异代不同时。江山故宅空文藻,云雨荒台岂梦思。最是楚宫俱泯灭,舟人指点到今疑。"严武云:"漫向江头把钓竿,懒眠沙草爱风湍。莫倚善题鹦鹉赋,何须不着鵔鸃冠。腹中书籍幽时晒,肘后医方静处看。兴发会能驰骏马,终须重到使君滩。"韦应物云:"夹水苍山路向东,东南山豁大河通。寒树依微远天外,夕阳明灭乱流中。孤村几岁临伊岸,一雁初晴下朔风。为报洛桥游宦侣,扁舟不系与心同。"此三诗起头用侧声,故第三句亦用侧声。将上述文字提到的三首诗整理分析:

咏怀古迹(其二)
唐·杜甫

摇落深知宋玉悲,风流儒雅亦吾师。怅望千秋一洒泪,萧条异代不同时。
江山故宅空文藻,云雨荒台岂梦思。最是楚宫俱泯灭,舟人指点到今疑。

平仄按规则应该是这样	现在却变成了这样
中仄平平仄仄平,中平中仄仄平平。	平仄平平仄仄平,平平仄仄仄平平。
中平中仄平平仄,中仄平平仄仄平。	仄仄平平平仄仄,平平仄仄仄仄平。
中仄平平平仄仄,中平中仄仄平平。	平平仄仄平仄仄,平仄平平仄仄平。
中平中仄平平仄,中仄平平仄仄平。	仄仄平平平仄仄,平平仄仄仄平平。

前两句符合平仄规则,后面不符合平仄规则。注意细节,从第三句开始,每一句的平仄似乎都跟预估的平仄相反。

寄题杜拾遗锦江野亭
唐·严武

漫向江头把钓竿,懒眠沙草爱风湍。莫倚善题鹦鹉赋,何须不着鵔鸃冠。
腹中书籍幽时晒,肘后医方静处看。兴发会能驰骏马,终须重到使君滩。

平仄按规则应该是这样	现在却变成了这样
中仄平平仄仄平，中平中仄仄平平。	平仄平平仄仄平，平平仄仄仄平平。
中平中仄平平仄，中仄平平仄仄平。	仄仄平平平仄仄，平平仄仄仄平平。
中仄中平平仄仄，中平中仄仄平平。	仄平仄仄平平仄，仄仄平平仄仄平。
中平中仄平平仄，中仄平平仄仄平。	仄仄平平平仄仄，平平仄仄仄平平。

自巩洛舟行入黄河即事寄府县僚友

唐·韦应物

夹水苍山路向东，东南山豁大河通。寒树依微远天外，夕阳明灭乱流中。孤村几岁临伊岸，一雁初晴下朔风。为报洛桥游宦侣，扁舟不系与心同。

平仄按规则应该是这样	现在却变成了这样
中仄平平仄仄平，中平中仄仄平平。	平仄平平仄仄平，平平仄仄仄平平。
中平中仄平平仄，中仄平平仄仄平。	仄仄仄平平仄仄，平平仄仄仄平平。
中仄中平平仄仄，中平中仄仄平平。	仄平仄仄平平仄，仄仄平平仄仄平。
中平中仄平平仄，中仄平平仄仄平。	仄仄仄平平仄仄，平平仄仄仄平平。

前两句相符，第三句开始不相符，且平仄相反。

对以上三首诗例做一个综合性论述：前两句按照平仄格式，从第三句开始，平仄和预估格式相反。猜测诗例格式变化规则是这样：仄起入韵律诗从第三句开始，运用的却是平起入韵律诗的规则。

仄起入韵律诗的平仄格式 A	平起入韵律诗的平仄格式 B
中仄平平仄仄平，中平中仄仄平平。	平仄平平仄仄平，平平仄仄仄平平。
中平中仄平平仄，中仄平平仄仄平。	仄仄平平平仄仄，平平仄仄仄平平。
中仄中平平仄仄，中平中仄仄平平。	仄平仄仄平平仄，仄仄平平仄仄平。
中平中仄平平仄，中仄平平仄仄平。	仄仄平平平仄仄，平平仄仄仄平平。

诗　体　77

格式 A 的前两句与格式 B 的后六句合并，得到新的平仄格式 C
中仄平平仄仄平，中平中仄仄平平。 中仄平平平仄仄，中平中仄仄平平。 中平仄仄平平仄，中仄平平仄仄平。 中仄中平平仄仄，中平中仄仄平平。

根据上文推论，再用格式 C 去验证上述三首诗例。

格式 C 中仄平平仄仄平，中平中仄仄平平。 中仄平平平仄仄，中平中仄仄平平。 中平仄仄平平仄，中仄平平仄仄平。 中仄中平平仄仄，中平中仄仄平平。	《咏怀古迹·其二》 杜甫 平仄平仄仄平，平平仄仄仄平平。 仄仄平平平仄仄，平平仄仄仄平平。 平平仄仄平平仄，平仄平平仄仄平。 仄仄平平平仄仄，平平仄仄仄平平。
《寄题杜拾遗锦江野亭》 严武 平仄平平仄仄平，平平仄仄仄平平。 仄仄平平平仄仄，平平仄仄仄平平。 仄仄仄仄平平仄，仄仄平平仄仄平。 仄仄平平平仄仄，平平仄仄仄平平。	《自巩洛舟行入黄河即事寄府县僚友》 韦应物 平仄平平仄仄平，平平仄仄仄平平。 仄仄平平仄仄，平平仄仄仄平平。 仄仄仄仄平平仄，仄仄平平仄仄平。 仄仄平平平仄仄，平平仄仄仄平平。
存在不相符之处，但第二字、第四字、第六字的平仄能够对得上。	

诗例符合定义，验证正确，猜测成功，结论如下：

第三句失粘律诗可释义为——以格式 A 写前两句，从第三句开始，以格式 B 写后六句，格式 A 与格式 B 为对应关系，如格式 A 为仄起入韵式，则格式 B 为平起入韵式，反之亦然。

以此猜测：将七言绝句的平起入韵格式 A 前两句与仄起入韵格式 B 后两句，两者结合，得到新的平仄格式 C。

平起入韵格式 A	仄起入韵格式 B
中平中仄仄平平，中仄平平仄仄平。 中仄中平平仄仄，中平中仄仄平平。	中仄平平仄仄平，中平中仄仄平平。 中平中仄平平仄，中仄平平仄仄平。
格式 A 前两句与格式 B 后两句融合为格式 C	
中平中仄仄平平，中仄平平仄仄平。 中平中仄平平仄，中仄平平仄仄平。	

与《渭城曲》的平仄比对：

格式 C	渭城曲 王维
中平中仄仄平平，中仄平平仄仄平。 中平中仄平平仄，中仄平平仄仄平。	仄平仄仄仄平平，仄仄平平仄仄平。 仄平仄仄仄平仄，平仄平平平仄平。
两者相符，验证成功。	

继续猜测：将七言绝句的仄起入韵格式 B 前两句与平起入韵格式 A 后两句，两者结合，得到新的平仄格式 D。

仄起入韵格式 B	平起入韵格式 A
中仄平平仄仄平，中平中仄仄平平。 中平中仄平平仄，中仄平平仄仄平。	中平中仄仄平平，中仄平平仄仄平。 中仄中平平仄仄，中平中仄仄平平。
格式 B 前两句与格式 A 后两句融合为格式 D	
中仄平平仄仄平，中平中仄仄平平。 中仄中平平仄仄，中平中仄仄平平。	

与《清江曲内一绝》的平仄比对：

格式 D 中仄平平仄仄平，中平中仄仄平平。 中仄中平平仄仄，中平中仄仄平平。	《清江曲内一绝》 崔峒 平仄平仄仄仄平，仄平仄仄仄平平。 平仄仄平仄仄，平平平仄仄平平。
第一句的第四个字平仄不对，剩下的相符。	

于是，根据正常的七言绝句平仄格式有 4 种，那么按上述方法两两组合，可推导出折腰体绝句的平仄格式也有 4 种：

前仄后平首句入韵格式： 中仄平平仄仄平，中平中仄仄平平。 中仄中平平仄仄，中平中仄仄平平。	前仄后平首句不入韵格式： 中仄中平平仄仄，中平中仄仄平平。 中仄中平平仄仄，中平中仄仄平平。
前平后仄首句入韵格式： 中平中仄仄平平，中仄平平仄仄平。 中平中仄仄平仄，中仄平平仄仄平。	前平后仄首句不入韵格式： 中平中仄平平仄，中仄平平仄仄平。 中平中仄平平仄，中仄平平仄仄平。

与史料中被认为是折腰体的绝句做对比：

1. 韦应物《滁州西涧》 独怜幽草涧边生，上有黄鹂深树鸣。 春潮带雨晚来急，野渡无人舟自横。 仄平平仄仄平平，仄仄平平平仄平。 平平仄仄仄平仄，仄仄平平平仄平。	前平后仄首句入韵格式： 中平中仄仄平平，中仄平平仄仄平。 中平中仄平平仄，中仄平平仄仄平。
有三处不相符，验证失败。	

2. 上官仪《春日》 花轻蝶乱仙人杏，叶密莺啼帝女桑。 飞云阁上春应至，明月楼中夜未央。 平平仄仄平平仄，仄仄平仄仄仄平。 平平平仄平平仄，平仄平平仄仄平。	前平后仄首句不入韵格式： 中平中仄平平仄，中仄平平仄仄平。 中仄中平平仄仄，中平中仄仄平平。
两者相符，验证成功。	

3. 王维《送沈子归江东》 杨柳渡头行客稀，罟师荡桨向临圻。 惟有相思似春色，江南江北送君归。 平仄仄平平仄平，仄平仄仄仄平平。 平仄平平仄平仄，平平平仄仄平平。	前仄后平首句入韵格式： 中仄平平仄仄平，中平中仄仄平平。 中平中仄平平仄，中仄平平仄仄平。
有三处不相符，验证失败。	

4. 李约《观祈雨》 桑条无叶土生烟，箫管迎龙水庙前。 朱门几处看歌舞，犹恐春阴咽管弦。 平平平仄仄平平，平仄平平仄仄平。 平平仄仄仄平仄，平仄平平仄仄平。	前平后仄首句入韵格式： 中平中仄仄平平，中仄平平仄仄平。 中仄中平平仄仄，中平中仄仄平平。
有一处不符合，验证失败。	

5. 李贺《南园·其一》 花枝草蔓眼中开，小白长红越女腮。 可怜日暮嫣香落，嫁与春风不用媒。 平平仄仄仄平平，仄仄平平仄仄平。 平平仄仄平平仄，仄仄平平仄仄平。	前平后仄首句入韵格式： 中平中仄仄平平，中仄平平仄仄平。 中仄中平平仄仄，中平中仄仄平平。
两者相符，验证成功。	

上文列举 5 首诗例，发现折腰体的定义做不到完美无缺，原因在于平仄格式限定过于严格。现将平仄格式简化为只限定句中第二、四、六字，再做一次验证。（此处验证还望读者自己动手，实践出真知）则发现上述诗例基本与定义相符，由此做个简单小结。

折腰体绝句：以格式 A 写前两句，从第三句开始，以格式 B 写后两句，格式 A 与格式 B 为对应关系，如格式 A 为仄起入韵式，则格式 B 为平起入韵式，反之亦然。按照这种变化而得的平仄格式，上两句和下两句的平仄相似，好像一张纸从中间折了一下，形成对称的模式，所以称为折腰体。

由折腰体而延伸的几个问题：

1.折腰体与折腰句有没有区别？

目前绝大多数诗词类书籍中，如果解释折腰体，通常会把崔峒的《清江曲内一绝》特意标注，强调这首诗仅仅只是有折腰句，而非折腰体。

清江曲内一绝

八月江水 | 去浪平，片帆一道 | 带风轻。

极目不分 | 天水色，南山南 | 是岳阳城。

折腰句最早由宋末元初韦居安在《梅涧诗话》中做出释义：七言律诗有上三下四格，谓之折腰句。下文三首诗中便有典型的折腰句：

答客问杭州
唐·白居易

为我踟蹰 | 停酒盏，与君约略 | 说杭州。

山名天竺 | 堆青黛，湖号钱唐 | 泻绿油。

大屋檐 | 多装雁齿，小航船 | 亦画龙头。

所嗟水路 | 无三百，官系何因 | 得再游。

退居述怀寄北京韩侍中（其二）
宋·欧阳修

书殿宫臣 | 宠并叨，不同憔悴 | 返渔樵。

无穷兴味 | 闲中得，强半光阴 | 醉里销。

静爱竹 | 时来野寺，独寻春 | 偶过溪桥。

犹须五物 | 称居士，不及颜回 | 饮一瓢。

卫　生
宋·刘克庄

卫生草草 | 昧周防，小郡无医 | 自处方。
采下菊 | 宜为枕睡，碾来芎 | 可入茶尝。
身因病转 | 添萧飒，人到衰难 | 再盛强。
旧喜读书 | 今亦懒，铜炉慢炷 | 一铢香。

根据上述诗例，可知折腰句是针对句法而言，七言律诗的阅读习惯通常是上四下三，此处改成上三下四，即为折腰句。以此类推，七言绝句中的这句"南山南 | 是岳阳城"便也是折腰句了。

以上推论并无问题，只不过后人看到这首《清江曲内一绝》中有折腰句后，便想当然地认为收录这首诗的《中兴间气集》编纂者犯了错误，将折腰句与折腰体混淆，于是大加批评。这其中有两个问题需要思考。

第一，折腰体针对的是平仄，即音律范围；而折腰句针对的是句法，即文辞范围。

第二，标注折腰体的《中兴间气集》是中唐时期作品，提出折腰句这一概念的《梅涧诗话》是宋末元初时期作品，拿后世的定义去勘误前朝的名词，似乎不妥。

更何况在归纳总结之后，《清江曲内一绝》一诗完全符合折腰体的定义，标注无误，在此应当还《中兴间气集》编纂者高仲武一个公道。

总结如下：崔峒《清江曲内一绝》一诗，从平仄来看，是折腰体；从句法来看，有折腰句。

2. 折腰体能折腰几次？

这个问题由施蛰存于《唐诗百话》中提出，认为"七言律诗中，一般只许折腰一次"，后来有很多人回答了这个问题，有人说只能折腰一次，有人说可以多次折腰，但似乎只是自说自话，并无推导证明。

知晓折腰体如何演化成型之后，这个问题便不是问题了。折腰体中的腰，是指以腰为界对折一下，是一种规范的创作规则，不存在折腰几次的说法。

3. 折腰体与拗体有什么区别？

折腰体：两种平仄格式的结合，针对的是整首诗的平仄格式。

拗体：确定一种格式，在这格式大框架中做修改，针对的是字句的平仄格式。（拗体的定义也是众说纷纭，但大体的含义是指特意改变诗体的格律，以求出奇，如本该用平声的地方用仄声，本该用仄声的地方用平声。拗体有一延伸概念，称为"救"，意为句中此处如用了"拗"，则必在后文，选择某一合适的位置，再用一次"拗"，以求平衡。清人王士禛《分甘余话》卷三："唐人拗体诗有二种，其一苍莽历落中自成音节，如老杜之'城尖径仄旌旆愁，独立缥缈之飞楼'诸篇是也；其二单句拗第几字，则偶句亦拗第几字，抑扬抗坠，读之如一片宫商，如许浑之'溪云初起日沉阁，山雨欲来风满楼'、赵嘏之'湘潭云尽暮山出，巴蜀雪消春水来'是也。"王士禛对唐人拗体的概括为两种：第一，如杜甫例句那般只拗不救；第二，如许浑例句那般有拗必救。现存史料中，各家对拗体的概念理解异常繁复，此处无力逐条解释，期待读者于实际创作过程中进行更深层次的理解。）

正常七律平起入韵格式	
中仄平平仄仄平，中平中仄仄平平。	
中平中仄平平仄，中仄平平仄仄平。	
中仄平平平仄仄，中平中仄仄平平。	
中平中仄平平仄，中仄平平仄仄平。	
折腰体	拗体
从第三句开始用仄起入韵格式：	只改变句中对应的字的平仄：
平仄平平仄仄平，平平仄仄仄平平。	中仄平平仄仄平，中平中仄仄平平。
仄仄平平平仄仄，平平仄仄仄平平。	中仄中平平仄仄，中平中仄平仄仄。
平平仄仄平平仄，平平仄仄仄平平。	中平中仄平平仄，中仄平平仄仄平。
仄仄平平平仄仄，平平仄仄仄平平。	中平中仄平平仄，中仄平平仄仄平。

五十五、折腰体律诗。如上文所述，折腰体是以腰为界，对折一下而成的新格式。折腰体律诗可定义为：以格式 A 写前两句，从第三句开始，以格式 B 写后六句，格式 A 与格式 B 为对应关系，如格式 A 为仄起入韵式，则格式 B 为平起入韵式，反之亦然。

五十六、拟古诗，以两汉五言古诗为模板仿写的诗，陶渊明、李白、苏轼多有佳作。

拟古（其四）
东晋·陶渊明

迢迢百尺楼，分明望四荒。暮作归云宅，朝为飞鸟堂。
山河满目中，平原独茫茫。古时功名士，慷慨争此场。
一旦百岁后，相与还北邙。松柏为人伐，高坟互低昂。
颓基无遗主，游魂在何方？荣华诚足贵，亦复可怜伤。

拟古（其八）
唐·李白

月色不可扫，客愁不可道。玉露生秋衣，流萤飞百草。
日月终销毁，天地同枯槁。蟪蛄啼青松，安见此树老。
金丹宁误俗，昧者难精讨。尔非千岁翁，多恨去世早。
饮酒入玉壶，藏身以为宝。

拟古（其一）
宋·苏轼

有客叩我门，击马门前柳。庭空鸟雀散，门闭客立久。
主人枕书卧，梦我平生友。忽闻剥啄声，惊散一杯酒。
倒裳起谢客，梦觉两愧负。坐谈杂今古，不答颜愈厚。
问我何处来，我来无何有。

五十七、连句诗。连句即联句，诸友相聚，每人作一句或数句诗，最后连成整首诗。相传《柏梁诗》就是第一首连句诗，连句诗后来逐步变为诗友游戏之作。

竹山连句题潘氏书堂

唐·颜真卿、陆羽、李萼、裴修、康造、汤清河、清昼、陆士修、房夔、颜粲、颜颙、颜须、韦介、李观、房益、柳淡、颜岘、潘述

竹山招隐处，潘子读书堂。——颜真卿
万卷皆成帙，千竿不作行。——陆羽
练容餐沆瀣，濯足咏沧浪。——李萼

守道心自乐，下帷名益彰。——裴修
风来似秋兴，花发胜河阳。——康造
支策晓云近，援琴春日长。——汤清河
水田聊学稼，野圃试条桑。——清昼
巾折定因雨，履穿宁为霜。——陆士修
解衣垂蕙带，拂席坐藜床。——房夔
檐宇驯轻翼，簪裾染众芳。——颜粲
草生还近砌，藤长稍依墙。——颜颛
鱼乐怜清浅，禽闲意颉行。——颜须
空园种桃李，远墅下牛羊。——韦介
读易三时罢，围棋百事忘。——李观
境幽神自王，道在器犹藏。——房益
昼歇山僧茗，宵传野客觞。——柳淡
遥峰对枕席，丽藻映缣缃。——颜岘
偶得幽栖地，无心学郑乡。——潘述

杏园联句

唐·李绛、崔群、白居易、刘禹锡

杏园千树欲随风，一醉同人此暂同。——崔群
老态忽忘丝管里，衰颜宜解酒杯中。——李绛
曲江日暮残红在，翰苑年深旧事空。——白居易
二十四年流落者，故人相引到花丛。——刘禹锡

五十八、集句诗。从已有诗作中选取诗句，集合而成的诗，称为集句诗。

急足集句

宋·王安石

年去年来来去忙，倚他门户傍他墙。一封朝奏缘何事，断尽苏州刺史肠。
首句"年去年来来去忙"出自郑谷的《燕》。

燕

唐·郑谷

年去年来来去忙，春寒烟暝渡潇湘。低飞绿岸和梅雨，乱入红楼拣杏梁。

闲几砚中窥水浅,落花径里得泥香。千言万语无人会,又逐流莺过短墙。
尾句"断尽苏州刺史肠"出自刘禹锡的《赠李司空妓》。

赠李司空妓
唐·刘禹锡

高髻云鬟宫样妆,春风一曲杜韦娘。司空见惯浑闲事,断尽苏州刺史肠。
司马光也有与之类似的集句诗:

集 句 诗
宋·司马光

年去年来来去忙,暂偷闲卧老僧床。惊回一觉游仙梦,又逐流莺过短墙。
首句"年去年来来去忙"同样出自郑谷的《燕》。
次句"暂偷闲卧老僧床"出自郑谷的《定水寺行香》。

定水寺行香
唐·郑谷

听经看画绕虚廊,风拂金炉待赐香。丞相未来春雪密,暂偷闲卧老僧床。
三句"惊回一觉游仙梦"出自魏野的《谢知府寇相公降访》。

谢知府寇相公降访
宋·魏野

昼睡方浓向竹斋,柴门日午尚慵开。惊回一觉游仙梦,村巷传呼宰相来。
尾句"又逐流莺过短墙"还是出自郑谷的《燕》。
文天祥曾创作200首集句诗,所选诗句皆出自杜甫诗集,现选两首。

社稷(第一)
宋·文天祥

南极连铜柱,——《送李晋肃入蜀》 煌煌太宗业。——《北征》
始谋谁其间,——《苦热呈杨中丞》 风雨秋一叶。——《故李光弼司徒》

思故乡(第一百五十六)
宋·文天祥

天地西江远,——《送崔侍御》 无家问死生。——《忆舍弟》
凉风起天末,——《忆李白》 万里故乡情。——《江楼宴》

五十九、分题诗。古人分题，选取某物，分予诸君，诸君根据所得作诗，诗题常为"某时某地分题得某字某物"，也称探题。

杨亿分题得"歌"字，便以"歌"字作诗：

上元夜会慎大詹西斋分题得歌字

宋·杨亿

帝里风光上元节，乌衣旧巷共经过。樽中酒渌宁辞醉，梁上尘飞只欠歌。

坐听禁城传玉漏，起看河汉转金波。主人爱客春宵永，彩笔题诗奈乐何。

苏轼分到"戴花"这一题目，便以"戴花"为题作诗：

李钤辖坐上分题戴花

宋·苏轼

二八佳人细马驮，十千美酒渭城歌。帘前柳絮惊春晚，头上花枝奈老何。

露湿醉巾香掩冉，月明归路影婆娑。绿珠吹笛何时见，欲把斜红插皂罗。

六十、分韵诗。选取汉字，分予诸君，诸君以所得为韵作诗。

赏梅分韵得殊字

宋·丘葵

梅是花中先觉者，天才迥与众芳殊。朔风如铁为寒骨，暖日投金作细须。

吐出奇芬春意思，描成疏影月工夫。玉容清润丰腴甚，无限诗人错道癯。

丘葵与友相聚赏梅，得"殊"韵，便作此诗。

与秦太虚、参寥会于松江，而关彦长、徐安中适至，分韵得风字

宋·苏轼

吴越溪山兴未穷，又扶衰病过垂虹。浮天自古东南水，送客今朝西北风。

绝境自忘千里远，胜游难复五人同。舟师不会留连意，拟看斜阳万顷红。

苏轼与秦观诸友相聚，得"风"韵，便作此诗。

六十一、用韵诗。清人吴乔《答万季野诗问》记载："又问：和诗必步韵乎？答曰：和诗之体不一，意如答问而不同韵者，谓之和诗；同其韵而不同其字者，谓之和韵；用其韵而次第不同者，谓之用韵；依其次第者，谓之步韵。"

吴乔给出的解释相当精准，另有宋人刘攽《贡父诗话》中记载："唐诗赓和，有次韵，先后无易；有依韵，同在一韵；有用韵，用彼韵，不必次。"检索文献，按上述

定义验证各类和韵、用韵、步韵诗题，可知无误，且按上述定义，"依韵"即是"和韵"，"次韵"即是"步韵"，综合归纳如下：

和诗，意如问答，不同韵。

和韵（依韵），意如问答，同韵，不同字。

用韵，意如问答，同韵，同字，不同位置。

步韵（次韵），意如问答，同韵，同字，同位置。

韩愈写过一首长诗《陆浑山火和皇甫湜用其韵》，此诗押尽十三元。爱写诗的弘历，隔空和诗，用其韵而次第不同，即《固尔札庙火用唐韩愈陆浑山火和皇甫湜韵并效其体》，钱大昕也有奉和之作，即《恭和御制固尔扎庙火用唐韩愈陆浑山火和皇甫湜韵并效其体之作》。

六十二、和韵诗。详见上文用韵诗，诗评一章另有评述。

六十三、借韵。如一诗本应押第七部"之"韵，然而可借用第八部"微"韵和第十二部"齐"韵，这类押韵方式称为借韵。

按严羽所述，七之、八微、十二齐，所用韵书应是《广韵》。韵书如《切韵》《广韵》《集韵》《平水韵》不宜分开讲，后文有综合论述。

《广韵》韵部

东第一、冬第二、钟第三、江第四、支第五、脂第六、

之第七、微第八、鱼第九、虞第十、模第十一、齐第十二。

六十四、协韵。《楚词》和《文选》中的诗多用协韵，即今日所说的"叶（xié）韵"。后世文人用当时的汉字语音读先秦的《诗经》《楚辞》，发觉有很多场合不押韵，于是便临时改读，以求押韵，典型的例子有南宋朱熹解读《诗经》。

诗经·周南·桃夭

桃之夭夭，灼灼其华。之子于归，宜其室家。

朱熹并未对家字注音，默认家与华押韵，家读若 ɡɑ。

诗经·小雅·我行其野

我行其野，蔽芾其樗。

婚姻之故，言就尔居。

尔不我畜，复我邦家。

宋朝樗、居、家这三个字的读音大约接近现代汉语拼音，樗读若 chu、居读若 ju、家读若 jia，所以家字便不押韵，朱熹为求押韵，便更改家字读音，读若 gu，这样全诗韵脚就读成 chu、ju、gu，便押韵了。

诗经·召南·行露

谁谓雀无角？何以穿我屋？谁谓女无家？何以速我狱？

虽速我狱，室家不足。谁谓鼠无牙？何以穿我墉？

谁谓女无家？何以速我讼？虽速我讼，亦不女从。

这首诗中，朱熹将第一个家读若 gu，以求与屋、狱押韵；第二个家读若 gong，以求与墉、讼押韵。

至此，在朱熹的解读下，家字有至少三种读音，读若 ga、读若 gu、读若 gong，都不用细想，光看就觉得不太靠谱。幸好，在音律学家的不懈努力下，先秦古韵的发音基本被攻克，家字在先秦古韵中只有一种读音，读若 kea、而樗读若 t'ia、居读若 kia，此三字本就押韵，无须朱熹画蛇添足。而《召南·行露》中的家字根本就不在韵句上，其诗韵脚为屋、狱、足；墉、讼、从，按先秦古韵自然也是押韵，不知朱熹为何要将不在韵句上的尾字强行改变读音以求押韵。（以上出自王力《汉语音韵》）

叶韵之说，细究之下，颇为荒唐，但当时文人未能很好理解语言的历史发展趋势，以为从先秦至唐宋，汉字的读音一成不变，因而用出叶韵这种令人啼笑皆非的手段。朱熹叶韵之说于南宋颇为盛行，严羽也未能察觉。明末陈第所著《毛诗古音考》提出"时有古今，地有南北，字有更革，音有转移，亦势所必至"这一符合语言历史发展的观点，大破叶韵之说，而后兴起的清代古音学更是研究整理出了先秦古韵部。

六十五、今韵。自隋朝结束南北分峙，完成大一统后，以《切韵》为基础的语音体系逐渐完善，唐宋诗歌创作基本以此套体系为标准，包括《唐韵》《广韵》《集韵》等韵书，统称今韵。

这里今韵中的"今"是以严羽视角而言，严羽是南宋人，他们称唐宋时期的韵书体系为今韵，这毫无问题。可现代人离唐宋已逾千年之久，再跟着宋朝人称呼恐怕不太合适。唐宋时期的韵书体系，现代人可直接称为平水韵，或者唐宋诗韵，称其"今韵"，与现代汉语语境下非要将"格律诗"称作"近体诗"一样，闭目塞听堪比刻舟求剑。详见下文音韵总结。

六十六、古韵。韩愈《此日足可惜赠张籍》一诗所用之韵是古韵，《文选》中的诗大多如此。

此处做个音韵总结：

诗体中有关音韵的名词有：四声八病、双声叠韵、全篇平声、全篇仄声、律诗双用韵、辘轳韵、进退韵、古诗一韵两用、古诗一韵三用、古诗三韵六七用、古诗重用二十许韵、古诗旁取六七许韵、古诗全不押韵、百五十韵律诗、止三韵律诗、折腰体、分韵、用韵、和韵、借韵、协韵、今韵、古韵，共计 23 条。古典诗歌的音韵对于从小接受现代汉语拼音的读者来说，既熟悉又陌生，但要真正了解古典诗歌，音韵基本相当于拦路石，必须攻克才能得以入门。

汉字三要素是字音、字形、字意，以汉字为载体的古典诗歌三要素可概括为音韵、形式、意义，反映到美学层面的直观体验就是：读起来美、看起来美、想起来美。所以从先秦开始，每一位诗人都想尝试将这三者融会贯通，可先秦时期，诗歌创作更接近于诗人天授，并无明显规律可循。东汉时期，或许是佛教和梵语的传入，学者可以系统对比两大语言的差异，剖析汉字读音，归纳总结了反切注音法，从此音韵学打开了大门。南朝时四声八病的提出，直接引发了永明体变革。至此，古典诗歌与汉字音韵完成了基础融合，尔后诗人的创作，都异常注重汉字的音调节奏。

南朝的诗风于初唐发生了变革，可无论陈子昂和四杰对永明体多么叛逆，他们的创作还是逃不开汉字读音这条限定线，这条限定线就是《切韵》，现梳理如下：

隋文帝仁寿元年（601 年），陆法言根据颜之推、薛道衡等 8 位学者的总结，将当时的汉字语音整理成书，设定了 193 个韵，名为《切韵》。此书一出，便成为官方钦定的正统发音，自此之后，中国古典诗歌所用韵书基本都是由《切韵》演化而来。

唐玄宗开元二十年（732 年），孙愐在《切韵》的基础上，参照当时发音，设定了 195 个韵，编为《唐韵》。

宋真宗大中祥符元年（1008 年），陈彭年、邱雍等人奉诏重编韵书，在《切韵》《唐韵》的基础上，参照当时的发音，设定了 206 个韵，编为《广韵》。在《广韵》的基础上又编出专门面向科举诗赋考试的《韵略》。

宋仁宗景祐四年（1037 年），丁度等人奉诏再次重编韵书，在前人的基础上编出了《集韵》。为适应科举中的诗赋考试，礼部重修《韵略》，改名为《礼部韵略》。

宋理宗淳祐十二年（1252年），刘渊在《礼部韵略》的基础上，参照当时的发音，编出了《壬子新刊礼部韵略》，因刘渊是山西平水人（平水为古地名，约是今日山西临汾，在当时是北方书籍印刷的中心区域），故称为"平水韵"，王力说平水是官名，因而得名，这些无关要害。

元初，阴时夫在前人基础上编出了《韵府群玉》，时人称为"阴韵"。

清康熙五十年（1711年），张廷玉等人奉诏编出了《佩文韵府》，当下汉语语境中的"平水韵"指的便是这部韵书。

抓住《切韵》《广韵》《壬子新刊礼部韵略》这三本书，可把握隋唐以来古典诗歌音韵的发展脉络。

《切韵》可看作汉字读音的全面总结版本，是基础字典；

《广韵》可看作汉字读音的修改完善版本，是核心字典；

《壬子新刊礼部韵略》可看作汉字读音的诗歌创作版本，后世又称为水韵，是专用字典。

韵书	时间	韵部	编者
《切韵》	隋	193	陆法言
《唐韵》	唐	195	孙愐
《广韵》	宋	206	陈彭年、邱雍
《韵略》	宋	206	
《集韵》	宋	206	丁度
《礼部韵略》	宋	206	
《壬子新刊礼部韵略》	宋	107	刘渊
《韵府群玉》	元	106	阴时夫
《佩文韵府》	清	106	张廷玉

在梳清音韵脉络后，着重讲解《壬子新刊礼部韵略》。由上表可知，此书之前，韵部数量约在200个；此书之后，韵部限定在107个左右。这是为何，且看《广韵》文本：

钦定四库全书
原本广韵卷一
上平声
一东【独用】　　　　　　二冬【钟同用】
三钟　　　　　　　　　　四江【独用】
六脂 五支【脂之同用】　　六脂

一东【独用】，一指韵部序号，东指韵部名称，独用是指以东为韵部作诗时不可以与其他韵部混用。

二冬【钟同用】，二指韵部序号，冬指韵部名称，钟同用是指以冬为韵部作诗时可以与韵部钟混用。

五支【脂之同用】，五指韵部序号，支指韵部名称，脂之同用是指以支为韵部作诗时可以与韵部脂、之混用。

简言之，《广韵》206个韵部，有些韵部作诗时只能单独用，有些韵部作诗时可以混着用，宋代前期科举考试可以带韵书入场，考生不必死记硬背，只需对照韵书便可作诗，但后来科举考试禁止任何夹带，考生则必须将200个韵部硬背下来，这显然是一种并无多少意义的难度提升。因此，韵部精简众望所归，《壬子新刊礼部韵略》便应运而生。

至此，古典诗歌音韵的发展脉络大致理清，以《切韵》为界，唐、宋、元、明、清的诗歌用韵大体有据可依，有理可寻。

但《切韵》之前，诸如魏晋、秦汉、先秦的音韵又做何解，是个大问题。宋人本有叶韵之说，后被证明是无稽之谈。有清一代，音韵学功夫极深，如顾炎武、江永、戴震、段玉裁、孔广森等学者，皆有研究先秦古韵的学术著作。

按王力《汉语音韵》所记：顾炎武将古韵分为10部，江永进一步分为13部，戴震分为9类25部，段玉裁分为17部，孔广森分为18部，近人黄侃分为28部，越分越精密，王力考定《诗经》时代古韵为29部、《楚辞》时代古韵为30部。

其中上古音调有阴阳两分法和阴阳入三分法两大派别，又有古无上声、去声和四声杂用两大派别，这些都是上古音韵学中争论不断的要点。读者如有兴趣，可自行阅读王力《汉语音韵》及清代各位学者著作。

我等并非要做音韵学的学问，在对音韵学基本了解之后，不必一头扎进上古音韵学中，甚至要以上古音韵来作诗。如果要以上古音韵来作诗，那必然要以上古音韵来吟诵，单纯拿着前人先贤整理总结出来的韵母韵书对照填诗，恕我直言，无异于沐猴而冠。

诗歌中的音韵大致如此，今人特别害怕平水韵各类韵书，可如果静下心来好好学一段时间，基本不会再有排斥感，唐宋诗歌本就如此创作。当代人读唐宋诗歌，应当要知晓这些文字的背后是切韵和平水韵，切莫因自己家乡的方言与唐宋诗歌的押韵有些相似，便说唐诗应该用方言读这种酒桌吹牛的话。

最后笔者提出三条看法，暂且记之。

1. 诗歌的基础是文字，文字的基础是音、形、意，所以阅读《诗经》《楚辞》，就必须要了解先秦的文字大概；阅读唐宋诗词，就必须要了解唐宋的文字大概。不能用唐宋的文字去理解先秦的诗歌，更不能用现代的文字去理解整个古代的诗歌。

2. 音韵学是诗学的基础之一，如要理解诗学，则必须要认真学习音韵学；但又要谨记，音韵学只是诗学的基础之一，如在音韵上专研，那就做音韵学的学者，不要用音韵学来指导如何作诗，如何作好诗。

3. 诗歌创作必然扎根于时代和社会，唐宋诗人就算要恢复诗歌传统，用的也还是他们时代的唐韵切韵，而非先秦的古韵。语言和文字是最富活力的，脱离语言和文字去搞创作，无异于自欺欺人。当下的"新韵古韵"之争，愈演愈烈，已经从学术辩论变成了情绪输出，在知晓了韵书的源流传承之后，可以清楚认识到：韵书并不是生而就有，而是一种共识，一种可以令绝大多数创作者达成基本共识的稳定语言系统。举个例子：一位四川方言很浓的手艺人、一位讲上海话的文艺青年、一位美国留学的生物学博士、一位马来西亚的老华侨，无论他们的生活有没有交集，但只要进入了古典诗歌创作这一领域，都必须达成某种共识。"古韵"虽然与当下语言有所脱节，却依然坚挺，正因具备了相对不受外部干扰的稳定性。

在创作领域，韵书的稳定性远远高于韵书的学术性。无论是持"新韵"压"古韵"者，还是持"古韵"压"新韵"者，大多忽视了一点，能够令人信服并达成共识的只有诗歌本身，即实打实的诗作，其他的都是浮云。时间轴拉长，一百年内，用"新韵"创作的好诗不断涌现，堪比唐宋，那"新韵"自然就压倒了"古韵"，反之亦然。可是如何运用当下的语言和文字，创作出属于这个时代的作品，是对诗人最为无情和刻薄的考验。光想靠扯"复古"的大旗走捷径，只能是竹篮打水一场空。

六十七、古律。陈子昂和盛唐诸公多有此类诗作。下文所举四首律诗按格律校对大多出律，且中间两联多不对仗，此类诗作多集中于大历之前，严羽宋人，故称之为古律。

晚次乐乡县 唐·陈子昂 故乡杳无际，日暮且孤征。 川原迷旧国，道路入边城。 野戍荒烟断，深山古木平。 如何此时恨，嗷嗷夜猿鸣。	留别王卢二拾遗 唐·李颀 此别不可道，此心当报谁。 春风灞水上，饮马桃花时。 误作好文士，只令游宦迟。 留书下朝客，我有故山期。
万山潭作 唐·孟浩然 垂钓坐磐石，水清心亦闲。 鱼行潭树下，猿挂岛藤间。 游女昔解佩，传闻于此山。 求之不可得，沿月棹歌还。	沙丘城下寄杜甫 唐·李白 我来竟何事，高卧沙丘城。 城边有古树，日夕连秋声。 鲁酒不可醉，齐歌空复情。 思君若汶水，浩荡寄南征。

六十八、今律。大历之后，律诗规则渐严，法度井然，有别于古律，称为今律。明清之际，律诗大多为今律，特别是科举考试中的试帖诗，一个字都不能出律。

六十九、颔联。律诗的第三句、第四句统称颔联。

七十、颈联。律诗的第五句、第六句统称颈联。

七十一、发端。律诗的第一句、第二句为发端，也统称作首联。

七十二、落句。律诗的第七句、第八句为落句，也统称作尾联。

七十三、十字对。五言律诗中，出句和对句从句法结构来说是对仗关系，从文辞意义上来说是承接关系，两句有先后顺序，此类诗句称为十字对。刘眘（shèn）虚的"沧浪千万里，日夜一孤舟"便是例句。

王之涣《登鹳雀楼》："欲穷千里目，更上一层楼。"

王维《终南别业》："行到水穷处，坐看云起时。"

七十四、十字句。将十字对除去对仗这一限定条件，即为十字句。常建的"曲径通幽处，禅房花木深"便是例句。

七十五、十四字对。七言律诗中，出句和对句从句法结构来说是对仗关系，从文辞意义上来说是承接关系，两句有先后顺序，此类诗句称为十四字对。刘长卿的"江客不堪频北望，塞鸿何事又南飞"便是例句。因这类对仗犹如流水从上到下，一气呵成，后世又称为流水对。

杜甫《秋兴·其二》："请看石上藤萝月，已映洲前芦荻花。"

杜甫《闻官军收河南河北》："即从巴峡穿巫峡，便下襄阳向洛阳。"

七十六、十四字句。将十四字对除去对仗这一限定条件，即为十四字句。崔颢的"黄鹤一去不复返，白云千载空悠悠"和李白的"鹦鹉西飞陇山去，芳洲之树何青青"便是例句。

七十七、扇对。扇对又称隔句对，郑谷的《诗》便是诗例，第一句和第三句对仗，第二句和第四句对仗。

诗

唐·郑谷

昔年其照松溪影，松折碑荒僧已无。今日还思锦城事，雪消花谢梦何如。

诗

唐·郑谷

几思闻静话，夜雨对禅床。未得重相见，秋灯照影堂。
孤云终负约，薄宦转堪伤。梦绕长松槚，遥焚一炷香。

夜闻筝中弹潇湘送神曲感旧

唐·白居易

缥缈巫山女，归来七八年。殷勤湘水曲，留在十三弦。
苦调吟还出，深情咽不传。万重云水思，今夜月明前。

七十八、借对。孟浩然的"厨人具鸡黍，稚子摘杨梅"、李白的"水舂云母碓，风扫石楠花"、杜甫的"竹叶于人既无分，菊花从此不须开"便是例句。

借对又称假对，分成两大类，第一类是通过汉字谐音来完成对仗，第二类是通过汉字多义来完成对仗。

1. 谐音假对。

厨人具鸡黍，稚子摘杨梅。（杨，谐音"羊"，借羊对鸡。）

水舂云母碓，风扫石楠花。（楠，谐音"男"，借男对母。）

2. 多义假对。

竹叶于人既无分，菊花从此不须开。（竹叶，指"竹叶酒"，借竹叶与菊花对仗。）

且看更多诗例：

卷帘黄叶落，开户子规啼。（"子"谐音"紫"，借紫对黄。）

根非生下土，叶不坠秋风。（"下"谐音"夏"，借夏对秋。）

五峰高不下，万木几经秋。（"下"谐音"夏"，借夏对秋。）

闲听一夜雨，更对柏岩僧。（"柏"谐音"百"，借百对一。）

住山今十载，明日又迁居。（"迁"谐音"千"，借千对十。）

因寻樵子径，得到葛洪家。（"子"谐音"紫"，"洪"谐音"红"，借"紫"对"红"。）

七十九、就句对。就句对又称当句对，杜甫的"小院回廊春寂寂，浴凫飞鹭晚悠悠"和李嘉祐的"孤云独鸟川光暮，万里千山海气秋"便是诗例。前辈于文章中也常运用，王勃的"龙光射斗牛之墟，徐孺下陈蕃之榻"也是就句对。

一联两句，出句中有词语对仗，对句中也有词语对仗，前句和后句继续对仗，称为就句对，又称当句对，现在常称句中自对。

"小院回廊春寂寂，浴凫飞鹭晚悠悠。"前句中小院对回廊，后句中浴凫对飞鹭，前句和后句也对仗。

"孤云独鸟川光暮，万里千山海气秋。"前句中孤云对独鸟，后句中万里对千山，前句和后句也对仗。

"龙光射斗牛之墟，徐孺下陈蕃之榻。"前句中龙光对斗牛，后句中徐孺对陈蕃，前句和后句也对仗。

且看更多诗例：

张乔《秦原春望》："北阙东堂路，千山万水人。"

戴叔伦《送李审之桂州谒中丞叔》："乱云收暮雨，杂树落疏花。"

白居易《秋雨中赠元九》："不堪红叶青苔地，又是凉风暮雨天。"

陆游《新筑山亭戏作》："天垂缭白萦青外，人在纷红骇绿中。"

陆游《城上》："万瓦新霜扫残瘴，一林丹叶换青枫。"

当 句 有 对

唐·李商隐

密迩平阳接上兰，秦楼鸳瓦汉宫盘。池光不定花光乱，日气初涵露气干。

但觉游蜂饶舞蝶，岂知孤凤忆离鸾。三星自转三山远，紫府程遥碧落宽。

李商隐这首七言律诗宛如炫技，平阳对上兰、秦楼对汉宫、池光对花光、日气对露气、游蜂对舞蝶、孤凤对离鸾、三星对三山、紫府对碧落，当句对这一概念名词即从诗题而来。

出句与对句中都有重字，此种对仗又称掉字对，今人作律诗有忌重字的风气，所以很少有人这么用，掉字对诗例如下：

杜甫《白帝》："戎马不如归马逸，千家今有百家存。"

杜甫《曲江对酒》："桃花细逐杨花落，黄鸟时兼白鸟飞。"

杜甫《闻官军收河南河北》："即从巴峡穿巫峡，便下襄阳向洛阳。"

李商隐《春日寄怀》："纵使有花兼有月，可堪无酒又无人。"

李商隐《杜工部蜀中离席》："座中醉客延醒客，江上晴云杂雨云。"

黄庭坚《自巴陵入通城》："野水自添田水满，晴鸠却唤雨鸠归。"

原文 六、论杂体，则有风人（上句述其语，下句释其义，如古《子夜歌》《续曲歌》之类，则多用此体）、槁砧（古乐府"槁砧今何在，山上复安山；何当大刀头，破镜飞上天"，僻辞隐语也）、五杂俎（见乐府）、两头纤纤（亦见乐府）、盘中（《玉台集》有此诗，苏伯玉妻作，写之盘中，屈曲成文也）、回文（起于窦滔之妻，织锦以寄其夫也）、反覆（举一字而诵，皆成句，无不押韵，反覆成文也。李公《诗格》有此二十字诗）、离合（字相折合成文，孔融"渔父屈节"之诗是也。虽不关诗之重轻，其体制亦古），至于建除（鲍明远有《建除诗》，每句首冠以"建除平定"等字。其诗虽佳，盖鲍本工诗，非因建除之体而佳也）、字谜、人名、卦名、数名、药名、州名之诗，只成戏谑，不足法也。（又有六甲十属之类，及藏头、歇后等体，今皆削之。近世有李公《诗格》，泛而不备，惠洪《天厨禁脔》，最为误人。今此卷有旁参二书者，盖其是处不可易也。）

译文 论杂体，则有风人诗、槁砧诗、五杂俎诗、两头纤纤诗、盘中诗、回文诗、反覆诗、离合诗。至于建除诗、字谜诗、人名诗、卦名诗、数名诗、药名诗、州名诗，只是戏谑之语，不足为道。又有六甲诗、十属诗、藏头诗、歇后诗等，都弃置不选。唐人李峤所撰《诗格》，过于宽泛且不完备；惠洪《天厨禁脔》，纰漏不少，极易误导读者。因其见解亦有高明之处，本文仍有所借鉴，切不可因一二缺点而全盘否定。

简评 严羽总结了流传于南宋诗坛相对非主流的知识点，共计19条，大致可分为两类。

一、侧重文字本身，运用拆解、谐音等方法进行创作的诗歌，如"槁砧诗""藏头诗""字谜诗"等。

二、侧重民俗文化，借用社会广泛共识进行创作的诗歌，如"地名诗""药名诗""建除诗"。

注解 一、风人诗。上一句叙述，下一句解答的诗，称为风人诗。古《子夜歌》和《续曲歌》即是如此。

子 夜 歌

魏晋民歌

雾露隐芙蓉，见莲不分明。

芙蓉指莲花，莲即谐音怜，见怜有被爱之意。上句叙述了雾露隐去莲花，下句解释上句：到底是爱怜还是不爱怜？

续 曲 歌

魏晋民歌

奈何许！石阙生口中，衔碑不得语。

石阙即石碑，碑即谐音悲，衔碑有含悲之意。上句叙述了口含石碑，下句解释上句：满含悲伤，连话都说不出来。

二、槁（gǎo）砧（zhēn）诗。又称藁（gǎo）砧诗，槁砧是指《古绝句·槁砧今何在》，后将以此为例仿写的诗统称槁砧诗。

古 绝 句

槁砧今何在？山上复有山。何当大刀头？破镜飞上天。

这首诗用谜语的形式写隐喻，下面一句一句分析。

第一句,"槁砧今何在",槁是指稻草,砧是指砧板,有了稻草和砧板,就缺铡草的刀,古代用于铡草的刀叫铗,谐音夫。因此,槁砧暗喻夫君。

第二句,"山上复有山",山上有山,便是"出"字,暗喻出行。

第三句,"何当大刀头",大刀指古代的武器大刀,刀头常嵌铁环作为装饰,环谐音还,暗喻回家。

第四句,"破镜飞上天",破镜暗喻半边月,夜晚天空出现了半边月,便可根据历法计算出具体日期,暗喻归期。

全诗总结:夫君去哪儿了,夫君出门远行了,问他什么时候回家,他说等到晚上能看到半边月亮的那天就回家。

代 槁 砧 诗
南朝·王融

花蒂今何在,亦是林下生。何当垂双髻,团扇云间明。

王融这首诗便是模仿《槁砧诗》的写法,解读如下:

第一句,"花蒂今何在",花蒂,衍义为花萼、花跗,跗谐音夫,暗喻夫君。

第二句,"亦是林下生",林下生亦,组合起来的字与"禁"字很像,取"禁"字门禁之意,暗喻当差。

第三句,"何当垂双髻",髻衍义为鬟,谐音还,暗喻什么时候回家。

第四句,"团扇云间明",团扇到了云间,便是指夜晚抬头能看到整个月亮,暗喻日期。

全诗总结:夫君去哪儿了,夫君去当差了,问他什么时候回家,他说等到晚上能看到整个月亮的时候就回家。

三、五杂俎诗。五杂俎诗是三言三句固定体例的诗。第一句三字是"五杂俎",后接三字;第二句三字是"往复来",后接三字;第三句三字是"不获已"或"不得已",后接三字。此诗体起源于魏晋,后世多有仿效。

五 杂 俎
魏晋·无名氏

五杂俎,冈头草。往复还,车马道。不获已,人将老。

五杂俎·其一
宋·周紫芝

五杂俎，垄头水。往复来，玉关骑。不得已，从士子。

五杂俎·其二
宋·周紫芝

五杂俎，云际翩。往复来，长安陌。不得已，千里客。

五杂俎·其一
宋·范成大

五杂俎，同心结。往复来，当窗月。不得已，话离别。

五杂俎·其二
宋·范成大

五杂俎，流苏缕。往复来，临行语。不得已，上马去。

四、两头纤纤诗。两头纤纤诗是七言四句固定体例的诗。第一句是"两头纤纤"后接三字；第二句是"半白半黑"后接三字；第三句是"腷腷膊膊（bìbìbóbó）"后接三字；第四句是"磊磊落落"后接三字。第三句"腷腷膊膊"又作"偪偪仆仆"，写法不同，意思相同。此诗体起源于魏晋，后世多有仿效。

古两头纤纤诗
魏晋

两头纤纤月初生，半白半黑眼中睛。腷腷膊膊鸡初鸣，磊磊落落向曙星。

两 头 纤 纤
唐·王建

两头纤纤青玉玦，半白半黑头上发。偪偪仆仆春冰裂，磊磊落落桃花结。

两 头 纤 纤
宋·孔平仲

两头纤纤新月眉，半白半黑对客棋。腷腷膊膊拊翼鸡，磊磊落落饤坐梨。

两 头 纤 纤
宋·范成大

两头纤纤探官茧，半白半黑鹤氅缘。腷腷膊膊上帖箭，磊磊落落封侯面。

五、盘中诗。《玉台新咏》收录此诗，相传为苏伯玉之妻所作，写在圆盘之中，从中央起句，根据圆盘的纹路盘旋而至四角，最终成诗，全诗四十九句，一百六十八字。

盘 中 诗

魏晋·苏伯玉妻

山树高，鸟啼悲。泉水深，鲤鱼肥。空仓雀，常苦饥。
吏人妇，会夫稀。出门望，见白衣。谓当是，而更非。
还入门，中心悲。北上堂，西入阶。急机绞，杼声催。
长叹息，当语谁。君有行，妾念之。山有日，还无期。
结巾带，长相思。君忘妾，天知之。妾忘君，罪当治。
安有行，宜知之。黄者金，白者玉。高者山，下者谷。
姓为苏，字伯玉，作人才多知谋足。
家居长安身在蜀，何惜马蹄归不数。
羊肉千斤酒百斛，令君马肥麦与粟。
今时人，智不足。与其书，不能读。
当从中央周四角。

六、回文诗。回文诗起源于前秦窦滔的妻子苏若兰，相传苏若兰因思念丈夫，在锦帕上织就了841个字以寄情感，每行29个字，共29行，这841个字可以从前往后读，也可以从后往前读，可以挑选其中一段组成五言诗，也可以挑选其中一段组成七言诗，后世称为《璇玑图》，因《璇玑图》字数过多，从简不录。

后世多有此类诗作，如一句回文、上下句回文、一首诗分上下篇回文等，但都超脱不了正读倒读皆可成诗这一定义。苏轼有多首回文诗，以《题金山寺回文本》为佳。

春游回文诗 南朝·王融	
枝分柳塞北，叶暗榆关东 垂条逐絮转，落蕊散花丛 池莲照晓月，幔锦拂朝风 低吹杂纶羽，薄粉艳妆红 离情隔远道，叹结深闺中	中闺深结叹，道远隔情离 红妆艳粉薄，羽纶杂吹低 风朝拂锦幔，月晓照莲池 丛花散蕊落，转絮逐条垂 东关榆暗叶，北塞柳分枝

题金山寺回文本 宋·苏轼	
潮随暗浪雪山倾，远浦渔舟钓月明 桥对寺门松径小，槛当泉眼石波清 迢迢绿树江天晚，霭霭红霞晓日晴 遥望四边云接水，雪峰千点数鸥轻	轻鸥数点千峰雪，水接云边四望遥 晴日晓霞红霭霭，晚天江树绿迢迢 清波石眼泉当槛，小径松门寺对桥 明月钓舟渔浦远，倾山雪浪暗随潮

七、反覆诗。以某字起，后接成句，反覆成诗，这类诗作称为反覆诗。李峤《诗格》中有二十一字反覆诗。但《诗格》一书，现已散佚，仅存文字中并无二十一字反复诗的确切内容。此处补录南朝鲍泉诗，句首皆以"新"字起，反覆成诗。

奉和湘东王春日诗
南朝·鲍泉

新莺始新归，新蝶复新飞。新花满新树，新月丽新辉。
新光新气早，新望新盈抱。新水新绿浮，新禽新听好。
新景自新还，新叶复新攀。新枝虽可结，新愁讵解颜。
新思独氛氲，新知不可闻。新扇如新月，新盖学新云。
新落连珠泪，新点石榴裙。

八、离合诗。离合诗是一种文字游戏，以诗句为谜面，谜底组合成文，孔融的《离合郡姓名字诗》就是典型诗例。离合诗于本文诗学体系虽无关紧要，但其体例上古，不可忽略。

离合郡姓名字诗

东汉·孔融

渔父屈节，水潜匿方；与时进止，出行施张。——鲁

吕公饥钓，阖口渭旁；九域有圣，无土不王。——国

好是正直，女回予匡；海外有截，隼逝鹰扬。——孔

六翮不奋，羽仪未彰；龙蛇之蛰，俾也可忘。——融

玟璇隐曜，美玉韬光。——————————文

无名无誉，放言深藏；按辔安行，谁谓路长。——举

第一句，"渔父屈节，水潜匿方"，"渔"字去掉水，得到"鱼"；"与时进止，出行施张"，"时"（繁体为"時"）字去掉"寺"，得到"日"；"鱼"加"日"，得到"鲁"字。

第二句，"吕公饥钓，阖口渭旁"，"吕"字去掉口，得到"口"；"九域有圣，无土不王"，"域"字去掉土，得到"或"；"口"加"或"，得到"国"字（繁体为"國"）。

第三句，"好是正直，女回予匡"，"好"字去掉女，得到"子"；"海外有截，隼逝鹰扬"，"截"字去掉隼，得到"乚"；"子"加"乚"，得到"孔"字。

第四句，"六翮不奋，羽仪未彰"，"翮"字去掉羽，得到"鬲"；"龙蛇之蛰，俾也可忘"，"蛇"（繁体为"虵"）字去掉"也"，得到"虫"，"鬲"加"虫"，得到"融"字。

第五句，"玟璇隐曜，美玉韬光"，"玟"字去掉"玉"，得到"文"字。

第六句，"无名无誉，放言深藏"，"誉"字去掉言，得到"兴"；"按辔安行，谁谓路长"，"按"字去掉"安"，得到"扌"，"兴"加"扌"，得到"举"字。

上述六个字连起来就是"鲁国孔融文举"，正是孔融的郡望和名字。东汉孔融距今1800年，文字写法与今日汉字略有差别，离合方法不甚清晰，且看唐人离合诗。

闲居杂题五首·鸣蜩早

唐·陆龟蒙

闲来倚杖柴门口，鸟下深枝啄晚虫。

周步一池销半日，十年听此鬓如蓬。

第一句尾字"口"加第二句首字"鸟"，得"鸣"字。

第二句尾字"虫"加第三句首字"周"，得"蜩"字。

第三句尾字"日"加第四句首字"十"，的"早"字。

合起来就是诗的题目——鸣蜩早。

奉和鲁望闲居杂题·晚秋吟

唐·皮日休

东皋烟雨归耕日，免去玄冠手刈禾。

火满酒炉诗在口，今人无计奈侬何。

第一句尾字"日"加第二句首字"免"，得"晚"字。

第二句尾字"禾"加第三句首字"火"，得"秋"字。

第三句尾字"口"加第四句首字"今"，得"吟"字。

合起来就是诗的题目——晚秋吟。

九、建除诗。建除是古代术数的专有名词，古人以天文上的十二时辰象征人事上的十二种吉凶祸福，分别是：建、除、满、平、定、执、破、危、成、收、开、闭。以这十二个字为诗句首字而写成的诗，称作建除诗。严羽评议：鲍照的《建除诗》虽是好诗，只因鲍照诗本就写得好，跟建除这一诗体并无太多关联。

建 除 诗

南朝·范云

建国负东海，衣冠成营丘。除道梁淄水，结驷登之罘。

满座咸嘉友，苹藻绝时羞。平望极聊摄，直视尽姑尤。

定交无恒所，同志互相求。执手欢高宴，举白穷献酬。

破琴岂重赏，临濠宁再俦。危生一朝露，蝼蚁将见谋。

成功退不处，为名自此收。收名弃车马，单步反蜗牛。

开渠纳秋水，相土播春畴。闭门谢世人，何欲复何求。

建 除 诗
南朝·鲍照

建旗出敦煌，西讨属国羌。除去徒与骑，战车罗万箱。
满山又填谷，投鞍合营墙。平原亘千里，旗鼓转相望。
定舍后未休，候骑敕前装。执戈无暂顿，弯弧不解张。
破灭西零国，生房郅支王。危乱悉平荡，万里置关梁。
成军入玉门，士女献壶浆。收功在一时，历世荷余光。
开壤袭朱绂，左右佩金章。闭帷草太玄，兹事殆愚狂。

建 除 诗
唐·权德舆

建节出王都，雄雄大丈夫。除书加右职，骑吏拥前驱。
满月张繁弱，含霜耀鹿卢。平明跃骦褭，清夜击珊瑚。
定远功那比，平津策乃迂。执心思报国，效节在忘躯。
破胆销丹浦，颦蛾舞绿珠。危冠徒自爱，长毂事应殊。
成绩封千室，畴劳使五符。收功轻骠卫，致埋迈黄虞。
开济今如此，英威古不殊。闭关草玄者，无乃误为儒。

十、字谜诗。以猜字谜为主题写成的诗，称作字谜诗。

字谜诗
宋·王安石

兄弟四人两人大，一人立地三人坐。家中更有一两口，任是凶年也得过。
（谜底是俭，简体字为俭）

解日字谜
宋·吕惠卿

东海有一鱼，无头亦无尾。更除脊梁骨，便是这个谜。
（谜底是日）

亚字谜
宋·陈亚

若教有口便哑，且要无心为恶。中间全没肚肠，外面强生棱角。

（谜底是亚）

十一、姓名诗。将姓名嵌在其中而成的诗，称作姓名诗。

卢纶有一首写给歌女的诗，歌女艺名是"解愁"。

伦开府席上赋得咏美人名解愁
唐·卢纶

不敢苦相留，明知不自由。嚬眉乍欲语，敛笑又低头。

舞态兼些醉，歌声似带羞。今朝总见也，只不解人愁。

权德舆才高，将古人姓放在第二字、名放在第三字，如张良、李斯等，竟也能绵延成诗。

古 人 名 诗
唐·权德舆

藩宣秉戎寄，衡石崇势位。年纪信不留，弛张良自愧。

樵苏则为惬，瓜李斯可畏。不顾荣官尊，每陈丰亩利。

家林类岩巘，负郭躬敛积。忌满宠生嫌，养蒙恬胜智。

疏钟皓月晓，晚景丹霞异。涧谷永不谖，山梁冀无累。

颛符生肇学，得展禽尚志。从此直不疑，支离疏世事。

近人木心有一首诗，赠予陈丹青：

丹 青
近代·木心

蒿莱生涯剧可怜，幸有佛耳双垂肩。桐花万里山山路，独折丹桂上青天。

十二、卦名诗。将卦象嵌在其中而写的诗，称作卦名诗。卦象共六十四种：乾、坤、屯、蒙、需、讼、师、比、小畜、履、泰、否、同人、大有、谦、豫、随、蛊、临、观、噬嗑、贲、剥、复、无妄、大畜、颐、大过、坎、离、咸、恒、遁、大壮、晋、明夷、家人、睽、蹇、解、损、益、夬、姤、萃、升、困、井、革、鼎、震、艮、渐、归妹、丰、旅、巽、兑、涣、节、中孚、小过、既济、未济。

卦 名 诗
南朝·萧纲

栉比园花满，径复水流新。离禽时入袖，旅谷乍依莩。

丰壶要上客，鹄鼎命嘉宾。车由泰夏闼，马散咸阳尘。
莲舟虽未济，分密已同人。

卦名诗
唐·权德舆

节变忽惊春，临风骋望频。支颐倦书幌，步履整山巾。
时鸟渐成曲，杂芳随意新。曙霞连观阙，绮陌丽咸秦。
天地今交泰，云雷背遘屯。中孚谅可乐，书此示家人。

十三、数名诗。将数字嵌在其中而成的诗，称作数名诗。

数名诗
南朝·范云

一鼓有余气，趫勇正纷纭。二广无遗略，雄虎自为群。
三河尚扰攘，楯橹起樠榲。四巡驻青跸，瘗玉旷亭云。
五十又舒旆，旗帜日缤纷。六郡良家子，慕义轻从军。
七获美前载，克俊嘉昔闻。八音伫繁律，将以安司勋。
九命既斯复，金璧固宜分。十难康有道，延首望卿云。

数名诗
南朝·鲍照

一身仕关西，家族满山东。二年从车驾，斋祭甘泉宫。
三朝国庆毕，休沐还旧邦。四牡曜长路，轻盖若飞鸿。
五侯相饯送，高会集新丰。六乐陈广坐，组帐扬春风。
七盘起长袖，庭下列歌钟。八珍盈雕俎，绮肴纷错重。
九族共瞻迟，宾友仰徽容。十载学无就，善宦一朝通。

十四、药名诗。将药名嵌在其中而成的诗，称作药名诗。

药名诗
南朝·萧纲

朝风动春草，落日照横塘。重台荡子妾，黄昏独自伤。
烛映合欢被，帷飘苏合香。石墨聊书赋，铅华试作妆。
徒令惜萱草，蔓延满空房。

注：春草、横塘、重台、黄昏（王孙别名）、合欢、苏合香、石墨、铅华、萱草、蔓延（王孙别名），都是中药名。

十五、州名诗。将地名嵌在其中而成的诗，称作州名诗，又叫地名诗。

自浔阳至都集道里名为诗

南朝·谢庄

山经亟旋览，水牒倦敷寻。稽榭诚淹留，烟台信遐临。

翔州凝寒气，秋浦结清阴。眇眇高湖旷，遥遥南陵深。

青溪如委黛，黄沙似舒金。观道雷池侧，访德茅堂阴。

鲁显阙微迹，秦良灭芳音。讯远博望崖，采赋梁山岑。

崇馆非陈宇，茂苑岂旧林。

注：稽榭、烟台、翔州、秋浦、高湖、南陵、青溪、黄沙、雷池、鲁、秦、博望、梁山、崇馆，都是地名。

州 名 诗

南朝·范云

司春命初铎，青耦肆中樊。逸豫诚何事，稻粱复宜敦。

徐步遵广隰，冀以写忧源。杨柳垂场圃，荆棘生庭门。

交情久所见，益友能孰存。

注：司隶州、青州、豫州、梁州、徐州、冀州、扬州、荆州、交州、益州都是州名。

十六、六甲诗。用天干地支写成的诗，称为六甲诗。天干包含了十个字：甲、乙、丙、丁、戊、己、庚、辛、壬、癸。地支包含了十二个字：子、丑、寅、卯、辰、巳、午、未、申、酉、戌、亥。

六 甲 诗

南朝·沈炯

甲拆开众果，万物具敷荣。乙飞上危幕，雀乳出空城。

丙魏旧勋业，申韩事刑名。丁翼陈诗罢，公绥作赋成。

戊巢花已秀，满塘草自生。己乃忘怀客，荣乐尚关情。

庚庚闻鸟啭，肃肃望兔征。辛酸多悯恻，寂寞少逢迎。

壬蒸怀太古，覆妙仁无名。癸巳空施位，讵以召幽贞。

十 二 时 歌
唐·文偃

夜半子，愚夫说相似。鸡鸣丑，痴人捧龟首。

平旦寅，晓何人。日出卯，韩情枯骨咬。

食时辰，历历明机是悟真。禺中巳，去来南北子。

日南午，认向途中苦。日昳未，夏逢说寒气。

晡时申，张三李四会言真。日入酉，恒机何得守。

黄昏戌，看见时光谁受屈。人定亥，直得分明沉苦海。

十七、十属诗。用鼠、牛、虎、兔等生肖属相而写成的诗，称为十属诗，也称十二属诗。

十 二 属 诗
南朝·沈炯

鼠迹生尘案，牛羊暮下来。虎啸坐空谷，兔月向窗开。

龙隰远青翠，蛇柳近徘徊。马兰方远摘，羊负始春栽。

猴栗羞芳果，鸡跖引清杯。狗其怀物外，猪蠡窅悠哉。

读十二辰诗卷掇其余作
宋·朱熹

夜闻空箪齧饥鼠，晓驾羸牛耕废圃。时才虎圈听豪夸，旧业兔园嗟莽卤。

君看蛰龙卧三冬，头角不与蛇争雄。毁车杀马罢驰逐，烹羊酤酒聊从容。

手种猴桃垂架绿，养得鹍鸡鸣角角。客来犬吠催煮茶，不用东家买猪肉。

十八、藏头诗。运用某种方法将诗句首字隐藏于诗作中，此类诗作即为藏头诗。下文直接解读两首藏头诗，为了表述直观清晰，两首诗例需转化为繁体字。

累约慎思视事戏作藏头一首
宋·孔平仲

巧新詩寄遞筒，聲稍稍變他宮。傳知受諸君指，好何論六甲窮。

自省怨方久仄，多助虐更磨礱。渠舊友年家契，笑今朝巳落空。

这本是一首七言律诗，可却写成了六言律诗，原因在于各诗句的首字都被隐去，该诗复原如下：

工巧新詩寄遞筒，同聲稍稍變他宮。口傳知受諸君指，日好何論六甲窮。

躬自省怨方久仄，人多助虐更磨礱。石渠舊友年家契，大笑今朝已落空。

如何藏头：

第二句诗的第一个字，同，从第一句最后一个字"筒"拆解而来；

第三句诗的第一个字，口，从第二句最后一个字"宫"拆解而来；

第四句诗的第一个字，日，从第三句最后一个字"指"拆解而来。

第五句诗的第一个字，躬，从第四句最后一个字"穷"拆解而来。

第六句诗的第一个字，人，从第五句最后一个字"仄"拆解而来。

第七句诗的第一个字，石，从第六句最后一个字"礱"拆解而来。

第八句诗的第一个字，大，从第七句最后一个字"契"拆解而来。

第一句诗的第一个字，工，从第八句最后一个字"空"拆解而来。

再看白居易的这首藏头诗：

游 紫 霄 宫
唐·白居易

洗塵埃道味嘗，于名利兩相忘。懷天洞丹霞客，誦三清紫府章。

裡採蓮歌達旦，輪明月桂飄香。高公子還相覓，得山中好酒漿。

按照藏头诗的定义，推导出原诗：

第二句诗的第一个字，甘，从第一句最后一个字"嘗"拆解而来；

第三句诗的第一个字，心，从第二句最后一个字"忘"拆解而来；

第四句诗的第一个字，各，从第三句最后一个字"客"拆解而来。

第五句诗的第一个字，十，从第四句最后一个字"章"拆解而来。

第六句诗的第一个字，一，从第五句最后一个字"旦"拆解而来。

第七句诗的第一个字，日，从第六句最后一个字"香"拆解而来。

第八句诗的第一个字，見，从第七句最后一个字"覓"拆解而来。

第一句诗的第一个字，水，从第八句最后一个字"漿"拆解而来。

该诗复原如下：

游 紫 霄 宫

唐·白居易

水洗塵埃道味嘗，甘於名利兩相忘。心懷天洞丹霞客，各誦三清紫府章。

十裡採蓮歌達旦，一輪明月桂飄香。日高公子還相覓，見得山中好酒漿。

根据上述两首诗例，大致可以推论：唐宋时期的藏头诗大多运用拆字法隐藏诗句首字。时代变迁，藏头诗的定义也发生了改变，如今广为传播的藏头诗，大致为《水浒传》中吴用的这首诗：

题 壁 诗

芦花丛中一扁舟，俊杰俄从此地游。义士若能知此理，反躬逃难可无忧。

这四句诗的第一个字连起来正是"卢俊义反"。

时代变迁，藏头诗的定义也随之改变，这本是一件很正常的事，只是目前网络上那些藏头诗以恶搞为主，如假借李白之名拼凑而成的各种预言诗，过度娱乐化了，读者对此应当有所了解。

十九、歇后诗。隐去一些需要表达的文字，借用歇后语的手法而写成的诗，主要用于讽刺和戏弄。

唐代诗人郑綮写得比较多，号称"郑五歇后体"。不过按如今史料，郑綮的歇后体诗基本散佚。黄庭坚有一阕《西江月》，其中两句："断送一生惟有，破除万事无过"，便是极妙的歇后语诗写法，因这两句本是韩愈的诗，一句出自韩愈的《游城南》："断送一生惟有酒"；一句出自韩愈的《赠郑兵曹》："破除万事无过酒"。黄庭坚将两句句尾的"酒"字故意隐去，结合这阕词的题目，顿觉黄庭坚幽默感十足。

西江月·老夫既戒酒不饮，遇宴集，独醒其旁。坐客欲得小词，援笔为赋

宋·黄庭坚

断送一生惟有，破除万事无过。远山横黛蘸秋波。不饮旁人笑我。

花病等闲瘦弱，春愁没处遮拦。杯行到手莫留残。不道月斜人散。

诗 评

原文 一、大历以前,分明别是一副言语;晚唐,分明别是一副言语;本朝诸公,分明别是一副言语。如此见,方许具一只眼。

译文 一、大历跟盛唐时间上挨着很近,但大历诗跟盛唐诗完全不同;晚唐诗,跟盛唐诗和大历诗都不一样;宋朝诸公的诗,与盛唐、大历、晚唐又不尽相同。要是连这些门道都看不出来,那基本等同于盲瞎。

原文 二、盛唐人,有似粗而非粗处,有似拙而非拙处。

译文 二、盛唐诗人看着粗犷,其实细腻得很;看着拙笨,其实灵巧得很。

原文 三、五言绝句,众唐人是一样,少陵是一样,韩退之是一样,王荆公是一样,本朝诸公是一样。

译文 三、五言绝句,一众唐人是这种写法,杜甫是杜甫的写法,韩愈是韩愈的写法,王安石是王安石的写法,宋朝诸公是宋朝诸公的写法。

注解 先看孟浩然的五言绝句:
1. 北固临京口,夷山近海滨。江风白浪起,愁杀渡头人。
2. 君登青云去,予望青山归。云山从此别,泪湿薜萝衣。
3. 游人武陵去,宝剑值千金。分手脱相赠,平生一片心。

再看李白的五言绝句:
1. 水国秋风夜,殊非远别时。长安如梦里,何日是归期。
2. 潮水还归海,流人却到吴。相逢问愁苦,泪尽日南珠。
3. 南登杜陵上,北望五陵间。秋水明落日,流光灭远山。
4. 船下广陵去,月明征虏亭。山花如绣颊,江火似流萤。

5. 对酒不觉暝，落花盈我衣。醉起步溪月，鸟还人亦稀。

6. 羌笛梅花引，吴溪陇水情。寒山秋浦月，肠断玉关声。

盛唐诸公写五言绝句，多以五言古诗写法，起势轻快、情绪畅怀、文辞淡然。且看杜甫的五言绝句何种写法：

1. 日出篱东水，云生舍北泥。竹高鸣翡翠，沙僻舞鹍鸡。

2. 蔼蔼花蕊乱，飞飞蜂蝶多。幽栖身懒动，客至欲如何。

3. 凿井交棕叶，开渠断竹根。扁舟轻裹缆，小径曲通村。

4. 急雨捎溪足，斜晖转树腰。隔巢黄鸟并，翻藻白鱼跳。

5. 舍下笋穿壁，庭中藤刺檐。地晴丝冉冉，江白草纤纤。

6. 江动月移石，溪虚云傍花。鸟栖知故道，帆过宿谁家。

杜甫是以五言律诗的格调写五言绝句，起势力重、情绪多有曲折、文辞潜心雕琢。再看韩愈的五言绝句何种写法：

1. 新月迎宵挂，晴云到晚留。为遮西望眼，终是懒回头。

2. 源上花初发，公应日日来。丁宁红与紫，慎莫一时开。

3. 非铸复非熔，泓澄忽此逢。鱼虾不用避，只是照蛟龙。

4. 寒池月下明，新月池边曲。若不妒清妍，却成相映烛。

5. 柳树谁人种，行行夹岸高。莫将条系缆，著处有蝉号。

6. 罫布畦堪数，枝分水莫寻。鱼肥知已秀，鹤没觉初深。

韩愈写五言绝句跟他写七言歌行五言古诗一样，并非诗法，而是文法，所用虚词较多，还喜欢说理，直开宋诗先声。

最后看王安石的五言绝句写法：

1. 荷叶参差卷，榴花次第开。但令心有赏，岁月任渠催。

2. 为忆去年梅，凌寒特地来。闻前空腊尽，浑未有花开。

3. 西崦水泠泠，沿冈有荇亭。自从春草长，遥见祇青青。

4. 随月出山去，寻云相伴归。春晨花上露，芳气著人衣。

5. 欲寻阿练若，曳屣出东冈。涧谷芳菲少，春风著野桑。

6. 沟港重重柳，山坡处处梅。小舆穿麦过，狭径碍桑回。

王安石是宋人，可他的五言绝句却没有走宋人以杜甫和韩愈为准则的主流路数，其诗偏盛唐，但又有宋诗的气息，比较独特。

原文 四、盛唐人诗，亦有一二滥觞晚唐者，晚唐人诗，亦有一二可入盛唐者，要当论其大概耳。

译文 四、盛唐诗人，也有小部分不怎么样，都快触到晚唐的水平线了；晚唐诗人，也有一部分非常好，甚至可以高举归入盛唐。不过，评议某个时代要看该时代大部分作品的风格，不能拿少数当多数，以偏概全。

原文 五、唐人与本朝人诗，未论工拙，直是气象不同。

译文 五、唐朝的诗和宋朝的诗技法区别不大，就是气质和风格不同。

原文 六、唐人命题，言语亦自不同。杂古人之集而观之，不必见诗，望其题引而知其为唐人今人矣。

译文 六、唐人写诗命题，风格也与今人不同。将唐宋前辈的诗集混在一起，无须看诗，光看诗题和诗序就知道哪些是唐人所写哪些是宋人所写。

注解 唐人诗集与宋人诗集一个显著的区别：唐人多"赠某""别某"之作，而宋人诗集多"次韵""与某同游之作""题某之作"。等到了明清，诗人诗集中充斥大量的"次韵""和答"诗作，不可胜数。如今写诗之人，闲着无事朋友圈一天都能和韵七八首，如遇冬日初雪、雨后彩虹这等景象，一日和韵可达百首之多，要是碰到重大节日、名人诞辰等，一天和韵便有千首万首之多。

原文 七、大历之诗，高者尚未识盛唐，下者渐入晚唐矣。晚唐之下者，亦随野孤外道鬼窟中。

译文 七、大历好诗尚且比不上盛唐，不好的诗那就跟晚唐差不多了。晚唐不好的诗，那就跟邪魔外道一个德行了。

原文 八、或问："唐诗何以胜我朝？"唐以诗取士，故多专门之学，我朝之诗所以不及也。

译文 八、有人问："为什么唐朝诗比宋朝诗好？"唐朝科举侧重诗赋，所以诗学兴盛，这就是宋朝诗比不过唐朝诗的原因之一。

注解 严羽此言，多遭非议。此处暂且不去讨论宋朝诗不如唐朝诗的原因，探讨一下为什么严羽会得出这样的结论。

以严羽的认知来说，唐朝科举制度，诗赋所占权重极高，而宋朝科举制度，诗赋所占权重下降。已知唐朝诗比宋朝诗好，则推导出，宋朝诗不如唐朝诗的原因是科举不重视诗歌。

然而唐宋科举制度不可一概而论，还需根据史料仔细分析。

唐朝前期的科举考试还不规范，考卷又不糊名，考生甚至可以先行联系改卷考官，投诗干谒，这种走过场的形式，并无多少参考价值。中后期的科举制度虽然相对规范，但根据《唐摭言》记载，内定名次的现象仍然常见，不少时候还没开考，状元就已经名花有主了。因此，唐朝的科举制度不宜与宋朝科举制度直接对比。

宋朝科举制度非常严格，既不准考前行卷，又将考生姓名弥封，考卷眷录，杜绝了徇私舞弊的可能性。宋朝前期科举制度中，最为看中的省试进士科分四场，第一场考诗赋、第二场考论、第三场考策、第四场考帖经，诗赋所占权重极高。宋神宗熙宁二年（1069年），王安石《乞改科条制札子》上言："今欲追复古制，以革其弊，则患于无渐。宜先除去声病对偶之文，使学者得以专意经义，以俟朝廷兴建学校，然后讲求三代所以教育选举之法，施于天下，庶几可复古矣。"尔后变法，改革科举省试内容，废除了诗赋和帖经，着重经义与策论，确立《诗》《书》《易》《周礼》《礼记》为本经，《论语》《孟子》为兼经。第一场考本经、第二场考兼经、第三场考论、第四场考时务策。按严羽的诗学评价体系，以王安石科举改革为界，改革之前的宋朝诗明显高于改革之后的宋朝诗，倒是佐证了科举重诗赋则诗歌兴盛这一观点。

科举重策论轻诗赋的制度沿袭千年，直到清朝乾隆年间，科举考试再次改革，诗赋又成为必考内容，所占权重大幅提高。按《钦定学政全书》记录："乾隆二十三年议准，嗣后岁试减去书艺一篇，用一书一经；科试减去经义一篇，用一书一策。不论春夏秋冬，俱增试律诗一首，酌定五言六韵。如诗不佳者，岁试不准拔取优等，科试不准录送科举。"科举恢复诗试之后，如果哪位考生在诗赋考试中押错了韵，本科考试成绩便大打折扣，且容易成为社会上经久不息的笑谈。根据晚清薛福成所著《庸盦笔记》记载，湖口高心夔，少有才名，其骈文书法及散体诗，均造深际。但殿试两次作诗出韵，误记"十三元"韵，在朝中有人刻意提拔的情况下，含恨位列四等。衡阳王闿运赠以诗曰："平生两四等，该死十三元。"有清一代科举不可谓不重诗赋，但无论怎么夸赞清诗，也难言压倒宋诗，以诗赋所占科举比重来解释各朝诗歌好坏，逻辑很难自洽。

宋朝诗与唐朝诗的比较是一项非常宏大的命题，如果仅从科举单一角度分析，容易陷入歧途。借用数学上的控制变量法，表述如下：假定唐宋两朝基本条件相同，仅改变科举诗赋所占权重的比例，根据权重的高低产生诗歌成绩亦有高低，推论出唐朝诗歌优于宋朝诗歌的原因是唐朝较宋朝科举更重诗赋。显然，唐宋两朝的基本条件完全不同，这一推论过于绝对。但如果翻译成"唐宋科举诗赋权重不同是宋朝诗不如唐朝诗的原因之一"，并无大碍。

严羽是南宋人，他没见到明清两朝历史，提出科举诗赋权重不同导致诗歌水平不同这一论断倒是可以理解，后人站在上帝视角要是还这么想，那就难堪了。

原文 九、诗有词理意兴。南朝人尚词而病于理；本朝人尚理而病于意兴；唐人尚意兴而理在其中；汉魏之诗，词理意兴，无迹可求。

译文 九、诗有三大要素：文辞、义理、意兴。南朝人写诗注重文辞，但义理做得不好；宋朝人写诗注重义理，但意兴做得不好；唐朝人写诗重视意兴，义理自在其中；汉魏流传至今的诗，文辞、义理、意兴都很好。

原文 十、汉魏古诗，气象混沌，难以句摘。晋以还方有佳句，如渊明"采菊东篱下，悠然见南山"，谢灵运"池塘生春草"之类，谢所以不及陶者，康乐之诗精工，渊明之诗质而自然耳。

译文 十、汉魏古诗气象浑然一体，难从其中单取数句欣赏，直至晋后，方有佳句，如陶渊明"采菊东篱下，悠然见南山"、谢灵运"池塘生春草"等。谢灵运诗之所以不如陶渊明，是因为谢灵运过于精细雕琢，而陶渊明则质朴自然。

原文 十一、谢灵运之诗，无一篇不佳。

译文 十一、谢灵运的诗，整体观之，可称。

原文 十二、黄初之后，惟阮籍《咏怀》之作，极为高古，有建安风骨。晋人舍陶渊明、阮籍嗣宗外，惟左太冲高出一时，陆士衡独在诸公之下。

译文 十二、黄初之后，只有阮籍的八十二首《咏怀》诗极为高古，有建安风骨。晋朝诗人除了陶渊明和阮籍之外，只有左思的诗高出一截，陆机的诗不如同时期诸公。

原文 十三、颜不如鲍，鲍不如谢，文中子独取颜，非也。

译文 十三、颜延之的诗不如鲍照，鲍照的诗不如谢灵运，王通唯独推崇颜延之，我认为有待商榷。

注解 王通，字仲淹，号文中子，隋朝大儒，致力于三教合流，著书立说，按其王道之志，续述《六经》，后世称其著作为《续六经》，又称《王氏六经》。王氏一族，家学渊源，初唐诗人王绩是王通之弟，四杰之一的王勃是王通之孙。王绩，字无功，号东皋子。

野　望
唐·王绩

东皋薄暮望，徙倚欲何依。树树皆秋色，山山唯落晖。

牧人驱犊返，猎马带禽归。相顾无相识，长歌怀采薇。

原文 十四、建安之作全在气象，不可寻枝摘叶。灵运之诗，已是彻首尾成对句矣，是以不及建安也。

译文 十四、建安诗歌好就好在气象，后人学建安，要学其风骨，不能舍本逐末，学其遣词用句。谢灵运某些诗作，首尾彻对，沦为炫耀文采的对偶句集合，这就是谢灵运未能比肩建安诗人的原因。

原文 十五、谢朓之诗，已有全篇似唐人者，当观其集方知之。

译文 十五、谢朓已经有整篇都像唐人风格的诗了，只有仔细参读他的诗集才能知道。

原文 十六、戎昱在盛唐为最下，已滥觞晚唐矣。戎昱之诗，有绝似晚唐者。权德舆之诗，却有绝似盛唐者。权德舆或有似韦苏州、刘长卿处。

译文 十六、戎昱的诗在盛唐诗篇中最为不好，都快触底晚唐了。戎昱明明是盛唐人，可写出来的部分诗作却像极了晚唐风格；权德舆明明不是盛唐人，可写出来的部分诗作却像极了盛唐风格。权德舆的诗有近似韦应物和刘长卿的妙处。

注解 1.戎昱（744—800年），字号不详，曾任颜真卿幕僚，有《戎昱集》传世，现存诗文约119篇。

2.权德舆（759—818年），字载之，唐宪宗年间官拜礼部尚书，谥号文，后称权文公，现存诗文约380篇。

按今日史料推论，戎昱生平约为744年至800年，换成唐朝纪年，则生于唐玄宗天宝三载（744年），卒于唐德宗贞元十六年（800年），安史之乱爆发于唐玄宗天宝十四载（755年），戎昱那时不过11岁左右，严格来说戎昱应当归为大历年间诗人，严羽说他"盛唐最下"，略有些无理。

盛唐终结时间点按史学的标准是安史之乱的爆发，但是文学史上的盛唐终结时间要滞后一些，虽然没有一个明确的概论，但笔者比较倾向于选择770年这一时间节点，这一年是唐代宗大历五年，距离平息安史之乱（763年）已经过去了7年之久，但这一年中，杜甫和岑参相继去世，盛唐诗歌的创作者消逝，盛唐诗歌也即随风而散。

原文 十七、顾况诗多在元白之上，稍有盛唐风骨处。

译文 十七、顾况的诗大部分比元稹和白居易的诗作要好，略有盛唐风骨。

注解 顾况，字逋翁，号华阳真逸，现存诗文239篇。

原文 十八、冷朝阳在大历才子中为最下。马戴在晚唐诸人之上。刘沧、吕温亦胜诸人。李濒不全是晚唐，间有似刘随州处。陈陶之诗，在晚唐人中，最无可观。薛逢最浅俗。

译文 十八、冷朝阳的诗在同时代的大历才子中最为差劲；马戴的诗高出同时代晚唐诗人一截；刘沧和吕温也超过他人一截；李频的诗不完全是晚唐风气，其诗有刘长卿神韵；陈陶的诗在晚唐诗人中最不值得学；薛逢的诗最浅俗。

注解 1.冷朝阳，大历年间进士，诗多亡佚，现存诗文11篇。

2.马戴，字虞臣，太学博士，唐武宗会昌四年（844年）擢进士第，故其诗集名为《会昌进士集》，现存诗文179篇。

3.刘沧，字蕴灵，唐宣宗大中八年（854年）登进士第，现存诗文104篇。

4.吕温（772—811年），字和叔，唐德宗贞元十四年（798年）进士，有《吕和叔集》传世，现存诗文114篇。

5.李濒，应是李频（818—876年），字德新，有《李频诗》传世，现存诗文208篇。

6.陈陶，字嵩伯，号三教布衣，有诗十卷，已散佚，现存诗文122篇。

7.薛逢，应是薛逢，生卒年不详，字陶臣，唐武宗会昌元年（841年）登进士第，现存诗文约90篇。

原文 十九、大历以后，吾所深取者，李长吉、柳子厚、刘言史、权德舆、李涉、李益耳。

译文 十九、大历以后，我认为值得钻研学习的诗人，只有李贺、柳宗元、刘言史、权德舆、李涉、李益。李贺、柳宗元、权德舆前文已有详述，此处从简不论。

注解 1. 刘言史（约742—813年），与孟郊友善，现存诗文约70篇。

2. 李涉，生卒年不详，号清溪子，唐文宗大和年间（827—835年）任国子博士，世称李博士，现存诗文113篇。

3. 李益（748—829年），字君虞，唐代宗大历四年（769年）登进士第，有《李君虞集》传世，现存诗文约190篇。

原文 二十、大历后，刘梦得之绝句，张籍、王建之乐府，吾所深取耳。

译文 二十、大历以后，刘禹锡的绝句、张籍和王建的乐府，我也认为值得专研学习。

注解 刘禹锡（772—842年），字梦得，唐德宗贞元九年（793年）登进士第，有《刘禹锡集》传世，现存诗文约802篇。

原文 二一、李、杜二公，正不当优劣。太白有一二妙处，子美不能道；子美有一二妙处，太白不能作。

译文 二十一、李白和杜甫，不应该也不应当强行分出优劣，李白有杜甫达不到的妙处，杜甫也有李白达不到的妙处。

原文 二二、子美不能为太白之飘逸，太白不能为子美之沉郁。太白《梦游天姥吟》《远离别》等，子美不能道；子美《北征》《兵车行》《垂老别》等太白不能作。论诗以李、杜为准，挟天子以令诸侯也。

译文 二十二、杜甫的诗没有李白那么飘逸，李白的诗没有杜甫那么沉郁；李白的《梦游天姥吟留别》《远离别》等诗作，杜甫写不出来；杜甫的《北征》《兵车行》《垂老别》等诗作，李白也写不出来。论诗要以李白和杜甫的诗为标杆准则，这便是挟天子以令诸侯，道统法统皆在，昭告天下，莫敢不从。

注解

梦游天姥吟留别

唐·李白

海客谈瀛洲，烟涛微茫信难求；越人语天姥，云霞明灭或可睹。

天姥连天向天横，势拔五岳掩赤城。天台四万八千丈，对此欲倒东南倾。

我欲因之梦吴越，一夜飞度镜湖月。湖月照我影，送我至剡溪。

谢公宿处今尚在，渌水荡漾清猿啼。

脚着谢公屐，身登青云梯。半壁见海日，空中闻天鸡。

千岩万转路不定，迷花倚石忽已暝。熊咆龙吟殷岩泉，栗深林兮惊层巅。

云青青兮欲雨，水澹澹兮生烟。列缺霹雳，丘峦崩摧。洞天石扉，訇然中开。

青冥浩荡不见底，日月照耀金银台。霓为衣兮风为马，云之君兮纷纷而来下。

虎鼓瑟兮鸾回车，仙之人兮列如麻。忽魂悸以魄动，恍惊起而长嗟。

惟觉时之枕席，失向来之烟霞。世间行乐亦如此，古来万事东流水。

别君去兮何时还？且放白鹿青崖间，须行即骑访名山。

安能摧眉折腰事权贵，使我不得开心颜。

远 别 离
唐·李白

远别离，古有皇英之二女，乃在洞庭之南，潇湘之浦。

海水直下万里深，谁人不言此离苦？日惨惨兮云冥冥，猩猩啼烟兮鬼啸雨。

我纵言之将何补？皇穹窃恐不照余之忠诚，雷凭凭兮欲吼怒。

尧舜当之亦禅禹。君失臣兮龙为鱼，权归臣兮鼠变虎。

或云：尧幽囚，舜野死。九疑联绵皆相似，重瞳孤坟竟何是？

帝子泣兮绿云间，随风波兮去无还。恸哭兮远望，见苍梧之深山。

苍梧山崩湘水绝，竹上之泪乃可灭。

北 征
唐·杜甫

北归至凤翔，墨制放往鄜州作。

皇帝二载秋，闰八月初吉。杜子将北征，苍茫问家室。

维时遭艰虞，朝野少暇日。顾惭恩私被，诏许归蓬荜。

拜辞诣阙下，怵惕久未出。虽乏谏诤姿，恐君有遗失。

君诚中兴主，经纬固密勿。东胡反未已，臣甫愤所切。

挥涕恋行在，道途犹恍惚。乾坤含疮痍，忧虞何时毕。

靡靡逾阡陌，人烟眇萧瑟。所遇多被伤，呻吟更流血。

回首凤翔县，旌旗晚明灭。前登寒山重，屡得饮马窟。

邠郊入地底，泾水中荡潏。猛虎立我前，苍崖吼时裂。
菊垂今秋花，石戴古车辙。青云动高兴，幽事亦可悦。
山果多琐细，罗生杂橡栗。或红如丹砂，或黑如点漆。
雨露之所濡，甘苦齐结实。缅思桃源内，益叹身世拙。
坡陀望鄜畤，岩谷互出没。我行已水滨，我仆犹木末。
鸱鸟鸣黄桑，野鼠拱乱穴。夜深经战场，寒月照白骨。
潼关百万师，往者散何卒。遂令半秦民，残害为异物。
况我堕胡尘，及归尽华发。经年至茅屋，妻子衣百结。
恸哭松声回，悲泉共幽咽。平生所娇儿，颜色白胜雪。
见耶背面啼，垢腻脚不袜。床前两小女，补绽才过膝。
海图坼波涛，旧绣移曲折。天吴及紫凤，颠倒在裋褐。
老夫情怀恶，呕泄卧数日。那无囊中帛，救汝寒凛栗。
粉黛亦解苞，衾裯稍罗列。瘦妻面复光，痴女头自栉。
学母无不为，晓妆随手抹。移时施朱铅，狼藉画眉阔。
生还对童稚，似欲忘饥渴。问事竞挽须，谁能即嗔喝？
翻思在贼愁，甘受杂乱聒。新归且慰意，生理焉能说？
至尊尚蒙尘，几日休练卒？仰观天色改，坐觉妖氛豁。
阴风西北来，惨淡随回鹘。其王愿助顺，其俗善驰突。
送兵五千人，驱马一万匹。此辈少为贵，四方服勇决。
所用皆鹰腾，破敌过箭疾。圣心颇虚伫，时议气欲夺。
伊洛指掌收，西京不足拔。官军请深入，蓄锐何俱发。
此举开青徐，旋瞻略恒碣。昊天积霜露，正气有肃杀。
祸转亡胡岁，势成擒胡月。胡命其能久，皇纲未宜绝。
忆昨狼狈初，事与古先别。奸臣竟菹醢，同恶随荡析。
不闻夏殷衰，中自诛褒妲。周汉获再兴，宣光果明哲。
桓桓陈将军，仗钺奋忠烈。微尔人尽非，于今国犹活。
凄凉大同殿，寂寞白兽闼。都人望翠华，佳气向金阙。
园陵固有神，扫洒数不缺。煌煌太宗业，树立甚宏达。

兵 车 行
唐·杜甫

车辚辚，马萧萧，行人弓箭各在腰。耶娘妻子走相送，尘埃不见咸阳桥。
牵衣顿足拦道哭，哭声直上干云霄。道旁过者问行人，行人但云点行频。
或从十五北防河，便至四十西营田。去时里正与裹头，归来头白还戍边。
边庭流血成海水，武皇开边意未已。君不闻汉家山东二百州，千村万落生荆杞。
纵有健妇把锄犁，禾生陇亩无东西。况复秦兵耐苦战，被驱不异犬与鸡。
长者虽有问，役夫敢申恨？且如今年冬，未休关西卒。
县官急索租，租税从何出？信知生男恶，反是生女好。
生女犹得嫁比邻，生男埋没随百草。君不见，青海头，古来白骨无人收。
新鬼烦冤旧鬼哭，天阴雨湿声啾啾。

原文 二三、少陵诗法如孙、吴，太白诗法如李广。少陵如节制之师。

译文 二十三、杜甫的诗法如孙武、吴起行军布阵，笔落诗成，字字都是诗法；李白的诗法如同李广行军布阵，笔落诗成，却看不出诗法。杜甫诗作堪比令行禁止的军队。

注解 严羽是文人，未必懂军事，此条将杜甫诗法比作孙武、吴起，将李白诗法比作李广，这次跨行类比似乎翻车了。按历史评价，孙武为兵家至圣，吴起位列武庙十哲，李广虽也是名将，但着实不能与孙吴二公对举。此处翻译，只取诸公指挥风格，不取诸公功绩成就。

司马迁《史记·李广列传》："（李）广行无部伍行陈，就善水草屯，舍止，人人自便，不击刀斗以自卫，莫府省约文书籍事，然亦远斥候，未尝遇害。"

原文 二四、少陵诗，宪章汉、魏，而取材于六朝；至其自得之妙，则前辈所谓集大成者也。

译文 二十四、杜甫效法汉魏，吸收晋、宋、齐、梁、陈、隋六朝精华，融会贯通，又注入盛唐气象，终得杜诗之妙，这也正是前辈先贤一致称赞杜甫为集大成者的原因。

注解 元稹《唐故工部员外郎杜君墓志铭》："上薄风骚，下盖沈宋，言夺苏李，气吞曹刘，掩颜谢之孤高，杂徐庾之流丽，尽得古今之体势，而兼文人之所独专矣。诗人以来，未有如子美者。"

原文 二五、观太白诗者，要识真太白处。太白天才豪逸，语多卒然而成者。

学者于每篇中，要识其安身立命处可也。

译文　二十五、参研李白诗作一定要能辨别出其中最合李白诗风的精妙，李白是天纵之才，洒脱之人，他用语遣词大多在情绪激荡时飞速而成。后人如学李白，只需学其诗作中最合李白诗风的那一部分就行了，无须字字钻研，句句考证。

原文　二六、太白发句，谓之开门见山。

译文　二十六、李白作诗，常首句就开门见山，气象壮阔。

原文　二七、李、杜数公，如金鸡擘海，香象渡河，下视郊、岛辈，直虫吟草间耳。

译文　二十七、李白、杜甫诸公，作诗如大金鹏鸟于海天之间猛然挥翅，雷鸣电闪，白浪滔天；又如巨象渡河，并不浮水游过，而是劈波斩浪，一步一印踩着大地径直过河。对比之下，孟郊、贾岛作诗，就跟萤虫在草丛间愉悦放纵、高声尖叫一样。

注解　严羽此处嘲讽孟郊、贾岛作诗如虫吟草间，这等诳语倒不是他的首创，欧阳修《太白戏圣俞》一诗中便火力全开："下看区区郊与岛，萤飞露湿吟秋草。"

香象渡河见于《优婆塞戒经·卷一·三种菩提品》："如恒河水，三兽俱渡，兔、马、香象。兔不至底，浮水而过；马或至底，或不至底；象则尽底。"

原文　二八、人言太白仙才，长吉鬼才，不然，太白天仙之词，长吉鬼仙之词耳。

译文　二十八、人们都说李白是仙才，李贺是鬼才，这话偏颇，李白的诗应是天仙之作，李贺的诗应是鬼仙之作。

原文　二九、玉川之怪，长吉之瑰诡，天地间自欠此体不得。

译文　二十九、卢仝的诗好在怪诞，李贺的诗妙在瑰诡，此二人风格后世罕见，个人色彩过于鲜明，诗坛就缺这类诗体。

注解　卢仝诗风，唐人尚可接受，宋人勉强接受，明清之际，贬多于褒。清初朗廷槐于《师友诗传录》中记录其师王士禛的评价："至于卢仝、马异、李贺之流，说者谓其穿天心、出月胁，吾直以为牛鬼蛇神耳。"王士禛为清初诗坛领袖，其诗学理论必然影响后进学人，且乾隆二十二年（1757年）科举恢复诗试，讲究"和平庄雅"的试帖诗立刻成为诗学主流审美，李贺这类诗体越发不受待见。乾隆二十九年（1764年），蘅塘居士孙洙编撰《唐诗三百首》，收录唐诗310首，李贺、卢仝、马异一首未录。

原文 三十、高岑之诗悲壮,读之使人感慨;孟郊之诗刻苦,读之使人不欢。

译文 三十、高适和岑参的诗悲壮,读完令人感慨。孟郊的诗艰涩,读完令人难以愉悦。

原文 三一、《楚词》,惟屈、宋诸篇当读之外,惟贾谊《怀长沙》、淮南王《招隐》、严夫子《哀时命》宜熟读,此外亦不必也。

译文 三十一、楚辞除了屈原和宋玉的诗作需要仔细参研之外,只有贾谊的《怀长沙》、刘安的《招隐士》、庄忌的《哀时命》应当熟读,剩下的不必都奉为经典。

注解 1.贾谊的骚体诗已散佚,现存只有一首《惜誓》。

惜誓(节选)

西汉·贾谊

惜余年老而日衰兮,岁忽忽而不反。登苍天而高举兮,历众山而日远。

观江河之纡曲兮,离四海之霑濡。攀北极而一息兮,吸沆瀣以充虚。

飞朱鸟使先驱兮,驾太一之象舆。苍龙蚴虬于左骖兮,白虎骋而为右騑。

建日月以为盖兮,载玉女于后车。驰骛于杳冥之中兮,休息虖昆仑之墟。

乐穷极而不厌兮,愿从容虖神明。涉丹水而驰骋兮,右大夏之遗风。

黄鹄之一举兮,知山川之纡曲。

2.《招隐》应是淮南王刘安的门客所作,诗名应为《招隐士》。

招 隐 士

桂树丛生兮山之幽,偃蹇连蜷兮枝相缭。

山气巃嵸兮石嵯峨,溪谷崭岩兮水曾波。

猿狖群啸兮虎豹嗥,攀援桂枝兮聊淹留。

王孙游兮不归,春草生兮萋萋。

岁暮兮不自聊,蟪蛄鸣兮啾啾。

坱兮轧,山曲岪,心淹留兮恫慌忽。

罔兮沕,憭兮栗,虎豹穴,丛薄深林兮,人上栗。

嵚岑碕礒兮,碅磳磈硊,树轮相纠兮,林木茷骫。

青莎杂树兮薠草靃靡,白鹿麏麚兮,或腾或倚。

状貌崯崯兮,峨峨,凄凄兮漇漇。

猕猴兮熊黑，慕类兮以悲；

攀援桂枝兮聊淹留。

虎豹斗兮熊黑咆，禽兽骇兮亡其曹。

王孙兮归来，山中兮不可以久留。

3. 庄忌，西汉人，因避汉明帝刘庄讳，改名严忌，世称严夫子。

哀时命（节选）
西汉·庄忌

哀时命之不及古人兮，夫何予生之不遘时！往者不可扳援兮，徕者不可与期。

志憾恨而不逞兮，杼中情而属诗。夜炯炯而不寐兮，怀隐忧而历兹。

动予心而无告兮，众孰可与深谋。欲愁悴而委惰兮，老冉冉而逮之。

居处愁以隐约兮，志沉抑而不扬。道壅塞而不通兮，江河广而无梁。

愿至昆仑之悬圃兮，采钟山之玉英。揽瑶木之橝枝兮，望阆风之板桐。

弱水泪其为难兮，路中断而不通。势不能凌波以径度兮，又无羽翼而高翔。

原文 三二、《九章》不如《九歌》，《九歌·哀郢》尤妙。

译文 三十二、《九章》比不上《九歌》，但《九章》中的《哀郢》一篇非常精妙。

注解 《九歌》是《东皇太一》《云中君》《湘君》《湘夫人》《大司命》《少司命》《河伯》《山鬼》《国殇》《礼魂》这11首诗的合称，九作虚数之意。闻一多认为，《东皇太一》是迎神曲，《礼魂》是送神曲，中间的九篇是正文，所以称作《九歌》。

《九章》是《惜诵》《涉江》《哀郢》《抽思》《怀沙》《思美人》《惜往日》《橘颂》《悲回风》这9首诗的合称。

九歌·湘夫人（节选）
战国·屈原

帝子降兮北渚，目眇眇兮愁予。袅袅兮秋风，洞庭波兮木叶下。

登白薠兮骋望，与佳期兮夕张。鸟何萃兮苹中，罾何为兮木上。

沅有茝兮醴有兰，思公子兮未敢言。

九章·哀郢（节选）
战国·屈原

皇天之不纯命兮，何百姓之震愆？民离散而相失兮，方仲春而东迁。

去故乡而就远兮,遵江夏以流亡。出国门而轸怀兮,甲之鼌吾以行。

发郢都而去闾兮,荒忽其焉极?楫齐扬以容与兮,哀见君而不再得。

原文 三三、前辈谓《大招》胜《招魂》。不然。

译文 三十三、前辈先贤说《大招》胜过《招魂》,此话缺乏依据。

原文 三四、读《骚》之久,方识真味;须歌之抑扬,涕洟满襟,然后为识《离骚》。否则如戛釜撞瓮耳。

译文 三十四、骚体诗下功夫深了,才知其中奥妙,定要饱含深情,抑扬歌唱,领悟情感,自然而然痛哭流泪,这才称得上理解了《离骚》的真味,否则就跟土人在家刮磨炊锅碰撞陶瓮一样,看着像那么回事,实际上根本不懂。

原文 三五、唐人惟柳子厚深得骚学,退之、李观,皆所不及。若皮日休《九讽》,不足为骚。

译文 三十五、唐朝只有柳宗元尽得骚体之妙,韩愈和李观都比不上。而像皮日休的《九讽》就难以称为正宗的骚体。

注解 此处严羽所指骚体,并括诗文辞赋。现存《柳宗元集》中收录《天对》1篇、问答3篇、赋文9篇、骚体文10篇。10篇骚体文篇名为《乞巧文》《骂尸虫文》《斩曲几文》《宥蝮蛇文》《憎王孙文》《逐毕方文》《辨伏神文》《愍螭文》《哀溺文》《招海贾文》。但骚体形神兼备者首推《吊屈原文》。

吊屈原文(节选)

唐·柳宗元

后先生盖千祀兮,余再逐而浮湘。

求先生之汨罗兮,揽蘅若以荐芳。

愿荒忽之顾怀兮,冀陈辞而有光。

先生之不从世兮,惟道是就。支离抢攘兮,遭世孔疚。

华虫荐壤兮,进御羔袖。牝鸡咿嗄兮,孤雄束咮?

哇咬环观兮,蒙耳大吕。董喙以为羞兮,焚弃稷黍。

…… ……

吾哀今之为仕兮,庸有虑时之否臧。

食君之禄畏不厚兮,悼尔位之不昌。

退自服以默默兮，曰吾言之不行。

既媮风之不可去兮，怀先生之可忘。

现存《皮日休集》中《九讽》为《正俗》《遇谤》《见逐》《悲游》《悯邪》《端忧》《纪祀》《舍慕》《洁死》合计9篇文章。

端　忧
唐·皮日休

有一美人兮端忧，千喑万愁兮曾不得以少休。

肠结多以莫回兮，泪啼剧而不流。

王孙何处兮碧草极目，公子不来兮清湘满眸。

汀边月色兮晓将晓，浦上芦花兮秋复秋。

天浕寥以似淬兮，峰巉崒以如抽。

笁箸飒兮雨岸，杜若死兮霜洲。

遗余程兮沣之侧，整余陌兮湘之幽。

望女婴兮秭归梦，怀宋玉兮荆门愁。

欲向天以号咷兮，寸晷不可以少留。

又不知吾魂之所处兮，永寂寞以悠悠。

原文　三六、韩退之《琴操》极高古，正是本色，非唐贤所及。

译文　三十六、韩愈的《琴操》特别高古，是正宗的琴操体诗，其他唐代诗人所写的琴操体都比不上韩愈。

注解

琴操十首·将归操
唐·韩愈

秋之水兮，其色幽幽。我将济兮，不得其由。

涉其浅兮，石啮我足。乘其深兮，龙入我舟。

我济而悔兮，将安归尤。归兮归兮，无与石斗兮，无应龙求。

琴操十首·猗兰操
唐·韩愈

兰之猗猗，扬扬其香。不采而佩，于兰何伤。

今天之旋，其曷为然。我行四方，以日以年。

雪霜贸贸，荠麦之茂。子如不伤，我不尔觏。

荠麦之茂，荠麦之有。君子之伤，君子之守。

琴操十首·岐山操
唐·韩愈

我家于豳，自我先公。伊我承绪，敢有不同。

今狄之人，将土我疆。民为我战，谁使死伤。

彼岐有岨，我往独处。人莫余追，无思我悲。

2010年，胡玫导演的电影《孔子》，其主题曲《幽兰操》即改编于《琴操十首·猗兰操》。

原文 三七、释皎然之诗，在唐诸僧之上，唐诗僧有法震、法照、无可、护国、灵一、清江、无本、齐己、贯休也。

译文 三十七、皎然的诗在唐朝诗僧中最好，唐朝诗僧有法震、法照、无可、护国、灵一、清江、无本、齐己、贯休。

注解 1.皎然，约730—799年，俗姓谢，湖州杼山妙喜寺住持，与颜真卿、陆羽等人友善，有《杼山集》传世，现存诗文约540篇。

2.法震，又作法振、法贞，大历、贞元年间诗僧，现存诗文16篇。

3.法照，世称"五会法师"，后世尊为净土四祖，现存诗文5篇。

4.无可，元和、会昌年间诗僧，贾岛从弟，与张籍、马戴等人友善，现存诗文约90篇。

5.护国，天宝、大历年间诗僧，现存诗文12篇。

6.灵一，约727—762年，俗姓吴，终于杭州龙兴寺，与独孤及、张南史等人友善，现存诗文约40篇。

7.清江，大历、元和年间诗僧，与皎然同为会稽人，又因皎然俗家字清昼，时人合称"会稽二清"，现存诗文22篇。

8.无本，即贾岛。

9.齐己，约864—937年，自号衡岳沙门，与郑谷、贯休友善，有《白莲集》传世，现存诗文约800篇。

10. 贯休，约832—912年，俗姓姜，唐末五代诗僧，号禅月大师，有《禅月集》传世，现存诗文约600篇。

顾随讲课时曾言：中国诗与佛发生关系者甚多，东汉、魏、六朝人多信禅；诗人不在佛教禅宗之内者，数人，乃大诗人。共有六位：陶渊明、李白、杜甫、韩愈、欧阳修、辛弃疾。

原文 三八、集句唯荆公最长，《胡笳十八拍》浑然天成，绝无痕迹，如蔡文姬肺肝间流出。

译文 三十八、集句诗王安石最为擅长，《胡笳十八拍》集句成诗，浑然天成，没有一点生硬的痕迹，竟如蔡琰发自肺腑的真情流出。

注解

胡笳十八拍（其一）

宋·王安石

中郎有女能传业，颜色如花命如叶。命如叶薄将奈何，一生抱恨常咨嗟。

良人持戟明光里，所慕灵妃媲箫史。空房寂寞施繐帷，弃我不待白头时。

中郎有女能传业

出自韩愈《游西林寺题萧二兄郎中旧堂》："中郎有女能传业，伯道无儿可保家。"

颜色如花命如叶

出自白居易《陵园妾》："陵园妾，颜色如花命如叶。"

命如叶薄将奈何

出自白居易《陵园妾》："命如叶薄将奈何，一奉寝宫年月多。"

一生抱恨常咨嗟

出自杜甫《负薪行》："更遭丧乱嫁不售，一生抱恨堪咨嗟。"

良人持戟明光里

出自张籍《节妇吟》："妾家高楼连苑起，良人执戟明光里。"

所慕灵妃媲箫史

出自韩愈《谁氏子》："或云欲学吹凤笙，所慕灵妃媲萧史。"

空房寂寞施繐帷

出自王安石自己的诗《一日归行》："空房萧瑟施繐帷，青灯半夜哭声稀。"

弃我不待白头时

出自张籍《白头吟》:"春天百草秋始衰,弃我不待白头时。"

胡笳十八拍(其二)

宋·王安石

　　天不仁兮降乱离,嗟余去此其从谁。自胡之反持干戈,翠蕤云旆相荡摩。
　　流星白羽腰间插,叠鼓遥翻瀚海波。一门骨肉散百草,安得无泪如黄河。

还请读者亲自动手,查阅这首集句诗的来源。

集句诗自古就有,但形成风气则在北宋,按严羽的视角,集句在南宋还不算大害,如果他看到明清诗人玩集句的盛况,估计桌子都能掀了。明人汤显祖于《牡丹亭》中集句不少,嵌诗入剧,还算有个说法。清人集句不分场合不分轻重,尤其清末诗坛,将龚自珍的诗翻来覆去排序重组,号为"集龚"。

原文　三九、拟古惟江文通最长,拟渊明似渊明,拟康乐似康乐,拟左思似左思,拟郭璞似郭璞,独拟李都尉一首,不似西汉耳。

译文　三十九、拟古诗江淹最为擅长,仿陶渊明便似陶渊明,仿谢灵运便似谢灵运,仿左思便似左思,仿郭璞便似郭璞,唯独仿李陵那一首,不得西汉高古之意。

注解　江淹(444—505年),字文通,南朝人,有《江文通集》传世,现存诗文220篇,今选其拟古诗5首。

拟古杂体诗·陶征君潜田居

南朝·江淹

　　种苗在东皋,苗生满阡陌。虽有荷锄倦,浊酒聊自适。
　　日暮巾柴车,路暗光已夕。归人望烟火,稚子候檐隙。
　　问君亦何为,百年会有役。但愿桑麻成,蚕月得纺绩。
　　素心正如此,开径望三益。

拟古杂体诗·左记室思咏史

南朝·江淹

　　韩公沧卖药,梅生隐市门。百年信荏苒,何为苦心魂。
　　当学卫霍将,建功在河源。珪组贤君眄,青紫明主恩。
　　终军才始达,贾谊位方尊。金张服貂冕,许史乘华轩。

王侯贵片议，公卿重一言。太平多欢娱，飞盖东都门。
顾念张仲蔚，蓬蒿满中园。

拟古杂体诗·谢临川灵运游山

南朝·江淹

江海经邅回，山峤备盈缺。灵境信淹留，赏心非徒设。
平明登云峰，杳与庐霍绝。碧嶂长周流，金潭恒澄彻。
洞林带晨霞，石壁映初晰。乳窦既滴沥，丹井复寥沴。
岩崿转奇秀，崟岑还相蔽。赤玉隐瑶溪，云锦被沙汭。
夜闻猩猩啼，朝见鼯鼠逝。南中气候暖，朱华凌白雪。
幸游建德乡，观奇经禹穴。身名竟谁辨，图史终磨灭。
且泛桂水潮，映月游海澨。摄生贵处顺，将为智者说。

拟古杂体诗·郭弘农璞游仙

南朝·江淹

崦山多灵草，海滨饶奇石。偃蹇寻青云，隐沦驻精魄。
道人读丹经，方士炼玉液。朱霞入窗牖，曜灵照空隙。
傲睨摘木芝，陵波采水碧。眇然万里游，矫掌望烟客。
永得安期术，岂愁蒙汜迫。

拟古杂体诗·李都尉陵从军

南朝·江淹

樽酒送征人，踟蹰在亲宴。日暮浮云滋，握手泪如霰。
悠悠清水川，嘉鲂得所荐。而我在万里，结友不相见。
袖中有短书，愿寄双飞燕。

原文 四十、虽谢康乐拟邺中诸子之诗，亦气象不类。至于刘玄休《拟行行重行行》等篇，鲍明远《代君子有所思》之作，仍是其自体耳。

译文 四十、谢灵运仿建安七子的诗，不是很像。至于刘铄仿《拟行行重行行》，鲍照仿《君子有所思》，并非真正意义上的模仿，而是他们自己的风格。

注解

拟魏太子邺中集诗·魏太子
南朝·谢灵运

百川赴巨海，众星环北辰。照灼烂霄汉，遥裔起长津。
天地中横溃，家王拯生民。区宇既涤荡，群英必来臻。
忝此钦贤性，由来常怀仁。况值众君子，倾心隆日新。
论物靡浮说，析理实敷陈。罗缕岂阙辞？窈窕究天人。
澄觞满金罍，连榻设华茵。急弦动飞听，清歌拂梁尘。
何言相遇易，此欢信可珍。

拟魏太子邺中集诗·王粲
南朝·谢灵运

序：家本秦川，贵公子孙，遭乱流寓，自伤情多。
幽厉昔崩乱，桓灵今板荡。伊洛既燎烟，函崤没无像。
整装辞秦川，秣马赴楚壤。沮漳自可美，客心非外奖。
常叹诗人言，式微何由往。上宰奉皇灵，侯伯咸宗长。
云骑乱汉南，纪郢皆扫荡。排雾属盛明，披云对清朗。
庆泰欲重叠，公子特先赏。不谓息肩愿，一旦值明两。
并载游邺京，方舟泛河广。绸缪清燕娱，寂寥梁栋响。
既作长夜饮，岂顾乘日养。

拟行行重行行诗
南朝·刘铄

眇眇陵长道，遥遥行远之。回车背京里，挥手从此辞。
堂上流尘生，庭中绿草滋。寒螿翔水曲，秋兔依山基。
芳年有华月，佳人无还期。日夕凉风起，对酒长相思。
悲发江南调，忧委子衿诗。卧看明镫晦，坐见轻纨缁。
泪容不可饰，幽镜难复治。愿垂薄暮景，照妾桑榆时。

代陆平原君子有所思行
南朝·鲍照

西上登雀台，东下望云阙。层阁肃天居，驰道直如发。

绣甍结飞霞,璇题纳行月。筑山拟蓬壶,穿池类溟渤。

选色遍齐代,征声匝邛越。陈钟陪夕燕,笙歌待明发。

年貌不可还,身意会盈歇。蚁壤漏山阿,丝泪毁金骨。

器恶含满欹,物忌厚生没。智哉众多士,服理辨昭昧。

原文 四一、和韵最害人诗。古人酬唱不次韵,此风始盛于元白、皮陆,本朝诸贤,乃以此而斗工,遂至往复有八九和者。

译文 四十一、和韵危害极大,古人唱和不次韵,次韵的风气由元稹和白居易、皮日休和陆龟蒙带起,本朝诸贤竟将唱和诗玩成了竞赛类的文字游戏,互相比赛谁和得工巧,一首诗竟可以往复和韵八九次。

注解 先看白居易和元稹的唱和诗:

早春忆微之
唐·白居易

昏昏老与病相和,感物思君叹复歌。声早鸡先知夜短,色浓柳最占春多。

沙头雨染斑斑草,水面风驱瑟瑟波。可道眼前光景恶,其如难见故人何。

和乐天早春见寄
唐·元稹

雨香云澹觉微和,谁送春声入棹歌。萱近北堂穿土早,柳偏东面受风多。

湖添水色消残雪,江送潮头涌漫波。同受新年不同赏,无由缩地欲如何。

再看陆龟蒙(字鲁望)和皮日休(字袭美)的唱和诗:

寒夜同袭美访北禅院寂上人
唐·陆龟蒙

月楼风殿静沉沉,披拂霜华访道林。鸟在寒枝栖影动,人依古堞坐禅深。

明时尚阻青云步,半夜犹追白石吟。自是海边鸥伴侣,不劳金偶更降心。

奉和鲁望寒夜访寂上人次韵
唐·皮日休

院寒青霭正沉沉,霜栈干鸣入古林。数叶贝书松火暗,一声金磬桧烟深。

陶潜见社无妨醉,殷浩谭经不废吟。何事欲攀尘外契,除君皆有利名心。

不得不说,有才华就是好,没事就来几首唱和诗,既能增进双方情谊,还显得很有品位。宋朝诗人的唱和诗很多,比较出名的有杨亿、刘筠、钱惟演为主导的《西昆酬唱集》，邓忠臣、张耒、晁补之为主导的《同文馆唱和诗》，尤以苏轼、苏辙两兄弟的唱和次韵诗最为出名。元白、皮陆、二苏，可谓诗坛三大顶级和韵组合，后来诗人好的不学，就喜欢学这种雅致且无聊的文字游戏。当前国内写诗圈子，按公众号文章粗略估计，平均一天能产出五千多首唱和诗，不可谓不盛。然而，一个显而易见的现实是，唱和诗如果失去了作者本身的名声光环，则并无太多美感，古代流传下来的唱和诗有时间滤镜的加成尚且如此，现代人就不要指望唱和博名了，更别在唱和诗中发什么"首阳采薇""吾道不孤"的彩虹屁了。

原文 四二、孟郊之诗，憔悴枯槁，其气局促不伸，退之许之如此，何耶？诗道本正大，孟郊自为之艰阻耳。

译文 四十二、孟郊的诗憔悴枯槁，风格局促不开阔，韩愈却那么赞美推崇他，为何如此？诗道本就正大光明，孟郊却非要把诗路搞得如此艰难险阻。

注解 韩愈赞美孟郊，见于《送孟东野序》一文："唐之有天下，陈子昂、苏源明、元结、李白、杜甫、李观皆以其所能鸣。其存而在下者，孟郊东野始以其诗鸣；其高出魏晋，不懈而及于古，其他浸淫乎汉氏矣。"

原文 四三、孟浩然之诗，讽咏之久，有金石宫商之声。

译文 四十三、孟浩然的诗反复吟诵之后，方知其诗有先秦礼乐典雅之美。

注解 金石宫商，泛指音乐。金，指钟一类的乐器；石，指磬一类的乐器；宫商，是先秦五音"宫商角徵羽"的简称。孔子订六艺，为"礼、乐、射、御、书、数"，先秦文化中，乐的地位相当高，且兼具王道教化之意，并非后世梨园谱曲唱词。所以此处严羽评议孟浩然诗，如果仅将"金石宫扇"翻译为"音乐之美"，则不足以涵盖孟浩然诗。

原文 四四、唐人七言律诗，当以崔颢《黄鹤楼》为第一。

译文 四十四、唐朝诗人的七言律诗，崔颢《黄鹤楼》可称第一。

注解 崔颢《黄鹤楼》一诗首句如今常被写成"昔人已乘黄鹤去"，此处着重辨别。古诗流传千年，难免遇到刊误、错字等版本差异，且看历朝历代对此诗的记载。

唐殷璠《河岳英灵集》收录的版本：

昔人已乘白云去，此地空余黄鹤楼。黄鹤一去不复返，白云千载空悠悠。
晴川历历汉阳树，春草萋萋鹦鹉洲。日暮乡关何处是，烟波江上使人愁。

唐芮挺章《国秀集》收录的版本：

  昔人已乘白云去，兹地空余黄鹤楼。黄鹤一去不复返，白云千载空悠悠。

  晴川历历汉阳树，春草青青鹦鹉洲。日暮乡关何处是，烟波江上使人愁。

宋《文苑英华·三一二卷》收录的版本：

  昔人已乘白云去，兹地空遗黄鹤楼。黄鹤一去不复返，白云千载空悠悠。

  晴川历历汉阳树，春草青青鹦鹉洲。日暮乡关何处是，烟波江上使人愁。

宋《锦绣万花谷·楼部》收录的版本：

  昔人已乘白云去，此地空余黄鹤楼。黄鹤一去不复返，白云千载空悠悠。

金元好问《唐诗鼓吹》收录的版本：

  昔人已乘白云去，此地空余黄鹤楼。黄鹤一去不复返，白云千载空悠悠。

  晴川历历汉阳树，芳草萋萋鹦鹉洲。日暮乡关何处是，烟波江上使人愁。

宋末元初方回《瀛奎律髓》收录的版本：

  昔人已乘白云去，此地空余黄鹤楼。黄鹤一去不复返，白云千载空悠悠。

  晴川历历汉阳树，芳草萋萋鹦鹉洲。日暮乡关何处是，烟波江上使人愁。

明高棅《唐诗品汇》收录的版本：

  昔人已乘白云去，此地空余黄鹤楼。黄鹤一去不复返，白云千载空悠悠。

  晴川历历汉阳树，芳草萋萋鹦鹉洲。日暮乡关何处是，烟波江上使人愁。

明末清初金圣叹《贯华堂选批唐才子诗》收录的版本：

  昔人已乘黄鹤去，此地空余黄鹤楼。黄鹤一去不复返，白云千载空悠悠。

  晴川历历汉阳树，春草萋萋鹦鹉洲。日暮乡关何处是，烟波江上使人愁。

清《全唐诗》收录的版本：

  昔人已乘白云去，此地空余黄鹤楼。黄鹤一去不复返，白云千载空悠悠。

  晴川历历汉阳树，春草萋萋鹦鹉洲。日暮乡关何处是，烟波江上使人愁。

注：白云一作黄鹤。

清人沈德潜《唐诗别裁》收录版本：

  昔人已乘黄鹤去，此地空余黄鹤楼。黄鹤一去不复返，白云千载空悠悠。

  晴川历历汉阳树，春草萋萋鹦鹉洲。日暮乡关何处是，烟波江上使人愁。

清人孙洙《唐诗三百首》收录的版本：

昔人已乘黄鹤去，此地空余黄鹤楼。黄鹤一去不复返，白云千载空悠悠。

晴川历历汉阳树，春草萋萋鹦鹉洲。日暮乡关何处是，烟波江上使人愁。

根据以上史料，清楚地发现，唐、宋、元、明四代约一千年中收录的版本都是"昔人已乘白云去"，直到明末清初金圣叹才出现了"昔人已乘黄鹤去"这一版本。崔颢一诗不涉及经学命门，不涉及庙堂秘史，基本可排除文字狱之类的篡改。从常理推论来看，唐朝人、宋朝人记录的版本，可靠性要高于清朝人记录的版本。

姑且先来看看金圣叹的新版本是怎么回事。

金圣叹于《贯华堂选批唐才子诗》中这般评议：此即千载喧传所云《黄鹤楼》诗也。有本乃作"昔人已乘白云去"，大谬！不知此诗正以浩浩大笔连写三"黄鹤"字为奇耳。且使昔人乘白云，则此楼何故乃名黄鹤？此亦理之最浅显者。至于四之忽陪白云，正妙于有意无意、有谓无谓。若起首未写黄鹤，已先写一白云，则是白云、黄鹤两两对峙。黄鹤固是楼名，白云出于何典耶？且白云既是昔人乘去，而至今尚见悠悠，世则岂有千载白云耶？不足当一噱已。

金圣叹承认有"昔人已乘白云去"这一版本，但他提出了黄鹤三连用为奇、如果仙人乘白云走了那楼为什么叫黄鹤楼等看法，这些看法自然有一定道理，学术探讨要海纳百川，然而，却不能因为个人的看法就直接改动原作文字，甚至刻意混淆原作的真实性，一个念想就把唐、宋、元、明四朝千年流传的版本给改了，非常不妥。更何况选人诗作已是借名，擅改原作文字却不标注，其行为则近乎可耻了。

或许有人有这样的看法：崔颢一诗本来并没那么好，经过金圣叹改动评价才水涨船高。这种说法是否有道理，且再翻阅现存资料。

宋人计有功《唐诗纪事·卷二十一》：《黄鹤楼》诗："昔人已乘白云去，此地空余黄鹤楼。黄鹤一去不复返，白云千载空悠悠。晴川历历汉阳树，春草萋萋鹦鹉洲。日暮乡关何处是？烟波江上使人愁。"世传太白云："眼前有景道不得，崔颢题诗在上头。"遂作《凤凰台》诗以较胜负。恐不然。

宋人胡仔《苕溪渔隐丛话前集·卷五》：《该闻录》云："唐崔颢《题武昌黄鹤楼》诗云：'昔人已乘白云去，此地空余黄鹤楼，黄鹤一去不复返，白云千载空悠悠。晴川历历汉阳树，芳草萋萋鹦鹉洲。日暮家山何处在？烟波江上使人愁。'李太白负大名，尚曰：'眼前有景道不得，崔颢题诗在上头。'欲拟之较胜负，乃作《金陵登凤皇台》诗。"

宋末元初方回《瀛奎律髓》："此诗（《黄鹤楼》）前四句不拘对偶，气势雄大，李白读之，不敢再题此楼，乃去而赋《登金陵凤凰台》。"

明人高棅《唐诗品汇》："七言律诗盛唐作者虽不多，而声调最远品格最高若崔颢，律体雅纯，太白首推其《黄鹤》之作，后至《凤凰》而仿佛焉。"

由上述资料可知，至少从宋代开始，文坛诗人印象中崔颢的《黄鹤楼》就已经非常有名望了，甚至有好事者编排出李白登黄鹤楼见此诗不得不服输的轶事，而存在于此类轶事中的崔颢《黄鹤楼》原作毫无疑问都收录为"昔人已乘白云去"。

做个假设，如果拿"昔人已乘黄鹤去"这一版本的《黄鹤楼》交予严羽评价，他是否还会做出"七律第一"的评价呢？无法回答，因为严羽已经逝世千年，后世任何想法都只是猜测。但根据现存资料可以推论出，严羽对崔颢《黄鹤楼》做出"七律第一"的评价时，他身处的时代和文坛诗人，所见所评的诗句都是"昔人已乘白云去"，而非"昔人已乘黄鹤去"。

1900年，敦煌莫高窟藏经洞石室中出土了一批封存千年从未问世的历代写本文书，其中唐人抄本诗选残卷中收录了73首唐诗，而这73首唐诗中恰好就有崔颢这首《黄鹤楼》，首句正是"昔人已乘白云去"。从文献学的角度来看，至少应当标注清楚崔颢《黄鹤楼》首句有两个不同版本，存在争议，而不是根据个人喜好就可以强行删除其他版本。

金圣叹生活的时间段为明末清初，当时诗坛风气无法完全复原，或许仍残留前后七子的诗必盛唐论调，或许是竟陵派的性灵论占据主流，但无论如何，金圣叹这一修改能够流传后世，至少说明彼时的诗坛接受了金圣叹三连黄鹤为奇的论调。不必过分在意这一修改的对与错，诗没有严格意义上的对错之分，更注重的是表达能否完整融洽。后文另有详细论述。

崔颢原诗首句白云已去，次句空余黄鹤；三句黄鹤又去，四句白云仍在，如此四句四转，长抒回环，咏叹延绵，用意妙绝，无尽悲伤中却带有坦然自若的从容，繁花锦盛下犹保留物我俱逝的哀愁，这正是唐人本色。

白云黄鹤之辨至此结束，相信读者心中会有自己的判断，金圣叹擅改原作的行为不必多说，交予时间和历史评判。诗歌的版本考证是个大问题，文献的基础知识不得不学，更多思考可参考罗漫所著《黄鹤楼诗案的千年偏误及其学术史的警省意义》和黄永武所著《中国诗学·考据篇》。

原文 四五、唐人好诗，多是征戍、迁谪、行旅、离别之作，往往能感动激发人意。

译文 四十五、唐朝那些优秀的诗，主题大多是奔赴边疆、朝堂遭贬、跋涉远行、分离送别，只因人若置于此等境遇，情感必然真切，且易激发才情。

注解 宋、元、明、清四代千年诗学评论，基本能够达成共识：唐代的好诗多在边塞、道路、酒肆、驿站、战场、山野、田园。与之相对应的是宋代的好诗，往往与绘画、书法、雅玩、金石、古书、工艺这些人文意象紧密相连。

原文 四六、苏子卿诗："幸有弦歌曲，可以喻中怀。请为游子吟，泠泠一何悲！丝竹厉清声，慷慨有余哀。长歌正激烈，中心怆以摧。欲展清商曲，念子不能归。"今人观之，必以为一篇重复之甚，岂特如《兰亭》"丝竹管弦"之语耶。古诗正不当以此论之也。

译文 四十六、苏武的《赠别诗》，让现在的诗论者来评论，一定会说这诗写音乐写得太多了，啰唆重复。难道苏武的诗真的像这些诗论者说的那样，只是在重复写这些音乐曲调吗？当然不是，要知道，古诗不应当用如今（宋朝）的诗学思想去理解啊。

注解

苏武李陵赠别诗（其六）

　　黄鹄一远别，千里顾徘徊。胡马失其群，思心常依依。
　　何况双飞龙，羽翼临当乖。幸有弦歌曲，可以喻中怀。
　　请为游子吟，泠泠一何悲。丝竹厉清声，慷慨有余哀。
　　长歌正激烈，中心怆以摧。欲展清商曲，念子不得归。
　　俯仰内伤心，泪下不可挥。愿为双黄鹄，送子俱远飞。

原文 四七、《十九首》："青青河畔草，郁郁园中柳。盈盈楼上女，皎皎当窗牖。娥娥红粉妆，纤纤出素手。"一连六句，皆用迭字，今人必以为句法重复之甚，古诗正不当以此论之也。

译文 四十七、《古诗十九首》中的《青青河畔草》，一连六句都用迭字，现在诗论者一定会说这诗的句法实在是啰唆重复，古诗不应当用如今（宋朝）的诗学思想去理解啊（再次强调）。

注解

古诗十九首（其二）

青青河畔草，郁郁园中柳。盈盈楼上女，皎皎当窗牖。

娥娥红粉妆，纤纤出素手。昔为倡家女，今为荡子妇。

荡子行不归，空床难独守。

原文 四八、任昉《哭范仆射诗》，一首中凡两用生字韵，三用情字韵。"夫子值狂生"，"千龄万恨生"，犹是两义。"犹我故人情"，"生死一交情"，"欲以遣离情"，三情字皆用一意。《天厨禁脔》谓：平韵可重押，若或平或仄，则不可。彼但以《八仙歌》言之耳。何见之陋邪？诗话谓：东坡两"耳"韵，两"耳"义不同，故可重押。要之亦非也。

译文 任昉在《出郡传舍哭范仆射诗》一诗中用了两个"生"字韵，用了三个"情"字韵，两个"生"字意义不同，三个"情"字意义却都相同。惠洪《天厨禁脔》说：古诗中平声韵可以重押，如果是仄声韵就不可以重押，他竟然还以杜甫《饮中八仙歌》为诗例，真是见识浅陋，胡说八道。蔡居厚于《诗话》中说：苏轼《送江公著知吉州》一诗中押了两个耳字韵，是因为这两个耳字意思不一样，所以可以重押。然而根据总结的诗例判断，蔡居厚也错了。

注解

出郡传舍哭范仆射诗（其一）

南朝·任昉

平生礼数绝，式瞻在国桢。一朝万化尽，犹我故人情。

待时属兴运，王佐俟民英。结欢三十载，生死一交情。

携手遁衰孽，接景事休明。运阻衡言革，时泰玉阶平。

浚冲得茂彦，夫子值狂生。伊人有泾渭，非余扬浊清。

将乖不忍别，欲以遣离情。不忍一辰意，千龄万恨生。

近体律诗中忌押重字，但古诗却无这般规则，古诗如果篇幅够长，内容够多，很难避免押重字，这一点需要与近体律诗区别。

惠洪《天厨禁脔》记载：杜甫作《八仙歌》，凡押两"天"字，两"眠"字，两

"船"字,三"前"字,唯平头韵可重押。若或侧韵,则不可押。惠洪的意思是杜甫的《饮中八仙歌》,押了两个天字韵,两个眠字韵,两个船字韵,两个前字韵,这是因为平声字的韵脚可以重押,但仄声韵的韵脚不可以重押。

饮中八仙歌
唐·杜甫

知章骑马似乘船,眼花落井水底眠。
汝阳三斗始朝天,道逢曲车口流涎,恨不移封向酒泉。
左相日兴费万钱,饮如长鲸吸百川,衔杯乐圣称世贤。
宗之潇洒美少年,举觞白眼望青天,皎如玉树临风前。
苏晋长斋绣佛前,醉中往往爱逃禅。
李白一斗诗百篇,长安市上酒家眠,
天子呼来不上船,自称臣是酒中仙。
张旭三杯草圣传,脱帽露顶王公前,挥毫落纸如云烟。
焦遂五斗方卓然,高谈雄辩惊四筵。

乍一看,惠洪说得好像有些道理,但仔细翻阅杜甫诗作便知这一论断错误。

园 人 送 瓜
唐·杜甫

江间虽炎瘴,瓜熟亦不早。柏公镇夔国,滞务兹一扫。
食新先战士,共少及溪老。倾筐蒲鸽青,满眼颜色好。
竹竿接嵌窦,引注来鸟道。沈浮乱水玉,爱惜如芝草。
落刃嚼冰霜,开怀慰枯槁。许以秋蒂除,仍看小童抱。
东陵迹芜绝,楚汉休征讨。园人非故侯,种此何草草。

爱惜如芝草,种此何草草,押了两个草字,草字是仄声韵,并非惠洪所说的平声韵可以重押。

《北征》中有一句诗是"维时遇艰虞,朝野少暇日"。又有一句诗是"老夫情怀恶,呕泄卧数日"。一篇押了两个日字,重字重韵。《赠李邕》中有一句诗是"放逐早联翩,低垂困灾厉",又有一句诗是"哀赠终前条,恩波延揭厉"。一篇押了两个厉字。日、厉都是仄声韵,重字重韵。

总结上述诗作，可知惠洪所说的"平声韵可重押，仄声韵不可重韵"这一论断有误。然而蔡居厚认为如果两个字意思不一样，可以重押，并列举苏轼诗作为例。

送江公著知吉州

宋·苏轼

三吴行尽千山水，犹道桐庐更清美。岂惟浊世隐狂奴，时平亦出佳公子。
初冠惠文读城旦，晚入奉常陪剑履。方将华省起弹冠，忽忆钓台归洗耳。
未应良木弃大匠，要使名驹试千里。奉亲官舍当有择，得郡江南差可喜。
白粲连樯一万艘，红妆执乐三千指。簿书期会得余闲，亦念人生行乐耳。

这首诗中的两个"耳"字意思确实不一样，但并不是说因字义不同，就可重押。下文列举字义相同，仍然重押的诗例。

杜甫《喜薛璩岑参迁官》中有一句诗是"栖迟分半菽，浩荡逐浮萍"，又有一句诗是"仰思调玉烛，谁定握青萍"。两个"萍"字意思一样，重字重韵。杜甫是唐人，或许其诗作还不能很好佐证古诗有重字重韵的现象。且看南朝江淹《杂体诗》，有一句诗是"韩公沧卖药，梅生隐市门"，又有一句诗是"太平多欢娱，飞盖东都门"。两个"门"字意思一样，重字重韵。晋人阮籍《咏怀诗》，有一句诗是"何当行路子，磬折忘所归"，又有一句诗是"黄鹄游四海，中路将安归"。两个"归"字意思一样，重字重韵。

总结上述诗作，可知蔡居厚所说的"字义不同，方可重押"也不正确。

另外，蔡居厚说苏轼给自己的诗作注解字义不同，可以重押。此事值得怀疑，笔者认为以苏轼的诗学素养和性情品格，必然不会做出自注"二耳可重韵"这样的事。

原文 四九、刘公干《赠五官中郎将》诗："昔我从元后，整驾至南乡。过彼丰沛都，与君共翱翔。"元后，盖指曹操也。至南乡，谓伐刘表之时。丰沛都，喻操谯郡也。王仲宣《从军诗》云："筹策运帷幄，一由我圣君。"圣君亦指曹操也。又曰："窃慕负鼎翁，愿厉朽钝姿。"是欲效伊尹负鼎干汤以伐桀也。是时，汉帝尚存，而二子之言如此，一曰元后，二曰圣君，正与荀彧比曹操为高光同科。或以公干平视美人为不屈，是未为知人之论。《春秋》诛心之法，二子其何逃？

译文 四十九、刘桢的《赠五官中郎将》一诗中有："昔我从元后，整驾至南乡。

过彼丰沛都,与君共翱翔。"元后一词,释义是天子,此处尊指曹操,"至南乡"指曹操征讨刘表,"丰沛都"是汉高祖的龙兴之地,暗喻曹操的起家之地谯郡。王粲《从军诗》中有一句诗:"筹策运帷幄,一由我圣君。"圣君一词是尊指曹操。另外一首《从军诗》中有一句:"窃慕负鼎翁,愿厉朽钝姿。"这是想要效仿伊尹负鼎,追随商汤讨伐夏桀啊。那时候汉献帝还在位,可刘桢和王粲一个说"元后",一个说"圣君",这就跟荀彧将曹操比作汉高祖、汉光武帝一样,近乎大逆不道。刘桢在宴会上不守礼法,平视曹丕的夫人甄氏而被驱除,有人还因此为他叫屈,这也就是后世学者为贤者讳,否则按照《春秋》大义,真追究起他们内心动机,仅凭这几句诗,刘桢与王粲就要被批判得体无完肤。

注解 伊尹负鼎出自《史记·殷本纪》:伊尹名阿衡。阿衡欲奸汤而无由,乃为有莘氏媵臣,负鼎俎,以滋味说汤,致于王道。或曰,伊尹处士,汤使人聘迎之,五反然后肯往从汤,言素王及九主之事。汤举任以国政。伊尹初为仆人,背着锅和砧板给成汤(商朝开国君主)做饭,借着谈论烹调滋味的机会向成汤进言,劝说他实行王道。后世提炼为成语,用以比喻寻求机遇实现自我价值。

这种文学上的诛心之论,似乎不太应于此处提出,考虑到南宋理宗时期的思想风气,程朱理学逐渐成为主流,或许可以从侧面印证唐宋思想史转变的最终落脚点。不过,以全书展现的思想导向来说,该则评议出现得比较突兀,与下一条评议参照对比,给人的感觉像是后加上去的。

原文 五十、古人赠答,多相勉之词。苏子卿云:"愿君崇令德,随时爱景光。"李少卿云:"努力崇明德,皓首以为期。"刘公干云:"勉哉修令德,北面自宠珍。"杜子美云:"君若登台辅,临危莫爱身。"往往是此意。有如高达夫赠王彻云:"吾知十年后,季子多黄金。"金多何足道,又甚于以名位期人者。此达夫偶然漏逗处也。

译文 五十、古人写赠答诗,多是互相勉励。苏武这样赠别:"愿君崇令德,随时爱景光。"李陵这样赠别:"努力崇明德,皓首以为期。"刘桢这样赠别:"勉哉修令德,北面自宠珍。"杜甫这样赠别:"君若登台辅,临危莫爱身。"大体都是如此。但高适在《别王彻》一诗中这样赠别:"吾知十年后,季子多黄金。"可即便有了很多金子,也没有什么值得说道的地方啊,对士林文人来说,相比祝福他人获得名望和高位显得交加低俗。这是高适偶然的疏忽啊。

注解

苏武赠别诗

烛烛晨明月，馥馥我兰芳。芬馨良夜发，随风闻我堂。
征夫怀远路，游子恋故乡。寒冬十二月，晨起践严霜。
俯观江汉流，仰视浮云翔。良友远别离，各在天一方。
山海隔中州，相去悠且长。嘉会难再遇，欢乐殊未央。
愿君崇令德，随时爱景光。

李陵赠别诗

携手上河梁，游子暮何之。徘徊蹊路侧，恨恨不能辞。
行人难久留，各言长相思。安知非日月，弦望自有时。
努力崇明德，皓首以为期。

赠五官中郎将（其二）

魏晋·刘桢

余婴沉痼疾，窜身清漳滨。自夏涉玄冬，弥旷十余旬。
常恐游岱宗，不复见故人。所亲一何笃，步趾慰我身。
清谈同日夕，情盻叙忧勤。便复为别辞，游车归西邻。
素叶随风起，广路扬埃尘。逝者如流水，哀此遂离分。
追问何时会，要我以阳春。望慕结不解，贻尔新诗文。
勉哉修令德，北面自宠珍。

奉送严公入朝十韵

唐·杜甫

鼎湖瞻望远，象阙宪章新。四海犹多难，中原忆旧臣。
与时安反侧，自昔有经纶。感激张天步，从容静塞尘。
南图回羽翮，北极捧星辰。漏鼓还思昼，宫莺罢啭春。
空留玉帐术，愁杀锦城人。阁道通丹地，江潭隐白苹。
此生那老蜀，不死会归秦。君若登台辅，临危莫爱身。

别王彻

唐·高适

归客自南楚，怅然思北林。萧条秋风暮，回首江淮深。

留君终日欢，或为梁父吟。时辈想鹏举，他人嗟陆沈。

载酒登平台，赠君千里心。浮云暗长路，落日有归禽。

离别未足悲，辛勤当自任。吾知十年后，季子多黄金。

诗评一节讲述了沧浪诗学的评价体系如何运行。

一、上一章节诗体类似大数据库，统计分析，根据结果，总结历代诗歌的内在审美偏重，由此提出唐宋诗歌差异的根本之处。

二、将盛唐诗歌奉为最高品，将李杜诗作奉为诗歌的最高美学，类似于数学中不证自明的公理，以此为基石，建立沧浪诗学评价体系。

三、依据上述评价体系，褒贬诗人诗作，如将谢灵运诗排于陶渊明诗后，将崔颢《黄鹤楼》奉为唐人七律第一，将孟郊诗作置于低处，以此完善沧浪诗学评价体系。

四、依据上述评价体系，列举具体诗例，从句法、音韵、文义等细节着手，对彼时诗坛存在的各种概念进行评议，进一步完善沧浪诗学评价体系。

考 证

原文 一、少陵与太白独厚于诸公,诗中凡言太白十四处,至谓"世人皆欲杀,吾意独怜才";"醉眠秋共被,携手日同行";"三夜频梦君,情亲见君意";其情好可想,《遁斋闲览》谓二人名既相逼,不能无相忌,是以庸俗之见,而度贤哲之心也。予故不得不辨。

译文 一、杜甫在同时代的诗人中,特别推崇李白,诗集中提到李白的地方竟然有十四次之多,至于"世人皆欲杀,吾意独怜才""醉眠秋共被,携手日同行""三夜频梦君,情亲见君意"等句,情意真切,二人交好可想而知。陈正敏在《遁斋闲览》一书中说李白和杜甫二人名声既然相近,那就不可能不存在猜忌之心,这真是以小人心胸去揣测他人心境,此处我要详细辨析说明,不能令这等庸俗之见流毒贻害。

注解

不 见
唐·杜甫

不见李生久,佯狂真可哀。世人皆欲杀,吾意独怜才。
敏捷诗千首,飘零酒一杯。匡山读书处,头白好归来。

与李十二白同寻范十隐居
唐·杜甫

李侯有佳句,往往似阴铿。余亦东蒙客,怜君如弟兄。
醉眠秋共被,携手日同行。更想幽期处,还寻北郭生。
入门高兴发,侍立小童清。落景闻寒杵,屯云对古城。
向来吟橘颂,谁与讨莼羹。不愿论簪笏,悠悠沧海情。

梦李白（其二）

唐·杜甫

浮云终日行，游子久不至。三夜频梦君，情亲见君意。
告归常局促，苦道来不易。江湖多风波，舟楫恐失坠。
出门搔白首，若负平生志。冠盖满京华，斯人独憔悴。
孰云网恢恢，将老身反累。千秋万岁名，寂寞身后事。

《遁斋闲览》的作者是陈正敏（北宋人，具体生卒年不详），曾受苏轼推荐为官，自号遁翁。《遁斋闲览》总计十四卷，书中所记多作者平昔见闻，分名贤、野逸、诗谈、证误、杂评、人事、谐噱、汛志、风土、动植十门。原书散佚很久，十四卷如今仅存73条小段议论，上文李杜之论详见南宋胡仔《苕溪渔隐丛话·卷六·杜少陵》。

《遁斋闲览》中记载：

或问王荆公云："编四家诗以杜甫为第一，李白为第四，岂白之才格词致不逮甫耶？"公曰："白之歌诗，豪放飘逸，人固莫及。然其格止于此而已，不知变也。至于甫则悲欢穷泰，发敛抑扬，疾徐纵横，无施不可。其诗有平淡简易者，有绵丽精确者，有严重威武若三军之帅者，有奋迅驰骤若泛驾之马者，有寂寞闲静若山谷隐士者，有风流蕴藉若贵介公子者。盖其诗绪密而思深，观者苟不能臻其阃奥，未易识其妙处，夫岂浅近者所能窥哉。此甫之所以光掩前人而后来无继也。元稹以语兼人人所独专，斯言信矣。"

或者又曰："唐人之呼，何以李加杜先而语之李杜？岂当时之论有所未当欤？"公笑曰："名姓先后之呼，岂足以优劣人哉。盖汉之时有李固、杜乔者，世号李杜。又有李膺、杜密，亦语之李杜。当时甫、白，复以能诗齐名，因亦谓之李杜，取其称呼之便耳。退之诗有曰李杜文章在，又曰昔年尝读李白杜甫诗，则李在杜先。若曰远追甫白感至诚，又曰少陵无人谪仙死，则李居杜后。如此则孰为优劣？如今人呼其姓则谓之班马，呼其名则谓之迁固。先而白居易与元稹同时唱和，人号元白。后与刘禹锡唱和，则语之曰刘白。居易之才，岂真下二子哉？若曰王杨卢骆，杨炯固尝自言：'余愧在卢前，耻居王后。'益知称呼前后，不足以优劣人也。晋王导尝戏诸葛恢云：'人言王葛，不言葛王，何邪？'恢答曰：'譬言驴马，岂驴能胜马耶？'君若泥称呼为优劣，将复有以此戏君者矣。"

或者又曰:"评诗者谓甫期白太过,反为白所诮。"公曰:"不然。甫赠白诗云'清新庾开府,俊逸鲍参军。'但比之庾信、鲍照而已。又曰:'李侯有佳句,往往似阴铿。'铿之诗又在庾、鲍下矣。饭颗之嘲,虽一时戏剧之谈,然二人者名既相逼,亦不能无相忌也。"

　　翻译如下:

　　有人问王安石:您编纂《四家诗》,将杜甫排名第一,将李白排名第四,那岂不是说李白的才华格局不如杜甫吗?

　　王安石回答:李白的诗,豪放飘逸,确实无人能及,但他的格局也就到此为止了,不能变通,难以包罗万象。且看杜甫的诗,悲欢穷泰,发敛抑扬,疾徐纵横,无所不能,可以平淡简易,可以绮丽精确,可以严重威武如三军之帅,可以奋迅驰骤如泛驾之马,可以淡泊娴静如山谷隐士,可以风流蕴藉如贵介公子。只因杜甫的诗绪密思深,读者如果不能领略其深层次的奥义,便不能够欣赏到其妙处。杜甫的诗又岂能被那些肤浅之人所理解呢?这正是杜甫得以光盖前人、后无来者的原因。元稹评价杜甫——杜甫将前辈先贤优点尽数学得,又能化为己用,创造出属于自己的独特风格,这评价再准确不过了。

　　又有人问:唐朝人称李白、杜甫为李杜,为何将李白放在杜甫之前呢,这难道是唐朝的整体评议有所偏差吗?

　　王安石回答:姓名谁前谁后,难道就足以论人优劣了吗?汉朝有李固和杜乔二人,世称李杜;又有李膺和杜密二人,也称李杜。恰好杜甫和李白二人,都能作诗且齐名,所以称为李杜,不过是为了称呼方便而已。韩愈有一句诗"李杜文章在",还有一句是"昔年尝读李白杜甫诗",此时李在杜前;但是"远追甫白感至诚""少陵无人谪仙死"这两句诗,李又在杜后。如此说来又是谁好谁坏呢?如今称呼司马迁和班固,称其姓则合称班马,称其名则合称迁固。白居易与元稹唱和时,并称元白;与刘禹锡唱和时,并称刘白。白居易的才情,难道比不上元稹和刘禹锡吗?初唐四杰中,杨炯曾说自己愧在卢照邻之前,而遗憾在王勃之后,由此更应该知晓称谓中的前后,不足以评判优劣。东晋王导曾与诸葛恢戏言:怎么人们都说王葛而不说葛王啊?诸葛恢回答:这好比说驴马,不说马驴,约定俗成而已,难道因为驴比马好吗?你要是用称呼的前后来判断优劣,那么以后肯定会有人也用这种戏言的方式来嘲笑你。

又有人问王安石：诗论者说杜甫对李白过崇敬，反而被李白讥诮。这样说有道理吗？

王安石回答：并非如此，杜甫赠李白的诗句"清新庾开府，俊逸鲍参军"，只不过将李白比作庾信和鲍照而已。又有"李侯有佳句，往往似阴铿"，将李白比作阴铿，这都不如庾信、鲍照了。而李白也不甘示弱，赠给杜甫"饭颗山头逢杜甫，顶戴笠子日卓午。借问别来太瘦生，总为从前作诗苦"这样一首诗。虽然只是一时戏谈，但两人名气如此之大，不是第一就是第二，怎么可能不生出嫌隙之心。

翻译结束，笔者最深的感受就是原来早在北宋年间，便已有了饭圈粉丝文化，为了自己的爱豆随意攻讦他人。暂且不论这段议论是否出自王安石，读者应从文本进行分析，不要看到名人评论就跟风附和。先看杜甫写给李白的诗句：

1. 清新庾开府，飘逸鲍参军，是指李白诗兼具庾信的清新之气和鲍照的飘逸之风，而不是把李白比作庾信和鲍照。

春日忆李白

唐·杜甫

白也诗无敌，飘然思不群。清新庾开府，俊逸鲍参军。

渭北春天树，江东日暮云。何时一樽酒，重与细论文。

2. 杜甫称赞郑李二位"文章并我先"，又比作前辈先贤阴铿、何逊、沈佺期、宋之问。这很明显是在夸赞他人，怎么会是故意贬低呢？

秋日夔府咏怀奉寄郑监李宾客（节选）

音徽一柱数，道里下牢千。郑李光时论，文章并我先。

阴何尚清省，沈宋欻联翩。律比昆嵛竹，音知燥湿弦。

3. 察唐史可知，李杜二人绝非名气相逼，李白比杜甫年长约11岁，成名甚早且广结天下。开元年间，大唐趋于盛世，士林执牛耳者前有张九龄、李邕，后是王维、李白，杜甫彼时正在长安苦心创作五言排律以求干谒内推，谈何名气相逼？直至安史之乱爆发，杜甫北上灵武，南下夔州，才开始了他的诗歌封神之路。

综上三点，可知某些文人完全是在自己臆想之上推测李白杜甫相忌，杜甫本身就对李白非常尊敬，更何况开元、天宝年间杜甫的名气完全不足以与李白相提并论，谈何名气相逼？

不同时代的人对不同时代的事，会有不一样的看法。唐朝人离南朝近，看南朝人是一种态度，宋朝人离南朝远，看南朝人又是一种态度。本不应当苛责古人缺乏时代发展的观念，但事实却是如此，宋人距南北朝已逾四五百年之久，宋朝文人站在他们的历史视角看南北朝时期人物，隔了一座唐朝大山，自然是看不上眼，对庾信、鲍照、阴铿、何逊等也并无太多敬慕；但唐人的前朝即是南北朝，唐朝文人站在他们的历史视角看南北朝，对庾信等人可敬慕得很。

曾有一个小机锋：假如东汉末年真有刘关张桃园三结义，那么他们在结拜时祭拜的是谁。按照惯有思维，后世异姓结拜时供奉的基本上都是关羽，但汉末刘关张三人结拜时，供奉的肯定不是关羽。

因时代变迁，历史的评价体系也不断发生变化，后来者不断创造历史，评价体系便会相应做出改变。以此机锋，杜甫夸赞李白，引用的类比对象必然不是李白，也不会是同时代人物，大概率是离得不远的南朝文人；而等到三百年后的宋朝，李杜地位已成，如果夸赞他人，类比对象必然是李白、杜甫等前朝人物。《遁斋闲览》以杜甫诗句中仅将李白比作庾信、鲍照，从而推论出杜甫借此臧否李白，很不严谨。

李杜是否相忌，以现有科技来说，无法穿越回唐朝看两人关系到底如何，既然谁都无法给出一个盖棺论定的回答，这类问题本质上完全取决于读者内心的判断。如有一人，确信李杜相忌，即便李杜复生告诉他二人未曾相忌，此人依然不会相信。所以，议论李杜二人关系，将诗作文本和古籍史料列出即可，见山见水，唯在己心。

李杜关系刍议

杜甫对李白的态度，不能一概而论，综合现存史料，大致可归纳为三个阶段。

第一阶段：杜甫结识李白，仰慕已久，但缺少认同；

第二阶段：杜甫困居长安，逐渐理解李白，进而同情；

第三阶段：杜甫长期漂泊，历经沧桑，再看李白，即是自己。

第一阶段，天宝三年（744年），李白44岁，杜甫33岁，二人于洛阳相见，闻一多抑制不住自己强烈的情感，将二人的初次会面比作"太阳与月亮的相碰"。不过彼时杜甫毕竟青涩，即便早已作出"会当凌绝顶，一览众山小"这样豪迈的佳句，但在名满天下被唐玄宗赐金放还的李白面前，杜甫犹如见到偶像的小迷弟，既兴奋又有些窘迫，想表现下自己的才学，可又缩手缩脚不敢发挥，只得来两句"余亦东蒙客，怜君如弟兄。醉眠秋共被，携手日同行"这种适合发在朋友圈的诗。李白任侠，醉酒，寻访隐士，甚至炼丹求仙，杜甫也就陪他一一体验，虽乐在其中，可他所受的教育以及内心的理想，对此并不认同。所以二人在分离之际，杜甫由小迷弟转变为诤友，赠李白诗："秋来相顾尚飘蓬，未就丹砂愧葛洪。痛饮狂歌空度日，飞扬跋扈为谁雄。"

第二阶段，年轻人理想的破灭，多数都从踏入首都城门那一刻开始。杜甫似乎也不例外，他35岁入长安，为了心中那个"致君尧舜上，再使风俗淳"的理想，投诗干谒于贵族王侯，进三大礼赋于玄宗，期求赏识，只是十年长安困守，不过求得个从八品下的兵曹参军。后人看来，这官太小了，为其感到不值。可杜甫并非眼高手低之人，他虽有所不满，却认真对待，在其岗则尽其事。可这十年困居光景，当真"如人饮水，冷暖自知"。他低声下气屈膝奉承："朝扣富儿门，暮随肥马尘。残杯与冷炙，到处潜悲辛。"（出自《奉赠韦左丞丈二十二韵》）他疲惫不堪内心动摇："儒术于我何有哉，孔丘盗跖俱尘埃。"（出自《醉时歌》）他见识了长安的繁华，也看尽了现实的悲苦。最终也理解了李白，写下《春日忆李白》《冬日有怀李白》等诗。此时的李白不再是偶像，而是杜甫所有尊严被消解后的重新建构。

第三阶段，一个常被忽略的史实是：虽然安禄山于天宝十四载（755年）十一月起兵反叛，但唐玄宗认为事态不大，并未有多少危机感，长安仍是歌舞升平。就在安禄山起兵反叛前一个月，杜甫才被授予了从八品下的兵曹参军，当他离开长安前往奉先县（今陕西蒲城县）看望妻儿时，他得以看到长安之外的民间真实状态，写下了《自京赴奉先县咏怀五百字》，从一个底层小吏的视角观察大唐王朝，忧心忡忡。以杜甫的政治身份，他无力改变任何现实，除了祈祷唐玄宗恢复理智之外，别无他法，因而饱受道德的残酷审判。他煎熬着，期盼着，希望事态能够好转，然而半年之后，现实就当头一棒，将他的理想砸得稀巴烂：天宝十五载（756年）六月，哥舒翰统率的二十万唐军被安史叛军一战歼灭，战略要地潼关失守，长安一片慌乱，唐玄宗逃向蜀中。这一年，杜甫45岁，对他来说，天塌了。

杜甫安顿好妻儿后，听闻肃宗在灵武即位，便义无反顾奔寻过去，路上被叛军俘获，押解至长安。因其官微，叛军看管不严，杜甫趁机逃出，一路艰辛终于寻至灵武，见到了肃宗。肃宗感其忠义，拜左拾遗，左拾遗一职虽只是从八品上，却是皇帝近臣，可直言进谏，参与机密，位卑而权重。杜甫此刻算得上苦尽甘来，终于可以施展抱负了，于诗中写道："涕泪授拾遗，流离主恩厚。"（《述怀》）如果事态正常发展，杜甫可能逐步升迁，因其"麻鞋见天子"，称得上是肃宗灵武心腹，既身处中枢，又与同僚相善，或出为重镇刺史，或累迁三品侍郎，待到身老，以右散骑常侍致仕，自是一段佳话。可惜，那样就不是倔强如铁的杜甫了。

杜甫所有理想的破灭不是安史之乱，也不是玄宗奔蜀，而是房琯案。房琯亦是忠义之臣，玄宗奔蜀，文武百官各寻活路，房琯却不弃不离，一路追随，唐玄宗因此拜他为相。待到肃宗于灵武即位，玄宗便派房琯等人前往，宣告自己退位，正式册封肃宗为皇帝。房琯既是忠义之臣，又有此等功劳，肃宗便拜房琯为相，命其持节，统领兵马，讨伐叛军。只是房琯不通军事，竟以春秋时期的战车之法应敌，丧师数万，惨败而归。而后，房琯又与朝中另外几位大臣发生矛盾，被人非议"生性虚浮，好说大话，不是宰相之才"。这本是朝堂党争，又兼有玄宗、肃宗之争，兹事体大，难以辨明，不料杜甫却冒失参与进来，他积极为房琯辩护，上书进谏"罪细不宜免大臣"。这种不切实际的论调彻底惹恼了肃宗，将其贬为华州司功参军。

直至此时，杜甫彻底告别仕途，他的一颗纯真的赤子之心生长于大唐厚重的土地，明明不善政治却充满了三代之治的幻想，看似倨傲不恭实质上是个不折不扣的书呆子。李杜身处的时代风气并不算太恶劣，二人也并非不合时宜的格格不入者，只是二人偏执，如要在痛苦的人生中坚守自我的边界，必然会承受无数次打击和磨炼。

杜甫知晓了自己的边界，他敬佩那些力挽狂澜的忠臣良将，本想参与进去一展抱负，结果不但失败了，事情还变得一团糟。面对安史的虎狼叛军，他一介文人毫无力量，他可以写诗，但他的良知命令他不可以去写什么轻飘飘的诗句赞美前线浴血奋战的勇士，以此获得道德上的虚伪安慰，那样太假，假得让人厌恶诗歌。烈士用血和泪换来的荣誉神圣不可玷污，诗歌唯有在血和泪面前保持卑微，才能保留最后的尊严。这份尊严，杜甫用卑微伛偻的身躯扛起，他一路走一路看，一路看一路哭，写下了《北征》《羌村》《新安吏》《石壕吏》《潼关吏》《新婚别》《无家别》《垂老别》一系列作品，直至泪哭尽了，眼见骨了。

盛唐诸公中，有人的底色是文人加仕途，有人的底色是文人加隐逸，有人的底色是文人加军旅，只有他二人的底色是诗人加流浪，上天赐予他们最顶尖的天赋，并给了他们向上攀爬的希望，他们拼尽全力就要越过龙门时，命运反身就是一脚，将二人狠狠踹进了真实的社会底层。流浪的诗人今日又一次露宿山川，然而毕竟见过皇宫和天威，终究没有弹铗歌鱼的局促，更无锦衣夜行的浮夸。诗由人出，人如其诗，杜甫平静地写下《梦李白》《天末怀李白》《寄李十二白二十韵》《不见》等诗，哀而不伤，怨而不乱。山川相距万里，鸿雁传书不能，李白哪里知道，多年前他的这位小迷弟，而今的知己，在匡山等他归来，在他年少读书的地方，为他辩护，为他立传，为他保留了一份苦涩的体面。

李白老了，或许老到都不一定懂自己的地步了，幸好还有杜甫，杜甫懂他，李杜二人，远非友情二字可概括。杜甫初进长安，便为李白写下"李白斗酒诗百篇，长安市上酒家眠，天子呼来不上船，自称臣是酒中仙"这样桀骜不驯的诗句。这是李白给他最为珍贵的精神依靠。兜兜转转，起起伏伏，最后他将这份精神融入血泪还给了李白，还给了日月星辰，还给了山川草木，也还给了大唐这片土地上所有的人民。

至此，盛唐诗歌如流星般谢幕。

原文　二、《古诗十九首》，非止一人之诗也。《行行重行行》，乐府以为枚乘之作，则其他可知矣。

译文　二、《古诗十九首》绝非一人所作，《行行重行行》这首诗《乐府诗集》认为是枚乘所作，如果能够确定是枚乘所作，那么其他诗的作者也就可以推测出来了。

原文　三、《古诗十九首》，《行行重行行》《玉台》作两首，自"越鸟巢南枝"以下，为一首，当以《选》为正。

译文　三、《行行重行行》被《玉台新咏》收录成两首，自"越鸟巢南枝"以下被当成了另一首，应当还是以《文选》的版本为准。

注解

行行重行行

行行重行行，与君生别离。相去万余里，各在天一涯。

道路阻且长，会面安可知。胡马依北风，越鸟巢南枝。

（《玉台新咏》于此处将诗一分为二）

相去日已远，衣带日已缓。浮云蔽白日，游子不顾反。

思君令人老，岁月忽已晚。弃捐勿复道，努力加餐饭。

原文 四、《文选》长歌行,只有一首《青青园中葵》者。郭茂倩《乐府》有两篇,次一首乃《仙人骑白鹿》者。《仙人骑白鹿》之篇,予疑此词"岩岩山上亭"以下,其义不同,当又别是一首,郭茂倩不能辨也。

译文 四、《文选》中长歌行只有一首,即《青青园中葵》,但郭茂倩《乐府诗集》收录了两篇,第二篇是《仙人骑白鹿》。《仙人骑白鹿》一诗,我怀疑"岩岩山上亭"以下跟上文意思不一样,应当又是一首诗,郭茂倩没能仔细分辨。

注解

长歌行·青青园中葵

青青园中葵,朝露待日晞。阳春布德泽,万物生光辉。
常恐秋节至,焜黄华叶衰。百川东到海,何时复西归。
少壮不努力,老大徒伤悲。

长歌行·仙人骑白鹿

仙人骑白鹿,发短耳何长。导我上太华,揽芝获赤幢。
来到主人门,奉药一玉箱。主人服此药,身体日康强。
发白复更黑,延年寿命长。岩岩山上亭,皎皎云间星。
远望使心思,游子恋所生。驱车出北门,遥观洛阳城。
凯风吹长棘,夭夭枝叶倾。黄鸟飞相追,咬咬弄音声。
伫立望西河,泣下沾罗缨。

按严羽怀疑,上文的《长歌行·仙人骑白鹿》一篇应分为两篇:

长歌行(其一)

仙人骑白鹿,发短耳何长。导我上太华,揽芝获赤幢。
来到主人门,奉药一玉箱。主人服此药,身体日康强。
发白复更黑,延年寿命长。

长歌行(其二)

岩岩山上亭,皎皎云间星。远望使心思,游子恋所生。
驱车出北门,遥观洛阳城。凯风吹长棘,夭夭枝叶倾。
黄鸟飞相追,咬咬弄音声。伫立望西河,泣下沾罗缨。

原文 五、《文选》《饮马长城窟》古词,无人名,《玉台》以为蔡邕作。

译文　五、文选中《饮马长城窟》古诗没有作者署名,《玉台新咏》认为作者是东汉蔡邕。

注解

饮马长城窟

青青河边草,绵绵思远道。远道不可思,宿昔梦见之。
梦见在我旁,忽觉在他乡。他乡各异县,辗转不可见。
枯桑知天风,海水知天寒。入门各自媚,谁肯相为言。
客从远方来,遗我双鲤鱼。呼儿烹鲤鱼,中有尺素书。
长跪读素书,书上竟何如?上有加餐食,下有长相忆。

原文　六、古词之不可读者,莫如《巾舞歌》,文义漫不可解,又古《将进酒》《芳树》《石留》《豫章行》等篇,皆使人读之茫然。又《朱鹭》《雉子斑》《艾如张》《思悲翁》《上之回》等,只二三句可解。岂非岁久文字舛讹而然耶?

译文　六、古诗中有不少读不通顺的诗,最难解的就是《公莫巾舞歌行》了,还有古诗《将进酒》《芳树》《石留》《豫章行》等,读起来令人茫然不知所措,又有《朱鹭》《雉子斑》《艾如张》《思悲翁》《上之回》等诗只有二三句能够理解。年岁久远,文字流传有误,以致如今茫然不可解,深为可叹。

注解

公莫巾舞歌行

两汉乐府

吾不见公莫时吾何婴公来婴姥时吾哺声何为茂时为来婴当思吾明月之土转起吾何婴土来婴转去吾哺声何为土转南来婴当去吾城上羊下食草吾何婴下来吾食草吾哺声汝何三年针缩何来婴吾亦老吾平平门淫涕下吾何婴何来婴涕下吾哺声昔结吾马客来婴吾当行吾度四州洛四海吾何婴海何来婴海何来婴四海吾哺声燸西马头香来婴吾洛道五吾五丈度汲水吾噫邪哺谁当求儿母何意零邪钱健步哺谁当吾求儿母何吾哺声三针一发交时还弩心意何零意弩心遥来婴弩心哺声复相头巾意何零何邪相哺头巾相吾来婴头巾母何何吾复来推排意何零相哺推相来婴推非母何吾复车轮意何零子以邪相哺转轮吾来婴转母何吾使君去时意何零子以邪使君去时使来婴去时母何吾思君去时意何零子以邪思君去时思来婴吾去时母何何吾吾

并非不加标点，而是不知如何断句，这首诗相当难解，连注遍古书的宋人都服了软，近代史料丰富了些，研究有所突破，可参考杨公骥《西汉歌舞剧巾舞〈公莫舞〉的句读和研究》。

将 进 酒
两汉乐府

将进酒。乘大白。辨加哉。诗审搏。放故歌。
心所作。同阴气。诗悉索。使禹良工。观者苦。

芳 树
两汉乐府

芳树日月君乱如于风。芳树不上无心。
温而鹄。三而为行。临兰池。心中怀怅。
心不可匡。目不可顾。妒人之子愁杀人。
君有它心。乐不可禁。王将何似。如丝如鱼乎。悲矣。

石 留
两汉乐府

石留凉阳凉石。水流为沙锡以微。河为香向始筻禾。冷将风阳北逝。
肯无敢于于扬。心邪怀兰志金安薄北方开留离兰。

豫 章 行
两汉乐府

白杨初生时，乃在豫章山。上叶摩青云，下根通黄泉。
凉秋八九月，山客持斧斤。我□何皎皎，梯落□□□。
根株已断绝，颠倒严石间。大匠持斧绳，锯墨齐两端。
一驱四五里，枝叶自相捐。□□□□□，会为舟船燔。
身在洛阳宫，根在豫章山。多谢枝与叶，何时复相连。
吾生百年□，自□□□俱。何意万人巧，使我离根株。

朱 鹭
两汉乐府

朱鹭，鱼以乌，路訾邪，鹭何食，食茄下。不之食，不以吐，将以问谏者。

雉 子 斑
两汉乐府

雉子，斑如此。之于雉梁。无以吾翁孺，雉子。

知得雉子高蜚止，黄鹄蜚，之以千里，王可思。

雄来蜚从雌，视子趋一雉。

雉子，车大驾马滕，被王送行所中。尧羊蜚从王孙行。

艾 如 张
两汉乐府

艾而张罗。夷于何。行成之。四时和。

山出黄雀亦有罗。雀以高飞奈雀何。为此倚欲。谁肯礤室。

思 悲 翁
两汉乐府

思悲翁。唐思。夺我美人侵以遇。悲翁但思。蓬首狗。逐狡兔。

食交君。枭子五。枭母六。拉沓高飞莫安宿。

上 之 回
两汉乐府

上之回。所中益。夏将至。行将北。以承甘泉宫。寒暑德。

游石关。望诸国。月支臣。匈奴服。令从百官疾驱驰。千秋万岁乐无极。

原文 七、《木兰歌》"促织何唧唧"，《文苑英华》作"唧唧何切切"，又作"历历"；《乐府》作"唧唧复唧唧"，又作"促织何唧唧"。当从《乐府》也。

译文 七、《木兰歌》(多作《木兰诗》)首句历代版本不一，有版本记载是"促织何唧唧"；《文苑英华》中记载是"唧唧何切切"，又或是"唧唧何历历"；《乐府诗集》中记载的是"唧唧复唧唧"，又或者是"促织何唧唧"。我认为应当以《乐府诗集》的记载为准。

原文 八、"愿驰千里足"，郭茂倩《乐府》作"愿借明驼千里足"，《酉阳杂俎》作"愿驰千里明驼足"。《渔隐》不考，妄为之辨。

译文 八、《木兰诗》中的"愿驰千里足"，郭茂倩于《乐府诗集》中记录为"愿借明驼千里足"，《酉阳杂俎》中辨析为"愿驰千里明驼足"。《苕溪渔隐丛话》没有仔细考证，武断下了结论。

注解　且看不同版本《木兰诗》中此句表述：

版本一：

可汗问所欲，木兰不用尚书郎，愿驰千里足，送儿还故乡。

版本二：

可汗问所欲，木兰不用尚书郎，愿借明驼千里足，送儿还故乡。

版本三：

可汗问所欲，木兰不用尚书郎，愿驰千里明驼足，千里送儿还故乡。

北宋洪刍（字驹父）《洪驹父诗话》中记载：《古乐府·木兰篇》：愿驰千里明驼足，千里送儿还故乡。明字多误作鸣，驼卧腹不帖地，屈足漏明，则行千里。南宋胡仔《苕溪渔隐丛话》中记载："余读《古乐府·木兰篇》云：'愿驰千里足，送儿还故乡。'止此而已，洪驹父乃云如此，疑其误也。"胡仔认为洪刍记错了，这句诗不是"愿驰千里明驼足，千里送儿还故乡"十四个字，而是有"愿驰千里足，送儿还故乡"十个字。严羽引用郭茂倩的《乐府诗集》和段成式的《酉阳杂俎》，驳斥了胡仔的论点。

北宋郭茂倩《乐府诗集》中记载：愿借明驼千里足，送儿还故乡。段成式《酉阳杂俎》中记载：驼，性羞。木兰篇"明驼千里脚"，多误作鸣字。驼卧，腹不帖地，屈足漏明，则行千里。据上述资料，能判断出"鸣驼"大概率为误解，应是"明驼"，考察骆驼生活习性，确如段成式所述，腹不帖地，屈足漏明，可行千里。但并无确切依据证明此句到底是五字还是七字。既无确切证据，则只能合理推测，按笔者的理解，此句以"愿借明驼千里足"为佳。

原因一：《木兰诗》本就是北朝民歌，出现明驼这类带有较强异域特色的意象应是情理之中，骏马出征，明驼还乡，更有北朝风采。

原因二：民歌多唱，北方民歌更是如此，此句上接"木兰不用尚书郎"七字，如迅速以两句五言结尾，倒失去了悠扬婉转的韵味，前文写征战万里六句，用五言多显刚毅坚决，此处以七字承接七字，再以五字结尾，与全诗节奏更为相配。

综合第七、第八条目，收录《木兰诗》如下：

木 兰 诗

北朝民歌

唧唧复唧唧，木兰当户织。不闻机杼声，唯闻女叹息。

问女何所思，问女何所忆，女亦无所思，女亦无所忆。
昨夜见军帖，可汗大点兵。军书十二卷，卷卷有爷名。
阿爷无大儿，木兰无长兄。愿为市鞍马，从此替爷征。
东市买骏马，西市买鞍鞯，南市买辔头，北市买长鞭。
旦辞爷娘去，暮宿黄河边。不闻爷娘唤女声，但闻黄河流水鸣溅溅。
旦辞黄河去，暮至黑山头。不闻爷娘唤女声，但闻燕山胡骑鸣啾啾。
万里赴戎机，关山度若飞。朔气传金柝，寒光照铁衣。
将军百战死，壮士十年归。归来见天子，天子坐明堂。
策勋十二转，赏赐百千强。可汗问所欲，木兰不用尚书郎，
愿借明驼千里足，送儿还故乡。爷娘闻女来，出郭相扶将。
阿姊闻妹来，当户理红妆。小弟闻姊来，磨刀霍霍向猪羊。
开我东阁门，坐我西阁床。脱我战时袍，著我旧时裳。
当窗理云鬓，对镜帖花黄。出门看火伴，火伴皆惊惶。
同行十二年，不知木兰是女郎。
雄兔脚扑朔，雌兔眼迷离。
双兔傍地走，安能辨我是雄雌。

原文 九、《木兰歌》最古，然"朔气传金柝，寒光照铁衣"之类，已似太白，必非汉魏人诗也。

译文 九、《木兰诗》最古，但"朔气传金柝，寒光照铁衣"这类诗句颇有李白风采，绝非汉魏诗人所作。

原文 十、《木兰歌》，《文苑英华》直作韦元甫名字，郭茂倩《乐府》有两篇，其后篇乃元甫所作也。

译文 十、《文苑英华》认为《木兰诗》的作者是韦元甫，郭茂倩《乐府诗集》记录了两首《木兰诗》，后一首作者是韦元甫。

注解 《乐府诗集》：《木兰诗》二首，《古今乐录》曰："木兰不知名，浙江西道观察使兼御史中丞韦元甫续附入。"

木 兰 歌
唐·韦元甫

木兰抱杼嗟，借问复为谁。欲闻所戚戚，感激强其颜。
老父隶兵籍，气力日衰耗。岂足万里行，有子复尚少。
胡沙没马足，朔风裂人肤。老父旧羸病，何以强自扶。
木兰代父去，秣马备戎行。易却纨绮裳，洗却铅粉妆。
驰马赴军幕，慷慨携干将。朝屯雪山下，暮宿青海傍。
夜袭燕支虏，更携于阗羌。将军得胜归，士卒还故乡。
父母见木兰，喜极成悲伤。
木兰能承父母颜，却卸巾鞲理丝簧。
昔为烈士雄，今为娇子容。
亲戚持酒贺父母，始知生女与男同。
门前旧军都，十年共崎岖。本结弟兄交，死战誓不渝。
今者见木兰，言声虽是颜貌殊。
惊愕不敢前，叹息徒嘻吁。世有臣子心，能如木兰节。
忠孝两不渝，千古之名焉可灭。

原文 十一、班婕妤《怨歌行》，文选直作班姬之名，《乐府》以为颜延年作。

译文 十一、《文选》收录《怨歌行》时直接标明作者是班婕妤，《乐府诗集》中认为作者是颜延年。

原文 十二、孔明《梁父吟》："步出齐东门，遥望荡阴里。"《乐府解题》作"遥望阴阳里"。青州有阴阳里。"田疆古冶子"，《解题》作"田疆固野子"。

译文 十二、诸葛亮《梁父吟》有一句"步出齐东门，遥望荡阴里"。《乐府解题》这本书中记录的是"遥望阴阳里"。山东青州有地名叫阴阳里；"田疆古冶子"这句在《乐府解题》里记录为"田疆固野子"。

原文 十三、北朝人，惟张正见诗最多，而最无足省发，所谓"虽多，亦奚以为"。

译文 十三、北朝诗人中，唯张正见的诗最多，但并无多少可取之处，这就是孔子所说的"虽多，亦奚以为"。(《论语》：诵诗三百，授之以政，不达；使于四方，不能专对，虽多，亦奚以为。)

注解 张正见，生年不详，约卒于575年，字见赜，其事迹见于《陈书·列传二十八》，并非严羽所说北朝人，此处不妨将南北朝诗人诗作现存数量做简单对比。

南朝	北朝	由南入北
谢灵运，约150篇	温子升，约10篇	王褒，约110篇
陶渊明，约130篇	邢邵，约10篇	庾信，约500篇
鲍照，约300篇	魏收，约16篇	
谢朓，约300篇	薛道衡，约30篇	
沈约，约430篇	卢思道，约30篇	
张正见，约90篇		
何逊，约150篇		
阴铿，约40篇		

按现存史料来看，张正见如属北朝，则存诗最多，但严羽弄错了他的身份，他实际上是南朝人，令其白受了这顿批评，非常冤枉。

原文 十四、《西清诗话》载：晁文元家所藏陶诗，有《问来使》一篇，云："尔从山中来，早晚发天目。我屋南山下，今生几丛菊。蔷薇叶已抽，秋兰气当馥。归去来山中，山中酒应熟。"予谓此篇诚佳，然其体制气象，与渊明不类，得非太白逸诗，后人谩取以入陶集尔。

译文 十四、《西清诗话》记载晁文元家（晁迥，字明远，北宋名士，著名藏书家，谥号文元，晁家世代有藏书之名）藏书独有一首陶渊明诗，题为《问来使》。我以为此诗甚好，究其体例，却并不似陶渊明，莫不是李白散佚作品，后人不知，误将此诗收录至陶集之中。

注解 蔡绦所著《西清诗话》中记载：陶渊明意趣真古，清淡之宗。诗家视渊明，犹孔门视伯夷也。其集屡经诸儒手校，然有《问来使》篇，世盖未见，独南唐与晁文元家二本有之。诗云：尔从山中来，早晚发天目。我屋南窗下，今生几丛菊。蔷薇叶已抽，秋兰气当馥。归去来山中，山中酒应熟。李太白《浔阳紫极宫感秋作》诗：陶令归去来，田家酒应熟。其取诸此云。

寻阳紫极宫感秋作

唐·李白

何处闻秋声，翛翛北窗竹。回薄万古心，揽之不盈掬。

静坐观众妙，浩然媚幽独。白云南山来，就我檐下宿。

懒从唐生决，羞访季主卜。四十九年非，一往不可复。

野情转萧洒，世道有翻覆。陶令归去来，田家酒应熟。

原文 十五、《文苑英华》有太白《代寄翁参枢先辈》七言律一首，乃晚唐之下者。又有五言律三首：其一，《送客归吴》；其二，《送友生游峡中》；其三，《送袁明府任长江》，集本皆无之。其家数在大历、贞元间，亦非太白之作。又有五言《雨后望月》一首，《对雨》一首，《望夫石》一首，《冬日归旧山》一首，皆晚唐之语。又有"秦楼出佳丽"四句，亦不类太白，皆是后人假名也。

译文 十五、《文苑英华》收录了署名李白的一首七律《代佳人寄翁参枢先辈》，我以为并非李白诗作，而是晚唐的三流作品。又收录了三首五言律诗，分别是《送客归吴》《送友生游峡中》《送袁明府任长沙》，现存李白诗集都未收录，我也以为并非李白诗作，而是大历贞元年间的作品。又有《雨后望月》《对雨》《望夫石》《冬日归旧山》四首诗，都是晚唐的风格。还有"秦楼出佳丽"四句也不似李白，都是后人借李白名气乱搞花样。

注解 李白伪诗，历代争论不断，清人王琦编撰《李太白诗集注》，近人瞿蜕园《李白集校注》，二书可做参考。如读者有兴趣，可引用《沧浪诗话》诗学理论对李白的争议作品分析判断，得出自己的结论。

代佳人寄翁参枢先辈

等闲经夏复经寒，梦里惊嗟岂暂安。南家风光当世少，西陵江浪过江难。

周旋小字桃灯读，重迭遥山隔雾看。真是为君餐不得，书来莫说更加餐。

送 客 归 吴

江村秋雨歇，酒尽一帆飞。路历波涛去，家惟坐卧归。

岛花开灼灼，汀柳细依依。别后无余事，还应扫钓矶。

送友生游峡中

风静杨柳垂，看花又别离。几年同在此，今日各驱驰。

峡里闻猿叫，山头见月时。殷勤一杯酒，珍重岁寒姿。

送袁明府任长沙

别离杨柳青，樽酒表丹诚。古道携琴去，深山见峡迎。

暖风花绕树，秋雨草沿城。自此长江内，无因夜犬惊。
雨后望月
四郊阴霭散，开户半蟾生。万里舒霜合，一条江练横。
出时山眼白，高后海心明。为惜如团扇，长吟到五更。
对 雨
卷帘聊举目，露湿草绵芊。古岫藏云毳，空庭织碎烟。
水纹愁不起，风线重难牵。尽日扶犁叟，往来江树前。
望 夫 石
仿佛古容仪，含愁带曙辉。露如今日泪，苔似昔年衣。
有恨同湘女，无言类楚妃。寂然芳霭内，犹若待夫归。
冬日归旧山
未洗染尘缨，归来芳草平。一条藤径绿，万点雪峰晴。
地冷叶先尽，谷寒云不行。嫩篁侵舍密，古树倒江横。
白犬离村吠，苍苔壁上生。穿厨孤雉过，临屋旧猿鸣。
木落禽巢在，篱疏兽路成。拂床苍鼠走，倒箧素鱼惊。
洗砚修良策，敲松拟素贞。此时重一去，去合到三清。
日出东南隅行
秦楼出佳丽，正值朝日光。陌头能驻马，花处复添香。

原文 十六、《文苑英华》有送《史司马赴崔相公幕》一首云："峥嵘丞相府，清切凤凰池。羡尔瑶台鹤，高楼琼树枝。归飞晴日好，吟弄惠风吹。正有乘轩乐，初当学舞时。珍禽在罗纲，微命若游丝。愿托周南羽，相衔汉水湄。"此或太白之逸诗也。不然，亦是盛唐人之作。

译文 十六、《文苑英华》记录一诗，名为《送史司马赴崔相公幕》，此诗或许是李白散佚诗作，即便不是李白所作，也定是盛唐之诗。

原文 十七、《太白集》中《少年行》，只有数句类太白，其他皆浅近浮俗，绝非太白所作，必误入也。

译文 十七、当前流传于本朝（宋朝）的《李白诗集》中收录了一首《少年行》，细究之下，不过只有几句类似李白，其他都浅近浮俗，绝非李白所作，定是收录错了。

注解
少 年 行

君不见淮南少年游侠客,白日球猎夜拥掷。

呼卢百万终不惜,报仇千里如咫尺。少年游侠好经过,浑身装束皆绮罗。

蕙兰相随喧妓女,风光去处满笙歌。骄矜自言不可有,侠士堂中养来久。

好鞍好马乞与人,十千五千旋沽酒。赤心用尽为知己,黄金不惜栽桃李。

桃李栽来几度春,一回花落一回新。府县尽为门下客,王侯皆是平交人。

男儿百年且乐命,何须徇书受贫病。男儿百年且荣身,何须徇节甘风尘。

衣冠半是征战士,穷儒浪作林泉民。遮莫枝根长百丈,不如当代多还往。

遮莫姻亲连帝城,不如当身自簪缨。看取富贵眼前者,何用悠悠身后名。

此诗从"男儿百年且乐命"开始变味,几近浮俗。《李白诗集》中另有两首《少年行》,可做参考:

少年行(其一)
唐·李白

击筑饮美酒,剑歌易水湄。经过燕太子,结托并州儿。

少年负壮气,奋烈自有时。因声鲁句践,争博勿相欺。

少年行(其二)
唐·李白

五陵年少金市东,银鞍白马度春风。落花踏尽游何处,笑入胡姬酒肆中。

原文 十八、"酒渴爱江清"一诗,《文苑英华》作"畅当",而黄伯思注《杜集》,编作少陵诗,非也。

译文 十八、《文苑英华》认为"酒渴爱江清"一诗的作者是畅当,但黄伯思编注的《杜甫诗集》却收录了这首诗,我以为此诗并非杜甫所作。

注解 畅当,生卒年不详,唐代宗大历七年(772年)登进士第,曾有《畅当集》,今已散佚,现存诗文17首。

军中醉饮寄沈八刘叟

酒渴爱江清,余甘漱晚汀。软莎欹坐稳,冷石醉眠醒。

野膳随行帐,华音发从伶。数杯君不见,醉已遣沈冥。

原文 十九、"迎旦东风骑蹇驴"绝句,绝非盛唐人气象,只似白乐天言语。今世俗图画以为少陵诗,渔隐亦辨其非矣;而黄伯思编入《杜集》,非也。

译文 十九、"迎旦东风骑蹇驴"这首诗完全不是盛唐气象,大概是白居易的风格。如今世俗画上都将此诗作者标为杜甫,《苕溪渔隐丛话》也分辨此诗并非杜甫所作,但黄伯思却仍将此诗编入杜甫集中,我以为黄伯思此举不妥。

注解 《苕溪渔隐丛话后集·卷八·杜子美四》:苕溪渔隐曰:"世有碑本子美画像,上有诗云:迎旦东风骑蹇驴,旋呵冻手暖髯须。洛阳无限丹青手,还有功夫画我无?"子美决不肯自作,兼集中亦无之,必好事者为之也。

原文 二十、少陵有《避地》逸诗一首云:"避地岁时晚,窜身筋骨劳。诗书遂墙壁,奴仆且旌旄。行在仅闻信,此生随所遭。神尧旧天下,会见出腥臊。"题下公自注云:"至德三载丁酉作",此则真少陵语也。今书市集本,并不见有。

译文 二十、杜甫有一首散佚的诗作,名为《避地》,题下有杜甫自注"至德三载丁酉作",这才是符合逻辑的杜甫自注。今日书市上流行的《杜甫诗集》,并没有收录这首诗。

注解

避　地

唐·杜甫

至德三载丁酉作

避地岁时晚,窜身筋骨劳。诗书遂墙壁,奴仆且旌旄。

行在仅闻信,此生随所遭。神尧旧天下,会见出腥臊。

至德是唐肃宗的年号,纵观整个唐朝的年号历法,可以发现一个奇怪的现象,举例如下:

唐高祖武德元年、武德三年、武德九年;

唐太宗贞观元年、贞观三年、贞观十年;

唐高宗永徽元年、永徽三年;

唐中宗景龙元年、景龙四年;

唐玄宗开元元年、天宝元年、天宝三载、天宝十载;

唐肃宗至德元载、至德三载、乾元元年、乾元三年;

唐德宗贞元元年、贞元三年;

唐宪宗元和元年、元和三年、元和十年；

……

唐昭宗龙纪元年、天祐四年。

可以看到整个唐朝，纪年都是按"年号＋数字＋年"这样的格式，只有唐玄宗和唐肃宗这对父子俩搞特殊，从天宝三年（744年）开始，纪年格式变为"年号＋数字＋载"。为何有此异变，只因唐玄宗认为他治理下的国家真是太平盛世，所以就仿效《尔雅·释天》中"唐虞曰载"的说法，将"年号＋数字＋年"改成了"年号＋数字＋载"。

不料天宝十四载（755年），安史之乱爆发，唐虞是做不成了，只能跑到蜀地躲起来。天宝十五载（756年），太子李亨于灵武（今宁夏灵武县）即位为帝，是为唐肃宗，改年号为至德，但因安史之乱还未平定，便沿用"年号＋数字＋载"这一格式。直到758年局势稳定，唐肃宗赶忙将这该死的新纪年方式废除了，重新恢复"年号＋数字＋年"的纪年方式。

历史上只有天宝三载至天宝十五载、至德元载至至德三载这十五年间纪年格式为"年号＋数字＋载"。杜甫在这首诗的题目下自注"至德三载丁酉作"，完全契合史实。改年为载之事详细解释可参考宋代宋敏求汇编的《唐大诏令集》中《改天宝三年为载制》一文，以及《全唐文》中李隆基本人写的《改年为载推恩制》一文。

原文 二一、旧蜀本杜诗，并无注释，虽编年而不分古近二体，其间略有公自注而已。今豫章库本，以为翻镇江蜀本，虽分杂注，又分古律，其编年亦且不同。近宝庆间，南海漕台开杜集，亦以为蜀本，虽删去假坡之注，亦有王原叔以下九家，而赵注比他本最详，皆非旧蜀本也。

译文 二十一、《杜甫诗集》蜀本，并无注解，虽依照杜甫年谱顺序编撰，但诗作未分古体近体，书中略有杜甫的自注。《杜甫诗集》豫章库本，以蜀本为源，厘清了各家注解，将诗作分为古体近体，但杜甫年谱略有不同。宋理宗宝庆元年（1225年），南海漕台翻刻《杜甫诗集》，也是以蜀本为源，并删除了那些假借"苏轼"之名的注解。有包括王洙在内的另九位学者为《杜甫诗集》注解，统称《九家集注杜诗》，以赵彦材所注较为详细，上述九家所用皆非蜀本。

注解 刻本，即今日之出版书籍；蜀本、豫章库本、南海漕台本，即今日之出版社。蜀本，类似于今日四川某民营出版社；豫章库本，类似于今日江西南昌某国有企业下属的出版社；南海漕台刻本，类似于今日广东某机关单位下属出版社。现存最为古老的《杜甫诗集》为北宋王洙编纂，严羽身处南宋末年，还能够看到相对较早的唐朝蜀本等。但唐朝的《杜甫诗集》刻本已经散佚，未能流传至今，所以严羽对唐朝各《杜甫诗集》刻本的点评今日无法验证，实属遗憾。王洙，997—1057年，北宋前期藏书家，自他为《杜甫诗集》注解后，宋祁、王安石、黄庭坚、薛梦符、杜田、鲍彪、师尹、赵彦材八人也为《杜甫诗集》做了注解，南宋郭知达将这九位学者的注解编撰成书，名为《九家集注杜诗》，于宋孝宗淳熙八年（1181年）刊印发行。

严羽此段话说的是诗集各版本间异同的问题，今人读杜甫，如果仅是随手一翻，可随意选择，但如果想知道杜甫何以伟大，则不要选择按体例编撰而成的诗集，应当选择一本以杜甫年谱时间编撰而成的诗集，诗史诗史，参照历史方知杜诗之厚重。

古书刊刻，以现代学术视野来看，应归为文献学一类，但文献学囊括范围过广，此处只谈与古典文学相关的内容，其治学范围多集中在版本学、校勘学、目录学等，上文涉及的杜甫诗集版本考证，当代研究成果颇为丰富，可参读相关论文。现代学术范式之外，清末藏书家叶德辉所著《书林清话》记载了大量古书文献的逸闻掌故，着实有趣。

原文 二二、《杜集》注中"坡曰"者，皆是托名假伪，渔隐虽尝辨之，而人尚疑者，盖无至当之说，以指其伪也。今举一端，将不辨而自明矣。如"楚岫八峰翠"，注云："景差《兰亭春望》：千峰楚岫碧，万木郢城阴。"且五言始于李陵、苏武，或云枚乘。汉以前五言古诗尚未有之，宁有战国时已有五言律句耶？观此可以一笑而悟矣。虽然，亦幸而有此漏逗也。

译文 二十二、《杜甫诗集》中有一些注解号称是"苏轼所评"，然而都是假借苏轼名义所写，胡仔于《苕溪渔隐丛话》中做过辩伪，但那时士林文人并不太相信，因为并没有十分有力的证据来质疑这些注解的真伪。如今我举一例，让事实不辩而明，杜甫好友韦迢的诗作中有一句"楚岫八峰翠"，假借苏轼名义的人这般解释：先秦楚人景差有一首《兰亭春望》，其中两句正是——"千峰楚岫碧，万木郢城阴"。五言古诗起源相对较晚，要么来自李陵和苏武，要么来自枚乘。汉代之前根本就没有五言古诗，怎么可能在战国时期就出现了这么合乎五言律诗规则的诗句呢？从这点来看可知这位假借苏轼名义的注者并无多少学识，读者便可一笑了之。也幸好有此等硬伤，才让人清楚认识这些注解绝非苏轼所写。

注解 《苕溪渔隐丛话前集·卷十一·杜少陵六》：苕溪渔隐曰：余观《注诗史》是二曲李歜（chù），述其《自序》云："歜上书之明年，言狂意妄，圣天子不赐镬樵，全生弃逐岭表，东坡先生亦谪昌化，幸忝门下青毡，又于疑误处，授先生指南三千余事，疏之编简，聊自记其忘遗尔。"然三千余事，余尝细考之史传小说，殊不略见一事，宁尽出于异书邪？以此验之，必好事者伪撰以诳世，所谓李歜者，盖以诡名耳。李歜这人说他被贬岭南，恰好苏轼也被贬至岭南，苏轼收他为徒，指点他学习，教了他三千多处学问，他将苏轼所授编成书简。可考证苏轼生平，却从未听闻此事，肯定是好事者伪作假借苏轼名义来欺骗世人，李歜这名字不过是一托名。

杜甫诗集中的"苏东坡注"历来是个值得思考的大问题，前人论述较多，程千帆和莫砺锋的多篇论文剖析深刻，不仅考证了苏轼注解的真伪问题，还分析了两宋出现假借苏轼名义注解杜甫诗集的深层原因。

原文 二三、杜注中"师曰"者，亦"坡曰"之类，但其间半伪半真，尤为殽乱惑人。此深可叹，然具眼者自默识之耳。

译文 二十三、彼时（宋朝）流行的《杜甫诗集》中那些"师曰"和"坡曰"，都是假借苏轼名义欺世盗名之徒干的好事，但就是这半真半假之间，最容易令人上当受骗。深为可叹，但有学识、善于思考的人则完全可以分辨得出真伪。

原文 二四、崔颢《渭城少年行》，《百家选》作两首，自"秦川"已下别为一首。郭茂倩《乐府》止作一首，《文苑英华》亦止作一首，当从《乐府》《英华》为是矣。

译文 二十四、崔颢《渭城少年行》一诗，王安石编录《唐百家诗选》时将其分成了两首诗，自"秦川"以下是另外一首，郭茂倩的《乐府选集》中却将两首归为一首，《文苑英华》也是两首归为一首，我以为应当采用《乐府选集》和《文苑英华》的说法。

注解

渭城少年行

唐·崔颢

洛阳二月梨花飞，秦地行人春忆归。扬鞭走马城南陌，朝逢驿使秦川客。
驿使前日发章台，传道长安春早来。棠梨宫中燕初至，葡萄馆里花正开。
念此使人归更早，三月便达长安道。长安道上春可怜，摇风荡日曲河边。

万户楼台临渭水,五陵花柳满秦川。

(王安石以此为界,将其分为上下两首)

　　秦川寒食盛繁华,游子春来喜见花。斗鸡下杜尘初合,走马章台日半斜。
　　章台帝城称贵里,青楼日晚歌钟起。贵里豪家白马骄,五陵年少不相饶。
　　双双挟弹来金市,两两鸣鞭上渭桥。渭城桥头酒新熟,金鞍白马谁家宿。
　　可怜锦瑟筝琵琶,玉台清酒就君家。小妇春来不解羞,娇歌一曲杨柳花。

原文　二五、玉川子"天下薄夫苦耽酒"之诗,荆公《百家诗选》止作一篇,本集自"天上白日悠悠悬"以下,别为一首,尝从荆公为是。

译文　二十五、卢仝的"天下薄夫苦耽酒"一诗,王安石编录《唐百家诗选》将其收录为一首诗,但《卢仝诗集》却将其收录为两首,"天上白日悠悠悬"之后看作另一首诗,我以为王安石的说法更有说服力。

注解

叹　昨　日
唐·卢仝

　　天下薄夫苦耽酒,玉川先生也耽酒。薄夫有钱恣张乐,先生无钱养恬漠。
　　有钱无钱俱可怜,百年骤过如流川。平生心事消散尽,天上白日悠悠悬。

(《卢仝诗集》以此为界,将其分为上下两首)

　　上帝板板主何物,日车劫劫西向没。自古贤圣无奈何,道行不得皆白骨。
　　白骨土化鬼入泉,生人莫负平生年。何时出得禁酒国,满瓮酿酒曝背眠。

原文　二六、太白诗"斗酒渭城边,垆头耐醉眠",乃岑参之诗,误入。

译文　二十六、"斗酒渭城边,垆头耐醉眠"并非李白诗作,而是岑参的诗,后人收录失误。

送　杨　子
唐·岑参

　　斗酒渭城边,垆头耐醉眠。梨花千树雪,杨叶万条烟。
　　惜别添壶酒,临岐赠马鞭。看君颍上去,新月到家圆。

原文　二七、太白《塞上曲》"骝马新跨紫玉鞍"者,乃王昌龄之诗,亦误入。昌龄本有二篇,前篇乃"秦时明月汉时关"也。

译文 二十七、"骝马新跨紫玉鞍"并非李白的诗,而是王昌龄的诗,后人收录失误。王昌龄的《塞上曲》有两首,第一首就是"秦时明月汉时关"。

注解 如今通行的版本中,"骝马新跨紫玉鞍"更多被写作"骝马新跨白玉鞍",《塞上曲》更多被写作《出塞》。

出塞(其一)

唐·王昌龄

秦时明月汉时关,万里长征人未还。但使龙城飞将在,不教胡马度阴山。

出塞(其二)

唐·王昌龄

骝马新跨白玉鞍,战罢沙场月色寒。城头铁鼓声犹振,匣里金刀血未干。

原文 二八、孟浩然有《赠孟郊》一首。按东野乃贞元、元和间人,而浩然终于开元二十八年,时代悬远,其诗亦不似浩然,必误入。

译文 二十八、孟浩然有一首诗名为《赠孟郊》,按历史记载来说,孟郊是贞元元和年间(785—805年)的诗人,孟浩然逝世于开元二十八年(740年),两者年代相差甚远,更何况这首诗一点也不像孟浩然的风格,一定是后人收录错了。

注解 如今市场流通的诗集版本中,这首诗的题目更多被写作《示孟郊》,此诗一直被怀疑是托名伪作。

示 孟 郊

蔓草蔽极野,兰芝结孤根。众音何其繁,伯牙独不喧。

当时高深意,举世无能分。钟期一见知,山水千秋闻。

尔其保静节,薄俗徒云云。

原文 二九、杜诗:"五云高太甲,六月旷搏扶。"太甲之义殆不可晓,得非高太乙耶?乙与甲盖亦相近,以星对风,亦从其类也。至于"杳杳东山携汉妓",亦无义理,疑是"携妓去"。盖子美每于绝句,喜对偶耳。臆度如此,更俟宏识。

译文 二十九、杜甫有一句诗"五云高太甲,六月旷搏扶",太甲这个词的意思大概是没办法解释清楚了,莫非是"五云高太乙",乙和甲本就相近,用天文上的太乙星来对地理上的搏扶风,或许如此。至于"杳杳东山携汉妓"这句诗,也不好理解,我怀疑是"杳杳东山携妓去",只因杜甫在绝句创作中偏好用对偶句,我据此推测而来。

当然以上都是个人推测，期待着更好、更准确的解释。

　　注解　"携妓去"与"待王归"倒是颇为对仗，这类四句对仗的绝句杜甫常写，小学语文课本中的《绝句》便是此类绝句的代表作，今称为"四面屏风体"。

原作	严羽校对后的诗
戏作寄上汉中王二首（其二） 唐·杜甫 谢安舟楫风还起， 梁苑池台雪欲飞。 杳杳东山携汉妓， 泠泠修竹待王归。	戏作寄上汉中王二首（其二） 唐·杜甫 谢安舟楫风还起， 梁苑池台雪欲飞。 杳杳东山携妓去， 泠泠修竹待王归。

　　原文　三十、王荆公《百家诗选》，盖本于唐人《英灵》《间气集》。其初，明皇、德宗、薛稷、刘希夷、韦述之诗，无少增损，次序亦同。孟浩然止增其数。储光羲后，方是荆公自去取。前卷读之尽佳，非其选择之精，盖盛唐人诗无不可观者。至于大历以后，其去取深不满人意。况唐人如沈、宋、王、杨、卢、骆、陈拾遗、张燕公、张曲江、贾至、王维、独孤及、韦应物、孙逖、祖咏、刘眘虚、綦毋潜、刘长卿、李长吉诸公，皆大名家，——李、杜、韩、柳以家有其集，故不载，——而此集无之。荆公当时所选，当据宋次道之所有耳。其序乃言"观唐诗者观此足矣"，岂不诬哉！今人但以荆公所选，敛袵而莫敢议，可叹也。

　　译文　三十、王安石编录的《唐百家诗选》，来源于唐人编录的《河岳英灵集》和《中兴间气集》。开篇第一卷便收录了唐玄宗、唐德宗、薛稷、刘希夷、韦述的诗作，选取数量并未增加或减少，排列次序也完全相同，只是增加了孟浩然诗作的数量。自储光羲之后，王安石才亲力亲为，择优选录。前几卷非常好，但并非选诗选得好，而是盛唐诗作本就出彩。大历之后，所选诗作，不能令人满意。更何况诸如沈佺期、宋之问、王勃、杨炯、卢照邻、骆宾王、陈子昂、张说、张九龄、贾至、王维、独孤及、韦应物、孙逖、祖咏、刘眘虚、綦毋潜、刘长卿、李贺这些诗人，不可谓不是名家，《唐百家诗选》却没有编录（李白、杜甫、韩愈、柳宗元这四位另有《四家诗选》，所以也未收录。）王安石的选诗来源和范围，应当就是宋敏求的家中藏书。其序言说：想要了解唐诗，读这本书就可以了。这句话难道没有夸大其词吗？现在的人却因为这本书是王安石编录而成，因敬畏王安石的名望而不敢发表议论，可叹啊。

注解 1.《河岳英灵集》，唐殷璠选编诗集，殷璠，生卒年不详，按现存史料，大约是开元天宝年间人物，此书是现存唯一一本由盛唐人选编的盛唐诗集，殷璠选诗，起于唐玄宗开元二年（714年），止于唐玄宗天宝十二载（753年），共录24位诗人234首（现存228首）诗作，按其书序记载，因王维、王昌龄、储光羲等二十四人都是河岳英灵，故名为《河岳英灵集》。《河岳英灵集》是一部很有个性的选本，至少从后世的角度来看是这样，书分上中下卷（宋刻本分上下卷），隐喻品第。上卷卷首诗人为常建，其次是李白、王维，且未选杜甫。

2.《中兴间气集》，唐高仲武选编诗集，选录唐肃宗至德初年（756年）到唐代宗大历末（779年）之间的诗人诗作，共计26位诗人（现存25位诗人）132首诗，因唐王朝平定了安史之乱，有中兴气象，故此书名为《中兴间气集》。

3.《唐百家诗选》，宋王安石选编诗集，按其书序记载：王安石与宋次道同为三司判官时，宋次道将家中所藏百余本唐诗选集交予王安石，王安石从中精选了1 246首诗，并且放言，欲知唐诗者，读此书足矣。

《唐百家诗选》卷一目录

唐明皇李隆基诗2首／唐德宗李适诗1首

薛稷诗1首／刘希夷诗9首／王适诗1首

韦述诗1首／卢象诗10首／孟浩然诗33首

按严羽所言，《唐百家诗话》参考了《河岳英灵集》和《中兴间气集》这两本选集，但按现存史料来看，三者关系并不密切，暂且记之。

原文 三一、公有一家但取一二首，而不可读者。如曹唐二首，其一首云："少年风流好丈夫，大家望拜汉金吾。闲眠晓日听啼鴂，笑倚春风仗辘轳。深院吹笙从汉婢，静街调马任夷奴。牡丹花下钩帘畔，独倚红肌挦虎须。"此不足以书屏障，可以与闾巷小人文背之词。又《买剑》一首云："青天露拔云霓泣，黑地潜惊鬼魅愁。"但可与师巫念诵耳。

译文 三十一、常有诗人有一两首诗比较出彩,兴致之下,追阅其诗,却发觉绝大多数都不值一读。如曹唐,他有两首诗,一首是:"少年风流好丈夫,大家望拜汉金吾。闲眠晓日听啼鸠,笑倚春风仗辘轳。深院吹笙从汉婢,静街调马任夷奴。牡丹花下钩帘畔,独倚红肌捋虎须。"像这样的诗,没有资格题上屏风,更登不了大雅之堂,倒是可以与民间二流子们说的那些粗鄙之语一争高下。另《买剑》一诗中有"青天露拔云霓泣,黑地潜惊鬼魅愁"这样的句子,简直像是跳大神时所念的咒语。

注解 按行文逻辑,此条目应接上一条王安石《唐百家诗选》,意指王安石认为曹唐有一两首诗写得不错,将其选入,但严羽认为曹唐的诗根本不值一读。可是按现存史料,王安石《唐百家诗选》并未收录曹唐的诗,所以此处不予考证辨析,只做记录。

和周侍御买剑

唐·曹唐

将军溢价买吴钩,要与中原静寇仇。

试挂窗前惊电转,略抛床下怕泉流。

青天露拔云霓泣,黑地潜擎鬼魅愁。

见说夜深星斗畔,等闲期克月支头。

原文 三二、予尝见《方子通墓志》:"唐诗有八百家,子通所藏有五百家。"今则世不见有,惜哉!

译文 三十二、我曾亲见《方子通墓志》上记载:"唐人有诗集传世者约八百余家,方子通收藏唐人诗集约五百家。"如今还存世的唐人诗集越来越少,可惜啊!

注解 康熙四十四年(1705年),彭定求、沈三曾等奉敕编修《全唐诗》,共录诗49 403首、残句1 555条、诗人2 873位,有唐一代,三百年光景,群星璀璨,然而在时间与历史的双重审视下,仅存不到5万首诗。当下古籍汇编,《全宋诗》录诗约26万首、《全元诗》录诗约14万首。而明清六百年诗人诗作统计起来难度太大,保守预估,明诗50万首起步,清诗80万首起步。科学技术真不愧为第一生产力,唐宋虽然离得近,但就一项印刷术进步而言,宋朝保存下来的诗竟然是唐朝数量的5倍之多。明清两朝诗人诗作那就更多了,纸简直不要钱一样。

如今所谓诗词复兴，各地诗人半年时间就能完成 100 万首诗，对比数据，便知严羽为何会发出"惜哉"这般深痛的感慨了。宋、元、明、清四代诗人要感谢纸墨普及和印刷技术，当今诗人要感谢电脑和网络。

原文 三三、柳子厚"渔翁夜傍西岩宿"之诗，东坡删去后二句，使子厚复生，亦必心服。谢朓"洞庭张乐地，潇湘帝子游。云去苍梧野，水还江汉流。停骖我怅望，辍棹子夷犹。广平听方籍，茂陵将见求。心事俱已矣，江上徒离忧。"予谓"广平听方籍，茂陵将见求"一联删去，只用八句，方为浑然，不知识者以为何如？

译文 三十三、柳宗元"渔翁夜傍西岩宿"一诗，苏轼主张删掉最后两句，即使柳宗元复生，也只能心服吧。谢朓的"洞庭张乐地"一诗，我主张将"广平听方籍，茂陵将见求"这一联删去，只保留八句，方才浑然一体，不知有识之士以为如何？

注解

柳宗元原作	苏轼改后的诗
渔翁 渔翁夜傍西岩宿，晓汲清湘燃楚竹。 烟销日出不见人，欸乃一声山水绿。 回看天际下中流，岩上无心云相逐。	渔翁 渔翁夜傍西岩宿，晓汲清湘燃楚竹。 烟销日出不见人，欸乃一声山水绿。

谢朓原作	严羽改后的诗
新亭渚别范零陵云诗 洞庭张乐地，潇湘帝子游。 云去苍梧野，水还江汉流。 停骖我怅望，辍棹子夷犹。 广平听方籍，茂陵将见求。 心事俱已矣，江上徒离忧。	新亭渚别范零陵云诗 洞庭张乐地，潇湘帝子游。 云去苍梧野，水还江汉流。 停骖我怅望，辍棹子夷犹。 心事俱已矣，江上徒离忧。

考证小结

如果说诗评章节是沧浪诗学的内城，那考证章节就是沧浪诗学的外郭。诗评所议内容并未超出诗歌范围，考证所议内容更接近于当前文化语境下的文献学、版本学、训诂学、音韵学、目录学。这些学科在清代学者那里统称"小学"，即研究文史的前提条件和基础知识。严羽考证了一批相当棘手的问题，如"李杜二人是否相忌""汉魏古诗版本流传""李白伪诗辨析""杜甫诗集刊刻""杜诗苏注真伪"。

区别于乾嘉考证的诗史互证，严羽考证的异端之处在于：希望通过对诗歌内容、风格、句式、用典、遣词的分析，判断其来源与真伪。后世常有托名伪作，因史料缺失，单纯从文献学和版本学的角度，很难给出强有力的证据。通过诗歌展现的精神风貌，断其真伪，这种"观风望气"，是史学上的诛心之论，却是诗学上的天然正义。（仅限于诗歌文本之上，不可概念外延。）

突如其来的译者寄语

正如推理小说中的经典桥段一样，当作者将所有的线索和证据都已铺垫完成，他便开始挑战读者能否找出凶手：亲爱的读者，我已将这桩案件的所有线索和盘托出，这是真正的智慧乐事，但于您能否称得上困难重重呢？请伤脑筋吧！

论诗亦如此，当作者将所有的文本和概念都已铺垫完成，他便开始挑战读者能否理解他的意思：亲爱的读者，请伤脑筋吧！

诗 辨

原文 一、夫学诗者以识为主：入门须正，立志须高；以汉、魏、晋、盛唐为师，不作开元、天宝以下人物。若自退屈，即有下劣诗魔入其肺腑之间；由立志之不高也。行有未至，可加工力；路头一差，愈骛愈远；由入门之不正也。

译文 学诗首先要有辨识能力：入门要正，立志要高。以汉、魏、晋、盛唐的诗人为师，不学开元、天宝之后的诗。如退而求其次，非要去学开元、天宝后的诗，诗法和诗境易被下劣思维带歪跑偏，究其原因，正因立志不高。楚人如去邯郸，只要方向正确，哪怕旅途遥远，勤加赶路终能到达，但如果大步向南，则越努力越偏离终点。学诗更是如此。

原文 故曰：学其上，仅得其中；学其中，斯为下矣。

译文 学最上等学问，就算未能学尽，也可提升至中等学问；但如果只学中等学问，不知天外有天，学点皮毛就扬扬得意，那肯定堕落为下等学问。

原文 又曰：见过于师，仅堪传授；见与师齐，减师半德也。

译文 禅家有偈语：见过于师，仅堪传授；见与师齐，减师半德。

注解 师傅教徒弟，徒弟的学问见解超过了师傅，这才称得上薪火相传；师傅教徒弟，徒弟的学问见解与师傅差不多，这只会损害师傅功德。一门学问，如果没有传人，开宗立派的老师学问再高，也无法阻止该学问落寞，后继有人，师门的学问才能发扬光大。

很多人对此有所异议，会举出很多例子来反驳，甚至会提出疑问：老师已经这么厉害了，学生还怎么超越他呢？比如孔子，他的学生都不如他，儒学不也流传了千年吗？

我的理解是：孔子的学生确实不如孔子，孔子的学问也确实流传了千年，但并非只有春秋时期拜孔子为师的子路、冉有等才能称为孔子的学生，孔子逝后，非拘于一时一地，奉孔子思想为圭臬者皆可称为孔子学生。战国有孟轲荀卿、秦有叔孙通伏生、汉有董仲舒郑玄、唐有李翱韩愈，而后嬗变，更有北宋五子、朱子理学、陆王心学、乾嘉朴学、公羊学、新儒学等，皆是孔子学生。一门学问，今日不显明日不显，徒子不行徒孙不行，但只要学问的精神还在，即便相隔数代，门庭破落，后世青年依旧会投身时代洪流中，奋力一击，重建堂庑。

以人文学科来理解仍有疑惑，不妨以理科为例，三百年前牛顿发明微积分，推导出力学三大定律，构建自然科学基础，而后迎来大爆发，世界进入科学主导时代。哪怕后来诸如量子力学这类高深学问对牛顿理论有所修正，但其学问传承有序，仍立于科学基础之上。

牛顿即便没有收谁为徒，但奉其科学理论者皆可称为牛顿的学生。时至今日，哪怕只是一位接受过严格学术训练的理科研究生，他所掌握的物理数学知识也已远远超过了牛顿，但这又何损牛顿的名望，物理数学越发展，人类文明越前进，牛顿的名望便会越崇高，此即：见过于师，仅堪传授。

如果历经三百年发展，物理的最高成就还只是牛顿那本《自然哲学之数学原理》，科学停滞不前，文明缓慢前进，那牛顿的名望也不过是龙王庙里供奉的泥塑，求雨的时候拜一下，如遇大旱，还有可能被撒气拆除，此即：见与师齐，减师半德。

原文　工夫须从上做下，不可从下做上。先须熟读《楚辞》，朝夕讽咏，以为之本；及读《古诗十九首》，乐府四篇，李陵、苏武、汉、魏五言皆须熟读，即以李、杜二集枕藉观之，如今人之治经，然后博取盛唐名家，酝酿胸中，久之自然悟入。

译文　做学问要下功夫，下功夫一定要从高处入手，从上往下做，不能从下往上做。学诗，首先要熟读《楚辞》，每天默写背诵，将《楚辞》作为学诗的根本；再熟读《古诗十九首》、乐府四篇、苏李赠答诗、汉魏诸家五言诗；再把李白和杜甫的诗集当作枕头，日夜攻读，学习热情要跟如今科举学子攻读经书一样强烈；最后博采盛唐诸家，将他们的诗作烂熟于心。只有这般不辞劳累下苦功夫，才能登堂入室。

注解　学诗无捷径，除刻苦读书外别无他法。在基本功没有打牢之前，任何妄谈"顿悟"的形而上学都是骗术。

原文　虽学之不至，亦不失正路。

译文　如果这些功夫没能做到位，但大方向并无偏差，虽不能登堂入室，也有可取之处。

注解　学诗跟学数学一样，都要知道方向。学诗不知道用功方向，极易跑偏，就跟那些不学微积分，直接拿着初中简陋的数学知识去解哥德巴赫猜想的"民科"一样，美其名是为了科学理想，其实就是想走捷径，一夜博得大名。

原文　此乃是从顶颔上做来，谓之向上一路，谓之直截根源，谓之顿门，谓之单刀直入也。

译文　禅家也有这样的理论：功夫一定要从高处入手，称之为向上一路，称之为直截根源，称之为顿门，称之为单刀直入。

原文　二、诗之法有五：曰体制，曰格力，曰气象，曰兴趣，曰音节。

译文　诗的创作法则有五点：第一是体制，约为今日常言的形式和体裁；第二是格力，约为今日常言的格局和功力；第三是气象，约为今日常言的气度和胸怀；第四是兴趣，约为今日常言的审美和趣味；第五是音节，约为今日常言的音韵和节奏。

原文　诗之品有九：曰高，曰古，曰深，曰远，曰长，曰雄浑，曰飘逸，曰悲壮，曰凄婉。

译文　诗的品质概括起来可分为九种：高、古、深、远、长、雄浑、飘逸、悲壮、凄婉。

原文　其用工有三：曰起结，曰句法，曰字眼。

译文　诗歌创作中最见功力的地方在三处：起结、句法、字眼。

注解　起结，约为一篇诗作如何发端、如何收结；句法，约为一篇诗作如何布局、如何折曲；字眼，约为一篇诗作如何取舍文字、如何精练文字。

原文 其大概有二：曰优游不迫，曰沉着痛快。
译文 诗歌创作的大体方向可以分为两类：一是优游不迫，二是沉着痛快。

原文 诗之极致有一，曰入神。诗而入神，至矣，尽矣，蔑以加矣！惟李、杜得之。他人得之盖寡也。
译文 诗歌创作的极致称之为入神，到达诗歌最高境界，乃至无以复加，只有李白和杜甫二人，其他人均未能到达此等境界。

原文 三、禅家者流，乘有小大，宗有南北，道有邪正。学者须从最上乘，具正法眼，悟第一义，若小乘禅，声闻辟支果，皆非正也。论诗如论禅，汉、魏、晋与盛唐之诗，则第一义也。大历以还之诗，则小乘禅也，已落第二义矣；晚唐之诗，则声闻辟支果也。学汉、魏、晋与盛唐诗者，临济下也。学大历以还之诗者，曹洞下也。
译文 禅家佛学，也分大乘小乘、南宗北宗、正道邪道。学禅，须从最上乘，具正法眼，悟第一义，其他如小乘禅、声闻辟支果，都并非禅学正宗。论诗如论禅，汉、魏、晋、盛唐之诗，可比作第一义；大历以后的诗，可比作小乘禅；晚唐之诗，可比作声闻辟支果。奉汉、魏、晋、盛唐诗人为师，则是禅宗中的临济宗；奉大历之后诗人为师，则是禅宗中的曹洞宗。

注解 严羽此处引入禅学解释诗学，之所以引入禅学，笔者认为有两点原因：

1. 禅学相对于儒学更重视抽象思辨，其思想体系也较为严谨，以抽象的思辨构建诗学更为契合严羽的期望。

2. 宋初学者致力于三教合流，历经百年，彼时士林文人既修儒学，亦修禅学，还不忘作诗，以禅喻诗，则多方顾及，恰到好处。

此处严羽只是在做概念上的类比，最上乘、小乘禅、声闻辟支果、临济宗、曹洞宗这些费解的奥义只不过是当时禅学体系中的名词概念，读者完全无须费劲去学习这些概念。

后世有学者将功夫耗在禅学之上，论禅如论诗，大费周章讲解禅学，甚至讨论严羽对禅学的评定是否合理，然而，严羽只是引用禅学解释诗学，落脚点是诗学，诗都还没讲明白跑去讲禅，完全是舍本逐末。此书名为《沧浪诗话》，而非《沧浪禅话》，严羽只是引入禅学用以解释诗学，绝非以禅为诗。

有人质疑：你凭什么认为此处可以省略禅学？你是因为不懂禅学才这样认为的吧？

首先笔者承认不懂禅学，但并非因不懂禅学而省略各种解释。严羽论诗，以盛唐诗为最高品，以李白杜甫为至圣，此两点应无异议，那么试问，李白、杜甫谁信奉禅宗了？《沧浪诗话》中又有哪一段话明确表达过"学诗先要学禅"？如果都没有，为什么论诗的时候要反复解释禅学，更何况目前很多诗论者对禅学的理解只限于引用佛教经典，呆板滞后，大多数人连"缘起性空"这四个字都理解不了，却敢于大谈"渐悟"与"顿悟"的区别，着实可笑。诗学本来就没弄明白，现在还要强行解释禅学，真是无知者无畏。禅学自是一家，读者不必拘泥于此，大可将其变换为今日流行之事物，比如足球，比如篮球，比如电影，只需知晓其奥妙即可。

以禅喻诗	
汉、魏、晋、盛唐之诗	最上乘、第一义
大历以后的诗	小乘禅、第二义
晚唐之诗	声闻辟支果
将禅学转变为足球	
汉、魏、晋、盛唐之诗	既能赢球，又踢得漂亮
大历以后的诗	可以赢球，但场面一般
晚唐之诗	场面好看，但赢不了球

以禅喻诗	
以李白、杜甫等盛唐诗人为师	学曹洞宗
以大历以后的诗人为师	学临济宗
将禅学转变成篮球	
以李白、杜甫等盛唐诗人为师	学乔丹
以大历以后的诗人为师	学艾弗森

原文 大抵禅道惟在妙悟，诗道亦在妙悟，且孟襄阳学力下韩退之远甚，而其诗独出退之上者，一味妙悟而已。

译文 大体来说，禅学讲究一个妙悟，诗学的要义也在妙悟，且看孟浩然的学问功力完全比不上韩愈，但孟浩然之诗却比韩愈好，缘由就在这妙悟二字。

注解 上文韩愈之诗比不上孟浩然的准确表述应为：在我所构建的沧浪诗学体系中，韩愈的诗不如孟浩然，究其缘由，在于"妙悟"二字。论诗如论禅，妙悟为禅学之重要概念，这是严羽引入禅学精髓之所在。上文诸如大乘禅等名词可以忽略不解，但"妙悟"二字，不得不解。

原文 唯悟乃为当行，乃为本色。然悟有浅深、有分限、有透彻之悟，有但得一知半解之悟。汉、魏尚矣，不假悟也。谢灵运至盛唐诸公，透彻之悟也。他虽有悟者，皆非第一义也。

译文 唯有"悟"才称得上是诗的本家，才是诗学的本质。但悟也有区别：有深悟、有浅悟、有天分高的悟、有天分低的悟、有透彻通明的悟、有一知半解的悟。汉魏诗作高古尊崇，是真正的悟；谢灵运到盛唐诸公，是透彻的悟；其他虽也有悟，但终究未能至极。

注解 "妙悟"二字，着实精彩，一针见血戳透了被儒学光环强行笼罩的诗学，诗本自有其学术体系，只不过一直被"以儒为本"的经学侵蚀。站在宋、元、明、清士大夫的角度看诗，看不清，只有跳出来，才能看清。

清帝逊位，民国初立，新文化运动，闻一多对泰戈尔的诗有这样评议："诗家的主人是情绪，智慧是一位不速之客，无须拒绝，也不必强留。至于喧宾夺主却是万万行不得的。"这一论断从宋、元、明、清四朝儒学化的诗学体系来看，如同番外胡语，简直不可理喻。但从当时的社会背景来看，这句话振聋发聩。

闻一多生于光绪二十五年（1899年），私塾旧学的底子，后远赴美国致力西学，归国后主导了新诗改革，且潜心于古典诗歌研究，不同于清末同光体遗老对西学成见较深，也不同于胡适等新派人物对古典诗歌的逆反，闻一多从一个相对平衡的角度思考古典诗歌在新文化运动之后的走势及趋向。正是因此，他才能说出"诗家的主人是情绪"这般令人惊诧的论断。

站在清末那个东西方文化激烈碰撞的时间节点，回顾古典诗歌宋、元、明、清千年历程，可知彼时诗家的主人一直是智慧，而非情绪。智慧的典型大约就是江西诗派了，以理为主，以诗求道。闻一多提出来的情绪，可以理解成情感，可以理解成兴趣，但总之与智慧无关；严羽所言之妙悟，可以理解成天纵奇才，可以理解成放荡不羁，但总之就是与智慧无关。

无论是妙悟，还是情绪，都直指本心，试图驱除智慧对诗歌的绝对性影响。禅宗不立文字，大体也是如此，不立文字便没有了智慧，从根本上解决了智慧的牵绊，我等观之，难免以为过于极端。先不去管禅宗，仅看诗学，诗家的主人如本是情绪，那智慧鸠占鹊巢，则必须矫枉过正，所谓不破不立，正是如此。旧塔倒了，新塔该如何立，且看严羽如何解答。

原文 吾评之非僭也，辩之非妄也。天下有可废之人，无可废之言。诗道如是也。若以为不然，则是见诗之不广，参诗之不熟耳。试取汉、魏之诗而熟参之，次取晋、宋之诗而熟参之，次取南北朝之诗而熟参之，次取沈、宋、王、杨、卢、骆、陈拾遗之诗而熟参之，次取开元、天宝诸家之诗而熟参之，次独取李、杜二公之诗而熟参之，又取大历十才子之诗而熟参之，又取元和之诗而熟参之，又尽取晚唐诸家之诗而熟参之，又取本朝苏、黄以下诸家之诗而熟参之，其真是非自有不能隐者。傥犹于此而无见焉，则是野狐外道，蒙蔽其真识，不可救药，终不悟也。

译文 我的论诗既没有超出学术界限，也并非信口开河。天下有一无是处的人，却没有一无是处的话。诗学奥义即如我上文所述，如有人不理解，那我一定怀疑他的诗歌阅读量有没有达标、是否具备熟练的思考力。如有一人，先仔细参研了汉、魏的诗作原著，再仔细参研了晋、宋的诗作原著，再仔细参研了南北朝的诗作原著，再仔细参研了沈佺期、宋之问、王勃、杨炯、卢照邻、骆宾王、陈子昂的诗作原著，再仔细参研开元、天宝时代的诸公诗作原著，再仔细参研李白、杜甫二公的诗作原著，再仔细参研大历十才子的诗作原著，再仔细参研元和诸家的诗作原著，再仔细参研晚唐诸家的诗作原著，再仔细参研苏轼、黄庭坚及之后诸公的诗作原著，那么对他来说，诗学不可能再隐藏于黑夜之中，只会如白天阳光般其义自见。倘若参研至此，却仍不得要领，则是被野狐外道蒙蔽了真识，不可救药，此生不可参悟诗学。

注解 此段话的最佳释义：读书破万卷，下笔如有神。多少人连100首诗都没认真读过，却幻想着可以写出好诗，与古人一争高下。拥有梦想是一件极好的事，如果不付诸实际行动，则毫无意义。文学真的不是浮在云层的空中楼阁，而是海上冰山，一小半露出海面，一大半沉在海底，沉在海底的深度决定了露出海面的高度。不要迷信文学上的天赋，以绝大多数人的努力程度，根本轮不到拼天赋这一步。

严羽之所以不厌其烦列举资料，除了表明读书要用功之外，还有另一层含义，即研究诗学的门槛在此，清清楚楚摆在读者面前，没有什么"玄学"、没有什么遮掩，任何人只要认真读书、多加思考，都可以入诗学的门。此即为禅宗最为功德的思想：佛法于众生平等。禅宗毫不忌讳他们的六祖慧能是个文盲，甚至还是蛮荒之地未开化的"獦獠"。慧能那首著名的偈子，因自身不认字没法写出，而请求他人帮忙。可即便慧能出身卑微、未能接受良好的教育，但只要一心求学，依旧可以习得佛法。诗学亦是如此，诗学并非谁人一家之所有，乃是先贤智慧集体之结晶，无论是谁，或因出身原因未能受过良好的教育，或因家庭原因终日奔波劳累，又或是天生贵胄，又或是书香世家，诗学一律向其打开大门，只要脚踏实地、认真读书、心怀高远、多加思考，诗学自然会予其最丰富的回报。

原文 夫诗有别材，非关书也；诗有别趣，非关理也。然非多读书、多穷理，则不能极其至。

译文 写诗要有天赋才情，跟读过多少书没太多关系；写诗要有兴趣意味，跟懂得多少道理没太多关系。但如果不多读书、不明事理，所作之诗则不可出色。只有认真读书、勤奋学习、清晰思考，在此基础之上，发挥天赋才情、展现兴趣意味，所作之诗方可出色。

注解 严羽所言"诗有别才，非关书也"，千万不可断章取义，片面理解成写诗无须读书。虽然严羽极力想破除智慧对诗歌的绝对性影响，但这句话也只是矫枉过正的权宜之策，不信且看严羽随即补充"非多读书，不能极其至"，就是怕被人误解为写诗不必读书。借用网络上常用句式来表达：写诗一味强调多读书是不行的，但是连书都不读那是万万不行的。

严羽此处将写诗与读书尖锐对立，耸人听闻，就是为了从根本上破除江西诗派的影响。概括来说：

江西诗派彼时的诗学理论——写诗水平即读书功力，其他的因素，如才情和兴趣，都得排在读书之后；

严羽的沧浪诗话体系——写诗水平并不完全等同于读书功力，读书功力之外，才情和兴趣更为重要。

读者理解了这一层，方能参悟严羽近乎精神分裂的思维：一会儿搞出"诗有别才，非关书也"这样的震惊体标题，一会儿又切换成学究式的"非多读书，不能极其至"的谆谆教诲。参考南宋末年诗坛，矫枉必须过正。

原文　所谓不涉理路、不落言筌者，上也。

译文　不要按照固有的思维、前人总结的思维、古书记录的思维去写诗；不要片面强调辞藻的运用、字眼的精练、技法的纯熟。

注解　不涉理路、不落言筌，就是严羽推倒旧塔之后立起的新塔。《庄子·外物》所言："筌者所以在鱼，得鱼而忘筌；蹄者所以在兔，得兔而忘蹄；言者所以在意，得意而忘言。"筌是捕鱼的竹具，得鱼忘筌，意为捕到了鱼便忘掉了渔具，在庄子的语境中，这并不是过河拆桥式的指责，而是言语与义理之辨，究其原旨，倒似"买椟还珠"一词反其意而用之：既然已经得到了珠宝，那么就应当开始欣赏珠宝，装珠宝的礼盒不必过于在意。

这八个字更是严羽用以正面硬刚江西诗派堡垒的云梯，打仗不能完全靠出奇制胜，该碰正面的时候就得硬刚。严羽引入禅学，为的是从理论角度切断江西诗派的后勤，那么此时直接提出只有符合"不涉理路、不落言筌"的诗才是好诗，就是从评价标准上与江西诗派硬碰硬。

原文　诗者，吟咏情性也。盛唐诸人惟在兴趣，羚羊挂角，无迹可求。故其妙处，透彻玲珑，不可凑泊，如空中之音，相中之色，水中之月，镜中之象，言有尽而意无穷。

译文　诗，从本质上来说，就是驾驭文字以吟咏性情。盛唐诸家高明就高明在兴致趣味上，犹如羚羊挂角树上，悬身空中，藏于黑夜，隐于自然，虎豹妄图捕捉却无法寻其踪迹。所以读者品读盛唐诗作,觉其妙处,玲珑透彻,断无硬凑生搬之气,如空中之声、相中之色、水中之月、镜中之像,言有尽而意无穷。

注解 这便是严羽所构建诗学体系的基石,本书所有的评议都由此推论而出,比如"韩愈诗不如孟浩然诗"这一论断,其立足点便是"诗者,吟咏情性也"。如果将这句话换成"诗以言志",那韩愈与孟浩然的优劣评议便会逆转。直白点说,这就是门户之见。所推崇的审美不同,对同一件事物的感受也各不相同。因个体的差异性,门户之见必然存在,但要命的是,总有人在不断混乱话语权,一首诗好与不好,都是基于某种特定的审美,作为诗论者,不能上来就劈头盖脸下结论,必须要从某一具体审美体系或者文学理论出发,进而对该诗分析并给出相应的结论。

门户之见不可避免,此时必须抱有求同存异的精神,就算一首诗非常小众,作者也毫无名气,但总有人喜欢。诗论者不能强行制止别人的喜欢,说什么"只有不懂诗的人才会喜欢这种诗""喜欢这种诗可见其品位多差",乃至辱骂和人身攻击。很多人都喜欢说这个时代浮躁,没有文化,一副痛心疾首的样子,但仔细看某些人所做的某些事,却发现原来他们才是时代浮躁的主要原因。

作为个体的任何一位诗论者,都没有权力(是 power 而非 right)对一首诗做出最终的优劣评议。他只能引用某一审美体系及文学理论,对该诗做出相应的评估,读者可以根据自身的喜好对该评估进行取舍,在两者合力下,一首诗才会逐渐形成其独有的优劣判断,而这一优劣判断仍必须面对时间的无情考验,十年、百年,甚至千年,最终形成趋于统一的评价,定格于历史的长河中。

然而就算被定格于历史的长河中,也只是相对的稳定,随着时间的推移,人类对世界理解的变迁,相应的审美体系也会改变,可能历史上某些默默无名的诗作会被后来的诗论者和读者合力搬上历史的舞台,可能历史上某些煊赫一时的诗作会被遗忘,直至销声匿迹。

上述这一切都不会因个人的意愿而直接改变,毕竟时间和历史是最终的审判者,但诗论者和读者却可以通过自身的改变而对最终的审判者产生影响。所以,从某个角度来说,诗即日用,从未离去。

原文 近代诸公,乃作奇特解会,遂以文字为诗,以才学为诗,以议论为诗。

夫岂不工？终非古人之诗也。

译文 近代诸公，对诗学却多做奇特解释，竟以文字为诗、以才学为诗、以议论为诗。在此基础上，他们写的诗难道算不得好吗？当然可以称得上好，但终究不是从诗歌本源传承下来的啊！

原文 盖于一唱三叹之音，有所歉焉。且其作多务使事，不问兴致，用字必有来历，押韵必有出处，读之反复终篇，不知着到何在。

译文 以上这些理念，对一唱三叹的诗歌来说，终究短缺了些。更何况这些诗作引用俗事繁多、借用典故复杂、不注重兴趣、不讲究情绪，强调用字一定要有来历，主张押韵一定要有出处，将这些诗作反复品味，却难以体会到诗歌最为本质的美。

注解 虽然上文一直强调诗论者和读者的重要性，但在这次三方会议中，毫无疑问，诗人才是当之无愧的中心。如果抛开那些过于严谨的学术范式，笔者认为诗人对应的正是唐宋黄金时代的创作者、诗论者对应的是明清黑铁时代的总结者、读者对应的是当下青铜时代的迷茫者。但三者之间，并非鸿沟般隔阂，读者可以通过阅读成为诗论者，可以通过训练成为诗人；诗论者可以尝试创作成为诗人，可以隐去评议成为读者；而诗人可以成为另一位诗人的评论者，也可以成为另一位诗人的读者。这一切，最重要的是恪守自己的思想轨道，诗论者做诗论者的事，读者做读者的事，诗人做诗人的事，不能用诗论者的身份去做诗人的事，也不能用诗人的身份去做读者的事。

诗人有权利不解释自己的作品，但同样，诗人没有权力要求读者必须接受自己的作品。

诗论者有权利按照自己的思想构建评价体系，但同样，诗论者没有权力要求诗人必须按照这一理论进行创作，也没有权力要求读者必须按照这一理论喜好诗歌。

读者有权利按自己的喜好支持或反对诗人和诗论者，但同样，读者没有权力限定诗人的创作范围，也没有权力要求诗论者的评价一定要符合自己的喜好。

严羽此处以诗论者的身份，提出了自己的评价体系：诗歌最本质的美是一唱三叹，情绪才是诗的真谛。后世的诗人，或许接受这一观点，或许不认同这一观点，这些都不要紧，要紧的是如果你立志成为诗人，那应当用作品来反驳，而不是借用诗论者的身份为自己摇旗,走终南捷径。

原文 其末流甚者,叫噪怒张,殊乖忠厚之风,殆以骂詈为诗。诗而至此,可谓一厄也。

译文 至于那些最上不得台面的诗作,乖张喧嚣,严重违背了温柔敦厚的诗学风气,几乎就是以谩骂侮辱为诗了。诗歌创作到了这个地步,无异于遭受一劫。

原文 然则近代之诗无取乎?曰:有之。吾取其合于古人者而已。

译文 近代(宋朝)以来的诗人诗作就没有可取之处了吗?我的回答:有。但我只选取符合本文所述诗学体系的诗人诗作。

注解 古人者,并非指历朝历代全体古人,这不过是严羽的托古说辞而已,沧浪诗话诗学体系已然建立,所崇尚的诗人,所崇尚的审美,一目了然。

原文 国初之诗尚沿袭唐人:王黄州学白乐天,杨文公、刘中山学李商隐,盛文肃学韦苏州,欧阳公学韩退之古诗,梅圣俞学唐人平澹处,至东坡、山谷始自出己意以为诗,唐人之风变矣。

译文 本朝开国之初诗风沿袭唐人,王禹偁学白居易、杨亿和刘筠学李商隐、盛度学韦应物、欧阳修学韩愈古诗、梅尧臣学唐人自然淡泊,直至苏轼、黄庭坚以其本意创作诗歌,唐人的影响才消退改变。

原文 山谷用工尤为深刻,其后法席盛行海内,称为江西宗派。

译文 黄庭坚于诗学用工极深,所创诗法盛行海内,教化深邈,后世学其诗者不胜枚举,统称江西诗派。

注解 黄庭坚无愧诗坛巨匠,一代大家,按现存史料,黄庭坚的诗学理念大致可概括为以下几点:

1. 重读书、重心性、以理为主、以诗求道。
2. 重视诗法,但不唯诗法,以"不烦绳削而自合"为诗法最高标准。
3. 内蕴深沉,以"平淡而山高水深"为审美最高标准。

4. 主张炼字，提倡点铁成金、脱胎换骨、力求出奇。

5. 讲究章法，强调诗文布局必须曲折变化。

提出这些理念之后，黄庭坚更是身体力行，耕耘不辍，以实际行动论证了自己的诗学理念，相较于明清各大诗学评论家的高谈阔论，黄庭坚保持了宋儒行动力强的优良传统。可一旦站在整个中国文学史的角度，仔细参研黄庭坚的诗学理念，便有疑惑：这五点理念的完美模板不就是杜甫吗？

文学必然植根于社会，一朝文学得以有一朝之基本风貌，但人有激进的情性，又有保守的习惯，于是文学大多数时候并无常势，要么滞后于社会，要么超前于社会，诗人更是常常身处时代旋涡而不自知。譬如开元、天宝年间，世家贵族，多信奉道教，又崇尚佛教，寒门儒士杜甫夹在其间，煌煌盛世，竟只能以五言排律干谒长安权贵，何其窘迫，直至安史之乱。

然而，无论杜甫生前多么自信满满，都不能想象出自己而后千年所受到的至高赞誉，这一切赞誉的坚实基础在于他的诗歌经受住了时间和历史的双重检验。黄庭坚本就已是高峰，却仍以杜甫诗歌作为其理念的最高标准，文学的吊诡之处便在于此。将时间轴拉到以百年为单位，蓦然发现，所有喧嚣的杂音不论当时音调有多高，几个百年一过，再无半点声响。

杜甫如此，黄庭坚如此，那些奉江西诗派为宗的诗人亦是如此。不要误会，笔者是说那些奉江西诗派为宗的诗人恰如那些喧嚣的杂音，时至今日，再无半点声响。黄庭坚所举诗学五点，前三点太难，数十年如一日刻苦，甚至需以人生证道。后两点相对容易，便有人投机取巧，专学后两点，更有聪明者将后两点包装为江西诗派精华，结社互捧，抱团叫嚣。严羽身处南宋诗坛，交游广泛，自然是看得清楚，所以才如此不遗余力猛攻江西诗派。且看他对黄庭坚、陈师道、陈与义的着重论述，对杜甫的无上推崇，可知其态度：批判江西诗派的伪学流毒，而非批判江西诗派的整体理念。

江西诗派虽得名于黄庭坚籍贯，但并非以地域划分，而是以诗法区别。杨万里于《江西宗派诗序》中直接挑明：诗江西也，非人皆江西也。按今日文学史之评价，江西诗法大致为：主张无一字无来历，追求奇崛、用典，提倡脱胎换骨、点铁成金。

江西诗派始出，影响极为深远，两宋诗坛几乎为其所浸，直至元灭南宋，仍有文人为之举旗，宋末元初，方回所著《瀛奎律髓》不但将南渡后的陈与义奉为江西宗师，更是跨越时空，将唐朝的杜甫请来做诗派的祖宗。杜甫为祖，黄庭坚、陈师道、陈与义为宗，此即当下文学史常说的"江西诗派一祖三宗"。

方回，宋亡仕元之人，给百年前的宋朝江西人为主的诗派，找来了一位祖师爷，这位祖师爷还是三百多年前的唐朝河南人，笔者简直怀疑他是现代娱乐圈粉丝文化的鼻祖。后世若有学杜诗者，谦逊语似"杜工部门下走狗"，虽媚俗也不算过分，可方回的举动，越了界。比如，现在有十几个推理小说爱好者，合计成立了某一推理小说协会，邀请了几位名人作家来当荣誉会长，这很正常，但如果他们说因柯南·道尔小说写得好，决定将柯南·道尔奉为名誉会长，这等行为近乎无赖，必然会招致一群人唾骂。方回所作所为与上述案例何异，不能因其是古人，就避讳不言，那以后大家都可以这么玩：杜甫为我诗社名誉会长，不管杜甫承不承认，反正我是承认了！

杜甫并不需要这一莫名其妙的诗祖头衔来点缀他的伟大，黄庭坚也无须通过攀上杜甫来为自己正名，只不过那些打着诗派旗号的浑水摸鱼之徒，喜欢借助伟大先贤的名望来给自己脸上贴金，仿佛入了江西诗派的门，也是诗坛一方豪杰了。

原文 近世赵紫芝、翁灵舒辈，独喜贾岛、姚合之诗，稍稍复就清苦之风，江湖诗人多效其体，一时自谓之唐宗；不知止入声闻辟支之果，岂盛唐诸公大乘正法眼者哉！嗟乎！正法眼之无传久矣！

译文 近来赵师秀、翁卷（永嘉四灵）等人，单单推崇贾岛、姚合之诗，稍稍复起清寒苦瘦诗风，江湖派诗人大多仿效其诗，一时间竟自称唐诗正宗。然而依我标准，上述诸君勉强踏入"声闻辟支之果"这一层次，怎可与盛唐诸公"大乘正法眼"争辉！世不传"大乘正法眼"久矣，朱砂不在，黄土为贵，哀叹不已。

注解 此处若再纠结于大乘正法眼、声闻辟支之果做何解，不吝于村野学究读《论语》，不知微言大义只是爱抠字眼。永嘉四灵，自有其审美体系，清寒苦瘦，无可厚非，四灵更是坦然承认学贾岛、姚合，不为所动，倒也令人敬佩。可后世有人作诗，明明学的是贾岛、姚合，甚至学的是张打油，却心有戚戚，非要拉杜甫、黄庭坚做祖师爷，以求名显，此等行为，真是无耻。

原文 唐诗之说未唱,唐诗之道或有时而明也。今既唱其体曰唐诗矣,则学者谓唐诗诚止于是耳,得非诗道之重不幸邪!

译文 有时候并未打着唐诗的旗号,然而诗作中可能会有唐诗的气象。如今却有人提出他们的诗体是唐诗正宗,这要是被后世学者看到,以为唐诗就这水平,那可真是诗学的大不幸了!

原文 故予不自量度,辄定诗之宗旨,且借禅以为喻,推原汉、魏以来,而截然谓当以盛唐为法,(后舍汉、魏而独言盛唐者,谓古律之体备也)虽获罪于世之君子,不辞也。

译文 所以我就不自量力,独断诗之宗旨,引入禅学,论诗如论禅,从汉魏开始,推演评议历朝诗人诗作,最终严肃提出写诗应以盛唐为法(本来是想把汉魏也加上去,但最终还是选择只说盛唐,原因在于:盛唐古体和律体都很完善,汉魏毕竟缺了律体)。如此正式提出我的诗学理论肯定会遭受来自各方的议论和质疑,甚至会得罪一大堆人,不过这又何妨呢?

答出继叔临安吴景仙书

原文 仆之《诗辨》乃断千百年公案，诚惊世绝俗之谈，至当归一之论。

译文 我的《诗辨》一文，解决了千百年来争论不休的公案，是惊世绝俗的阐述，是直指诗学本质的理论体系。

注解 严羽这自信程度，这般直白的自夸，要不是真有货，早就被人怼墙角去了（虽然怼的人也不少）。今人如果腹中无货，却也喜欢自夸，不可谓吃相不难看。

原文 其间说江西诗病，真取心肝刽子手。以禅喻诗，莫此亲切，是自家实证实悟者，是自家闭门凿破此片田地，即非傍人篱壁、拾人涕唾得来者，李杜复生不易吾言矣。

译文 我破除江西诗派流毒，如同刀法精湛的刽子手，直指心脏一刀毙敌。以禅喻诗，无比契合，况且这些都是我亲身证悟而来。做学问如比种田，我不辞劳累，耕地播种，除草驱虫，不敢怠慢一丝，最终幸得丰收；而有人投机取巧，东墙篱笆下捡一点谷子，西村路口旁讨一点稻米，虽然也整得像模像样，但这种学问不过水楼沙墙，一吹即倒。正因我做学问如此扎实，才会如此自信，即使李杜复生，也绝不更改。

注解 严羽论诗一丝不苟：收集资料、整理资料、分析资料、归纳资料、提炼规律、推演规律、验证规律。一步一个脚印走完上述流程，才得以如此自信。

原文 而吾叔靳靳疑之，况他人乎？所见难合固如此，深可叹也！

译文 您是我的族叔，都不怎么相信我，更何况其他人呢？人各不同，对诗学的理解也不尽相同，自古至今，一向如此，深为叹息。

原文 吾叔谓说禅非文人儒者之言本意，但欲说得诗透彻，初无意于为文，其合文人儒者之言与否不问也。

译文 您说我借助禅学来解释诗学，这并不符合文人儒者治学的传统，但我认为如果要将诗学剖析透彻，不能从一开始就在意我的治学理念符不符合传统，是否符合传统也并非我所在意的事。

注解 文学并非只有一种解读，但无论从哪个角度解读，都要立足于文本，做到逻辑自洽。创新是极难的一件事，如果没有强大的分析能力和准确的洞察能力，所谓的创新基本就是自嗨，从南宋的文学理论接受历程来看，严羽确实跳出了之前的研究范式，开辟了一条文学理论道路（虽然被郭绍虞怼成"集前人之成"）。切换到如今的上帝视角，在知晓中国文学史的基本脉络之后，再看严羽所举的"以禅喻诗"，或有种"就是为了这口醋，才包了这顿饺子"的偏执，严羽为了让大家欣赏他的多宝格，特意建了"沧浪诗学"这座别墅。

原文 高意又使回护，毋直致褒贬。仆意谓辨白是非、定其宗旨，正当明目张胆而言，使其词说沉着痛快、深切着明、显然易见。所谓"不直，则道不见"，虽得罪于世之君子，不辞也。

译文 您的意思我明白，让我说话不要过于直白，褒贬人物的时候留有余地，然而我的想法是——如要准确分辨出事物的是非曲直，精准剖析出事物的本质奥义，论述只能这般明目张胆、直言不讳；行文也只能这般冷静畅快、直白易懂。这就是我所理解的孟子"不直，则道不见"，上述观点肯定会得罪诸君同侪，但我不会因此推脱。

原文 吾叔《诗说》其文虽胜，然只是说诗之源流、世变之高下耳，虽取盛唐而无的，然使人知所趋向处其间。

译文 吾叔您的《师说》一文辞固然华赡，然而只是在陈述诗歌之源流、辨别历代之高下。您论诗虽也推崇盛唐，却如同无的放矢，评议盛唐却不知何为盛唐，评议盛唐却不知盛唐起讫，评议盛唐却不知盛唐流变。

原文 异户同门之说乃一篇之要领，然晚唐本朝谓其如此可也，谓唐初以来至大历之诗异户同门已不可矣。至于汉魏晋宋齐梁之诗，其品第相去高下悬绝，乃混而称之，谓："锱铢而较实有不同处，大率异户而同门。"岂其然乎？

译文 诗论最要紧的是——在繁杂众多的名词概念中，准确判断出概念的本质，将本质相同的概念整理归类，将本质不同的概念整理归类。晚唐诗与本朝诗，看着不是一个朝代，但本质相似，可以归为一类；初唐诗、盛唐诗、大历诗，看着是一个朝代，但本质却不相同，不可归为一类。至于汉诗、魏诗、晋诗、宋诗、齐诗、梁诗，品第判若云泥，成就高下悬殊，即便不涉及本质，单从细节来论，上述概念都已大相径庭，如将其混杂归为一类，我实在无法苟同。

注解 异户同门出自扬雄《法言》，指孟子与荀子虽然都是儒家，但两者实质不同。诗学亦如此，有唐一代近三百年历史，初唐诗、盛唐诗、中唐诗、晚唐诗虽然名义上都是唐代诗歌，但实质不同；有宋一代三百余年历史，宋初诗、元祐诗、江西派诗、南渡诗、江湖派诗虽然名义上都是宋代诗歌，但实质不同。正如历代官制，尚书令自古就有，秦朝的尚书令只是管理文书的少府属官，位卑权轻，魏晋时期的尚书令则位高职重，堪使相权，而隋唐时期的尚书令空有高位，并无实权，此即名称相同而实质不同。

譬如"唐诗"一词，今日普遍理解的含义即是"唐诗宋词元曲"中的"唐诗"，是按王国维一朝有一朝之文学而论，将今日常以"唐诗宋词元曲"并举，是按王国维一朝有一朝之文学而论，形成以下认识：

唐诗直接解释为唐朝的诗；

宋词直接解释为宋朝的词；

元曲直接解释为元朝的曲。

然而唐朝并非没有词、宋朝并非没有诗、元朝并非没有诗词，更何况唐诗内部并非完全一样，宋词内部也是流派众多，不可如此粗略而论。王国维的论断在当时自有深意，彼时民众整体识字率低到可怕，提取概念，抓住典型，让大众明白唐诗、宋词、元曲这些名词就是教育有功了，但对于今日读者来说，似乎不太妥当。

"唐宋诗之分，乃风格性相之分，非时代先后之异"，这是钱锺书给出的精准论断,也就是说在后世文学史上,所谓的"唐诗"和"宋诗",已经完成了含义上的重构,并非专指一朝一代的作品,转为"似唐之诗"和"似宋之诗",只是找不到更好的定语用来修饰,才借用"唐、宋"这两个具备广泛共识的字以做前缀。

似唐之诗—简化为—唐诗—但不等于—唐朝的诗

似宋之诗—简化为—宋诗—但不等于—宋朝的诗

将诗歌从根本上分为唐诗、宋诗,正起于严羽这本《沧浪诗话》,而后千年,兜兜转转,经清人发扬,大成于近代学者。今人缪钺有一绝妙比喻:"唐诗如啖荔枝,一颗入口,则甘芳盈颊;宋诗如食橄榄,初觉生涩,而回味隽永。"杜甫唐人,被尊为宋诗之祖;欧阳修、苏轼、张耒、陆游皆是宋人,诗风却颇似盛唐;元和诸君,韩愈、孟郊、李贺追求清苦奇崛,元稹、白居易、张祜则广大教化,看似不同,其本质都是不愿重复盛唐。元和名为唐诗重镇,实为宋诗源流。而后诗坛,要么尊唐要么崇宋。要说怎么区别"似唐之诗"与"似宋之诗",可看如下诗例:

题龙阳县青草湖

西风吹老洞庭波,一夜湘君白发多。

醉后不知天在水,满船清梦压星河。

这首诗是典型的"诗红人不红",明清文人编撰诗集的时候大多将这首诗归入唐人诗集,算作盛唐的沧海遗珠。后来史料丰富,考证出该诗作者为唐珙,大致生活于元末明初,因是南宋遗民之后,故声名不显。抛去考证不谈,需要思考的问题是,为什么后世编撰诗集的人都习惯性将这首诗归为唐朝而非宋朝。又如这两首词:

忆秦娥·箫声咽

箫声咽,秦娥梦断秦楼月。

秦楼月,年年柳色,灞陵伤别。

乐游原上清秋节,咸阳古道音尘绝。

音尘绝,西风残照,汉家陵阙。

菩萨蛮·平林漠漠烟如织

平林漠漠烟如织,寒山一带伤心碧。

> 暝色入高楼，有人楼上愁。
>
> 玉阶空伫立，宿鸟归飞急。
>
> 何处是归程？长亭更短亭。

明清学者找不到作者，就把这两首词的作者推给了李白，按词的发展历程来看，李白大概率不是这两首词的作者，可架不住这些学者的思维想象：如果让李白来写词，那么这两首词最为接近他的美学。（因敦煌曲子词被重新发现，词的发展历程出现了更多的叙述方式，李白是否为两首词的作者还在激烈探讨中。）这也从侧面体现了——以审美导向来反向推断文学作品的时代性，虽不具备太高的准确性，却有相当强烈的感染力，似乎更为接近文学中异户同门的本质。按当下文学价值观之争议，唐诗似江上浮桥，走上去，于历史激流中见个人命运；宋诗似檐边水滴，近看时，于个人静谧处见历史更替。

能从繁杂的故旧纸堆中整理出诗人诗作，这是诗学中的史学；能根据自己的认知对这些诗作做出系统的判断，即"异户同门之说"，这是诗学中的史识。（借用刘知几《史通》中的概念，详见后记。）

原文 又谓："韩柳不得为盛唐，犹未落晚唐。"以其时则可矣。韩退之固当别论，若柳子厚五言古诗尚在韦苏州之上，岂元白同时诸公所可望耶？高见如此，毋怪来书有甚不喜分诸体制之说，吾叔诚于此未瞭然也。

译文 您还认为："韩愈和柳宗元称不上盛唐，又算不得晚唐。"按历史可以这样划分，但以诗体而论则不妥当，韩愈自不用多说，仅以柳宗元而论，其五言古诗尚且高过出身盛唐的韦应物，元和诸公又岂能与之相比？您的见解如此，不怪您在来书中不赞同我分诸家诗体的论断，吾叔您实在并未通悟诗学啊！

原文 作诗正须辨尽诸家体制，然后不为旁门所惑。今人作诗差入门户者，正以体制莫辨也。世之技艺，犹各有家数，市缣帛者，必分道地，然后知优劣，况文章乎？

译文 作诗之前，一定要分辨清楚诸家诗体，这样才不会误入旁门。当下未能登堂入室的诗人，正是因为分辨不清诸家诗体。世上技艺，各有招数，比如做丝绸生意的商家，一定会标明丝绸产自何地，只有这样才能区分出优劣好坏，丝绸都已如此，更何况文章呢？

原文　仆于作诗不敢自负，至识则自谓有一日之长，于古今体制若辨苍素，甚者望而知之。来书又谓："忽被人捉破发问，何以答之？"仆正欲人发问而不可得者，不遇盘根，安别利器？吾叔试以数十篇诗隐其姓名，举以相试，为能别得体制否？

译文　我于作诗不敢自负，但说到见识则相当自信，古今诸家体制可谓了如指掌，辨诗如辨黑白，毫不费力，甚至看一眼就知该诗渊源。您在来书中问道："你如此信誓旦旦，假如被人抓到现场接受即时提问，你该怎么办？"我正愁没人给我来这么一出现场即时问答，不遇到盘曲牢固的树根，怎么能鉴别出锋利的刀斧呢？吾叔您尽可找出几十篇诗作，将其题目和作者隐去，一并让我分辨，看我到底能否讲出这些诗作的渊源。

注解　以数十篇诗作，隐去题目和作者，让诗论者测评，严羽此举深得双盲测试精髓。这不禁让我想起一则传播甚广的笑话。

今有一诗社，人才济济，时值秋来，便以"秋兴"为社课，诗友每人交三首七律。此次社课，德高望重的前辈大佬，不辞劳累，亲自批改打分。恰好有一萌新，入社不久，自知功力不深，便参考古人诗作，准备走个捷径，截句化用，手忙脚乱之间，误将钱谦益秋兴诗句混入自己诗作中上交。待到评委打分结束，只见评分不及格，评委特别钩出钱氏诗句，给出评语：用词合掌、意象繁复。然而评委毕竟还是德高望重，仍给予新人最真诚的鼓励，以期未来佳作。新人见状，遂退社。

原文　惟辨之未精，故所作惑杂而不纯。
译文　正因如今（宋末）诗人不能清晰分辨出诸家体制，故所作之诗大多惑杂不纯。

原文　今观盛唐集中尚有一二本朝立作处，毋乃坐是而然耶？
译文　今见盛唐诗人诗集中仍有一两处有本朝流弊，大概就是诗人用功不深，未能清晰分辨出诸家体制，故所作之诗大多惑杂不纯。

原文　又谓盛唐之诗雄深雅健，仆谓此四字但可评文，于诗则用"健"字不得，不若《诗辨》雄浑"悲壮"之语为得诗之体也。毫厘之差不可不辨,坡谷诸公之诗如米元章之字,虽笔力劲健,终有子路事夫子时气象;盛唐诸公之诗如颜鲁公书,既笔力雄壮,又气象浑厚,其不同如此,只此一字便见吾叔脚根未点地处也。

译文 您说盛唐之诗雄深雅健,我以为此四字可以用来评价盛唐的文章,但不可评价盛唐之诗。您论盛唐之诗用一"健"字,比不得我《诗辨》中用的这四个字——雄浑悲壮。"雄深雅健"与"雄浑悲壮"虽毫厘之差,却不得不辨析清楚:苏轼、黄庭坚诸公的诗作如米芾的书法,虽然笔力劲健,但终究还是子路侍奉孔子,已是贤人,未到圣人;盛唐诸公的诗作如颜真卿的书法,既笔力雄壮,又气象浑厚。"雄深雅健"与"雄浑悲壮"不同之处便在于此,从您对盛唐之诗评价"健"这一字之差中便看出吾叔您对诗学的领悟并未透彻啊。

注解 米芾与颜真卿的书法、子路侍奉孔子,这两个类比带着玄言的味道,跟上文的以禅喻诗一样,都是用比喻来帮助理解,但这两个比喻跟当下时代背景已经脱离,读者完全可以不用深究米芾和颜真卿的书法到底有什么区别,子路如何侍奉孔子、曾子颜回又如何侍奉孔子。只需要领悟"雄深雅健"与"雄浑悲壮"这两者的本质区别就可以了。

"雄深雅健"主要突出"健"字,"雄浑悲壮"主要突出"壮"字。严羽说盛唐的文章可以用"雄深雅健"来形容,但形容盛唐诗歌却不行,必须要用"雄浑悲壮"这四个字。为何有此一说,且看盛唐文章。

先陈述三个显而易见的事实:①韩愈、柳宗元发起的"古文运动"时间是中唐,推崇的是秦汉时期的散文,反对的是六朝以来的骈文。②明代嘉靖年间茅坤选编《唐宋八大家文钞》,唐宋八大家基本成为文学史主流定论,至今沿用。③清代康熙年间《古文观止》选编东周至明代文章共222篇,只收录了3篇盛唐文章(李白2篇、李华1篇)。根据大量史料统计,基本可推论出盛唐文章并没有取得如盛唐诗歌般的光辉成就。盛唐文章很有可能残留着六朝的骈文风气。故此严羽说盛唐文章只能是"雄深雅健",而盛唐诗歌才是"雄浑悲壮"。做个不妥帖的比喻:盛唐文章如同二十多岁的男生,矫健挺拔,喜欢穿篮球鞋运动服,青春帅气,但缺少岁月的打磨;盛唐诗歌则是四十几岁的成熟大叔,穿上西服是商界精英,沉着冷静,纵横捭阖;换上家居服是家庭煮夫，细心带娃，洗衣做饭，可能不再矫健，但这种魅力无可比拟。

自从百年前日本学者内藤湖南提出了"唐宋变革论"之后，国外汉学界就喜欢在这个大框架下做逻辑推演，从思想史、制度史到文化史、宗教史，研究者总是想用时间坐标轴来标记每一次中华文化的转变方向。这种研究方法虽然刻板，但从整体趋势上来看，却非常直观简洁。举个简单的例子：

朝代	文化要素			
唐	长安 洛阳 实物 经济	贵族 门阀 汉学 （师法、注疏）	科举 （清流） 老庄思想 佛教 胡人风俗	藩镇 唐诗 唐传奇
宋	汴梁 临安 货币 经济	庶族 官僚 宋学 （疑古、重建）	科举 （选官） 儒学 三教合流 理学	禁军 宋诗 宋词

从上文表格中，可以特别清楚地感受到唐宋之间的巨大差异。虽然"唐宋变革论"尚有很多细节需要严谨考证，至今仍有很多学者反对，但必须承认，该学术的整体框架非常高明。

此处不再节外生枝，去谈这个过于宏观的"唐宋变革论"（详见后文），仅具体到唐诗、宋诗的变革，正是《沧浪诗话》论述精妙之处。唐诗与宋诗的差异，需要从唐宋两朝整体时代背景上来考察，就思想而言，唐朝前期推崇老庄思想、推崇道教、方士炼丹、隐居求仙；而后又推崇佛教，有天台宗、禅宗、唯识宗、华严宗、净土宗；也不排斥世界各地宗教，如基督教的分支景教、波斯的祆教、阿拉伯的伊斯兰教；且尊重儒学，有孔颖达奉官方诏令编订的《五经正义》，还有韩愈、李翱的重建儒学道统运动。而宋朝，说起来是三教合流，实际儒学占据绝对的话语权，光看黄宗羲所著《宋儒学案》中收录的那一串大儒的名号，文庙的牌位都挤不下。那些充满智慧的高僧，大多被解构成思想史上的边缘人物。

不过将视角过分聚焦于唐诗宋诗的具体细节，会失去从空中俯瞰河流整体走向而产生的厚重感和沧桑感，也会忽视诗人个体的创作影响。如果将中国的古典文学史比作一条长河，现在可以确定这条长河由西向东汇入大海，但不能确定这条长河在某个地段的某个分支的准确走向。同样，假如可以确定诗歌最终由贵族向平民倾斜，但不能说每个朝代、每个时间段都是这个趋势，秦汉可能偏向多一点，六朝就可能回拨一点。或许因为生产力的进步，平民的文化诉求会加快这一速度；或许又有某个具有超强影响力的名流，使贵族文化重放光芒；或许出现了李杜这种超越时代的变数，将本该清晰的文学史搅得摸不清门路。要知道，并不是每一件事都会具体到某一个确切的时间点，文化有时候会超前于时代，有时候又会滞后于时代。

中国这两千多年文学史可被视作一辆方向盘有些异常而油门却十分灵敏的汽车，混乱无序的行驶状态并非天生注定，而是由于不同时代的驾驶员思维各不相同。作为观察者，发现汽车多次经过某路口时，会疯狂提速，便以为找到了内在的规律，可当再次经过该路口时，汽车却没有加速。这就是黑天鹅悖论的可怕之处。

"唐宋变革"论不断被修正，有人认为五代和北宋可以看作唐朝的延续，而南宋才是真正影响明清的开创者；有人认为自安史之乱后，唐朝便开始了变革，中唐、晚唐、五代都是过渡期，北宋是开创者，而南宋是修补者。于是他们不断发掘各种史料，从思想史到文学史，从制度史到经济史，从诗歌到戏曲，从民俗到宗教、探求某位诗人诗风的独特转变、考证某位名流的家族发迹史、勘查某段时期内科举考试的出题范围变化，然而，却忽略了最重要的一点：诗人本身。

诗人虽然不能决定整座城市灯光的照明程度，但他可以提前关掉自己书房的台灯，在黑暗中通宵熬夜。

原文 所论屈原《离骚》则深得之实，前辈之所未发，此一段文亦甚佳，大概论武帝以前皆好，无可议者。但李陵之诗非房中感故人还汉而作，恐未深考，故东坡亦惑江汉之语，疑非少卿之诗，而不考其胡中也。

译文 您关于屈原的议论深有见地，发前人未发，文采更是斐然，以时间线为标准，自汉武帝而上皆好，无可指摘。但武帝而下，李陵五古恐怕并非如您所言，身陷匈奴见苏武归汉有感而作，我以为还应深究，苏轼同样怀疑"俯观江汉流，仰视浮云翔。良友远离别，各在天一方"这几首诗的来历，认为并非李陵之诗，也并非在匈奴草原所作。

原文 妙喜（是径山名僧宗杲也）自谓参禅精子，仆亦自谓参诗精子。尝谒李友山论古今人诗，见仆辨析毫芒，每相激赏，因谓之曰："吾论诗若那查太子析骨还父，析肉还母。"友山深以为然。当时临川相会匆匆，所惜多顺情放过，盖倾盖执手无暇引惹，恐未能卒竟辨也。鄙见若此，若不以为然，却愿有以相复。幸甚！

译文 杭州径山寺名僧，宗杲禅师，法号妙喜，自称参禅精子，我也仿效自称参诗精子。曾去拜访李友山并与他谈论古今诗人诗作，时光逆旅，尘世万象，虽一毫一芒却也辨析再三，每每激赏，拊掌大笑，我自夸论诗如哪吒太子割骨还父、割肉还母。李友山深以为然。与您上次临川相会，匆匆一别，只可惜相聚之时所谈多为家族人情，竟没抽出时间好好讨论诗学一事。我浅薄的见解都已奉上，即便您并不赞同我所论述，我却依然希望得到您的回复。最后，祝您一切安好！

诗　法

原文　一、学诗先除五俗：一曰俗体，二曰俗意，三曰俗句，四曰俗字，五曰俗韵。

原文　二、有语忌，有语病，语病易除，语忌难除。语病古人亦有之，惟语忌则不可有。

原文　三、须是本色，须是当行。

原文　四、对句好可得，结句好难得，发句好尤难得。

原文　五、发端忌作举止，收拾贵在出场。

原文　六、不必太着题，不必多使事。

原文　七、押韵不必有出处；用事不必拘来历。

原文　八、下字贵响，造语贵圆。

原文　九、意贵透彻，不可隔靴搔痒；语贵脱洒，不可拖泥带水。

原文　十、最忌骨董，最忌趁贴。

原文　十一、语忌直，意忌浅，脉忌露，味忌短，音韵忌散缓，亦忌迫促。

原文　十二、诗难处在结裹，譬如番刀，须用北人结裹，若南人便非本色。

原文　十三、须参活句，勿参死句。

原文　十四、词气可颉颃，不可乖戾。

原文　十五、律诗难于古诗，绝句难于八句，七言律诗难于五言律诗，五言绝句难于七言绝句。

原文　十六、学诗有三节：其初不识好恶，连篇累牍，肆笔而成；既识羞愧，始生畏缩，成之极难；及其透彻，则七纵八横，信手拈来，头头是道矣。

原文 十七、看诗须着金刚眼睛，庶不眩于旁门小法。（禅家有金刚眼睛之说。）

原文 十八、辨家数如辨苍白，方可言诗。（荆公评文章先体制而后文之工拙。）

译文 一首诗，隐去诗题和作者，诗论者可以清楚辨析出此诗出处、写法、源流，这样才称得上诗论者，否则就是江湖骗子。王安石所说"评议文章优劣，首先要知道该作品是何种文体、如何写出，在此基础上，才可讨论文章的工拙"。

原文 十九、诗之是非不必争，试以己诗置之古人诗中，与识者观之而不能辨，则真古人矣。

译文 十九、今人论诗优劣，不必在意，试将自己的诗作混于古人诗集中，令诗论者评议，如大多诗论者在古人诗集中判断不出你的作品，则可以称得上是参透了诗歌精髓。（不敢进行双盲测试的诗歌评论，都不屑一提。）

最后的废话

译文部分暂告结束，此处笔者有个不情之请：既然已经读到这里，不妨开始写一写诗，什么体裁都可以，什么内容都可以，只要动笔就好。诗法章节共有19条，前17条都没有译文，只因诗法并不存在唯一标准，写诗之法自然要写诗之人自己去领悟，旁人转述则不免"好为人师"之嫌，冷酷清醒如严羽者，也不免"矜诩创获"。历代论者对此颇有微词，清初虞山冯班，著有《严氏纠谬》，讥嘲严羽之说"止是浮光掠影"，而后王士禛与赵执信的针锋相对，也大体由此而来。纵观明清诗学之争，前后七子、竟陵公安、神韵格调，异常火热的论战背后，文柄之争似是大于学术之争，论来论去，诗学本身反而不重要了。《四库全书》提要倒是看得很清楚：严羽所处的时代，四灵诗派盛行于世，诗歌的美学导向以晚唐为尊，因此严羽欲以一家之言救一时之弊，后人辗转承流，终至浮光掠影，但这并非严羽本意，真可谓誉之太过、毁之亦太过。

晚明董其昌论画，也是引入禅宗的南宗北宗概念，将画分成南北二宗，以王维为南宗的开山鼻祖。后世更是有人在此基础上续接了"王维—苏轼—赵孟頫—董其昌"的传承谱系，与之类似的便是"神韵"的传承谱系："司空图—严羽—王士禛"。

然而这种追认先驱造家谱式事例，极容易逻辑混乱，严羽论诗以李杜二人为至高审美，而王士禛刻意不选李杜诗，这种根本性的分歧，后人无论如何修补系统漏洞，都无济于事。这里无意为严羽辩护，更不想站谁的队，只是想说明一点，文学批评所涉及的作品，一定要充分了解此类作品诞生时所处的社会背景，以及当时占据传统的风气，无论是顺从，还是抗拒，抑或是背离这个风气，都不得不与之发生关联，因此，各家诗论不妨都可看作"以一家之言救一时之弊"，所不同的大概只是"观念"能否演化为"共识"，此处不表，续接下编。

下编　难以回避的问题及思考

书　信

  译书时遇到的问题和翻译时某些不方便直接议论的话，都收录其中，勉强作为本次译稿的补充。

与陈君青山书

陈君启：

  上次聚会一起讨论"为何明清之后好诗不多"这样宏大的问题，当时就是瞎扯，想到哪里就说到哪里，可是我觉得效果挺好，不单单是你说的几点，另外几位朋友的看法也很有见地。一聊就停不下来，聊到凌晨四点，必须要回家了，只得散去。我后来总结，其实大家都对江西诗派和同光体有些意见，但都没有说得那么直接。还记得徐兄的观点"后来的画家也不去亲眼看一下这座山了，就根据前人总结出来的技法开始画，因为名声响，圈子能捧，也能卖出很高的价钱"，转变一下："后来的诗人也不亲眼看一眼世界到底是什么样，就根据前人总结出来的技术开始写，因为身份，圈子能捧，也有很多人夸他写得好。"这句话着实得罪人，不过也顾不了那么多了。

  后世学贾岛、姚合或者江西诗派的那么多，我认为一个重要的原因就是收益取舍问题。好诗不是天上掉下来的，也不是书斋中憋出来的，而是时代孕育出来的，这就需要诗人不但有很深的学识、过人的才华，还要广泛游历，深入了解身处的时代。可如果这样，即便花了很大的精力去创作，却不一定能得到多少回报，看看李白、杜甫，二人加一起做官最高也就做到拾遗从八品这个层次。虽然说拾遗前途不错，但比起后世诗人动不动一品二品的地位，过于惨烈。十年寒窗苦读，为的就是金榜题名，大家都不愿意成为李白、杜甫那样的政治失意者。特别是明清的科举制度，保证了读书人的上升渠道，读了这么多年的书，上不了诗榜不要紧，东华门外榜上有名更是光耀，书案上的书可每日攻读，天边的彩虹却遥不可及。这本来就没有对错之分，自此，李杜的归李杜，科举的归科举，两者泾渭分明，并行不悖。

遗憾的是，通过科举而晋升高位者，免不了要评估一下自己的身后名声，官都做到一品、二品了，文学史上的名次还不得向前挪挪啊，既然写不出来好诗，那就更改评价体系吧。小时候听过一个故事，说一位弓手射箭总是射不中靶心，他很着急，而他的朋友射箭每次都能正中靶心，于是他去请教，朋友告诉他，先射木板，射中木板了再画好靶心。后世诗人明面上不说，私底下却很多人这么干。这一改变看似不起眼，却从上至下从内到外，将诗歌的内涵缩小了一大半，将诗歌的受众限制到某一阶层。当并非佳作的诗歌被称捧为珍品，珍品则必然被打成次品。

这种先射箭再画靶的玩法持续了五百年，诗歌终于被搞成了圈子文化，一首诗好坏与否，完全取决于文人社交圈子的评价，而这个社交圈子既不愿意展开双盲测试，又不愿意尊敬时间和历史，就这么一直暗箱操作，玩了快几百年了。一个很明显的事实，唐代关于诗歌的理论书籍极少，宋代开始，各种关于诗歌的理论都出来了，大到官方类书，小到文人笔记，考虑到印刷技术的发展，尚且可以理解。可到了明清两朝，诗论文章简直多如牛毛，很多文人干脆就忽视诗歌创作而专门搞诗歌理论了，甚至出现了自己写的诗歌根本就不符合自己提倡的理论。再者，数百年间理论创新目不暇接，从江西到四灵，从晚唐到西昆，从抑唐扬宋到言诗必盛唐，从盛唐虽好到初唐更好，从贬损六朝到以汉魏六朝为尊，从性灵说到神韵说，从格调说到肌理说，从非唐非宋到同光体，从三关说到三元说，理论学得越来越多，知识似乎越来越丰富，规格也是高得不得了，红红火火，恍恍惚惚，可到头来还是一地鸡毛。我之前读《儒林外史》怎么也读不进去，总觉得作者的讽刺稀疏平常，恐怕是闭门居家想象附会而成，现实中怎么会发生这么多不合情理的事呢？直到真正接触到景兰江、牛浦郎这样的人物，才明白作者的讽刺是多么力透纸背。万历二十三（1595 年）的儒林一片萧条，唏嘘感叹之余，回想起来的若只是莺脰湖名士诗会、泰伯祠诸贤祭祀，那这儒林萧条得不冤。

如今更甚，随便说几件我遇到的事。

1.把某位富豪的数首诗混在自己的诗集中交给某些头衔一大堆的诗论者评价，

得到的回答无外乎水平不高、还需磨炼等，一副江湖德高望重的宗师形象。可只要将上述诗作的姓名标出，换个渠道让他们评价，他们的回答却又是另番模样。

2.一位青年的师傅是东部某省诗坛某位大佬，那么该地区某企业赞助举办的诗歌大赛中，这位青年必然名列前茅，收获赞誉无数，青年表示都是老师教得好，师门名利双收，好一派盛世祥和。可同一时期南部某省举办类似的诗歌大赛，还是这位青年还是同样的诗作，极有可能都入不了围。

3.李白的诗不好，小学生才喜欢李白，真正懂诗的都读杜甫；苏轼只不过名气大，其实他的词很一般；懂诗的人都知道，宋诗最好；你没文化，清朝的诗一点都不比唐诗差。这类言论在如今的互联网上非常有市场，倒不是说这些言论不可以商榷，而是这帮人完全是"懂王"作风，非要搞一些暴论来吸引他人的注意，要将自己包装得很有文化，并无限抬高一些小众概念，以此批评别人没有文化，搞出一些只能圈地自嗨的鄙视链。

4.电视上那些能背一千首诗的算什么才女，只有像他那样会写诗的才能叫才子；如果胆敢质疑他的水平，他会说你没文化，并且强调他们那个圈子多么厉害。按当下某些圈子的互捧，国内约有一百个李白、两百个苏轼、五百个李商隐被埋没，而且，完全是因为现在大众审美低下，才导致这些人怀才不遇。这廉价且虚伪的优越感，真不知道是怎么骗过自己的。

产生上述现象的原因有很多，不能一一列举，后世鼓噪者的强行拔高，为尊者避讳的黑色幽默，圈内大佬互相吹捧的利益输送，对外界不问对错的辱骂鄙视，共同构造了一个死结：评价标杆的缺失，话语权被霸占，导致大众想象中的诗歌文化迟迟无法出现。

想按部就班一条线一条线地解开，基本不可能，破除死结的最好方法就是用剑劈断。《沧浪诗话》便是这柄锋利的剑，且这柄剑断无"利器不可示于人"之理，应当交给每一位喜爱古典诗歌的读者，交给那些从未忘记初心的文学青年，交给那些仍在默默写作的惨淡经营者，交还给酷爱饮酒的先民，交还给相约水泽的湘君湘夫人，交还给窈窕又宜笑的山鬼，也还给岁月，还给时间（此处矫情了）。

这个信息爆炸的时代，知识已基本面向大众，受过教育的读书人数量更是千年来之最，只要用心去查阅资料，获取信息，仔细咀嚼，定会有一番成绩。更何况，白话文至今不过百年，主体框架虽已构建，尚有大片空白需要探索，广阔天地，大有可为。当然，这只是我的一厢情愿，不过我深信不疑。

读诗写诗本是一件普通寻常的事，既是生活日用之事，也是生活日用之学，脱离生活日用的刻意拔高只会重蹈覆辙。对我个人而言，要说读诗写诗有什么精神体验，那就是苦中作乐，生活中的苦可以转化为内心的充实和愉悦。咱也毕业这么多年了，算是经历过社会毒打的人了，太清楚一点：说好听的话容易，做点实事太难。你说自己现在写的长篇小说陷入瓶颈期，我着实是同病相怜，可却又毫无办法。只能来碗鸡汤，但凡还有一点力，一丝光，也要坚持下去。

祝一切安好，作品早日出版。

与罗君政书

罗君启：

上次关于李杜的讨论不尽兴，本想着下次见面再好好探讨，可这段时间整理完资料，发觉要说的东西好像太多了，就算是见面都不一定有空说完，想想还是用文字表述吧，我也不管行文规范了，就当是在校园辩论或者喝酒闲聊。

如果这场辩论赛的题目是"李白和杜甫谁更优秀"，正方意见是"杜甫比李白优秀"，反方意见是"杜甫没有李白优秀"，正反两方该如何入手？

假如我是正方，"杜甫胜于李白"的理由大致归纳如下：

1.杜甫的诗题材更为广泛，包罗万象，其诗更是被誉为诗史，高过李白。

诗至杜甫，浑涵汪茫，千汇万状，兼古今而有之。杜甫又善陈时事，律切精深，至千言不少衰，世号"诗史"。

杜甫之胜人者：①思人所不能思，道人所不敢道，以意胜也。②数百言不觉其繁，三数语不觉其简，所谓"御众如御寡""擒贼必擒王"，以力胜也。

2.杜甫的诗对后世影响极大，无数人以其为师，远胜李白。

杜甫之诗，支而为六家：孟郊得其气焰，张籍得其简丽，姚合得其清雅，贾岛得其奇僻，杜牧、薛能得其豪键，陆龟蒙得其瞻博，皆出公之奇偏尔。后人师拟之不暇，矧合之乎？风骚而下，唐而上，一人而已。是知唐之言诗，公之余波及尔。

宋明以来，诗人学杜甫者多矣。予谓韩愈得杜神，苏轼得杜气，黄庭坚得杜意，李梦阳得杜体，郑继之得杜骨。它如李商隐、陈师道、陆游、袁凯辈，又其次也；陈与义最下。

3.杜甫的诗思想境界高，李白其识污下。

李白见识卑下，诗词十句，九句言妇人、酒耳。

杜甫忠愤激切、爱君忧国之心，一系于诗，故常因是而为之说曰：《三百篇》，经也；杜诗，史也。

古之人，如杜甫之雄浑博大。志定，则气浩然，则骨挺然，孟子所谓"至大至刚塞乎天地"者，实有其物，向光怪熊熊，自然溢发。杜甫独步千古，岂骚人香草，高士清操而已哉！

4.李白投身永王李璘，参与叛乱。

安禄山反叛，李白辗转在宿松、匡庐之间，永王李璘辟为府僚佐，李璘起兵，被唐肃宗击败，李白被抓，按律当诛。

反方该如何入手呢？我以为应先逐条反驳。

1.李白的诗从内容题材来说，确实没有杜甫那么包罗万象，但现在辩论的是二人诗歌的艺术性，明清有文人一生能写万余首诗，涵盖社会各个方面，上至朝廷高门，下至江湖底层，三教九流，无所不包，甚至还描写了西欧北美各国，但是会有人把他们的诗当作堪比李杜的佳品吗？题材包罗万象是评定诗歌优劣重要的一点，但其权重并不算高。

2.杜甫的诗对后世影响极大没错，但不能说对后世影响大就可以证明其诗最好，《离骚》好不好，为什么后世没人学呢？因为学不会啊。后世学写打油诗的人最多，难道说张打油比杜甫厉害吗？再比如说校园篮球场上，一般人都喜欢学艾弗森打球，学乔丹打球的人很少，这难道说明艾弗森打球比乔丹厉害吗？不，这只是说明艾弗森那种打球方式极受学生喜欢，也能学个基本模样，而乔丹那种打球方式一般人想学都学不会。

3.对方辩友说杜甫的诗思想境界高，我想这是混淆了思想境界和价值观，思想境界和价值观是两码事，庄子的逍遥游齐物论是思想、荀子的化性起伪是思想、盐铁论是思想、玄学也是思想，但忧国忧民这是价值观，当然这是优秀的价值观，可并不等同于思想。如果说诗中的思想性，那玄言诗的思想性高、说理诗的思想性也高，甚至一些唐朝禅家的俗语诗思想性也高，比如王梵志和寒山拾得，他们的诗充满了思辨色彩，但又有哪一部文学史会把这些思想性高的诗与杜甫相提并论呢？李白见识卑下，从王安石的角度来说，并无太多问题，但如果从王安石的角度来说，诗都不应该存在于科举考试中，任何不利于治国教化的东西都属于见识卑下。所以，这一点完全不能作为辩论的依据。

4. 李白的政治实绩几乎为零，这一点没什么好否认，投身永王这种事颇符合他纵横家的出身，但有一点需要说明白，李白政治上骚操作归骚操作，可没有背叛大唐，他投身的永王李璘本就是唐玄宗的儿子，排行第十六。李白政治上糊涂，但要是以此暗示李白背叛大唐，则别有用心。更何况杜甫政治上也没好到哪儿去，在左拾遗的位置上强行为房琯辩护，房琯身为宰相，却好说大话，行事虚浮，率军与安史叛军交战，竟任用不懂军事的书生统率诸将，损兵折将，数次大败。赏罚必须要公正，打了败仗就是诸葛亮也自降三级，唐肃宗因此罢免了房琯的宰相，这难道也有问题？杜甫上书辩护，按其理想是为国为民，但从历史史料记载来说，房琯着实不堪大用，如果战败不受罚仍以其为相，大唐国土上的万民还不知道要受多少苦难。

逐条反驳之后，再来一段综合论述。

对方辩友罗列的四点根本不足以证明杜甫比李白优秀，李白和杜甫同处开元、天宝，李白天下闻名，无论是诗坛诗人的评价，还是社会大众的认知，甚至是大唐官方，都一致认可李白的诗名，而杜甫则未能享有如此盛名，就连杜甫本人也是李白的崇拜者。所以，一个很明显的结论，李白胜于杜甫。

这大概就是辩论的简洁流程吧，但我总觉得辩论的导向性太强，极容易出现类似粉圈互黑的局面，读书变成了抬杠，而且抬杠还是闭着眼瞎抬，倒不如坐下来闲聊，从一些常被忽视的细节入手，再将时间轴拉长，好好掰扯掰扯李白与杜甫。

首先我想说的是，中华文化中文史向来不分家，讨论诗人的艺术成就，必然要带着诗人一起讨论，即知人论世。这就出现了一个价值观导向的问题，两宋三教合流之后，儒家中的理学成为中华文化的绝对主流，李白这类非主流很难得到一个公正的评价，这不仅是李白的问题，还包括隋唐的显学禅宗，道家的治国宰相李泌，善于理财的刘晏、杨炎，明朝的异端李贽等。在儒家的价值导向下，有一大批人指责李白缺乏忧国忧民的现实精神，李白的辩护者也会举出《古风》等诗证明李白并非没有忧国忧民。但这种辩论并非分析问题，仅仅是在找资料抬杠。杜甫按儒家思想评价，自然近乎圣贤，这毫无问题，但中华文化并非儒家一家，儒家也非只有理学，单单用儒家的理学思想去评价一切容易陷入某种极端。

李白这种纵横家出身的人，又游仙又修道，一会儿要当官一会儿要隐居，说话不着调，情绪波动极大，王安石说他见识卑下，且不管这句评价的真伪，从王安石的角度来说，倒是千真万确。但也仅仅限于王安石这类宰辅格局的文人了，其他人要也以此攻讦李白，那真是可笑。李白在建功立业这条路上的偶像是鲁仲连，战国时期著名的纵横家、说客，单从这一点来看，以儒学为准则的后世文人基本没法客观评价他。有戏言说苏轼是生活在宋朝的唐朝人，格格不入，做个类比，李白就是生活在唐朝的先秦人，遗留着先民既质朴又决绝的情感，很难想象与李白身处同一时代的人是如何包容和接受他的，这大概就是盛唐之所以为盛唐的一个原因吧：对非主流如此开明，更推崇为时代的旗帜，社会从上到下各个阶层都好像很乐意有这么一个疯疯癫癫却着实才华横溢的人存在，也尽量配合着与他演一出"将相和"的好戏，他们似乎是想用实际行动来给后世做个表率，让历史看看什么才是真正的盛唐气象，细想之下，这是何等的文明格局和文化自信。

其次我想说，当下的读者从小受到的教育经历，已经习惯了唐以后的诗歌范式，便自然而然地认为诗歌从古至今便是如此。但一个显而易见的现实是，唐之前的诗歌与唐之后的诗歌完全是两回事，初唐时期，正是沈宋、四杰、陈子昂他们从最简单的开始写起，从最基础的开始写起，不断矫正着六朝的影响，引导着诗歌的创作方向，直到孟浩然、李颀、王维等诗人开创了盛唐先声，最后由李白完成致命一击，诗歌才是如今所见的范式。

从某种意义上来说，上述诸位首先应该是文学改革者，然后才是一名诗人。而具体到李白，叙事方式则更为宏大，他几乎直接跳过了魏晋六朝，将盛唐诗歌与先秦两汉一举相连，这一点实在过于传奇。文学史上不断出现各种复古运动，韩柳的古文运动，一直到百年之后的宋朝，欧阳修、苏轼、曾巩等人接力棒式的不断前进，终于干掉了骈文；明朝前后七子的诗必盛唐，轰轰烈烈一百年，理论一套接一套，可就是没法再前进一步；清朝的湖湘古诗派想接汉魏、同光体想接元和及元祐，理论也写了不少，却终究是差了一步。相比之下，唐人似乎很少有大段的理论，最多就是一两句话，大概如"梁陈以来，艳薄斯极，沈休文又尚以声律，将复古道，非我而谁与！"这类的狂妄之语。不过历史已经给出了答案，初唐盛唐这群人是真正的人狠话不多，所谓读万卷书、行万里路，他们是一个不落，拼命读书，拼命游历，最终以实际作品改变了文学史的整个走向，且很少大喇叭宣扬他们的理论，这像极了李白所写的侠客"事了拂衣去，深藏功与名"；又说尽了太史公的盛誉"桃李不言，下自成蹊"。此处并非为李白一人邀功，更是为了沈宋、四杰、陈子昂、孟浩然、王维、李颀等先行者辩白，同样也是为后来的崔颢、常建、王昌龄、高适、岑参等后续参战人员记功。诗歌革命，开头极为漂亮，如果收尾没做好，恐怕还要曲折反复，幸好盛唐的殿军是杜甫。

善始者繁，克终者寡，盛唐之所以是盛唐，杜甫的功劳要占大半，杜甫比上述诸君晚生了十几年光景，但彻底继承了盛唐的优点，杜甫诗歌创作的四个阶段，年少游历期、长安干谒期、逃难成都期、流亡夔州期，无时无刻不在总结先人经验，并根据自身的时代，以亲历的体验为基础，面对再多苦难，也未曾放弃，杜甫穷困，作诗的纸笔想必不怎么样，但就靠着那些不怎么样的纸笔，继续推动着诗歌改革，从五言古诗到七言律诗、从长篇歌行到短篇绝句、无一不写、无一不改、精益求精，终于大成。说得粗略一些，李白将前人所有的写诗方法都总结了一遍，杜甫又为后人开创了所有的写诗方法。

只有站在后世千年的文学史上，才能充分认识李白的意义，进而更加明白杜甫的意义。后世有些学者受制于知识壁垒，书没法读得那么多，眼界被限制不能那么宽阔，只能拘于书斋推测这推测那，不必去指责他们，因为并不是每个人都能身处当下这种信息爆炸时代，可如果今日之学者还不能理解盛唐与李杜的意义，仍引用一些明清疯语梦呓般的论诗，将之奉为理论经典，闭着眼睛站在腐朽的土堆上，批判这批判那，那就太可笑了。杜甫的脾气完全是盛唐典型，既清醒又刚偏，既少言又易怒，他身处盛唐尾声，对诸君先行者的意义实在是太清楚不过了，所以面对当时愈演愈烈的质疑，他不但独怜李白才，更是创作了六绝句为四杰他们辩护，其愤慨之情，真恨不得亲自动手跟这些人干上一架。只可惜后世之人虽然嘴上都喜欢说以杜为师，但实际上也只是说说，假借杜甫名声罢了，就连杜甫诗文中这么明显的思想倾向，很多人都不愿意承认，他们把杜甫偶像化，进而借用杜甫的名望巩固自己的话语权，甚至有人刻意将杜甫与盛唐割裂，或者故意挑拨杜甫与李白以及盛唐同侪的关系，真是恶心至极。

　　说完李白与杜甫在文学史上的意义之后，本应该再谈一谈李杜的艺术成就，但这要是说下去，三天三夜都说不完，而且译文中也大致提及了一些，我以为对李杜的艺术评价是一件非常困难且神圣的事，现存李白诗近 1 000 首、杜甫诗近 1 500 首，光是 2 500 首诗读完且理解就已经不得了，但如果连这基础的 2 500 首诗都没能理解透，却从文学的角度去评议李杜，只能是妄言。所以此处暂且就不说了，待五年十年后，独墅湖畔，秉烛夜谈。

　　最后，我想引用一句话："文章写善恶是非最难。偶见某位大作家的《苏东坡传》，只觉得真是人不能写比他自己高的对象。苏东坡与王安石是政敌，而两人相见时的风度都很好。文中帮苏东坡本人憎恨王安石，比当事人更甚。"对我来说，评议李白与杜甫已经近乎眼高手低了，完全是仗着后世的上帝视角说上几句不痛不痒的话，可千万不能当真，没有什么李白与杜甫孰高孰低的问题，只有个人更喜欢李白还是杜甫的问题。时境不同，身份不同，所处位置不同，所持价值观不同，都会产生不同程度的喜好，自不必多言。

　　祝工作顺利，早日晋升，一切安好。

<h2 style="text-align:center">与巫君先康书</h2>

巫君启：

　　上次端午节回家，时间匆忙不能详谈，你问我还在不在读清代诸老，自 2017 年夏收到你寄给我的日本学者山口久和《章学诚的知识论》后，以此书为犁耙，将我这淤塞的大脑疏了好几遍，只觉得之前对清学的某些看法有所加固又有所松懈，当然此类思想史明显超出我目前的思考范围，所以上次也只是跟你随便聊了聊。还是言归正传，说一说上次未聊完的事。

　　你是历史系出身，思考的问题自然与历史有关，上次聊到陈寅恪的《元白诗笺证稿》，即有一个特别尖锐的问题：如何理解陈寅恪的"以诗证史"。依其自述及后世解读，大体可总结为：其笺诗、证诗所凭借者，乃是历史的眼光与考据的方法；一方面以诗为史料,或纠旧史之误,或增补史实阙漏,或别备异说;另一方面以史证诗,不仅考其"古典",还求其"今典",循次披寻,探其脉络,以得通解(引自汪荣祖《陈寅恪评传》)。然而钱锺书极其反感此种说法,于《管锥编》《宋诗选注》《谈艺录》中不断针锋相对。你我皆无力于此理论层面讨论一二,倒不妨聊一聊具体的实操,比如诗学评论时的史学介入程度如何把握。直接举例说明:

元和十年自朗州至京戏赠看花诸君子

唐·刘禹锡

紫陌红尘拂面来,无人不道看花回。

玄都观里桃千树,尽是刘郎去后栽。

刘禹锡这首诗挺出名,不少选本中都会收录他这首战斗气息极强的七绝,有些诗学评论这样写道:此诗嘲讽了自己被贬后的朝廷新贵,运用比兴手法将朝中那群趋炎附势、攀高结贵的政敌狠狠批判一番,极大刺痛了当权者。读者本就对刘禹锡有好感,看到上述评议后,自然相信元和十年朝堂之上定是鸡犬当道。然而对唐代历史有所了解的人想必对诗题中的"元和十年"不会陌生。

元和是唐宪宗年号,元和十年发生了一起影响至深的政治事件,唐王朝的实权宰相武元衡被藩镇派遣的刺客于长安城中当街刺杀,一直致力于削藩恢复大唐荣耀的唐宪宗既惊又怒,提拔同样遭受刺杀却幸免于难的御史中丞裴度为宰相,任用此前因父萌荫却默默无闻的李愬统率兵马。君臣上下,同结一心,运筹帷幄,坚韧不移,历经数年终于平定骄横的藩镇,史称"元和中兴"。

而刘禹锡诗中嘲讽的当权者正是武元衡和裴度这两位享有盛名的治国宰相。

如果再深入翻阅唐代的史料,可知诸如韩愈、白居易、元稹、李益、张籍等诗人都在宪宗时期入仕为官,韩愈与裴度交好、白居易与武元衡交好,其他诗人也各有交游。再看刘禹锡这首诗,不仅针对武元衡和裴度,更是群嘲了韩愈、白居易等朝廷新贵。有些读者为刘禹锡开脱,说刘禹锡诗中所嘲讽并非上文所说的名臣文士,而是特指俱文珍这类宦官。但根据《旧唐书·武元衡传》:顺宗即位,以病不亲政事。王叔文等使其党以权利诱元衡,元衡拒之。时奉德宗山陵,元衡为仪仗使。监察御史刘禹锡,叔文之党也,求充仪仗判官。元衡不与,其党滋不悦。数日,罢元衡为右庶子。彼时政治局面,如以唐史粗略论述,刘禹锡属于唐顺宗嫡系王伾和王叔文集团，韩愈、白居易则属于唐宪宗嫡系武元衡和裴度集团，双方势同水火，唐顺宗登基半年即逝，唐宪宗继位，立刻赐死王伾和王叔文，另将其核心八人黜为各地司马，刘禹锡被贬为朗州司马，另一位诗人柳宗元被贬为永州司马，史称"二王八司马事件"。

有了以上史料作为参照，再次品鉴刘禹锡这首诗，读者心中便有了一个大概的历史轮廓，至少不会被刘禹锡的四句话就带跑偏了去大骂唐宪宗所重用的武元衡和裴度。刘禹锡有以诗抒怀发泄情绪的权利，可如果诗论者也不假思索顺着刘禹锡的情绪解释，忽视了这首诗的创作背景和历史史实，则会严重影响读者的理解和判断。

刘禹锡在贬谪期间创作了大量优秀的诗文，展现出他虽身处江湖却不忘国事的赤胆忠诚，朝堂之上曾经将他贬黜的执宰大臣也因此消除了成见，刘禹锡贬谪生涯30余年不改初心，终唐武宗会昌年间回到洛阳养老，此时他与昔日的对手裴度、白居易等交游唱和，安享晚年。此乃后话，姑且记之。

这样的例子还有很多，比如说北宋围绕王安石变法的相互攻讦的诗人诗作，如苏轼的乌台诗案、蔡确的车盖亭诗案，如果诗学评论没有史学介入，那闹出来的笑话跟现在互联网上小学生互喷没什么两样。

但史学的介入程度需要拿捏，不可用力过猛，将诗学搞成清学末流。

蜀 道 难
唐·李白

噫吁嚱，危乎高哉。
蜀道之难，难于上青天。
……
其险也如此，嗟尔远道之人胡为乎来哉。
剑阁峥嵘而崔嵬，一夫当关，万夫莫开。
所守或匪亲，化为狼与豺。
朝避猛虎，夕避长蛇；磨牙吮血，杀人如麻。
锦城虽云乐，不如早还家。
蜀道之难，难于上青天，侧身西望长咨嗟。

李白这首《蜀道难》知名度极高，历朝历代诗论家不断尝试找出这首《蜀道难》

的主题思想,将这些诗论家的观点归纳如下。

1. 认为此诗是李白身在长安时为送友人王炎入蜀而写,目的是规劝王炎不要羁留蜀地,早日回归长安,避免遭到嫉妒小人不测之手。

2. 认为此诗是开元年间李白初入长安无成而归时,送友人寄意之作。

3. 认为此诗讽刺章仇兼琼,章仇(复姓)兼琼是天宝年间镇守蜀地的节度使。

4. 认为此诗讽刺严武,严武是上元年间镇守蜀地的节度使。

5. 认为此诗讽刺一般恃险割据的官吏。

从上文历朝历代学者归纳出的观点来看,《蜀道难》的主题大概被限定在规劝友人和讽刺权贵之间,诗论家不辞辛苦去浩瀚的古籍中查找线索,争论这到底讽刺的是唐玄宗时代的治蜀大臣章仇兼琼还是唐肃宗时代的治蜀大臣严武。这就是很明显用力过猛,超出了史学介入诗学的边界范围,反而损害诗学的美感。《蜀道难》的主题就是李白御运文字去探求汉语美感的边界,拿史料去考证讽喻,那是史家的事,并非诗家的事。

聊完"以诗证史"或是"史蕴诗心"后,咱还是聊一聊别的吧,就从你送我的这本书说起吧——《章学诚的知识论》,章学诚的学术后世益重,借其名望做学问、写"水论文"者举不胜举,杂如牛毛的校注、细到无聊的年谱,读起来简直就是受罪。但归根结底,绝大多数议论仍沿袭前人已然设定好的框架,比如"章学诚是清学的思想革新者"这种后世视角的评价性论述。那些论述直接略过,可我总疑心一件事:在乾嘉整体的社会环境和学术风气下,章学诚到底从哪里汲取的知识,让他有底气去挑战彼时的学术权威和其背后千年来的道统,就算他可以靠江南乡贤的私家藏书阅读先前的典籍,甚至可以虚构出"王守仁—刘宗周—黄宗羲—万斯同—全祖望—章学诚"这样传承有序的浙东学派,可他的内在驱动是什么?总不能说是为了名望和地位吧,如果仅仅是为了名望和地位,他完全不需要走得如此极端,一个敢在清朝中期高举"六经皆史"的文人,基本上等同于放弃主流地位了,事实也确实如此,章学诚的世俗名望一言难尽,学术地位更不似今日这般隆盛。要不是尔后清朝衰败,学术道统被西学捶得粉碎,章学诚估计和事功一派差不多,必为千年小黑屋的不二人选。

可问题就出在"要不是"这三个字上,见过太多这种"要不是"的句式表达,如"要不是××阻碍了进步,资本主义在明末就发展起来了""要不是××把理学抬得太高，科学技术不会落后得那么多""要不是××不跟××一条心，那谁也不可能这么快拿下中原"。当"要不是"这三个字说多了的时候，通常意义上的学术讨论就会被消解成酒桌上的抬杠吹牛。因为"要不是"这三个字在中文语境下所蕴含的强烈隐喻，可直接写成"事后诸葛亮"。

"事后诸葛亮"的致命处在于向上反溯时，将一切时间尺度上先行存在的因素都当作了因果关系，却并未对先行存在的因素仔细分辨。比如晚明思想学术，关注点大多集中在心学各家流派之上，而后是顾黄王三大家，上述显学光芒璀璨，自然是看不到别的地方。后世学者如果业已接受相关论断，也就很难再思考深究。可只要往远处多看一眼，向别人多打听一句，也许情况就完全不一样。

黄宗羲（浙江余姚人）生于1610年，欧几里得的著作《几何原本》经徐光启（上海人）翻译出版于1613年，逻辑学著作《亚里士多德辩证法概论》经李之藻（浙江杭州人）翻译出版于1631年，介绍西方力学的《远西奇器图说》经王征（陕西泾阳人）翻译出版于1634年，万斯同（浙江鄞州人）生于1638年，明清易代于1644年。这百年的浙东学派传递脉络，如果启用西学东渐的时代背景，那会是另一套表述：章学诚思想与乾嘉整体学术格格不入的理论底气，不仅来源于浙东传统风气，或许江南私家藏书馆内西学著作所占的比例更重。当然这只是我的瞎扯而已，为的就是凸显章学诚一点：文人向学者的过渡。再直接一点：传统文人向现代学者的转变。

章学诚卒于1801年，距1840年鸦片战争39年，彼时东亚的传统思想正处于加速崩析状态，然而直到1915年开始的新文化运动，章学诚还躺在小黑屋中无人关注，直到日本京都学派的创始人内藤湖南于1920年出版了章学诚的年谱，胡适等新文化运动中涌现的大佬们才惊奇地发现，原来万马齐喑的过往还曾有如此振聋发聩的呐喊。内藤湖南深受章氏学术影响，根据"平民的发展"和"政治重要性"两条特征，将唐宋之际视为中国历史重要变革，劈头盖脸喊出了"唐宋变革论"，称南北朝及隋唐成为中古，划宋元明清四朝为近代。（绕来绕去可算是绕到"唐宋变革论"上了，原来还想再聊聊内藤湖南在那个年代是从哪弄到章学诚著作的，是不是跟章学诚在江南私家藏书阁读书一样，但这一说起来又是一大串，就此打住，直接讲唐宋变革了。）"唐宋变革论"影响非常大，参与讨论的学术大佬不胜枚举，某些争议性的话题都是神仙打架，不必多说，我将话题缩小到一本书，即美国学者包弼德所著《斯文：唐宋思想的转型》，此书对我影响相当深，得就此机会跟你好好捋一捋。

我认为那些接受过良好现代学术训练的美国汉学家，普遍笃定可以回溯至任一思想之原点，再用后世某一理论视角切入，建立类似上古、中古、近世的历史边界模型，在这类绝对大前提下，挖掘各种史料，大到思想史、制度史、宗教史、文学史、艺术史，小到族群迁移的具体走向、家族族谱的历代传承、诗人不同时期的应酬社交诗作、小说戏曲中对某一重大社会事件的改编重述，归纳整理该思想于各段历史的转型，并极为注重历史边界的清晰跃动。这类学术范式逻辑性极强、史料翔实、论证严密，从学术层面根本反驳不了。但我认为历史的精准边界并不存在，特别是从思想史和文学史这两个极为重要的视角观察，历史只存在模糊的边界，思想的走向趋势变数太多，不但反复横跳，甚至逆向回溯，这些不断出现的黑天鹅如同电脑系统中的 bug，需要不断打上补丁，但过多的补丁会导致系统臃肿无比，不堪重负直至崩溃。（我英语不好，没法直接阅读英文原著，只能阅读中文译本，有留学海外的朋友告诉我西方汉学最重视 origin、transformation 这两个词，大体就是我想要表达的意思，不过目前我理解尚浅，暂且记之。）

此处仅以中唐古文运动为例，韩愈、李翱旗帜鲜明地提出文以载道，复兴儒学，为了对抗佛教和道教，韩愈等人以文学为争道统的刀剑，斗争一直持续到北宋，欧阳修、苏轼他们接过了以韩愈古文运动的旗帜，最终取得了决定性胜利。从宏观上看，这是一个非常明显的变革，但其中有几个细节需要注意：

1. 韩愈的诗歌和文章要分开来看，韩的诗歌最显著的特点是用文入诗，可是北宋诸公并没有继承这一点，而是保留了诗歌的独立性，从梅尧臣、欧阳修到苏轼、黄庭坚，另外搞出一套宋诗的系统，虽然这套系统受韩愈影响不小，但绝对不是以文为诗。

2. 贵族和寒门的审美二元对立理论，石介在欧阳修、曾巩古文运动之前，就开始在诗歌领域狂怼西昆体，西昆体明面上是宋初杨亿、刘筠，但其内在是晚唐温、李为首的艳丽诗风。杨亿、刘筠等人算得上宋初科举出身的第一代士大夫中的佼佼者，钱惟演更是贵胄出身，按理来说应走典雅中正一路，但他们却选择晚唐政治的边缘角色、寒门庶族出身的温李二人，奉为诗学标杆。石介是寒门庶族出身，通过科举步入仕途，按理他应该学一学温李，可他却毫不犹豫地选择了西昆体的对立面，标榜温柔敦厚的诗教。如此看来，政治身份和文学风格的矛盾不能仅仅用唐宋科举异同或者世家贵族和寒门庶族的二元对立来简单解释。

3. 中唐韩愈那一派光芒耀眼，可白居易这一派也不让分毫，元白新乐府运动从宏观层面来说，跟古文运动的内核差不多，即以诗歌为刀剑，补察时政，重塑道统。但元和诸公受佛教、道教影响也很大，白居易、刘禹锡后期诗歌基本回归闲适，也就是这类相对平和的闲适被北宋真正意义上继承了下去。后世看江西诗派标榜以杜甫为祖，便误以为真，可从七律这一脉来看，存在着非常明显的白居易到李商隐到西昆体到黄庭坚的脉络。粗略地说，宋诗是元和的嫡系亲传，跟盛唐殿军杜甫的关系远没有标榜得那么深。

4. 最后一个细节，生长于北宋的士大夫经历靖康之耻，南渡后痛定思痛，急需一个背锅侠，于是在思想领域以清算王安石新学为主。但在诗歌领域，却出现了原宫廷乐师流落北方所唱的哀歌、以陆游为典型的爱国忧愤诗。可等到两宋相交的诗人全部离世，永嘉四灵登上诗坛，诗歌中的主流价值观已然全是佛家思想美学了。与此同时，理学却开始成为官方思想，并影响而后八百年。粗略来说，南宋后期士大夫有一种明显的精神分裂感，思想以程朱理学为尊，文章以韩苏散文为尊，诗歌以佛家美学为尊，这种分裂感让后来人无论以哪个视角观察，都会产生潜在的怀疑。

这类潜在的怀疑便会化作各种学术研究范式，试图从充满迷雾的森林中找出一条清晰的路径。只是在我看来，当一片森林足够大时，必然存在迷雾，清晰的路径只是一厢情愿。找出大概的位置，画出模糊的边界，留出想象空间，可能更有助于读者了解这片森林。

扯了这么多，其实要表达的就一句：史学和史学家的趋势，是在历史研究中，尽量去掉主观的判断、人格性的力量。在西方，史学是要独立于哲学之外，在东方，史学是要冲破经学的束缚，这是史学很高贵的理想。但如此一来，史学对史料的囊括则不免与诗文发生冲突，史学可以去掉主观的判断、人格性的力量，诗文如何能去？钱锺书对"诗史"的讥嘲，称其为"押韵的文件"，便是诗学的高贵理想对史学的高贵理想的一次反击。然而，诗学的高贵理想如何定义，此处无法给出准确的表述，考虑到诗文无论如何也摆脱不了人的主观判断，便适度引用梁启超于《中国历史研究法》中提倡的"首出的人格者"，如明代思想，王阳明就足以概括他之前或之后的时代。此处不再讨论，回到诗学的高贵理想上来，如何在"主观的判断"与"非人格性力量"之间找到一条平衡线,或许有助于更好理解这一宏大概念。我以为,某些具体的表述可以参照唐代史家刘知几的三才论。

1. 三才论的第一才是史学,这里的史学不是史学宏大的概念,而是"历史研究中所要掌握的学问",钱穆说后人治史首先要弄明白两个问题,一是历代官制;二是历代地理,不然根本读不了史料,读了也是白读。诗也一样,首先要弄明白字义和读音,即训诂和音韵,这两门学科说起来是人文,但其内核精神偏向理工,与之类似的还有文献学、考古学、历史地理学等看似人文实则理工的学术学科,这些学科宏大精妙,诗学并无能力面面俱到,但一定要有所学习,是"诗歌研究中所要掌握的学问",属于诗学中的基础知识,没有这些,诗学根本不成学科。

2. 三才论的第二才是史才,诗学中的史才,大体如下:选取恰当的样本,引入相应的文学理论和文学批评,构建学术坐标,精确找出变量,并基于某种既定的逻辑体系提出具有见解的综合性论述,类似于现行的文学理论和文学批评,属于诗学中的理论知识,没有这些,诗学跟上文所说的训诂学、音韵学并无什么两样,即不能独立成学科。

3. 三才论的最后一才是史识,史识是史学之所以为史学的内核,诗学中的史识,便是美学(这里的美学概念并非哲学大类下的美学,专指古典诗歌中的美学,我实在是没有能力创作出一个专有名词,只得以美学来借代)。正如数字,无论后面有多少个零,决定其数值大小的却是第一位,无论史学史才多高,缺乏史识,便称不上治史;同样,无论训诂、音韵、文献有多扎实,文学理论、文学批评有多精妙,缺乏对古典诗歌美学的理解,便称不上精于古典诗歌。

诗学中的"美学"是如此重要,但我却无法给出任何定义,甚至难以引用与之相近的文字论述,这一宏大命题倒真的成了我最厌恶的"玄学",实在讲不清楚,就不讲了。这也可能就是人文学术的致命 bug,"形"讲完了必须要讲"道",但是只要讲"道",就逃不开一个悖论"文字必须先于思想",但在"道"这个层面,文字能做的实在太少,真是印了禅宗的古话,不立文字,教外别传。

章学诚在三才论之上又加了一个史德,以作规范。此等诛心之论,我以为不必时时刻刻拿出来说,但在某些关键问题上,具备一票否决的权重。如宋末、明末、清末三个苦难时期,史德便是照妖镜,一旦触碰了底线,无论之前如何如何,没有商量，请出堂庑。这里的史德概念，诗学中不好类比，只好引入历史背景以做规范，比如陈子龙、钱谦益在明清易代中的不同抉择，比如陈三立、郑孝胥在近代历史中的不同抉择，抑此必扬彼，断不可和稀泥。

于是，综合这本书翻译过程中的一些思考，以及这封信所要表达的想法，我于诗学提出了个粗略的定义：

$$诗学 = \left\{ \frac{（训诂+音韵）+（文学理论+文学批评）}{逻辑} \right\} 历史 \times 美学$$

诗学需要坚实的基本功，基本功必须接受一定程度的学术训练，无论是自学，还是跟师学习，都必须养成这种基本功。学术训练枯燥无味、烦琐不堪，一做可能就是一辈子的事。在此之外，如果要在诗学上做出点成绩，最需要的可能却是那一瞬间的美学灵感。而这一瞬间的美学灵感，又需要大量的经历、体验，甚至磨难、痛苦。以上就是我现在一些不成熟的看法，期待下次见面交流。

祝工作顺利，阖家幸福，一切安好！

给自己的一封信

说来惭愧，读某些作家的文集，看他们在书末有时会附上一封给自己的信，觉得颇为矫情，既然是给自己的信，对着镜子说出来不就完了，何必多此一举，等到本书快结尾时，我却急切想给自己写一封信了，人生总是这样，避不开逃不掉的"真香定律"。

不过我反复告诫自己，这封信差不多写写就行了，可别沦为痛苦流泪般卖惨，又或者出现扬扬得意般自负，甚至廉价的自我感动，那这封信可算是白写了。翻译时间算不上长，连头带尾大约一年，这一年里有不少故事，也有不少事故，主要还是事故为多，那些回忆，不管是美好还是难堪，我基本都选择主动遗忘，只是有那么一件事我却记得清晰无比。

萌生翻译想法后的一段时间，虽然看着很努力，却一直找不到节奏点。事必躬行方知不易，我之前总觉白天工作晚上读书不是一件困难的事，但真到了提笔创作这一步，便是事事不如意。就这般耗着挨过了大半个月，资料勉强才整理到南北朝，而且脑中思路并不能很好地反映到文字上面，简单来说，就是想法一套接一套，可落笔不出百字就成了小学生日记。患得患失，瞻前顾后，每天都处于矛盾中，直迫崩溃的边缘。

现代社交平台上毒鸡汤不少，我对此总是嗤之以鼻，然而令我自省的还真就是一句毒鸡汤，又是一个陷入矛盾之中的夜晚，想工作却又不想动，想睡觉却又睡不着，百无聊赖的时候只好随意玩着手机，就在不经意间刷到了一条短视频，异常粗糙的剪辑技巧，配着土嗨的背景音乐，讲述一句相当抽象的毒鸡汤：既然选择了背井离乡，就不要假装在奋斗。

很难描述出第一次读到这句毒鸡汤时的全部感受，但我清楚知道，羞愧难当这四个字跑不掉。其实很多时间我都不太敢面对一些过于严肃的问题，因为内心不够强大，平时说说什么文学梦、什么诗与远方，都是自欺欺人，真到了让自己放弃某些实际利益的时候，内心深处总是找各种各样的借口搪塞过去，比如社会压力大首先要生活、比如攒钱买房升职结婚，总之就是给自己暗示，我是迫不得已，才不是不愿意去做，我还有文学梦，还有诗与远方。

这就成了例行范式的落魄文人，既无能力在仕途上更进一步，也无勇气完全放弃一切归隐山林，还自以为怀才不遇、看谁都不服气，总是处于夹缝之间，到头来浑身散发着穷酸味。我拷问自己：你不也一样，往前不敢进，往后不愿退，有点小才华，一副穷酸样？像我这样出生于20世纪90年代的人，家境小康，没挨过饿，没吃过苦，可能一生中经历过的最大压力就是高考，经历过最严厉的批评就是工作失误，扪心自问：就你这废物样，还读什么唐诗，还评议什么李白、杜甫，李白青年时一天之内所遭的白眼比你30年来还多，杜甫中年时一天之内所受的苦难比你这辈子还多，你在现实中连直面世俗社会压力的勇气都没有，却去评议李白、杜甫，是不是在开玩笑？

我不知道自己怎么熬过这些自省，一宿一宿地睡不着觉，到底如何下定决心，只记得自己算好银行卡里的钱，保证能生活下去不被饿死，向单位递交了辞职信，推掉一切可以推掉的事，就当自己是个废物，重新开始了翻译。

当主体框架基本完成，字数定格在14万字，我关掉电脑，一个人坐公交跑到苏州中心，假装自己是游客，跟满大街的陌生人问路，不为别的，就是为了证明自己还能说话。如今回忆起来可能我自己都不信，在这段并不漫长的时光里，我竟好几次处于失语状态，就是那种内心其实很想说话却死活开不了口的窘迫。那段时间每天勉强通过网络跟人打字交流，保持着最基本的社会沟通，以防自己真的失语。好友去年秋季外派至上海，有时抽空过来看下我，我开口讲话就停不下来，一直说一直说，把我所能知道的信息一股脑全说出来，他骂我一个人在家憋狠了恐怕要成神经病。

幸好没有失语也没成话痨，来年夏初，苏州城暖，我已经习惯了没事就走到阳台上发呆，这个季节，温煦的日光照在身上特别舒服，晾衣架上锈迹斑斑，天上的云偶尔变成心中想象的模样，看着楼下熊孩子们跟在小狗后面疯跑，不觉记起木心写过的一句话：不知原谅什么，诚觉世事尽可原谅。我很想去纽约看看木心当年讲课的地方，爬山虎长起来了没，可惜去不成，只好学着他的诗：不知道感谢什么，诚觉世事尽可感谢。

此处不应煽情，但还是要煽情下，特别感谢我的父母，没有他们的支持我不敢想象自己一人该如何承受来自各处的压力，从小到大也不知道给他们添了多少麻烦，挺不好意思的，我能为他们做的却很少，说一两句好话吧，愿父母安康幸福。更感谢时代和祖国：要不是科技如此发达，我绝无可能仅仅通过互联网，就能足不出户查阅如此众多的古籍史料；要不是国家昌盛，我绝无可能拥有这样一段几乎脱产却未受打扰的宅居时光。教诲指导过我的前辈长者、没心没肺同舟共济的朋友、为我加油打气的读书会同侪、跟我辩论抬杠的各网站网友，感谢这一切，感谢每个人，诚祝安好。

煽情结束，回到书信本身，在这段并不漫长的写作时光中，体会最深的是"细节决定成败"和"宜粗不宜细"这两句话。一正一反的两句话简直可以称作逻辑大杀器，怎么说都能说出理来。关于这两句话，我总是想起一个笑话：

物理学家、天文学家和数学家走在苏格兰高原上，碰巧看到一只黑色的羊。"啊！"天文学家说道，"原来苏格兰的羊是黑色的。"

"得了吧，仅凭一次观察你可不能这么说。"物理学家说道，"你只能说那只黑色的羊是在苏格兰发现的。"

"也不对。"数学家反驳，"你得这样说，由这次观察，在这一刻，这只羊，以我们的角度看过去，有一侧表面上是黑色的。"

这个笑话好像不怎么好笑，得转化下：

物理学家、天文学家和数学家读到一首宋朝的诗，写得比唐朝一般的诗都要好。

天文学家说道："啊！原来宋朝的诗比唐朝的诗好。"

"得了吧，仅凭一次观察你可不能这么说。"物理学家说道，"你只能说这首来自宋朝的诗要好过一般唐朝的诗。"

"也不对。"数学家反驳，"你得这样说，由这次观察，在这一审美体系下，这首宋朝诗，从我们的视角来审视，有好过唐朝诗的地方。"

转化之后好像更不好笑了，但笑话的内容正是我揪心的地方，在当前中文语境下，某些问题的表述如果过于宽泛，那就极易流于表象，造成歧义和误解；可某些问题的解释如果过于细致，那行文流畅度便大打折扣，失去汉语的简洁美感。另外，译文时我尽量避免使用"我们"这个词，我只能表达我的看法，代表不了其他任何人的看法，更代替不了读者的看法，行文中"我们知道""我们认为""大家知道""众所周知"这种词用多了，潜意识里便感觉自己说得很有道理，有很多人支持，然而这样的表述还是略显轻佻，尽量避免。

最后，给自己提个醒：全文说下来，"诗学"一词用得太多，然而所述不过是数个具体问题的集合，根本谈不上"学"，这等借名之法过于取巧，瞒得过一时瞒不过一世，属于实验性质的"跳着说"，当不得真。古典诗歌的现代学术脉络最终还要面临抉择：到底是"接着说"还是"照着说"，还是在两者间取得精妙的平衡？这项考验逃避不得，本文无力回答，暂且记之。

楼下超市养的两只小狗，之前经常拉着它们，向它们述说我对《诗辨》《诗评》的看法，它们只好在草丛里摇尾打滚，表示对我的支持，今天买了火腿肠带给它们：前段时间见笑了。

故 事

  故事是相关问题的补充说明，相关问题很多，但中心问题只有一个，即唐人七律，为何严羽认为崔颢《黄鹤楼》第一。

  这个问题并不是无聊人士搞出来的排名游戏，更不是粉丝给偶像的打榜活动，其本质是沧浪诗学体系的内在评价标准该如何界定。可以延伸出无数个火爆的小问题，如李白和杜甫的诗谁更好、李杜之后的第三人是谁、小李杜的高下之分、宋朝诗歌第一人真的是苏轼吗、宋诗第一人是黄庭坚吗、为什么南宋四大家是杨陆争先，只要想扯淡，肯定有切入点。

  而这一切的根本问题：一首诗的好坏，怎么判断？

  这个问题比较常见的回答是："公正地讲""客观来说""谁谁谁说"等。可惜，哪怕只要往下多想几步，就知道，这已经不是诗歌范围能够解决的事了。

  诗是由人创作的，诗的好坏也是由人评价的，所有的一切都基于人的思想，即便存在最公正、最客观、最权威的评价，也是由人发出，你可以说这个评价最权威，但如何证明这个评价最公正、最客观呢？这一切都是人的思想天然不可撼动的逻辑闭环。除非在人的思想之外，还存在另一种思想。

  目前并没有人类之外的第二种思想，所以从逻辑和情理两方面来说，这种问题不存在最公正、最客观的回答。可现实中每个人都在尝试回答。这个问题的正确答案不好找，错误答案却很好分辨；可即使排除了一千万个错误答案，也并不意味着更接近正确答案；人类找寻所谓的正确答案已经耗费数千年，或许会伴随人类文明的始终。

这些杞人忧天的想法实在可怕，姑且不再去想，坦然承认这与生俱来的短视吧，先来看一个科幻故事。

故事一，谁来复活李白

自牛顿后，人类文明在地球上又发展了十万年。当人类文明自以为达到了某一高度时，却发现原来宇宙中存在众多他们无法理解的真正高维度文明，这些高维度文明在宇宙中经常展开星际战争，只不过由于人类文明之前的观察手段太过低下，没法感知这轰轰烈烈的气氛。

如今，一个科技水平是人类一万倍的高维度文明，与另一个高维度文明的星际战争波及了太阳系，需要征用地球，人类无力抵挡，只得乞求高难度文明给人类文明保留一丝火种，高维度文明的指挥官同意了，但只给了一个限定容量的信息盒，并告知人类，文明火种必须由他审查通过后才可保留。人类悲壮不已，将他们在这颗美丽蓝星上创造出的文明精粹，全部压缩，直至装满限定容量的信息盒。清理完地球上所有的人类文明痕迹之后，指挥官开始审查文明火种，却发现信息盒中除了全宇宙通用的自然科学相关定理，还充满了大量无效且啰唆的语言和文字，他询问人类派出的谈判使者：这些是什么？

使者回答：这是先民与蓝星最初的沟通，流传至今，我们称为诗。

指挥官对此有了兴趣，他命令高维度文明的智者翻译人类语言和文字，并将其转化为高维度文明信息。智者告诉指挥官：人类的语言和文字是一种效率极为低下的信息传递方法，十几万年前，高维度文明也使用过类似人类语言文字的信息传递方法，但效率实在低下，在后来的进化过程中将其抛弃。

指挥官审查已被转化成高维度文明信息的人类诗歌，不禁发出嘲弄的笑声，以高维度文明的信息传递速度，阅读这些诗歌可谓一目千行，不过随着阅读量的增加，事情逐渐发生了转向。指挥官高兴起来，带着愉悦的语气问向人类使者：李白是谁？

人类使者回答：他是诗人，一位蓝星远古时代与自然共舞的吟诵者，我们一直都很喜欢他。

指挥官调出了与李白相关的一切资料，阅读之后，开怀大笑，他对人类使者说道：我向地球文明致敬，原来这些低效且容易产生歧义的文字在诗人手中可以组合成如此浩渺的精神世界。不过，为何他的诗歌只有这么一点，这与他的成就并不相符。

人类使者回答：蓝星的远古时代，战乱频繁，资源有限，或许李白不止这 1 000 多篇诗歌，但流传下来的确实只有这么多。

指挥官陷入惆怅中，他又开始阅读李白，不再一目千行，高维度文明的智者在他的感染下，也好奇阅读起来。半晌，指挥官长叹一声，问向智者：以目前的科技，能否复活李白？

智者摇了摇头：可用信息过少，无法达到复活的标准。

指挥官又问：将人类文字全部统计编译，重新排列需要多少能量？

智者笑了笑：人类文字信息承载量极低，全部统计编译并非难事，只是所需消耗的能源有点多，大约需要消耗一个太阳系的能源。

指挥官思考了一会儿，对智者说：摧毁这个星系，重新编译人类文字，这样就算复活不了李白，也可以复活李白的诗。

人类使者面如死灰站在一旁，发出惊恐的声调：你们难道是要用穷举法，将人类文字全部排列组合一遍，复活李白的诗？

指挥官并未否认，略带歉意地说道：请冷静，这可能会提前让你们离开地球，不过放心，看在李白的面子上，我会给你们安排最好的新家园，还会教给你们无法想象的科技。

人类被安置到了新家园，一个被高维度文明开发完善的生态星球。在新家园，人类最顶尖的学者聚在一起讨论着：用穷举法破译人类文字，一些疯狂的科学家设想过，可别说人类是否有这样的技术，就算有，所需的能源也是可怕的天文级数值，人类根本无力承受。

不过每个人都很好奇，都想见识下高维度文明真正的实力。人类使者请求指挥官公开这一切的过程，作为太阳系的原居民，以及人类文字的创造者和继承者，人类心有不甘。

指挥官回复人类使者：当太阳最后一丝光焰熄灭，一切都会水落石出。

高维度文明开始运作，就地采集太阳系内一切可直接利用的能源，这些能源很快就被消耗，于是他们开始焚烧小行星，小行星清理完后，开始破坏火星，火星之后是水星，水星之后是金星，接下来就是地球，地球被星际舰队附属的工程光束车撞成碎片。高维度文明的机器好像不会磨损，土星就这样被凿穿了，最后，他们拿出了维度异变球，压扁了木星。太阳系只剩下孤零零的一枚恒星，就在人类还在猜测他们如何对付这颗暴躁的生命之源时，高维度文明已然在太阳周边规划了光速限制区，并告诉人类，摧毁恒星是个精细活，需要创造出专门的恒星毁灭器，类似黑洞，届时吞噬太阳，会全程直播。

人类宛如远古时代关在天牢中的死刑犯，急切想知道自己行刑的具体日期，可真当这个日期降临时，却又无比恐惧。新家园上所有的人类都通过直播观看了太阳毁灭的全过程。太阳宛如神话中被蛛丝捆缚的巨人，空有蛮力，却动弹不得。光焰昏暗，阿波罗神的最后一丝战意熄灭，指挥官的邀请便如约而至，人类一时间竟分不清是喜是悲。

空旷的战舰上，指挥官立在大厅中央，未等他开腔，人类使者便抢先说道：尊敬的指挥官，虽然人类文明在这浩瀚宇宙中不值一提，但我们也认真思考过，早在蓝星远古时代，就有一个著名的悖论，名为莎士比亚的猴子。莎士比亚和李白一样，都是诗人。假如给猴子一台打字机，让它在无限的时间内无限打字，那么总有一天，猴子也可以打出全本的莎士比亚诗集。然而事实并非如此，第一，时间不可能无限，如果时间还在流逝，就意味着时间并未结束，这算不上无限，我们无法对未知的时间做结论。第二，即便猴子将莎士比亚所有诗集都打印出来，我们也只能参照存世的莎士比亚诗集，选出与之契合的作品，而剩下的海量作品，尚需分辨哪些可以算作莎士比亚的手笔，哪些又只是一部分人觉得像而已？

人类使者按照远古时代的礼节，欠了欠身，继续补充：即便您将太阳系毁灭，即便您将人类所有的文字重新排列成诗，即便您建构了一个数量无比巨大的诗歌样本库，可这些文字就像是寄存在巨大仓库中的未编号商品，没有谁可以从中准确挑选出李白的诗送至您的书桌。

故事说完了，这个故事的主体框架来自当代名家刘慈欣的著作《诗云》，将科技与文化的冲突置于科幻世界中，高维度文明利用超越人类文明的科技从根本上破译了人类文明引以为豪的文化，可即便人类文明所有的文化都被整理了出来，又该如何定义这些文化的好坏呢？

这个问题在现实中依旧无法回答，只能继续依托科幻世界假想。

故事二，谁来定义李白

人类使者一口气说完，过重的精神压力令他差点瘫倒，这是新家园人类经过九次集中讨论后得出的外交辞令，使者觉得此时自己就是萧瑟易水边的荆轲，忍受无尽苦难的西西弗斯，最终杀死歌利亚的大卫。可高维度文明的指挥官对这番突如其来且略带宣誓的话并未在意，他不无嘲笑地回答：你们不会真的以为一个可以毁灭星系的文明只会穷举法吧？不要用你们的思维推测我们，这很愚蠢。另外，这种廉价的自我感动你们玩了十多万年，也不嫌累。

指挥官立在舰首，指着如水沉静的外太空说道：地球虽已消失，文明却值得尊敬。我们决定为你们的文明举办一场告别仪式。而后他走回舰厅中央，指着一台仪器说道：这是专程为你们设计的意境转化器，可以将样本库中所有诗歌的精神体验转化为具体的物质反应，用你们的说法就是，诗歌的艺术成就可以用数值表现出来。根据智者的统计，李白诗歌的精神体验，如果转化为数值，其平均值约为高维度下的3Δ。现在我将全面检索人类诗歌样本库，每一首诗都会被意境转化器检测，得出相应的数值，如果达到了李白诗歌的平均数值，则会被记录在案，如果没有达到，则略过不录。当记录的数量达到某个阈值，我们会赠予你们一份礼物，一份很有意义的礼物。

人类使者缓过神来，问道：什么是意境转化器？难道说精神体验真的可以转化为物质反应吗？

回应他的是无情的沉默。

只见舰队全息屏幕上不断闪过人类文字，满屏的黑色字体，巨大的信息冲击着人类使者的大脑，使者打开智能辅助为自己处理信息。指挥官平静解释着：黑色字体表示没有达到李白平均值3Δ标准，红色字体表示达到李白诗歌所带来的精神体验。

红色字体一闪而过，人类使者的智能辅助将其捕捉，原来是李白的一首七绝，而后，又是一条红色，人类使者阅读之后发现这并不是现存的李白诗歌，而是穷举法的产物，使者询问智能辅助，这诗写得怎么样。智能辅助过了一小会儿，给出了回答，非常好。人类使者焦躁起来，看着高速闪过的字体，忧心忡忡。他问向指挥官：这需要多久结束。指挥官告诉他：本来需要好几个宇宙时钟，不过智者设置了过滤标准，很快就会结束。你难道不关注已经有了多少首李白诗歌了吗？达到一定数量，你们会得到礼物。

时间很快就过去了，样本库中所有的诗歌已经统计完毕，这巨大的天文数量级经过意境转化器的检测后，仅仅留下了3 000首诗。指挥官无不满意地说道：3 000首，真是一个不错的数量。李白现存诗歌的数量是1 010首，竟然只入选了500首。你听懂其中的意思了吗？我们不但复活了李白，还去伪存真、去芜存菁，还原了他的诗。

人类使者盯着指挥官，半晌大呼：可耻，这一切都是假的，你们不过是利用了超强的运算能力，将文字重新组合，再根据李白现存诗歌的信息，做对比判断罢了，从本质上来说，这仍是逆向验证，是不折不扣的伪科学，如果我们拥有整个太阳系的能源，我们也可以做到！

指挥官哈哈大笑：智者对你们的思想和行为推演得果然没错，不过这些都不重要了。设定赠送礼物的阈值为2 000，已然超过，所以这份礼物送给你们了，不管你们喜不喜欢，反正送出礼物这一瞬间，我非常愉悦。

礼物是智者的六份报告，赠予全体人类。

智者的报告一：按目前星际战争的进程预估，该星系三个月内会被敌方占据，对我方来说，将其改造成光速不可逃逸区，无疑是最优解。消耗太阳系的能源，完成对此类文明一次全方位观察，指挥官的命令可以执行。

智者的报告二：按照当前宇宙标准，人类文明处于相当低级的层次，主要原因在于他们的语言和文字无法完成信息的无损传递。举个例子，即便他们的科学家已经发现了某项自然科学定理，但却无法将其传递给这个星球上的全部人类，甚至他们的新生儿童还要从头学习，这种低效且容易产生歧义的信息传递手段严重制约了这个文明的飞跃。

不得不说，这种低效且容易产生歧义的信息传递手段在精神体验上的效果非常刺激。这些杂乱的语言和琐碎的文字，经过一次次排列组合之后，竟然会产生不可名状的未知感。这种精神上的未知感，他们称为意境，这真是个绝妙的比喻。虽然这些人类还无法理解宇宙中高维度文明的精神体验早就能够转化成具体的物质反应，但我保证，他们知道这些非常重要，否则也不会将其保留十万年之久，如今更是放入他们文明的火种保留盒。或许他们还在期待自身科技突破的那一天，重新认识自己的文明。

智者的报告三：我们消耗了太阳系三分之一的能量，没有任何意识干涉，只是单纯利用运算对人类文字进行无限制的排列组合，以此建立了一个天文级数量的样本库。不过，这种穷举法只是唬人的噱头，要想在如此巨大的样本库中找出李白的诗，难度远胜在太阳系中找到一根针。精确的参数、规范的坐标系、没有纰漏的运算方法，完成这三点，才能做到正向演绎，才有可能分辨出李白的诗。

为此我们以十年为一单位，统计了人类文明在不同年代对地球自然的认知、对自我文明的理解、对未知世界的态度，然后不断排除无关因子，控制实验变量，历经天文级数量的测试和修正，据此建立起人类思想和行为的本质驱动坐标系，即在确定的时间和确定的空间中，排除一切无关变量，推演一切切实的变量，最终，人类的思想和行为可被精准重现。这又耗费了三分之一的太阳系能量。

依据该坐标系，将推导出的个人的思想和行为与身处整体环境的关系，命名为人类文明重现算法。最后，调动人类现存资料中一切可利用的信息，输入推演，生成人类文明复原图，为此，我们消耗掉了太阳系最后三分之一的能量。

智者的报告四：在人类文明复原图中，只需在时空坐标中输入"唐朝"、人类坐标中输入"李白"，便可以在文明复原图中生成唐朝时期的全景数据，命令李白移动到长安，可得李白对长安的所有感知，集字成句，萃取为诗；命令李白移动到日本，可得李白对日本的所有感知，集字成句，萃取为诗。修改时空坐标，定位明朝永乐年间，命令李白移动到长安旧地，则李白会与彼时整体环境完成互动，导出该时空范畴下李白对长安旧地的所有感知，集字成句，萃取为诗；定位蓝星五万年，命令李白移动到火星，则李白会与彼时整体环境完成互动，导出该时空范畴下李白对长安旧地的所有感知，集字成句，萃取为诗。

人类一定会质疑，凭什么你们这么肯定这种运算下的李白就是真实的李白，根据人类文明复原图的推导，他们必然会喊出"你们不过是利用了超强的运算能力，将所有文字重新组合，然后根据李白的信息，逆向验证罢了，这是不折不扣的伪科学"。指挥官，要不我跟您打个赌，人类要是没说类似的话，您可以在我的领地内任意拿走一颗恒星。

智者的报告五：人类文明除了被他们低效且多歧义的信息传递方式制约，还被他们生产的海量信息给坑害了。他们至今理解不了精神体验可以转化为具体的物质反应，因此，他们对所有思想性的东西都无法达成共识，也没有确切的标准来判断这一思想相对于另一思想，到底是进步了还是退步了。人类在面对源源不断的海量信息时，内心极为恐惧，即使选择了某一条路，却因无尽的怀疑而曲折反复，不断试错，稍有疏忽，一切便要重新开始。这里并非在苛责人类，毕竟我们也是历经了数十次毁灭才进化出精神转化这一功能，只有理解了精神体验可以转化为具体的物质反应，才算摸到了高维度文明的门槛。

要让人类明白上述一切都是正向推导并不容易，但我相信，如果告之精神体验可以转化为具体物质反应这一实验的全部信息，以他们的智力会理解的。如果人类当真弄懂了这一切，就不会再问如何从浩瀚的信息中找出李白的诗，而是会问：谁来定义李白？

智者的报告六：人类曾有三次改变文明命运的机会，第一次是将巫卜之术从文明中剥离，以人类的视角来说，这是合理且进步的行为，但人类总是喜欢把事情做绝，以文明的名义把巫卜之术杀得干干净净，阻断了精神层面共识重塑这条路。第二次是围绕不可知论的辩论，很难相信人类这个层次的文明，竟然存在相当一批数量的思想家，仅凭薄弱的人脑思考出相当深刻的问题。可惜绝大多数人类对思想的理解太局限，他们称牛顿为伟大的科学家，却忽略了他才是真正改变人类思考模式的思想家。围绕不可知论的辩论旷日持久，哲学自封高贵，科学负气出走，文学自怜孤影，史学茫然不知所措，误解与撕裂堪称人类文明最顽固的绊脚石。第三次是人类解决了可控核聚变的应用问题，人类终于过上了他们幻想中不被温饱危机所左右的生活。可惜人类文明并没有按远古时代思想者的预计走出地球，反而陷入了无尽的空虚：科学家被剥夺了追求真理的资金来源，高级祭司醉心于语言和文字的解构，艺术世家对一切严肃的思考嗤之以鼻，落魄诗人终于能在吃饱饭后毅然选择隐居。任何被提出的宏大命题都会被群体无限消解为个人情感上的不喜欢，天空和土地之间的距离愈来愈远，草原上的星星之火早已被风雨灭熄，于是他们就在这里等了十万年，直到我们摧毁了这一切。

人类使者忍受着巨大的愤慨将这六份报告读完，正要全力辩解，指挥官却直接拒绝，只留下一句"你应该去问下新家园的人"就离开了。人类使者这才想起，六份报告已经传递给了全人类,他失去了转述的权力。

新家园的人类学者没有回答使者的问题,也没有安抚使者愤怒的情绪,只是介绍了目前的群体舆论。学者讪讪说道:抛开母星被毁这一事实,大部分人迅速接受了这一切,甚至觉得如果十万年的文明发展至今也就这么回事,倒不如投身星际宇宙,从零开始。

人类使者惊讶于新家园人类思想的风向转变,他不知道这一转变是突如其来还是沉积已久,他开始回忆母星上的历次思想运动,人类群体绝大多数时候都是乌合之众,情绪波动极大,基本不存在理智这一说法,大多数时候事情都被弄得一团糟,怎么这一次如此迅速就接受了投身星际宇宙从零开始?这一切简直无法理解,太不科学了。

新家园的学者借用休谟的名言回答使者:你我期待的因果关系不过是可以观察到的一件事物随着另一件事物而来,但两者之间其实并无关联。站在人类的角度看人类思想,可能永远也看不出自己的误解。他们按照他们文明的行为准则将这六份报告传给了全人类,现在,一切都结束了。新家园目前最受认可的一句话是:让知识传递不再受阻、让精神体验不再玄幻,全世界人类走过的路,都要算是我走过的路,投身宇宙,从零开始。

使者听完,嘲讽道:伟大的学者,失去知识垄断权的滋味好受吗?

学者嗤之以鼻:你不也一样,失去了转述权威的权力?

使者自觉失言,赶忙圆场:你我还是别说这些话了,新家园的新秩序还未重建,还望精诚合作。

故事至此结束,请原谅我的狗尾续貂,但所要表达的内容已经托出,不复多言。

案　例

案例是诗歌评论的具体实操，共九个案例，但没有标准答案。

案例一：平仄怎么改

一	二
吾宗端居丛百忧，长歌劝之肯出游。 黄流不解浣明月，碧树为我生凉秋。 初平群羊置莫问，叔度千顷醉即休。 谁倚柁楼吹玉笛，斗杓寒挂屋山头。	落星开士深结屋，龙阁老翁来赋诗。 小雨藏山客坐久，长江接天帆到迟。 燕寝清香与世隔，画图妙绝无人知。 蜂房各自开户牖，处处煮茶藤一枝。

三	四
霜黄碧梧白鹤栖，城上击柝复乌啼。 客子入门月皎皎，谁家捣练风凄凄。 南渡桂水阙舟楫，北归秦川多鼓鼙。 年过半百不称意，明日看云还杖藜。	江草日日唤愁生，巫峡泠泠非世情。 盘涡鹭浴底心性，独树花发自分明。 十年戎马暗万国，异域宾客老孤城。 渭水秦山得见否，人今疲病虎纵横。

问题

1. 上述四首诗，平仄有瑕疵，烦请修改。
2. 上述四首诗，用词多生造，烦请修改。

案例二：早朝大明宫应制

一	二
银烛熏天紫陌长，禁城春色晓苍苍。 千条弱柳垂青琐，百啭流莺绕建章。 剑佩声随玉墀步，衣冠身惹御炉香。 共沐恩波凤池上，朝朝染翰侍君王。	五夜漏声催晓箭，九重春色醉仙桃。 旌旗日暖龙蛇动，宫殿风微燕雀高。 朝罢香烟携满袖，诗成珠玉在挥毫。 欲知世掌丝纶美，池上于今有凤毛。
三	四
绛帻鸡人送晓筹，尚衣方进翠云裘。 九天阊阖开宫殿，万国衣冠拜冕旒。 日色才临仙掌动，香烟欲傍衮龙浮。 朝罢须裁五色诏，佩声归向凤池头。	鸡鸣紫陌曙光寒，莺啭皇州春色阑。 金阙晓钟开万户，玉阶仙仗拥千官。 花迎剑佩星初落，柳拂旌旗露未乾。 独有凤凰池上客，阳春一曲和皆难。

问题

1. 上述四首诗，有一首为杜甫所作，请分辨。
2. 上述四首诗，有一首为王维所作，请分辨。
3. 上述四首诗，哪一首最好，请综述。

案例三：早朝大明宫隔空唱和

一	二
漏尽金门锁钥开，衣冠云集拥三台。 冰霜令肃森仪卫，雨露恩深沐草莱。 剑佩迎班花底去，香烟满袖日边回。 儒生也作观光客，愿捧君王万寿杯。	山河襟带壮皇京，玉殿初瞻北斗明。 五凤居尊仙仗拥，六龙御正晓钟鸣。 文班上应郎官宿，武曜中分列将星。 大拜久悬黄石略，前筹何惮请长缨。
三	四
紫宸初启碧天长，鹓序瑶阶曙色苍。 拜舞衣冠瞻舜日，昭回文物焕尧章。 光生宝扇分鸾影，烟袅金炉燃兽香。 共际明时诸宰辅，五云深处侍天王。	明光漏尽晓寒催，长乐疏钟度凤台。 月隐禁城双阙迥，云迎仙仗九重开。 旌旗半掩天河落，阊阖平分曙色来。 朝罢佩声花外转，回看佳气满蓬莱。

问题

1.上述四首诗，是同一朝代诗人对"早朝大明宫"隔空唱和之作，请分辨。
A.宋、B.元、C.明、D.清

2.上述四首诗，哪一位作者官阶最高，请综述。

3.上述四首诗，哪一位作者是武举出身，请综述。

4.上述四首诗，哪一首最好，请综述。

案例四：致敬滕王阁

一	二
重重楼阁倚江干，岸草汀烟远近间。 春水生时都是水，西山青外别无山。 云归长若真人在，风过独疑帝子还。 自古舟船城下泊，几人来此望乡关。	笑傲不禁秋兴长，登临谁复问滕王。 江湖周折地襟带，云霞粲烂天文章。 人如野鹤何飘逸，目送飞鸿去渺茫。 安得雪醅三百斗，发君豪气对吾狂。
三	四
五云窗户瞰沧浪，犹带唐人翰墨香。 日月四时黄道阔，江山一片画图长。 回风何处抟双雁，冻雨谁人驾独航。 回首十年此漂泊，阁前新柳已成行。	高阁凭空浩荡开，当时遗迹几荒苔。 烟含晚市悠悠见，沙带澄潭渺渺回。 此日登临分壮气，百年沦落忆雄材。 可怜万古神交意，日暮荒凉一叹哀。

问题

1.上述四首诗，是同一时期诗人登临滕王阁凭吊之作，请分辨。 A.北宋中后期、B.两宋之交、C.南宋中后期

2.上述四首诗，有一首为"永嘉四灵"徐玑所作，请分辨并综述。

3.上述四首诗，有一首为《沧浪诗话》严羽所作，请分辨并综述。

4.上述四首诗，有三首为"处江湖之远"者所作，有一首为"居庙堂之高"者所作，请分辨并综述。

案例五：致敬寒山寺

一	二
寒山寺外月黄昏，几杵疏钟天下闻。 劫后僧归殊了了，桥头枫落自纷纷。 尽多诗句怀前迹，别有心香结古云。 一带吴江江水冷，渔村不见日将曛。	未谙张继诗中意，来抚寒山寺里碑。 霜月客船何处是，禅房曲径等闲窥。 江头枫叶如花簇，林际钟声与鸟随。 如此姑苏终老得，奈何一宿便衔悲。

三	四
雨歇平林绿意肥，偶从幽讨叩僧扉。 四围峰影窗前落，百道泉声树杪飞。 客子游踪嗟懒散，山家花事正芳菲。 一番茶话扶筇去，倾耳疏钟在翠微。	归舟欲住更匆匆，晚色苍苍迫下春。 两岸杏花寒食雨，数株杨柳酒旗风。 江边尚说寒山寺，城外犹听半夜钟。 溪水自流人自老，渔歌长伴月明中。

五	六
枫桥西望碧山微，寺对寒江独掩扉。 船里钟催行客起，塔中灯照远僧归。 渔村寂寂孤烟近，官路萧萧众叶稀。 须记姑苏城外泊，乌啼时节送君违。	瑟瑟吴江正落枫，碧山古寺独携筇。 寒空鸟下岩边塔，残照僧归径外松。 虚寂高斋无俗韵，风狂弥勒有遗踪。 扁舟却趁寒潮去，梦里应闻夜半钟。

问题

1. 上述六首诗，有两首为近人所作，请分辨。
2. 上述六首诗，有两首为清人所作，请分辨。
3. 上述六首诗，有两首为明人所作，请分辨。
4. 上述六首诗，哪一首最好，请综述。

案例六：宋诗说理

一	二
孩提知爱长知钦，古圣相传只此心。 大抵有基方筑室，未闻无址可成岑。 留情传注翻榛塞，著意精微转陆沉。 珍重友朋勤切琢，须知至乐在于今。	墟墓兴哀宗庙钦，斯人千古不磨心。 涓流积至沧溟水，拳石崇成泰华岑。 易简工夫终久大，支离事业竟浮沉。 欲知自下升高处，真伪先须辨古今。

三	四
德义风流夙所钦，别离三载更关心。 偶扶藜杖出寒谷，又枉篮舆度远岑。 旧学商量加邃密，新知培养转深沉。 却愁说到无言处，不信人间有古今。	城外土馒头，馅草在城里。 一人吃一个，莫嫌没滋味。

问题

1. 常言宋诗说理，说的到底是什么"理"？如果将"理"定义为洞若观火的社会哲理，那唐代僧人王梵志、寒山与拾得都写得一手好说理诗。如果将"理"定义为耳目一新的个人智慧，那中唐以后愈演愈烈的翻案论史诗，便是颇得好评的说理诗。如果将"理"严格定义为某种哲学体系，那上述四首诗中的前三首，方可称得上"真正的说理诗"。前三首诗的作者分别是陆九龄、陆九渊、朱熹，三人鹅湖相会，就"格物致知""心即理"展开激烈辩论。这三首"真正的说理诗"，所言何事，请综述。

2. "易简工夫终久大，支离事业竟浮沉"与"旧学商量加邃密，新知培养转深沉"尖锐对立，两种思想在沧浪诗学中亦有争论，请综述。

3. 第四首诗为唐代民间流传的俚语诗，其理冷静且残酷，能否称得上"说理诗"？请综述。

案例七：以诗论诗

一	二
意匠如神变化生，笔端有力任从横。 须教自我胸中出，切忌随人脚后行。	陶写性情为我事，留连光景等儿嬉。 锦囊言语虽奇绝，不是人间有用诗。
三	四
欲参诗律似参禅，妙趣不由文字传。 个里稍关心有误，发为言句自超然。	排比铺张特一途，藩篱如此亦区区。 少陵自有连城璧，争奈微之识碔砆。
五	六
眼处心生句自神，暗中摸索总非真。 画图临出秦川景，亲到长安有几人。	坎井鸣蛙自一天，江山放眼更超然。 情知春草池塘句，不到柴烟粪火边。
七	八
强将一祖配三宗，流派江西本自同。 不是观林诗话在，谁知山谷学荆公。	性灵学问两宜兼，老妪能知律转严。 俗语都从书史出，一经镕铸值千缣。

九	十
只眼须凭自主张，纷纷艺苑漫雌黄。 矮人看戏何曾见，都是随人说短长。	诗解穷人我未空，想因诗尚不曾工。 熊鱼自笑贪心甚，既要工诗又怕穷。

问题

1. 上述十首诗，观点各不相同，请选出你最钟意的一首。
2. 上述十首诗，请选出你最想反驳的一首。

案例八：致敬苏轼

一	二
霜晴十月玉溪村，见梅开早客迷魂。 山阿若有人含睇，跂望不到霜烟昏。 东西野寺通两径，上下竹篱开一园。 落身曲蘗盆盎里，晨坐对花无酒温。 归来山月照玉蕊，一杯径卧东方暾。 罗浮幽梦入仙窟，有屦亦满先生门。 欣然得句荔支浦，妙绝不似人间言。 诗成莫叹形对影，尚可邀月成三樽。	半林乔木樊川村，数株梅花牵梦魂。 嫦娥靡曼不挂眼，夭桃野杏为狂昏。 一廛未安扬子宅，五亩欲老香山园。 玉妃鬖鬖露身手，暗香冷艳来相温。 有时先生春睡美，绮窗唤起惊朝暾。 经寒故尝却罗幔，避风勤与关柴门。 翻笑孤山林处士，拥衾对花花无言。 只今人去花寂寞，谁怜落月闲清尊。
三	四
水帘洞口梅花村，梅花不见余冰魂。 美人已随明月没，依稀缟衣来黄昏。 翠羽啾嘈怨幽谷，白云黯淡愁荒园。 使君苦寻千万树，一冬冲雪忘寒温。 急须更植遍岩壑，依之吐纳扶桑暾。 尽教玉女插云髻，复为老人遮松门。 千秋梅花作汤沐，四百君当闻此言。 一罗一浮再开辟，花时招我倾清尊。	罗浮山下梅花村，玉雪为骨冰为魂。 纷纷初疑月桂树，耿耿独与参横昏。 先生索居江海上，悄如病鹤栖荒园。 天香国艳肯相顾，知我酒熟诗清温。 蓬莱宫中花鸟使，绿衣倒挂扶桑暾。 抱丛窥我方醉卧，故遣啄木先敲门。 麻姑过君急扫洒，鸟能歌舞花能言。 酒醒人散山寂寂，惟有落蕊黏空樽。

五	六
梅花照耀山下村，旧居不返伤我魂。 破苔履迹谁复扫，定要风雨参成昏。 祇今环堵聊自存，亦有独树背竹园。 骤看疑是云母薄，细睇乃识玉体温。 裴回竟使不忍去，步绕直欲穷晡暾。 是中有句郁莫吐，如禅未悟参多门。 须臾月上花且落，四顾无人相与言。 经年取酒藉地饮，饮醉更觉山林尊。	寻芳何必罗浮村，芳林自足留芳魂。 主人爱花更爱客，折柬投辖无晨昏。 青衣不入终南径，玉骨岂贮华林园。 万紫千红已销歇，孤芳谁与相寒温。 天香国色迥独立，趋炎笑彼迎朝暾。 师雄一梦不复返，孤山处士时到门。 广平相公有佳赋，夭桃秾李噤无言。 东皇着意勿轻掷，西园日日能移樽。

七	八
寒梅几树开前村，靓妆绰约归仙魂横。 斜影落石溪浅，皓洁色洗烟岚昏。 幽香暗动松竹径，清格自羞桃李园穷。 冬万里霜雪积，独得一点阳和温。 冰姿最宜夜月白，玉彩更炫朝霞暾。 明妃失意去朔漠，阿娇无宠扃长门。 芳容寂寂谁复顾，雅意耿耿今何言。 天涯相对且相乐，为尔吸尽黄金樽。	北风日日霾江村，归梦正尔劳营魂。 忽闻梅蕊腊前破，楚客不爱兰佩昏。 寻幽旧识此堂古，曳杖偶集僧家园。 岚阴春物未全到，邂逅只有南枝温。 冷光自照眼色界，云艳未怯扶桑暾。 遥知云台溪上路，玉树十里藏山门。 自怜尘羁不得去，坐想佳处知难言。 但哦君诗慰岑寂，已似共倒花前樽。

问题

1. 上述八首诗，为后人致敬苏轼《松风亭下梅花盛开》所作，有一首为朱熹所作，请分辨。

2. 上述八首诗，有一首是苏轼本人再用前韵所作，请分辨。

3. 上述八首诗，哪一首最好，请综述。

案例九：致敬公无渡河

一

　　公乎公乎，提壶将焉如。
屈平沉湘不足慕，徐衍入海诚为愚。
　　公乎公乎，床有菅席盘有鱼。
　　北里有贤兄，东邻有小姑。
陇亩油油黍与葫，瓦甑浊醪蚁浮浮。
黍可食，醪可饮，公乎公乎其奈居。
被发奔流竟何如，贤兄小姑哭呜呜。

二

有叟有叟何清狂，行搔短发提壶浆。
乱流直涉神洋洋，妻止不听追沉湘。
　　偕老不偕死，箜篌遗凄凉。
剡松轻稳琅玕长，连呼急榜庸何妨。
见溺不援能语狼，忍听丽玉传悲伤。

三

　　公无渡河，河浊不见日，
　　　汝今欲往何时出。
　　公无渡河，河广浩无涯。
　　　往而不返，化为泥与沙。
夸父渴走成邓林，至今丘冢犹岑崟。
河中蛟龙见人喜，纵有舟楫谁救尔。
　　　噫嗟嗟，公无渡河，
　　　渡河而亡，不如陆死噫。
　　　嗟嗟公无渡河。

四

黄河西来决昆仑，咆哮万里触龙门。
　　　波滔天，尧咨嗟。
　　　大禹理百川，儿啼不窥家。
　　　杀湍湮洪水，九州始蚕麻。
　　　其害乃去，茫然风沙。
被发之叟狂而痴，清晨临流欲奚为。
旁人不惜妻止之，公无渡河苦渡之。
虎可搏，河难凭，公果溺死流海湄。
有长鲸白齿若雪山，公乎公乎挂罥于其间。
　　　箜篌所悲竟不还。

五

大莫大于死生，亲莫亲于骨肉。
河不可凭兮非有难知，言之不从兮继以痛哭。
望云九井兮白浪嵯峨，刳肝沥血兮不从奈何。
秋风飒飒兮纸钱投波，从公于死兮下饱蛟鼍。

六

公无渡河，河水深兮不见泥。
公身非水犀，乌风黑浪欲何济？公不能济，横帆在河西。
青头少妇泣血啼，有年不死将谁齐？
公死河灵伯，妾死河灵妻。

七	八
君不见猿啼苍梧烟，风卷潇湘水。 双蛾无处挽重瞳，粉筐点点凝春泪。 又不见鹤饮瑶池月，露泣龟台花。 百官极目望八骏，青鸟寥寥空暮霞。 呜呼，不自爱惜甘蹈死， 亦不闻乎千金子。 公无渡河要渡河， 公要渡河争奈何。	渡头恶天两岸远，波涛塞川如叠坂。 幸无白刃驱向前，何用将身自弃捐。 蛟龙啮尸鱼食血，黄泥直下无青天。 男儿纵轻妇人语，惜君性命还须取。 妇人无力挽断衣，舟沉身死悔难追。 公无渡河公自为。

九	十
黄河怒浪连天来，大响硁硁如殷雷。 龙伯驱风不敢上，百川喷雪高崔嵬。 二十三弦何太哀，请公勿渡立徘徊。 下有狂蛟锯为尾，裂帆截棹磨霜齿。 神椎凿石塞神潭，白马参覃赤尘起。 公乎跃马扬玉鞭，灭没高蹄日千里。	公无渡河，咨咨河波生鳞。 公无渡河，咨咨河伯不仁。 公不知兮，渡河而公溺之。 妾知公兮，非兹流谁与归？ 呜呼噫嘻。

问题

乐府名篇《箜篌引》仅四句诗："公无渡河，公竟渡河。堕河而死，当奈公何。"后世诗人以此为命题作文，从汉魏至明清，跨越千年，隔空较量。哪一首最好？请综述。

附 录

　　附录本应详细列出参考文献，以期学术规范，但此处并未列出，原因有二：一是前文注解部分所引文献基本都已明确标注出处，此处不再重复；二是前文论述所引文献并不多，无法做到成型且美观的参考文献，况且我总怀疑，诗论，即文学领域内的评论，文献或许存在十分明显的边际递减效应，即对所述命题完成基本的引用文献之后，后续的文献即便引用再多，于命题也无多少实质帮助。

　　例如，假设讨论"建安二十年前后荆襄区域的农业状况"这一命题，参考文献为《三国志》《后汉书》《汉晋春秋》《水经注》《齐民要术》《襄阳耆旧记》《荆楚岁时记》的文章，极大概率比参考文献仅为《三国志》《后汉书》的文章，更有说服力。但讨论"建安二十年前后曹丕所著《典论·论文》的文学意义"，参考文献为《曹丕集》《曹植集》《文心雕龙》《文选》《全三国文》《魏晋南北朝文论选》《中国文学批评史》的文章，并不一定比参考文献仅为《与杨德祖书》《文赋》的文章，更有说服力。

　　究其原因，"建安二十年前后荆襄区域的农业状况"这一命题，是通常意义上的事实判断，即"实际如何"，有相对明确的判断标准。而"建安二十年前后曹丕所著《典论·论文》的文学意义"这一命题，是通常意义上的价值判断，即"应当如何"，其判断标准相对模糊。如讨论《典论·论文》的文学意义，持正面态度者通常会引用一些具有较高名望学者的评论，比如刘勰、王夫之、鲁迅等，然而这只是一种诉诸权威，因为反对者同样可以举出曹植、钟嵘、苏轼对《典论·论文》的负面看法，经过数次辩论非难，"《典论·论文》的文学意义"在价值判断层面，对大众读者而言，即成为一种不可明确阐述的价值混乱。

　　上述一起的根源，似乎恰好可以追溯到《典论·论文》一文，所谓"文章，经国之大业，不朽之盛事"这种不着调的话，大体上就是文学离经叛道的高调宣言——"文学不再是经学眼中的雕虫小技，而是与经学平等的首要大事"。文学之所以如此强调自立于经学之外，只因天然自带"祛魅及价值混乱"的后现代属性，与古典时代宏观叙事话语的最佳体系——经学，根本性不兼容。此处无意讨论文学、经学、"祛魅及价值混乱"的精准释义，只想浑水摸鱼一笔带过："当老旧且权威、臃肿却稳固的价值评判体系终被摧毁，事实判断（实际）与价值判断（应当）出现巨大鸿沟，个人为了抚平内心不安，选择自我消解一切宏观叙事。"

往事千年，时至今日，文学已不再与经学打擂，却要面对更为强势的科学。历史或许能断臂求生，按照乾嘉学派、兰克的方向，努力运用史料和共识，以此构建一个相对客观的社会科学体系，但文学自知无法客观，不得已便将自己伪装成相对客观的文学史，游离于事实判断与价值判断之间，于是，一如先哲所论：当时代激荡，旧道德未尽而新道德未立，同一件事却可以运用两种不同标准评价时，拙者、巧者、贤者、不肖者于此两种不同之标准的"空白区间、无主之地"各做文章，终呈纷纭错综之势。

回到引用文献的边际递减效应，如将讨论命题由"建安二十年前后曹丕所著《典论·论文》的文学意义"换成"建安二十年前后邺城的文学风气"，毫无疑问，可参考的文献越多，勾勒出的图景越清晰，文章的整体说服力也越高。但"邺城的文学风气"这一概念，属于文学史领域，归根到底仍是事实判断。再者，如论"两宋三百一十九年诗论风气的变迁及影响"这一命题，即便通读现存两宋诗话文献，以《宋诗话全编》全十册为例，凡五百六十余家著作，将第一册《孙光宪诗话》到第十册《藜藿野人诗话》的各类论述全部列出，最多也就混个"报菜名"式的俏皮评价。只因当某一命题过于宏大、而可供参考的文献又过于繁杂，文学即便伪装成文学史，也无法掩盖其天然自带的混乱本质。或许此处可以引用西哲的论断发微：哪怕格律诗按照日神的指示，对规则的追求已近苛刻，但诗本身仍是酒神祭祀的最佳拍档。

综上，既然无法准确理解那些过于宏大的命题，也无力检索那些过于繁杂的文献，倒不如直接回归诗人与诗作，因此我于附录中列举了大量诗人原作，严羽所言"见诗不广，参诗不熟，从汉魏读到苏黄，非自有不能隐者"大体如此。当旧道德未尽而新道德未立，两种不同标准之间的空白处该如何做文章，是一极大考验。仅仅基于事实的判断，如缺乏想象，则无力构建理论体系；而与之相应的价值判断，如不经重塑，则理论体系必定漏洞百出。至此也勉强合书名之意，兹不赘述。

一、苏李赠答诗，以《文选》收录李陵三首和苏武四首为准

选评 南朝钟嵘《诗品》：汉都尉李陵其源出于《楚辞》。文多凄怆，怨者之流。陵，名家子，有殊才，生命不谐，声颓身丧。使陵不遭辛苦，其文亦何能至此！

明人陆时雍《诗镜总论》：苏李赠言，何温而戚也！多唏涕语，而无蹶蹙声，知古人之气厚矣。古人善于言情，转意象于虚圆之中，故觉其味之长而言之美也。

二、古诗十九首，以《文选》收录的杂诗十九首为准

选评 南朝钟嵘《诗品》：文温以丽，意悲而远，惊心动魄，可谓几乎一字千金。人代冥灭，而清音独远，悲夫！

南朝刘勰《文心雕龙》：观其结体散文，直而不野，婉转附物，怊怅切情，实五言之冠冕也。

三、魏

1. 曹操，《步出夏门行四首》《却东西门行》《短歌行二首》《秋胡行二首》《蒿里行》《苦寒行》《薤露行》。

选评 南朝钟嵘《诗品》：曹公古直，甚有悲凉之句。

北宋敖陶孙《臞翁诗话》：魏武帝如幽燕老将，气韵沉雄。

明人钟惺《古诗归》：汉末实录，真诗史也。

2. 曹丕，《至广陵于马上作诗》《芙蓉池作》《杂诗二首》《煌煌京洛行》《秋胡行二首》《燕歌行二首》《大墙上蒿行》。

选评 南朝钟嵘《诗品》：则所计百许篇，率皆鄙质如偶语。惟"西北有浮云"十余首，殊美赡可玩，始见其工矣。

晚明王夫之《姜斋诗话》：实则曹丕天才骏发，岂曹植所能压倒耶？

3. 曹植，《鼙舞歌五首》《朔风诗五首》《赠王粲诗》《送应氏诗二首》《杂诗七首》《箜篌引》《七哀诗》《怨歌行》《种葛篇》《美女篇》《名都篇》《仙人篇》《吁嗟篇》

《鰕䱇篇》《白马篇》。

选评 南朝钟嵘《诗品》：骨气奇高，词采华茂，情兼雅怨，体被文质，粲溢今古，卓尔不群。

南宋张戒《岁寒堂诗话》：曹植诗，微婉之情，洒落之韵，抑扬顿挫之气，固不可以优劣论也。古今诗人推陈王及《古诗》第一，此乃不易之论。

清初王士禛《带经堂诗话》：汉魏以来，二千余年间，以诗名其家者众矣。顾所号为仙才者，唯曹子建、李太白、苏子瞻三人而已。

4. 孔融，《临终诗》《六言诗三首》。

5. 王粲，《俞儿舞歌四首》《从军诗五首》《七哀诗三首》《公燕诗》。

选评 南朝钟嵘《诗品》：发愀怆之词，文秀而质羸。

6. 陈琳，《饮马长城窟行》《宴会诗》。

7. 徐干，《室思诗六章》《答刘桢诗》《情诗》。

8. 阮瑀，《驾出北郭门行》《咏史诗二首》《七哀诗》《公燕诗》。

9. 应玚，《待五官中郎将建章台集诗》《别诗二首》《斗鸡诗》《公燕诗》。

10. 刘桢，《赠五官中郎将诗四首》《赠送从弟诗三首》《赠徐干诗》《斗鸡诗》《射鸢诗》《公燕诗》。

选评 南朝钟嵘《诗品》：仗气爱奇，动多振绝。真骨凌霜，高风跨俗。但气过其文，雕润恨少。

11. 曹睿，《步出夏门行》《苦寒行》《棹歌行》《短歌行》《长歌行》《种瓜篇》。

12. 左延年，《秦女休行》《从军行》。

13. 嵇康，《赠兄秀才入军诗十八章》《四言诗十一首》《代秋胡歌诗七首》《答二郭诗三首》《幽愤诗》。

选评 南朝钟嵘《诗品》：过为峻切，讦直露才，伤渊雅之致。然托喻清远，良有鉴裁，亦未失高流矣。

14. 阮籍，《咏怀五言诗八十二首》《咏怀四言诗十三首》。

选评 南朝钟嵘《诗品》：无雕虫之功。而《咏怀》之作，可以陶性灵，发幽思。言在耳目之内，情寄八荒之表。

四、晋

1. 左思，《咏史诗八首》《招隐诗三首》《悼离赠妹诗二首》《娇女诗》。

选评 南朝钟嵘《诗品》：文典以怨，颇为精切，得讽谕之致。

2. 潘岳，《金谷集作诗》《内顾诗二首》《关中诗十六章》《为贾谧作赠陆机诗》《悼亡诗三首》。

选评 南朝钟嵘《诗品》：李充叹其翩翩然如翔禽之有羽毛，衣服之有绡縠，犹浅于陆机。谢混云：潘诗烂若舒锦，无处不佳，陆文如披沙简金，往往见宝。嵘谓谢混轻华，故以潘为胜；李充笃论，故叹陆为深。余常言陆才如海，潘才如江。

3. 张载，《登成都白菟楼诗》《赠司隶傅咸诗》《拟四愁诗》《七哀诗二首》《招隐诗》。

4. 张协，《游仙诗》《咏史》《杂诗十首》。

选评 南朝钟嵘《诗品》：文体华净，少病累。又巧构形似之言，雄于潘岳，靡于左思。风流调达，实旷代之高手。词采葱菁，音韵铿锵，使人味之亹亹不倦。

5. 张亢，《诗》一首。

6. 陆机，《赴太子洗马时作诗》《答贾谧诗》《日出东南隅行》《长安有狭斜行》《饮马长城窟行》《吴趋行》《从军行》《猛虎行》。

选评 南朝钟嵘《诗品》：才高词赡，举体华美。气少于刘桢，文劣于王粲。尚规矩，不贵绮错，有伤直致之奇。然其咀嚼英华，厌饫膏泽，文章之渊泉也。

7. 陆云，《大将军宴会被命作诗》《为顾彦先赠妇往返诗四首》《答大将军祭酒顾令文诗》《答顾秀才诗五章》《答兄平原诗》《答张士然诗》。

8. 张华，《游侠篇二首》《轻薄篇》《上巳篇》《游猎篇》《答何劭诗三首》《情诗五首》。

选评 南朝钟嵘《诗品》：其体华艳，兴托不奇，巧用文字，务为妍冶。虽名高曩代，而疏亮之士，犹恨其儿女情多，风云气少。

五、南朝宋

1. 陶渊明，《感士不遇赋并序》《桃花源记并诗》《癸卯岁始春怀古田舍二首》《和郭主簿二首》《五月旦作和戴主簿》《归园田居五首》《形影神并序》《读〈山海经〉

十三首》《移居二首》《拟古九首》《杂诗十二首》《饮酒二十首》《停云》《时运》《荣木》《归鸟》。

选评 南朝钟嵘《诗品》：文体省净，殆无长语。笃意真古，辞兴婉惬。每观其文，想其人德。世叹其质直。古今隐逸诗人之宗也。

北宋苏轼《与苏辙书》：吾与诗人无所甚好，独好渊明之诗。渊明作诗不多，然其诗质而实绮，癯而实腴，自曹、刘、鲍、谢、李、杜诸人，皆莫过也。欲仕则仕，不以求之为嫌；欲隐则隐，不以去之为高。饥则扣门而乞食，饱则鸡黍以迎客。古今贤之，贵其真也。

北宋蔡绦《西清诗话》：渊明意趣真古，清淡之宗，诗家视渊明，犹孔门之视伯夷也。

南宋朱熹《朱子语类》：渊明所说者庄、老，然辞却简古。陶渊明诗，人皆说是平淡，据某看他自豪放，但豪放得来不觉耳。

明人王世贞《艺苑卮言》：渊明托旨冲淡，其造语有极工者，乃大入思来，琢之使无痕迹耳。后人苦一切深沉，取其形似，谓为自然，谬以千里。

明人陈祚明《采菽堂诗选》：陶渊明诗，如巫峡高秋，白云舒卷，木落水清，日寒山皎之中，长空曳练，萦郁纡回。

延伸 南朝钟嵘于《诗品》中置陶渊明为中品，实在是因为彼时的审美体系并未顾及寒门庶族之呼号，南朝以门第世家为尊，诗文同样如此。但陶渊明以落魄寒门（其祖虽是陶侃，但终究比不得过江侨姓、山东郡姓一流世家）之身，于万般艰辛中开辟隐逸一派，为后世难伸抱负的诗人保留了一份不被外界干扰的净土。无怪自唐朝科举庶族起势后，陶渊明的名望直线上升，至于庶族科举全面掌权的两宋，几近奉之为神明，而后便再也未下过神坛。按陶渊明诗之高洁，这神坛宝座当之无愧。陶渊明不似晋人，文辞简约隽永，所言之物皆是生活日常，阐述的却是深刻的道理，有《道德经》的味道；精神上崇尚玄同，以自我放逐的形式消去彼此间的差异，又有《庄子》的精神。

2. 谢灵运，《酬从弟惠连诗五首》《游赤石进帆海》《郡东山望溟海》《入彭蠡湖口》《登江中孤屿》《登池上楼》《夜宿石门》《富春渚》《游南亭》《七里濑》。

选评 南朝钟嵘《诗品》：故尚巧似，而逸荡过之，颇以繁芜为累。譬犹青松之拔灌木，白玉之映尘沙，未足贬其高洁也。

北宋敖陶孙《臞翁诗话》：谢灵运如东海扬帆，风日流丽。

3. 颜延之，《应诏观北湖田收诗》《应诏燕曲水作诗》《拜陵庙作诗》《宋南郊登歌三首》《和谢监灵运诗》《五君咏五首》《北使洛诗》《从军行》《秋胡行九首》《归鸿诗》。

选评 南朝钟嵘《诗品》：尚巧似。体裁绮密，情喻渊深，动无虚散，一句一字，皆致意焉。又喜用古事，弥见拘束，虽乖秀逸，是经纶文雅才。

4. 鲍照，《代门有车马客行》《代蒿里行》《代堂上歌行》《代陈思王京洛篇》《松柏篇》《代白头吟》《拟行路难十八首》《采菱歌七首》《中兴歌十首》《梅花落》。

选评 南朝钟嵘《诗品》：善制形状、写物之词，得张协之诙诡、含张华之靡嫚、骨节强于谢混、驱迈疾于颜延之。总四家而擅美，跨两代而孤出。嗟其才秀人微，故取湮当代。然贵尚巧似，不避危仄，颇伤清雅之调。

六、南朝齐梁

1. 谢朓，《隋王鼓吹曲十首》《之宣城郡出新林浦向板桥》《晚登三山还望京邑》《永明乐十首》《宣城郡内登望诗》《游敬亭山诗》《直中书省诗》《蒲生行》《江上曲》。

选评 南朝钟嵘《诗品》：微伤细密，颇在不伦。一章之中，自有玉石，然奇章秀句，往往警遒，足使叔源（谢混）失步，明远（鲍照）变色。善自发诗端，而末篇多踬，此意锐而才弱也，至为后进士子之所嗟慕。朓极与余论诗，感激顿挫过其文。

2. 沈约，《梁三朝雅乐歌十九首》《梁鼓吹曲十二首》《日出东南隅行》《却东西门行》《长安有狭斜行》《登高望春诗》《江蓠生幽渚》《昭君辞》《从军行》。

选评 南朝钟嵘《诗品》：详其文体，察其余论，固知宪章鲍明远也。所以不闲于经纶，而长于清怨。永明相王爱文，王元长等皆宗附之。约于时谢朓未遒，江淹才尽，范云名级故微，故约称独步。虽文不至其工丽，亦一时之选也。见重闾里，诵咏成音。

3. 王融，《从武帝琅琊城讲武应诏诗》《齐明王歌辞七首》《永明乐十首》《法乐辞十二首》《青青河畔草》《望城行》。

4. 徐陵，《和简文帝赛汉高帝庙诗》《奉和咏舞诗》《山池应令诗》《洛阳道二首》

《关山月二首》《春情诗》《骢马驱》《折杨柳》。

5.庾信,《奉和赵王春日诗》《奉和赵王美人春日诗》《奉和泛江诗》《奉和山池诗》《出自蓟北门行》《道士步虚词十首》《周祀圜丘歌十二首》《拟咏怀诗二十七首》《对酒歌》《舞媚娘》。

七、文选体

《昭明文选》李善注本共六十卷,卷一至卷十九,收录赋体;卷二十至卷三十一,收录诗体;卷三十二至卷六十,收录赋、诗之外的其他文体。

1.赋,又细分为十五类:京都、郊祀、耕藉、畋猎、纪行、游览、宫殿、江海、物色、鸟兽、志、哀伤、论文、音乐、情。

如班固《两都赋》、左思《三都赋》、潘岳《藉田赋》、司马相如《上林赋》、扬雄《羽猎赋》、王粲《登楼赋》、郭璞《江赋》、宋玉《风赋》、陆机《文赋》等。

2.诗,又细分二十三类:补亡、述德、劝励、献诗、公宴、祖饯、咏史、百一、游仙、招隐、反招隐、游览、咏怀、哀伤、赠答、行旅、军戎、郊庙、乐府、挽歌、杂歌、杂诗、杂拟。

如束皙《补亡诗六首》、谢灵运《述德诗二首》、韦孟《讽谏诗》、曹植《献诗》、潘安《关中诗》、王粲《公宴诗》、曹植《三良诗》、左思《咏史诗》、卢谌《览古诗》、应璩《百一诗》、何劭《游仙诗》、左思《招隐诗》、王康琚《反招隐诗》、谢混《游西池》、阮籍《咏怀诗》、司马彪《赠山涛》、刘琨《扶风歌》、张衡《四愁诗》、陆机《拟古诗》、江淹《杂体诗》等。

3.其他文体中与诗相关:骚、辞、诔、连珠、纪赞等。

如屈原《离骚》《东皇太一》《云中君》《山鬼》《涉江》、刘彻《秋风辞》、潘安《夏侯常侍诔》、陆机《演连珠五十首》、班固《汉书·叙传高纪第一》、范晔《后汉书·光武纪赞》等。

4.其他文体:七、诏、册、令、教、文、表、序、上书、笺、奏记、史论、弹事、碑文、行状等。

如枚乘《七发八首》、曹植《七启八首》、刘彻《贤良诏》、潘勖《册魏公九锡文》、任昉《宣德皇后令》、傅亮《为宋公修张良庙教》、王融《永明九年策秀才文》、孔融《荐祢衡表》、曹植《求自试表》、诸葛亮《出师表》、李密《陈情事表》、卜子夏《毛诗序》、邹阳《上书吴王》、司马相如《上书谏猎》、王巾《头拖寺碑文》、任昉《齐竟陵文宣王行状》等。

八、宫体

1. 萧纲，《和萧侍中子显春别诗四首》《上巳侍宴林光殿曲水诗》《和武帝宴诗二首》《咏内人昼眠诗》《纳凉诗》《晚景纳凉诗》《乌栖曲四首》《东飞伯劳歌二首》。

2. 萧绎，《春别应令诗四首》《纳凉诗》《戏作艳诗》《乌栖曲四首》。

3. 萧子显，《春别诗四首》《春闺思诗》《咏苑中游人诗》《乌栖曲应令三首》。

4. 徐摛，《赋得帘尘诗》《咏橘诗》《咏笔诗》。

5. 庾肩吾，《八关斋夜赋四城门更作四首》《从皇太子出玄圃应令诗》《南苑看人还诗》《同萧左丞咏摘梅花诗》《和晋安王咏燕诗》。

6. 陈叔宝，《祓禊泛舟春日玄圃各赋七韵诗》《上巳玄圃宣猷堂禊饮同共八韵诗》《春色禊辰尽当曲宴各赋十韵诗》《东飞伯劳歌》《玉树后庭花》。

九、初唐

1. 王勃，《送杜少府之任蜀州》《登城春望》《秋日别薛升华》《他乡叙兴》《陇西行十首》《采莲曲》《临高台》《滕王阁》《秋夜长》《咏风》。

选评 明人陆时雍《诗镜总论》：王勃高华，杨炯雄厚，照邻清藻，宾王坦易，子安其最杰乎？调入初唐，时带六朝锦色。

明人胡应麟《诗薮》：大历之还，易空疏而难典瞻；景龙之际，难雅洁而易浮华。盖齐、梁代降，沿袭绮靡，非大有神情，胡能荡涤？唐初五言律，惟王勃"送送多穷路""城阙辅三秦"等作，终篇不著景物，而兴象宛然，气骨苍然，实首启盛，中妙境。五言绝亦舒写悲凉，洗削流调。究其才力，自是唐人开山祖。拾遗、吏部，并极虚怀，非溢美也。

2. 杨炯，《奉和上元酺宴应诏》《幽兰之歌》《夜送赵纵》《送临津房少府》《送梓州周司功》《紫骝马》《折杨柳》《从军行》《骢马》《刘生》。

选评 明人胡应麟《诗薮》：杨炯近体，神俊输王，而整肃浑雄。

明人胡震亨《唐音癸签》：清骨明姿，居然大雅。

3.卢照邻，《西使兼送孟学士南游》《结客少年场行》《赠益府群官》《长安古意》《曲池荷》《浴浪鸟》《明月引》《行路难》。

选评 明人王世贞《艺苑卮言》：七言歌行长篇须让卢、骆。

清人宋育仁《三唐诗品》：其源出于江淹，间以奇气，振其丰采，唯贪排对，致气格不凝。夫其雅情幽怨，凄清自写，虽繁弦损调，固无泛音。《长安古意》宛转芊绵，则七言佳体不让子山，开阖往来，犹以气胜。

4.骆宾王，《代女道士王灵妃赠道士李荣》《艳情代郭氏答卢照邻》《久客临海有怀》《在江南赠宋五之问》《于易水送别》《咏鹅》《帝京篇》《畴昔篇》。

选评 北宋计有功《唐诗纪事》：骆宾王文好以数对，如"秦地重关一百二，汉家离宫三十六"，人号为"算博士"。

明人胡震亨《唐音癸签》：富有才情，兼深组织，正以太整且丰之故，得擅长什之誉，将无风骨有可窥乎！

5.沈佺期，《奉和春日幸望春宫应制》《奉和立春游苑迎春》《兴庆池侍宴应制》《和上巳连寒食有怀京洛》《遥同杜员外审言过岭》《古意呈补阙乔知之》《哭苏眉州崔司业二公》《移禁司刑》《过蜀龙门》《龙池篇》。

选评 明人王世贞《艺苑卮言》：五言至沈、宋，始可称律。律为音律、法律，天下无严于是者，知虚实平仄不得任情而度，明矣。

明人陆时雍《诗镜总论》：沈佺期吞吐含芳，安详合度，亭亭整整，喁喁叮叮，觉其句自能言，字自能语，品之所以为美。

6.宋之问，《春日芙蓉园侍宴应制》《奉和晦日幸昆明池应制》《扈从登封告成颂应制》《宴安乐公主宅得空字》《奉和立春日侍宴内出剪彩花应制》《登粤王台》《游法华寺二首》《息夫人》《渡汉江》。

选评 《新唐书·文艺传》：宋之问、沈佺期又加靡丽，回忌声病，约句准篇，如锦绣成文，学者宗之，号为"沈宋"。

明人胡应麟《诗薮》：宋之问排律，叙状景物，皆极天下之工，且繁而不乱，绮而不冗，可与谢灵运游览诸作并驰，古今排律绝唱也。

7.陈子昂，《和陆明府赠将军重出塞》《居延海树闻莺同作》《洛城观酺应制》《答韩使同在边》《登幽州台歌》《白帝城怀古》《度荆门望楚》《岘山怀古》《春台引》《感遇三十八首》。

选评 南宋刘克庄《后村诗话》：唐初王、杨、沈、宋擅名，然不脱齐、梁之体。独陈子昂首唱高雅冲淡之音，一扫六代之纤弱，趋于黄初建安矣。太白、韦、柳继出，皆自子昂发之。

延伸 陈子昂称得上唐朝最早的"复古派"，他提倡诗歌创作跳过六朝，直接接轨秦汉，又高举建安风骨，用自己的审美强行拗变了唐初诗坛的风格趋势。

8.张九龄，《奉和圣制早渡蒲津关》《奉和圣制送尚书燕国公赴朔方》《奉和圣制烛龙斋祭》《奉和圣制喜雨》《奉和圣制早发三乡山行》《南阳道中作》《望月怀远》《感遇十二首》。

选评 明人胡震亨《唐音癸签》：张曲江五言以兴寄为主，而结体简贵，选言清冷，如玉磬含风，晶盘盛露，故当于尘外置赏。

清《四库全书总目》：今观其《感遇》诸作，神味超轶，可与陈子昂方驾；文笔宏博典实，有垂绅正笏气象，亦具见大雅之遗，坚局于当时风气，以富艳求之，不足以为定论。

延伸 张九龄是唐玄宗前期极为重要的政治人物，他以岭南边地寒门之身进士，终成宰辅，对大唐的庶族士子来说，张九龄的升迁轨迹本就是一种精神图腾，他的诗歌审美倾向于汉魏古诗，彼时青年大多自然而然接受了他的审美倾向，一切准备就绪，只待这些青年历经磨炼，独当一面，便炸出了璀璨的盛唐。

十、盛唐

1.孟浩然，《夏日南亭怀辛大》《秋登万山寄张五》《鹦鹉洲送王九之江左》《与诸子登岘山》《早寒江上有怀》《江上别流人》《望洞庭湖赠张丞相》《过故人庄》《宿建德江》《春晓》。

选评 盛唐王士源《孟浩然集序》：骨貌淑清，风神散朗。学不为儒，务掇菁藻；文不按古，匠心独妙。五言诗天下称其尽美矣。

盛唐殷璠《河岳英灵集》：浩然诗，文采丰茸，经纬绵密，半遵雅调，全削凡体。

南宋刘辰翁《孟浩然诗集跋》：浩然诗高处不刻画，只似乘兴。

明人许学夷《诗源辨体》：唐人律诗以兴象为主，风神为宗。浩然五言律兴象玲珑，风神超迈，即胡应麟所谓"大本先立"，乃盛唐最上乘，不得偏于闲淡幽远求之也。

延伸 时隔三百年，六朝诗坛的非主流陶渊明，终于等到了他的第一位继承者孟浩然，其后悠悠千年，他们为生活在这片土地上的民众，建造了一片可以轻松悠游栖息的精神家园。

苏轼评论孟浩然之诗：韵高而才短，如造内法酒手，而无材料尔。后世在此基础上，多加演绎，苏轼才高，韩愈才高，后世明清那些金榜题名的科举进士才也高，评诗说得头头是道，也能写得一手四平八稳未有差错的律诗，但就是写不出来孟浩然那种闲澹趣味。孟浩然流连山水，后人也流连山水；孟浩然听风松下，后人也听风松下；孟浩然农家喝酒，后人也农家喝酒，然而就是写不出来那种乘兴韵味，只因孟浩然凡事都是自己真正想做了就去做，后人是看孟浩然这么做了才去做，两者虽然只有一个"真"字的差别，但由此而写出来的诗便是天壤之别。清人苦读，用力颇深，学杜甫学李商隐，凭借功力还能学个七八分，称得上是大诗人，但学孟浩然乃至王维，用力愈深，离之愈远。

2.高适，《东平别前卫县李寀少府》《塞上听吹笛》《别董大》《除夜作》《古大梁行》《封丘作》《燕歌行》。

选评 盛唐殷璠《河岳英灵集》：诗多胸臆语，兼有气骨，故朝野通赏其文。

明人胡应麟《诗薮》：高适歌行、五言律，极有气骨。至七言律，虽和平婉厚，然已失盛唐雄赡，渐入中唐矣。

明人陆时雍《诗镜总论》：七言古，盛于开元以后，高适当厉名手。调响气佚，颇得纵横；勾角廉折，立见涯涘。

明人叶燮《原诗》：高七古为胜，时见沉雄，时见冲澹，不一色，其沉雄直不减杜甫。

延伸 清人叶燮于《原诗》中吐槽：高适和岑参的五七律相似，遂为后人应酬活套作俑。如高适七律一首中叠用"巫峡啼猿""衡阳归雁""青枫江""白帝城"，岑一首中叠用"云随马""雨洗兵""花迎盖""柳拂旌"，四语一意；高适和岑参的五律如此尤多。后人行囊中只要携带一本地图，便可吟咏遍九州，这实在是高适和岑参的锅啊。总之以月白风清、鸟啼花落等字，装上地头一名目，则一首诗成，写诗成了活版印刷。

清人薛雪于《一瓢诗话》中为高适岑参辩护：前辈论诗，往往有作践古人处，如以高适岑参五七律相似，遂为后人应酬活套，是作践高岑语也。假使后人真能学习高岑的诗法，其应酬活套必不致如近日之恶矣。

二人吐槽来辩护去，参照今日模板填诗之盛况，更觉其妙。

3. 王维，《奉和圣制春望之作应制》《敕借岐王九成宫避暑应教》《和太常韦主簿五郎温汤寓目之作》《积雨辋川庄作》《出塞》《九月九日忆山东兄弟》《送元二使安西》《少年行四首》《冬晚对雪忆胡居士家》《寄荆州张丞相》《送梓州李使君》《酬张少府》《过香积寺》《终南别业》《使至塞上》《山居秋暝》《观猎》《洛阳女儿行》《老将行》《辋川集二十首》《田园乐七首》。

选评 盛唐殷璠《河岳英灵集》：诗词秀调雅，意新理惬，在泉为珠，着壁成绘，一句一字，皆出常境。

北宋敖陶孙《臞翁诗评》：王右丞如秋水芙蕖，倚风自笑。

南宋张戒《岁寒堂诗话》：世以王维律诗配杜甫，古诗配李白，盖王维古诗能道人心中事而不露筋骨，律诗至佳丽而老成。

明人许学夷《诗源辨体》：王维五言绝，意趣幽玄，妙在文字之外。

清人方东树《昭昧詹言》：辋川叙题细密不漏，又能设色取景，虚实布置，一一如画，如今科举作墨卷相似，诚万选之技也。

延伸 明清诗论家，论诗既喜欢将王维与孟浩然比较，又喜欢将王维与韦应物比较，帮古人分出个高下之后仍不过瘾，还要整出点玄学名词，什么"咳唾落九天，随风生殊玉"啦，什么"右丞七律能备三十二相似"啦，反正就是写诗写不出来他们那么好，又不能这么轻易认输，只好天天说一些没什么逻辑但看起来很厉害的评论，刷一刷存在感。这些诗论，既不像司空图那样以诗论诗，空有余地，逻辑留白；又不像后来规范化的论文，不谈创作，只谈学术。这种进退失据的诗论在明清两朝掌握了话语权，结果就是后人如想学诗，却受限于那时信息闭塞，只得看他们的书集，当参考资料本身就不怎么靠谱时，好成绩自然就成了一种奢望。

王维、孟浩然等隐逸一派，学诗不可从其诗开始学，他们的诗境即是自己的心境，光学诗中的技巧根本没用，只有从他们的生活态度学起，才勉强能够模仿个二三。王维出于释家，虽然有一些宦海浮沉，但归根到底还是出世。入世者的心境，想驾驭文字营造出世者的心境，只一动笔，便画虎类犬，俗不可耐。后世山水诗大多以王维为范本，但不可忽略的是，王维的七言律诗特别是应制奉和之作，堪称历代标杆，要是后世应制之诗多学习王维的御字之法，不至于被诟病为"老干体"。

4.李白，《庐山谣寄卢侍御虚舟》《秋登宣城谢朓北楼》《送孟浩然之广陵》《望庐山瀑布》《春夜洛城闻笛》《送友人寻越中山水》《送储邕之武昌》《早发白帝城》《独坐敬亭山》《子夜四时歌》《望天门山》《古朗月行》《送友人》《行路难》《将进酒》《蜀道难》《鹦鹉洲》《长干行》《关山月》《侠客行》《静夜思》《赠汪伦》《古风五十九首》《梦游天姥吟留别》《远别离》。

选评　盛唐殷璠《河岳英灵集》：李白性嗜酒，志不拘检，常林栖十数载。故其为文章，率皆纵逸。至如《蜀道难》等篇，可谓奇之又奇。然自骚人以还，鲜有此体调也。

中唐裴敬《翰林学士李公墓碑》：为诗格高旨远，若在天上物外，神仙会集，云行鹤驾，想见飘然之状。

南宋张戒《岁寒堂诗话》：杜甫、李白、韩愈三人，才力俱不可及，而就其中，韩愈喜崛奇之态，李白多天仙之词，韩愈犹可学，李白不可及也。

南宋朱熹《朱子语类》：李白诗非无法度，乃从容于法度之中，盖圣于诗者也。李白终始学《文选》诗，所以好。

明人杨慎《升庵诗话》：李白诗，仙翁剑客之语；杜甫诗，雅士、骚人之词。比之文，太白则史记，少陵则汉书也。

清人龚自珍《最录李白序》：庄子、屈原实二，不可以并；并之以为心，自李白始；儒、仙、侠实三，不可以合，合之以为气，又自李白始也。其斯以为白之真原也矣。

延伸　李白简直是活在唐朝的先秦人，学问甚杂，不受拘束，先秦诸子百家，他崇拜纵横家、墨家，亲近道家，且攻读儒家经典，又信奉道教，炼丹修仙。如此杂学，他的诗歌也相应复杂莫测，七言歌行和乐府新题，既能写出《离骚》《九歌》的挥洒自如，又能于平常生活中提炼出文学上的强大的陌生感；五言古诗，学的是《诗经》大雅一脉，典雅中正，美刺平衡；七言绝句，御字如风，在有限的篇幅内不断突破文字可表达的界限。先秦之后，盛唐之前，千年文学史，李白一一重现，所谓集大成者，莫过于此。

检索唐宋元明清五朝诗话，李白条目没有一千也有八百，总是脱离不了诗仙气质这一大体框架，后人翻案文章多批评"诗仙"二字掩盖了李白的全貌，但我以为李白诗歌的极致精神正是犹如民间俗语般的"诗仙"二字。无论历朝历代文化名流给予李白多高的赞誉，又或是多低的贬抑，其诗光芒，都不会增减一分。后人论诗，常常以上帝视角自居，纸上点评古今人物，仿佛胸中亦有万千沟壑，着实可笑。黄庭坚说李白诗如黄帝张乐于洞庭之野，无首无尾，不主故常，非墨工艺人所可拟议，此话有些毒舌，但细想之下，十分妥帖。

李白诗并不难读，今人读李白，自当读其原作，略看校注，放声高歌，以李白为友，为故人，为月夜下讲述远方见闻的邻家大哥，为历经社会毒打仍不忘初心的一生知己。那些什么鉴赏翻译之类，不必读。

5. 岑参，《白雪歌送武判官归京》《热海行送崔侍御还京》《凉州馆中与诸判官夜集》《走马川奉送出师西征》《奉和相公发益昌》《寄左省杜拾遗》《逢入京使》《山房春事二首》《碛中作》《凯歌六首》。

选评 盛唐殷璠《河岳英灵集》：诗语奇体峻，意亦造奇。

元人辛文房《唐才子传》：岑参累佐戎幕，往来鞍马烽尘间十余载，极征行离别之情，城障寒堡，无不经行。博览史籍，尤工缀文，属词清尚，用心良苦。诗调尤高，唐兴罕见此作。放情山水，故常怀逸念，奇造幽致，所得往往超拔孤秀，度越常情。

延伸 清人洪亮吉在《北江诗话》中吐槽：诗奇而入理，乃谓之奇。若奇而不入理，非奇也。卢仝、李贺之诗，可云奇而不入理者矣。诗之奇而入理者，其惟岑参乎！如《游终南山诗》："雷声傍太白，雨在八九峰。东望紫阁云，西入白阁松。"余尝以已巳春夏之际，独游终南山紫、白二阁，遇急雨，回憩草堂寺，时原空如沸，山势欲颓，急雨劈门，怒雷奔谷，而后知岑之诗奇矣。又尝以已未冬杪，谪戍出关，祁连雪山，日在马首，又昼夜行戈壁中，沙石吓人，没及髁膝。而后知岑诗"一川碎石大如斗，随风满地石乱走"，云奇而实确也。大抵读古人之诗，又必身亲其地，身历其险，而后知心惊魄动者，实由于耳闻目见得之，非妄语也。

今人写诗，连去一趟西北边疆的时间都不愿意付出，却也喜欢写边塞诗。一如那些从来没有恋爱经历的单身人士，最喜欢在网上指导别人如何赢得异性芳心。

6.杜甫,《冬日洛阳北谒玄元皇帝庙》《喜闻官军已临贼境二十韵》《寄李十二白二十韵》《秋风为茅屋所破歌》《江畔独步寻花》《江南逢李龟年》《戏为六绝句》《赠卫八处士》《云安九日》《登岳阳楼》《春夜喜雨》《咏怀古迹五首》《秋兴八首》《哀江头》《哀王孙》《八哀诗》《新安吏》《石壕吏》《潼关吏》《望岳》《春望》《北征》《新婚别》。

选评 北宋苏轼《王定国集序》：古今诗人众矣，而杜子美为首。

北宋黄庭坚《大雅堂记》：子美诗妙处乃在无意于文。夫无意而意已至，非广之以《国风》《雅》《颂》，深之以《离骚》《九歌》，安能咀嚼其意味，阆然入其门耶？故使后生辈自求之，则得之深矣。

南宋张戒《岁寒堂诗话》：杜甫诗奄有古今。学者能识国风、骚人之旨，然后知其用意处；识汉魏诗，然后知其遣词处。

南宋张戒《岁寒堂诗话》：王安石只知巧语之为诗，而不知拙语亦诗也；黄庭坚只知奇语之为诗，而不知常语亦诗也。欧阳修诗专以快意为主，苏轼诗专以刻意为工，李商隐诗只知有金玉龙凤，杜牧诗只知有绮罗脂粉，李贺诗只知有花草蜂蝶，而不知世间一切皆诗也。唯杜甫则不然：在山林则山林，在廊庙则廊庙，遇巧则巧，遇拙则拙，遇奇则奇，遇俗则俗，或放或收，或新或旧，一切物、一切事、一切意，无非诗者，故曰"吟多意有余"，又曰"诗尽人间兴"，诚哉是言。

元人杨维桢《李仲虞诗序》：观杜者不唯见其律，而有见其骚者焉；不唯见其骚，而有见其雅者焉；不唯见其骚与雅也，而有见其史者焉。此杜诗之全也。

明人胡应麟《诗薮》：盛唐一味秀丽雄浑。杜诗则精粗、巨细、巧拙、新陈、险易、浅深、浓淡、肥瘦靡不毕具，参其格调，实与盛唐大别，其能会萃前人在此，滥觞后世亦在此。且言理近经，叙事兼史，尤诗家绝睹。

清人赵翼《瓯北诗话》：其真本领仍在少陵诗中"语不惊人死不休"一句。盖其思力沉厚，他人不过说到七八分者，少陵必说到十分，甚至有十二三分者。其笔力之豪劲，又足以副其才思之所至，故深人无浅语。

延伸 如果说李白及盛唐诸公总结了之前的千年文学史精华，以此取得了前无古人的创作成就，那么作为盛唐殿军的杜甫，则刚好处于承前启后的平衡点上，杜甫总结盛唐诸公的精华，另辟后世近体诗之境界，自杜甫后，唐宋元明清五朝千年，五七言律莫不以杜甫为祖，夸张一点说，杜甫几乎以一己之力改变了中国古典诗歌的发展历程。

后世常有"以文入诗与以诗入诗的辨别"及"文人之诗与诗人之诗的争议"，并多以杜甫为例，但以我来看，以文入诗和以诗入诗仅仅是形式与手段的不同，仍在诗歌美学范围之内。诗歌与经学文章，两者有本质区别，韩愈的诗偏重经学文章的手段，但杜甫绝非如此，杜甫虽高举纯儒精神，注入诗中，其形式和手段仍然是诗歌的一脉，讲究一个"美"字和一个"情"字。后世学杜甫者，只看到纯儒那一面，又多以经学文章的方式来写诗，虽然看起来也像模像样，可那不就成了经学文章，又何必用诗的形式来写。

王士禛说学杜诗者不计其数，但都只能学个大概，韩愈能学到杜诗的神，苏轼能学到杜诗的气，黄庭坚能学到杜诗的意，李梦阳能学到杜诗的体，郑善夫能学到杜诗的骨，李商隐、陈师道、陆游、袁凯又要次一等。王士禛倒是敢于点评，开了个群嘲，从神、气、意、体、骨五个方面将杜诗剖析了个大概，虽有偏激之处，却也触及了痛点。身为清初诗坛领袖，王士禛诗歌创作成就很大，其高举的"神韵"之说在晚清被同光体给砸得稀碎。杜甫及盛唐也恰好在近代开端之际被同光诸老用"三元说"和"三关说"请下了神坛，至此，以杜甫为祖的古典诗歌第二阶段基本宣告结束。今日多呼唤诗歌复兴，口号喊得震天，人人似乎都喜欢说"再出一个杜甫"就好了，只是没有了丰腴的土壤，根本养不出参天的大树，没有四杰、沈、宋、陈子昂、李颀的横冲直撞，孟浩然、王维、高适、岑参出不来，王孟他们不跳出来，就不会有李白，没有李白就没有杜甫，初唐盛唐都连在一起，根本不可能单独出来一个。天上掉不下一个杜甫，只有从基础做起，一步一步走坚实了，才有希望走出新的道路。

十一、中唐及晚唐

1. 韦应物，《寄全椒山中道士》《淮上喜会梁川故人》《听嘉陵江水声寄深上人》《登楼寄王卿》《滁州西涧》《简卢陟》《观田家》《长安道》《拟古诗十二首》。

选评 中唐白居易《与元九书》：韦应物歌行，才丽之外、颇近兴讽。其五言诗又高雅闲澹，自成一家之体。

北宋苏轼《书黄子思诗集后》：李、杜之后，诗人继出，虽间有远韵，而才不逮意。独韦应物、柳宗元发纤秾于简古，寄至味于澹泊，非余子所及也。

清人翁方纲《石洲诗话》：王孟诸公，虽极超诣，然其妙处，似犹可得以言语形容之。独至韦苏州，则其奇妙全在淡处，实无迹可求。

延伸 南宋许顗于《彦周诗话》中吐槽：韦应物"落叶满空山，何处寻行迹"这一句诗，苏轼和其韵为"寄语庵中人，飞空本无迹"。并不是说苏轼才情不够，和得不好，而是这句诗本就是绝唱，不应当和韵。清人施补华于《岘佣说诗》中补充道：韦应物《寄全椒山中道士》一诗，苏轼刻意学之而终不似。究其原因，东坡用力，韦公不用力；东坡尚意，韦公不尚意，微妙之谓也。才高如苏轼，强行和诗，也吃了瘪，当下诗坛诗人，隔空强行和诗者不计其数，难道真的一点书都不读、一点反省精神也没有吗？

2. 李端，《溪行逢雨与柳中庸》《雪夜寻太白道士》《瘦马行》《听筝》《芜城》《杂歌》。

3. 卢纶，《与从弟瑾同下第后出关言别·其三》《夜投丰德寺谒海上人》《至德中途中书事却寄李偘》《宿澄上人院》《晚次鄂州》《塞下曲六首》。

4. 吉中孚，《送归中丞使新罗册立吊祭》《奉同秘书苗丞崧阳山闲居引》。

5. 韩翃，《酬程延秋夜即事见赠》《送故人归蜀》《送客贬五溪》《题荐福寺衡岳暕师房》《章台柳》《赠李翼》《寒食》。

6. 钱起，《太子李舍人城东别业与二三文友逃暑》《酬王季友题半日村别业兼呈李明府》《罢官后酬元校书见赠》《省试湘灵鼓瑟》《题玉山村叟屋壁》《中书遇雨》。

选评 北宋钱易《南部新书》：大历来，自丞相已下出使作牧，无钱起、郎士元诗祖送者，时论鄙之。

明人高棅《唐诗品汇》：天宝以还，钱起、刘长卿并鸣于时，与前诸家实相羽翼，品格亦近似。至其赋咏之多，自得之妙，或有过焉。

清人翁方纲《石洲诗话》：盛唐之后，中唐之初，一时雄俊，无过钱、刘。然五言秀绝，固足接武，至于七言歌行，则独立万古，已被杜公占尽，仲文、文房皆浥右丞馀波耳。然却亦渐于转调伸缩处，微微小变。诚以熟到极处，不得不变，虽才力各有不同，而源委未尝不从此导也。

7. 司空曙，《贼平后送人北归》《喜外弟卢纶见宿》《江村即事》《望水》。

8. 苗发，《送孙德谕罢官往黔州》《送司空曙之苏州》。

9. 崔峒，《喜逢妻弟郑损因送入京》《登润州芙蓉楼》《题崇福寺禅院》《题桐庐李明府官舍》。

10. 耿湋，《之江淮留别京中亲故》《朝下寄韩舍人》《送李端》《古意》。

11. 夏侯审，《咏被中绣鞋》。

12. 戎昱，《移家别湖上亭》《桂州腊夜》《霁雪》。

13. 权德舆，《奉和鄜州刘大夫麦秋出师遮虏有怀中朝亲故》《江城夜泊有所思》《瑶台寺对月绝句》《月夜江行》。

14. 顾况，《早春思归有唱竹枝歌者坐中下泪》《洛阳早春》《过山农家》《瑶草春》《江上》。

15. 李益，《夜上受降城闻笛》《从军北征》《上汝州郡楼》《塞下曲·伏波惟愿》《同崔邠登鹳雀楼》《喜见外弟又言别》《竹窗闻风寄苗发司空曙》《送辽阳使还军》。

选评 中唐张为《诗人主客图》：清奇雅正主：李益。

明人胡震亨《唐音癸签》：李君虞生长西凉，负才尚气；流落戎旃，坎壈世故。所作从军诗，悲壮宛转，乐人谱入声歌，至今诵之，令人凄断。

16. 孟郊，《结爱》《游子吟》《征妇怨二首》《古怨别》《长安道》《苦寒吟》《清东曲》《望远曲》《秋怀二首》。

选评 中唐韩愈《送孟东野序》：孟郊东野，始以其诗鸣，其高出魏晋，不懈而及于古，其他浸淫乎汉氏矣。

中唐张为《诗人主客图》：清奇僻古主，孟郊。

南宋刘克庄《后村诗话》：孟郊纯是苦语，略无一点温厚之意，安得不穷？

清人施补华《岘佣说诗》：孟郊奇杰之笔万不及韩愈，而坚瘦特甚。譬之偪阳之城，小而愈固，不易攻破也。苏轼比之"空螯"，元好问呼为"诗囚"，毋乃太过！

17. 张籍，《节妇吟寄东平李司空师道》《征妇怨》《野老歌》《白纻歌》《牧童词》《筑城词》《采莲曲》《猛虎行》《凉州词三首》。

选评 中唐张洎《项斯诗集序》：吴中张水部为律格诗，尤工于匠物，字清意远，不涉旧体，天下莫能窥其奥。

北宋敖陶孙《臞翁诗评》：张籍如优工行乡饮，酬献秩如，时有诙气。

元人辛文房《唐才子传》：公于乐府古风，与王司马自成机轴，绝世独立。

18. 王建，《田家行》《羽林行》《水夫谣》《渡辽水》《新嫁娘词三首》《十五夜望月寄杜郎中》《雨过山村》《宫词一百首》。

选评 中唐白居易《授王建秘书郎制》：诗人之作丽以则，建为文近之矣，故其所著章句，往往在人口中，求之辈流，亦不易得。

元人杨士弘《批点唐音》：王、张乐府体发人情，极于纤悉，无不至到，后人不及者正在此，不及前人者亦在此。

明人许学夷《诗源辨体》：王建七言律，入录者仅得四五、其他句奇拗，遂为大变，宋人之法多出于此。七言律，王建尚奇而昧于正，尚意而略于辞。

19. 韩愈，《早春呈水部张十八员外》《晋公破贼回重拜台司以诗示幕中宾客愈奉和》《广宣上人频见过》《左迁至蓝关示侄孙湘》《哭杨兵部凝陆歙州参》《听颖师弹琴》《南山诗》《石鼓歌》《琴操十首》《山石》。

选评 晚唐司空图《题柳柳州集后序》：愚尝览韩愈歌诗累百首，其驱驾气势，若掀雷抉电，奔腾于大地之间，物状奇变，不得不鼓舞而徇其呼吸也。

北宋陈师道《后山诗话》：诗文各有体，韩以文为诗，杜以诗为文，故不工尔。韩愈于诗本无解处，以才高而好尔。

明人叶燮《原诗》：唐诗为八代以来一大变，韩愈为唐诗之一大变，其力大，其思雄，崛起特为鼻祖。宋之苏舜钦、梅尧臣、欧阳修、苏轼、王安石、黄庭坚，皆愈为之发其端，可谓极盛，而俗儒且谓愈诗大变汉、魏，大变盛唐，格格而不许，何异居蚯蚓之穴，习闻其长鸣，听洪钟之响而怪之，窃窃然议之也。

清人赵翼《瓯北诗话》：韩愈生平所心摹力追者，惟李杜二公。顾李杜之前，未有李杜，故二公才气横恣，各开生面，遂独有千古。至昌黎时，李杜已在前，纵极力变化，终不能再辟一径。惟少陵奇险处，尚有可推扩，故一眼觑定，欲从此辟山开道，自成一家。此昌黎注意所在也。然奇险处亦自有得失。盖少陵才思所到，偶然得之；而昌黎则专以此求胜，故时见斧凿痕迹。有心与无心，异也。其实昌黎自有本色，仍在"文从字顺"中，自然雄厚博大，不可捉摸，不专以奇险见长。恐昌黎亦不自知，后人平心读之自见。若徒以奇险求昌黎，转失之矣。

20. 白居易,《新乐府五十首》《赋得古原草送别》《问刘十九》《忆江南》《钱塘湖春行》《观刈麦》《梦微之》《琵琶行》《长恨歌》《夜雪》《轻肥》《买花》。

选评 唐人张为《诗人主客图》：广大教化主：白居易。

北宋僧人惠洪《冷斋夜话》：白居易每作诗，令一老妪解之，问曰："解否？"妪曰解，则录之；不解，则易之。故唐末之诗近于鄙俚。

金人王若虚《滹南诗话》：白居易之诗，情致曲尽，入人肝脾，随物赋形，所在允满，殆与元气相侔。至长韵大篇，动数百千言，而顺适惬当，句句如一，无争张牵强之态。此岂撚断吟须、悲鸣口吻者所能至哉！而世或以浅易轻之，盖不足与言矣。

明人王世贞《艺苑卮言》：白居易极推重刘禹锡的"雪里高山头早白，海中仙果子生迟""沉舟侧畔千帆过，病树前头万木春"，以为有神助，此不过学究之小有致者。又时时颂李颀"渭水自清泾至浊，周公大圣接舆狂"，欲模拟之而不可得。徐凝"千古长如白练飞，一条界破青山色"，极是恶境界，白居易亦喜之，何也？风雅不复论矣，张打油、胡钉铰，此老便是作俑。

明人胡应麟《题白乐天集》：唐诗文至白居易，自别是一番境界、一种风流，而世规规以格律掎之，胡耳目之隘也？

清人赵翼《瓯北诗话》：中唐以后，诗人皆求工于七律，而古体不甚精诣，故阅者多喜律体，不喜古体。唯白居易诗，则七律不甚动人，古体则令人心赏意惬，得一篇辄爱一篇，几于不忍释手。盖香山主于用意。用意，则属对排偶，转不能纵横如意；而出之以古诗，则唯意之所至，辨才无碍。且其笔快如并剪，锐如昆刀，无不达之隐，无稍晦之词；工夫又锻炼至洁，看是平易，其实精纯。刘禹锡所谓"郢人斤斫无痕迹，仙人衣裳弃刀尺"者，此古体所以独绝也。然近体中五言排律，或百韵，或数十韵，诗研炼精切，语工而词赡，气劲而神完，虽千百岂亦沛然有余，无一懈笔。当时元白唱和，雄视万代者正在此，后世卒无有能继之，此又不徒以古体见长也。

21. 刘禹锡,《竹枝词九首》《金陵五题》《望洞庭》《秋词二首》《浪淘沙九首》《与歌者米嘉荣》《酬乐天扬州初逢席上见赠》《西塞山怀古》《春望》。

选评 中唐白居易《刘白唱和集解》：彭城刘梦得，诗豪者也，其锋森然，少敢当者。

北宋敖陶孙《臞翁诗评》：刘梦得如镂冰雕琼，流光自照。

清人翁方纲《石洲诗话》：刘禹锡之能事，全在《竹枝词》，至于铺陈排比，辄有怆俗之气。黄庭坚云：刘禹锡《竹枝》九章，词意高妙，昔苏轼尝闻余咏第一篇，叹曰：此奔轶绝尘，不可追也。宋人何溪汶所言"梦得乐府小章，优于大篇"极为确论。

22. 柳宗元，《别舍弟宗一》《柳州峒氓》《登柳州城楼寄漳汀封连四州》《首春逢耕者》《江雪》《觉衰》《南涧中题》《掩役夫张进骸》《田家三首》。

选评 北宋苏轼《评韩柳诗》：柳子厚诗，在陶渊明下，韦苏州上。退之豪放奇险则过之，而温丽靖深不及也。所贵于枯淡者，谓其外枯而中膏，似澹而实美，渊明、子厚之流是也。若中边皆枯澹，亦何足道。

南宋刘克庄《后村诗话》：韩柳齐名，然柳乃本色诗人。自渊明没，雅道俱熄，当一世竞作唐诗之时，独为古体以矫之，未尝学陶和陶，集中五言凡十数篇，杂之陶集，有未易辨者。其幽微者可玩而味，其感慨者可悲而泣也。

23. 姚合，生卒年不详，元和十一年（816年）登进士第，为武功县（今属陕西省咸阳市）主簿，世称姚武功，现存诗文约500篇，《送李侍御过夏州》《送喻凫校书归毗陵》《送韦瑶校书赴越》《山居》。

24. 元稹，《连昌宫词》《行宫》《遣悲怀》《采珠行》《田家词》《古社》《和李教书新题乐府十二首》。

选评 南宋张戒《岁寒堂诗话》：元白张籍诗，皆自陶阮中出，专以道得人心中事为工，本不应格卑，但其词伤于太烦，其意伤于太尽，遂成冗长卑陋尔。

明人胡震亨《唐音癸签》：元微之以杜之铺陈终始，排比故实，大或千言，小犹数百，为非李所及。白乐天亦云：杜诗贯穿古今，诊缕格律，尽善尽美，过于李。二公盖专以排律及五言大篇定李、杜优劣，不知杜句律之高，自在才具兼该，笔力变化，亦不专在排比铺陈，贯穿诊缕也。深于杜者，要自得之。

明人许学夷《诗源辨体》：东坡言元轻白俗，昔人谓为定论。尝读微之《连昌宫词》及七言律一二入选者，声气似胜，乌得为轻？既而读其集，惟五言排律长篇及窄韵者稍工，馀不免太轻率耳。

25. 贾岛，《寻隐者不遇》《暮过山村》《忆江上吴处士》《题李凝幽居》《宿山寺》《渡桑乾》《题兴化园亭》。

选评 晚唐司空图《与李生论诗书》：贾岛诚有警句，视其全篇，意思殊馁，大抵附于塞涩，方可致才，亦为体之不备也。

明人许学夷《诗源辨体》：贾岛与孟郊齐名，故称"郊岛"，郊称五言古，岛称五言律。贾岛五言律气味清苦，声韵峭急，在唐体尚为小偏，而句多奇僻，在元和则为大变。苏轼云"郊寒岛瘦"，唐人诗论气象，此正言气象耳。

晚清宋育仁《三唐诗品》：不知其源所出，却是后来黄庭坚、陈师道诸家所祖。精于用意，拙在修词，佳处能戛然独造，一空浮响。浮筋害体，无蕴藉之容，虽与孟郊齐名，然固不逮也。

26. 李贺，《秋来》《雁门太守行》《李凭箜篌引》《梦天》《帝子歌》《苦昼短》《金铜仙人辞汉歌》《致酒行》《巫山高》《将进酒》《南园十三首》。

选评 《旧唐书·李贺传》：手笔敏捷，尤长于歌篇，其文思体势，如崇岩峭壁，万仞崛起，当时文士从而效之，无能仿佛者。其乐府词数十篇，至于云韶乐工，无不讽诵。

北宋张表臣《珊瑚钩诗话》：篇章以平夷恬淡为上，怪险蹶趋为下。如李长吉锦囊句，非不奇也，而牛鬼蛇神太甚，所谓施诸廊庙则骇矣。

南宋刘辰翁《评李长吉诗》：旧看长吉诗，固喜其才，亦厌其涩。落笔细读，方知作者用心，料他人观不到此也，是千年长吉犹无知己也。以杜牧之郑重，为叙直取二三歌诗，将无道长吉者矣。谓其理不及《骚》，未也，亦未必知《骚》也；《骚》之荒忽则过之矣，更欲仆《骚》，亦非也。千年长吉，余甫知之耳。诗之难读如此，而作者尝呕心，何也？樊川反复称道，形容非不极至，独惜理不及《骚》，不知贺所长正在理外。如惠施"坚白"，特以不近人情，而听者惑焉，是为辩。若眼前语、众人意，则不待长吉能之。此长吉所以自成一家欤。

27. 卢仝，《月蚀诗》《与马异结交诗》《蜻蜓歌》《走笔谢孟谏议寄新茶》《悲新年》《扬子津》。

28. 冷朝阳，《瀑布泉》《宿柏岩寺》《中秋与空上人同宿华严寺》。

29. 马戴，《灞上秋居》《楚江怀古》《落日怅望》《征妇叹》。

30. 刘沧，《经炀帝行宫》《咸阳怀古》《赠道者》《秋日望西阳》。

31. 吕温，《孟冬蒲津关河亭作》《贞元十四年旱甚见权门移芍药花》《经河源军汉村作》。

32. 李频，《送友人之扬州》《送人游吴》《太和公主还宫》。

33. 薛逢，《开元后乐》《长安夜雨》。

34. 刘言史，《山寺看樱桃花题僧壁》《夜入简子古城》《送婆罗门归本国》。

35. 李涉，《题鹤林寺僧舍》《井栏砂宿遇夜客》《山居送僧》《润州听暮角》《潍阳行》。

36. 陈陶，《陇西行四首》《水调词十首》。

37. 温庭筠，《商山早行》《和道溪君别业》《开圣寺》《过陈琳墓》《苏小小歌》《西洲曲》。

38. 杜牧，《山行》《赤壁怀古》《清明》《江南春》《寄扬州韩绰判官》《初冬夜饮》《汴河阻冻》《登乐游原》《九日齐山登高》《张好好诗》《杜秋娘诗》。

选评 北宋蔡绦《百衲诗评》：杜牧诗风调高华，片言不俗，有类新及第少年，略无少退藏处，固难求一唱而三叹也。

清人洪亮吉《北江诗话》：杜牧与韩、柳、元、白同时，而文不同韩、柳，诗不同元、白，复能于四家外，诗文皆别成一家，可云特立独行之士矣。

晚清曾国藩《大潜山房题诗语》：黄庭坚学杜甫，七律专以单行之气，运于偶句之中。苏轼学李白，则以长古之气，运于律句之中。樊川七律，亦有一种单行票姚之气。余尝谓小杜、苏、黄，皆豪士而有侠客之风者。

39. 李商隐，《夜雨寄北》《贾生》《锦瑟》《无题·昨夜星辰》《无题·相见时难》《无题·来是空言》《南朝》《杜工部蜀中离席》《富平少侯》《有感二首》《韩碑》《燕台诗四首》。

选评 北宋敖陶孙《臞翁诗评》：李商隐如百宝流苏，千丝铁网，绮密瑰妍，要非适用。

北宋蔡居厚《蔡宽夫诗话》：王安石晚年亦喜称李商隐诗，以为唐人知学杜甫而得其藩篱，唯李商隐一人而已。

南宋叶梦得《石林诗话》：唐人学杜甫，唯李商隐一人而已，虽未尽造其妙，然精密华丽，亦自得其仿佛。

明人陆时雍《诗镜总论》：李商隐七言律，气韵香甘。唐季得此，所谓枇杷晚翠。

清人李因培《唐诗观澜集》：李商隐咏物，妙能体贴，时有佳句，在可解不可解之间。

40. 韩偓，《青春》《惆怅》《中秋禁直》《寄湖南从事》《故都》《懒起》《厌花落》。

选评 南宋周紫芝《书韩承旨别集后》：韩偓为唐末宗社颠隮之际，窜身于戈戟森罗之中，虽扈从重围，犹复有作。当是之时，独能峥嵘于奸雄群小之间，自立议论，不至诡随，唐史臣称之，以谓有一韩偓尚不能容，况于贤者乎？则知韩偓非茌苒于闺房衽席之上者，特游戏于此耳。

明人胡震亨《唐音癸签》：韩偓冶游情篇，艳夺温、李，自是少年时笔。

清人余成教《石园诗话》：富于才情，词旨靡丽。初喜为闺阁诗，后遭故远遁，出语依于节义，得诗人之正。

41. 杜荀鹤，《春宫怨》《送人游吴》《秋夜晚泊》《小松》《再经胡城县》《旅舍遇雨》《山中寡妇》。

选评 晚唐顾云《杜荀鹤文集序》：其雅丽清省激越之句，能使贪吏廉、邪臣正、父慈子孝、兄良弟悌，人伦之纪备矣。其壮语大言，则决起逸发，可以左揽工部袂，右拍翰林肩，吞贾、喻八九于胸中，曾不芥介。或情发乎中，则极思冥搜，神游希夷，形兀枯木，五声劳于呼吸，万象悉于抉剔，信诗家之雄杰者也。

南宋张淏《云谷杂记》：顾云序其集云：壮语大言，则决起逸发，可以左揽工部决，右柏翰林肩。是以荀鹤可并李杜也。荀鹤之诗溺于晚唐之习，盖韩偓、吴融之流，以方李、杜则远矣。然解道寒苦羁穷之态，往往有孟郊、贾岛之风。

十二、诗僧

1. 皎然，《寻陆鸿渐不遇》《南楼望月》《宿吴匡山破寺》《山居示灵澈上人》。

2. 法震，《越中赠程先生》《送友人之上都》。

3. 法照，《寄钱郎中》《送无著禅师归新罗》。

4. 无可，《秋寄从兄贾岛》《寄青龙寺原上人》。

5. 护国，《访云母山僧》《逢灵道人》。

6. 灵一，《送殷判官归上都》《宿天柱观》。

7. 清江，《送婆罗门》《小雪》。

8. 齐己，《剑客》《秋夜听业上人弹琴》《登祝融峰》。

9. 贯休，《献钱尚父》《春游灵泉寺》《陈情献蜀皇帝》。

十三、宋

1. 王禹偁，字元之，宋太宗太平兴国八年（983年）进士，世称王黄州，现存诗文约650篇，《清明》《村行》《寄砀山主簿朱九龄》。

2. 盛度，字公量，宋太宗端拱二年（989年）进士，宋仁宗景祐二年（1035年）拜参知政事，卒谥文肃，世称盛文肃，其诗多散佚，仅存3首，《庶子泉》《修竹台》《送何水部蒙出牧袁州》。

3. 刘筠，《无题·走马章台》《无题·恋声竹影》《无题·曾许千金》《小园秋夕》。

4. 杨亿，《无题·巫阳归梦》《无题·满天飞絮》《春郊即事》《泪》。

5. 邵雍，《山村咏怀》《谈诗吟》《林下局事吟》《长安道中作》《梅花诗》

6. 王安石，《元日》《早梅》《泊船瓜洲》《书湖阴先生壁》《登飞来峰》《北望》《钟山即事》《残菊》《送和甫至龙安微雨》《金陵即事》。

7. 苏轼，《赠刘景文》《题西林壁》《饮湖上初晴后雨》《惠崇春江晓景》《望湖楼醉书》《春宵》《和子由渑池怀旧》《正月二十日出郊寻春乃和前韵》《有美堂暴雨》《大雪独留尉氏》《石苍舒醉墨堂》《十一月二十六日松风亭下梅花盛开》。

8. 黄庭坚，《登快阁》《寄黄几复》《次元明韵寄子由》《过平舆怀李子先时在并州》《王充道送水仙花五十只》《雨中登岳阳楼望君山》《新喻道中寄元明》《演雅》。

9. 陈师道，《春怀示邻里》《九日寄秦觏》《和寇十一晚登白门》《连日大雪闻苏公与德麟同登女郎台》《舟中》《答晁以道》《别三子》《示三子》。

10. 陈与义，《襄邑道中》《登岳阳楼》《伤春》《雨晴》《巴丘书事》《早行》《牡丹》《冬至》。

11. 杨万里，《小池》《晓出净慈寺送林子方》《宿新市徐公店》《过松源晨炊漆公店》《闲居初夏午睡起》《初入淮海》《过百家渡》《桑茶坑道中》《过宝应县新开湖》《悯旱》《和昌英叔雪中春酌》。

12. 赵师秀，字紫芝，号灵秀，永嘉四灵之一，现存诗文约160篇，《岩居僧》《约客》《池上》。

13. 翁卷，字续古，又字灵舒，永嘉四灵之一，现存诗文约150篇，《泊舟龙游》

《乡村四月》《山雨》。

14. 徐照，字道晖，又字灵晖，永嘉四灵之一，现存诗文约 300 篇，《题桃花夫人庙》《哀柳》《分题得渔村晚照》。

15. 徐玑，字致中，号灵渊，永嘉四灵之一，现存诗文约 200 篇，《秋夕怀赵师秀》《新凉》《夏日闲坐》。

16. 刘克庄，字潜夫，号后村居士，江湖诗派这一松散联盟中最具声望之人，现存诗文约 5 500 篇，《北来人》《戊辰书事》《落梅》《初冬》《水心先生为赵振文作马塍歌次韵》。

17. 戴复古，字试之，号石屏，现存诗文 1 090 篇，《淮村兵后》《江村晚眺》《严仪卿约李友山高与权酌别》《夜宿田家》。

18. 严羽，字仪卿，号沧浪逋客，现存诗文约 150 篇，《江行》《惜别行》《送戴式之归天台歌》。